A^{t}V

EVA MAASER wurde 1948 in Reken (Westfalen) geboren. Sie studierte Germanistik, Pädagogik, Theologie und Kunstgeschichte in Münster. Ihr erster Roman »Der Moorkönig« erschien 1999 und im Jahr darauf »Das Puppenkind«, der Auftakt einer Serie von Kriminalromanen.

In einer Sturmnacht des Jahres 1803 wird auf einem westfälischen Bauernhof unter merkwürdigen Umständen ein Kind geboren, Jan Droste Tomberge. Das Kind lernt spät laufen und noch später sprechen, und unter der Dorfbevölkerung wird es für wunderlich, wenn nicht behindert gehalten. Kaum einer ahnt, was wirklich in ihm vorgeht: Jan ist mit der Gabe der Hellseherei geschlagen, ein Spökenkieker, wie man in der Gegend sagt. Vergangenes, Gegenwärtiges, Zukünftiges nimmt er gleichzeitig wahr. Er lebt in einer Welt der Gleichzeitigkeit, der Gesichte und der Einsamkeit: Von den Kindern wird Jan gemieden, vom Lehrer gequält, den Nachbarn ist er unheimlich. Nur im unergründlichen, geheimnisvollen Moor mit seinen Spukgestalten fühlt sich Jan wohl. An diesem Ort des Schreckens und des Todes findet er schon als Kind traumwandlerisch gangbare Pfade zwischen den Untiefen, so daß ihn der eigene Bruder deshalb halb bewundernd, halb gegruselt den »Moorkönig« nennt.

Erst ein aufgeklärter Lehrer beginnt, Jan zu fördern und sucht, sein Geheimnis zu ergründen. Um der Spukwelt in seinem Kopf entgegenzuwirken, liest er mit ihm philosophische Schriften. Jan aber findet im Nachdenken der großen Philosophen über Raum und Zeit eine Bestätigung seiner Empfindungen, für die der herkömmliche Realitätsbegriff nicht taugt. Nach und nach begreift er seine Gabe als Gunst und versucht, ihre Grenzen auszutesten. Jan wird überheblich und droht langsam in den Wahnsinn hineinzugleiten, bis er plötzlich auf die Nachbarstochter aufmerksam wird und auf ganz andere Weise verzaubert ist.

Vor dem Hintergrund der Napoleonischen Kriege und der neuen preußischen Gesetze, die auch in diesem Landstrich die Aufhebung der Leibeigenschaft mit sich brachten, wird ein genau recherchierter, stimmungsvoller, spannender Roman erzählt.

Eva Maaser

DER
MOORKÖNIG

Roman

Aufbau Taschenbuch Verlag

ISBN 3-7466-1667-0

1. Auflage 2001
Aufbau Taschenbuch Verlag GmbH, Berlin
© Rütten & Loening Berlin GmbH, 1999
Umschlaggestaltung Torsten Lemme
unter Verwendung eines Fotos von Mauritius Bildagentur
Druck Elsnerdruck GmbH, Berlin
Printed in Germany

www.aufbau-taschenbuch.de

1

Das Kind in der Wiege schrie und greinte nicht wie andere Kinder. Es lauschte den Stimmen, die im Wispern der Flammen zu ihm sprachen, und betrachtete die Bilder, die im Rauch aus dem Torffeuer aufstiegen. Es schwieg und schaute und lauschte. Fast zwei Jahre lag es in der Geborgenheit der Wiege, die man aus der Upkammer neben das Herdfeuer geschafft hatte. Das Kind war zufrieden mit der Welt der Bilder, die es noch nicht beunruhigten. Am Abend saßen seine Leute um das Feuer. In das Zischen der glosenden Torfbrocken mischte sich der Klang menschlicher Stimmen. Im Stocken und Flüstern, im Dehnen der Laute, den Seufzern dazwischen, dem heftigen Atemholen, in all dem klang mehr mit, als die Worte besagten. Das Schüreisen fuhr in die Glut, im Prasseln des Feuers gellte der Schrecken ferner Kriege nach und das Brausen der Flammen, die sich irgendwo durch die Eichenbalken eines Hofes bis zum Dachfirst fraßen.

Es war fast, als herrschte eine Art Vakuum um die Wiege. Nicht, daß es dem Kleinen an etwas Lebensnotwendigem wie Nahrung und Wäsche fehlte. Nur außerhalb der Zeit, in der er zu versorgen war, blieb er sich selbst überlassen. Die abgewetzten Kufen der Wiege schaukelten kaum noch. Es kostete Mühe, sie in Bewegung zu halten, und so kam es selten vor, daß eine der Frauen im Haus beim Kartoffelnschälen und Bohnenschnippeln am Wiegenband zog. Es war bequem, das Kind in der Wiege zu lassen, und es war fast zu spät zum Laufenlernen, als endlich jemand daran dachte, den Jungen auf die Füße zu stellen.

Vielleicht wäre es dazu nie gekommen, wenn nicht Klara Potthoff, die Nachbarin, in die Wiege geschaut hätte, weil Jan sich aus den Tüchern und Bändern des Wickelbundes gekämpft hatte und mit den befreiten Füßen ans Fußbrett klopfte. Mittlerweile konnte er die Beinchen nicht mehr gerade ausstrecken.

»Mein Chott, liegt der immer noch in der Wiege? Wollt ihr ihn drin festwachsen lassen?« rief Klara und hob das Kind heraus.

Sprechen lernte Jan noch später. Möglicherweise lag es an den beiden Jahren in der Wiege, daß er lieber schwieg. Oder daran, daß die vielen Gedanken, die ihm im Kopf herumgingen, lieber dort blieben, als sich mühsam durch das Dickicht von Worten einen Weg nach draußen zu bahnen.

Jan war Mia Droste Tomberges letztes Kind, ein nachgeborenes, als das Empfangen und Gebären eigentlich schon beendet war. Möglicherweise hielt Mia das Kind zwei Jahre in der Wiege, um den Platz besetzt zu halten. Mia hatte genug vom Kinderkriegen. Fast jedes Jahr hatte sie eins geboren, meist im Herbst. Drei Christkinder waren darunter. Im zeitigen Frühjahr, im Februar, wenn der Frost weicher wurde, die beißende Kälte wich oder der Boden dunkel vor Nässe glänzte, überkam den Bauern wie alles rings in der Natur die Lust, mehr als zu andren Zeiten. Außerdem gab es nach den Winterarbeiten und vor der Frühjahrsbestellung nichts Wichtiges zu erledigen. Trotzdem füllte sich das Haus nicht übermäßig mit Kindern. So wie regelmäßig die Wiege in Gang kam, so wurden kleine Särge zum Hof hinausgetragen. »Gottes Wille«, predigte Pfarrer Niesing beim Einsegnen der Leichen auf der Tenne, und der Lauf der Natur, fügte er in Gedanken hinzu.

Die Geburt hatte Mia Droste Tomberge in einer nassen, stürmischen Novembernacht des Jahres 1803 getroffen. Ohne Vorwarnung setzten die Wehen ein, zwei bis drei Wochen früher als erwartet, wobei sich der Tag für eine Geburt nie genau vorhersagen ließ. Aber nach so zahlreichen Geburten, meinte Mia, ein Gefühl dafür zu haben, wann es soweit wäre. Sie lag in ihrem Bett in der Upkammer, als sie der erste Schmerz mit einer Wucht traf, die sie fast auseinanderriß. Mia stemmte den Rücken gegen den Strohsack.

Hubert Droste Tomberge bot unterdessen im Stall zusammen mit den Knechten und den beiden ältesten Söhnen alle Kraft auf, um Pferde und Kühe zu beruhigen. Ihr Stampfen, Muhen und Wiehern drang bis in die Upkammer.

Mia schrie gellend auf. Wenig später stand die Magd Anna in der Kammer mit der elfjährigen Lina an der Hand, Mias einziger Tochter, die sich zitternd an die Ältere klammerte. Anna und Lina teilten sich ein Schrankbett. Durch die Holzwand zur Upkammer hatten sie Mias Schrei gehört.

»Das Kind kommt. Bring Lina weg«, fuhr Mia die Magd an, »die hilft uns hier nicht. Weck Möhne Trude und schick Bennard zu Lütke Wierlings rüber, Martha holen.«

Die Magd starrte Mia entsetzt an. Lina begann zu plärren, weil sie die Furcht fühlte, die im Raum stand, die sie aber nicht begreifen konnte. Lina war blöd.

»Glotz nicht so. Nu mach schon.«

Anna schlug die Hand entsetzt vor den Mund und fuhr fort, Mia anzustarren. Da begriff diese. Es würde nichts nützen, nach Martha zu schicken. Martha hatte selbst vor ein paar Tagen geboren, eine gesunde, hübsche Tochter. Mia konnte auf keine weitere Hilfe in dieser Nacht hoffen als auf die einer unerfahrenen siebzehnjährigen Magd und einer alten ledigen Tante.

Eine neue Wehe schloß für einen Augenblick jeden Gedanken aus. Als sie verebbte, öffnete Mia die Augen und sah die Tante in Nachthemd und Haube in der Tür stehen.

»Möhne Trude«, stöhnte Mia, »das Kind kommt, und Martha kann nicht helfen. Nur du und die Anna, die von nichts eine Ahnung hat.«

Trude Bredenbeck war die Schwester von Mias Mutter Lina. Die Heirat der Schwester mit dem wohlhabenden Bauernsohn kam damals wie heute Trudes Vorstellung von einem Wunder auf schon blasphemische Weise nahe, denn sie bedeutete für die unansehnliche Trude mit der schief hängenden Schulter die Erlösung aus der Schäferei in der Gimbter Heide. Lina hatte darauf bestanden, daß Trude mit ihr in die Fremde ging. Vor zwei Jahren war die Schwester an einem bösartigen Fieber gestorben, und Trude sah sich in diesem Augenblick mit einer Verantwortung allein gelassen, die bisher die Schwester getragen hatte.

Tante Trude nickte besonnener, als ihr zumute war. »Das machen wir schon, nur keine Bange, Kind.«

Der Zuspruch verhalf Mia zu einer kurzen Entspannung, bis die nächste Wehe sie aufschreien ließ.

»Was schreist denn so«, tadelte die Tante, »das ist doch alles nichts Neues für dich.«

»Möhne, so schlimm war's noch nie«, preßte Mia hervor.

Tante Trude schickte Anna mit Lina aus der Kammer und versuchte, sich daran zu erinnern, was jetzt zu tun war. Während sie um das Bett wuselte, warf sie besorgte Blicke auf die Nichte. Mia hatte sich sonst nicht so beim Kinderkriegen.

Der Wind heulte im Kamin des Herdfeuers.

Mia, deren Sinne durch die bevorstehende Geburt bis aufs äußerste gereizt waren, nahm etwas Fremdes wahr, und es fiel ihr, von Schmerzen und bösen Vorahnungen geplagt, nichts anderes ein, als sich in bekannte Deutungen zu flüchten. In das Heulen des Sturmes legte sie das Jaulen aller Teufel und bösen Geister, den dumpfen Ton aus dem Jagdhorn des wilden Jägers Wode, der mit seiner Meute wohl die Moraste und Bruchwälder der Davert verlassen hatte und in die Venne hinausstürmte, als wäre ihm die Zeit bis zu den Rauhnächten, den zwölf heiligen Nächten zwischen Weihnachten und Dreikönig, zu lang geworden.

Das Licht der Kerze flackerte im Luftzug, der durch die Fenster drang, und warf unruhig zitternde Schatten an die Wände. Es war eine Nacht zum Sterben und nicht zum Leben, fühlte die alte Tante, die den Beschwernissen der Geburt bisher mit Gleichmut begegnet war. Mit zunehmendem Alter scherte sie die Not der Jungen immer weniger. Wer die Lust hatte, mußte auch das Leid tragen. Das hatte Gott gewollt. Nur diese Geburt war anders. Über dieser spürte sie den Schatten des Todesengels.

Wenn es man nur das Kind trifft, dachte Trude. Wir haben doch schon drei gesunde Söhne auf dem Hof, was will Hubert denn mehr? Der Bennard, der Älteste, kriegt den Hof, Lütke-Hubert und der Anton werden Knecht, wenn sich Lütke-Hubert und Bennard nicht an die Köppe kriegen, sind ja fast gleich alt, die beiden. Trude spähte zu Mia hinüber, die sich auf dem Strohsack herumwarf. Und wenn die mir draufgeht, sann Trude weiter. Warum sind der Lina, meiner Schwester, nur die drei Töchter am Leben geblieben? Eine Erbtochter ist doch nicht das gleiche wie ein Sohn. Und jetzt ist Hubert hier der Bauer, weil er Mia geheiratet hat.

Was ist, wenn sie krepiert? Was tut dann der Hubert? Ist ja selbst nur ein Eingeheirateter. Nicht mehr lange, und die Jungen drängen nach. Bennard ist fünfzehn, fast erwachsen. Am Ende muß ich in die Einöde zurück, zum Hannes in die Schäferei. Da soll mich der Herrgott lieber vorher holen. Trude biß sich auf die Zunge und schlug ein Kreuzzeichen, um den letzten Gedanken zurückzunehmen.

Anna stolperte wieder in die Stube, nachdem sie Lina im Schrankbett eingeschlossen hatte. Ihr Gesicht rötete sich vor Aufregung und Hilflosigkeit angesichts der Gebärenden, die sich schreiend an ihre Bettstatt klammerte.

»Anna«, stöhnte Mia in einem lichteren Augenblick, »geh nachschauen, ob das Feuer gelöscht ist, nicht, daß uns noch der ganze Hof abbrennt.«

Das Mädchen schwor später, den Schatten des Leibhaftigen an der Wand gesehen, und noch später, die Toten in ihren Särgen klopfen gehört zu haben, die die Lebende riefen, und verdrängte dabei, daß das Klopfen von Lina herrührte, die mit den Fäusten gegen die Holzwand hämmerte.

Hubert stapfte herein, von der Magd geschickt. Mia gelang es nicht, das Schreien zu unterdrücken. Hubert zuckte zusammen, ließ sich von ihrer Qual verstören.

»Ich schick Bennard zu Potthoff rüber, Klara muß kommen«, stammelte er und wandte den Kopf, halb schon auf der Flucht.

»Schick nich Bennard, schick Lütke-Hubert«, stöhnte Mia, die auch in diesem Augenblick nicht vergaß, sich um ihren Ältesten, den Hoferben, zu sorgen. Sie dachte an die morastigen Wege durchs Venn.

Aber Hubert hörte sie nicht mehr, er hatte die Kammer verlassen.

Nach zwei Stunden, in denen sich das Heulen des Sturms mit dem Gewimmer der Gebärenden und den angstvollen Stimmen aus dem Stall mischte, preschte Bernards Pferd allein in den Hof, froh wiehernd, den vertrauten Stall erreicht zu haben. Die Knechte horchten in den Sturm und weigerten sich, Hubert auf der Suche nach dem Sohn zu begleiten.

»Dann geh ich allein, aber das werdet ihr mir büßen.« Mit plötzlich aufflackerndem Zorn griff Hubert nach den Zügeln des Pferdes, das die Knechte mit einem Strohwisch trockenzureiben suchten.

»Willst du auch im Morast versinken?« Der alte Droste Tomberge, Mias Vater, war unbemerkt herangeschlurft. »Was soll aus dem Hof werden, wenn du da draußen verreckst? Bennard ist in Gottes Hand. Komm in die Küche und laß uns beten.«

Noch jemand wollte nicht, daß der Vater in die Nacht hinausritt. Anton, der Siebenjährige, klammerte sich an Huberts Bein. Warum schreit Modder so? hämmerte es in seinem Kopf. Sie soll aufhören damit. Warum hatte Möhne Trude ihn am Arm gepackt, als er in die Kammer laufen wollte? Daß da was Neues ankommen sollte, wußte Anton schon. Was ging ihn das an, er kam vor dem neuen Kind. »Wenn wir man nicht bald das Totenglöckchen hier hören«, hatte Möhne düster gemurmelt, und Anton hatte aus der von Angst geschärften Hellsichtigkeit des Augenblicks genau verstanden, daß die Mutter gemeint war.

Er schrie dem Vater ins Ohr: »Vadder, laß den Storch das neue Kind wieder in den Pfuhl schmeißen, ich will es nicht.«

Hubert gab ihm eine Ohrfeige. »Willst du wohl still sein.«

Bald saßen alle, die nichts zu tun hatten, mit dem Rosen-

kranz um das gelöschte Herdfeuer und starrten in den Schein
der Kerze, die Lichtmeß geweiht worden war, um in Nächten
wie dieser Trost zu spenden.

Eine weitere Stunde verrann, und die in der Küche fragten
sich, ob es am Morgen drei Tote geben würde.

»Möhne«, flüsterte Mia, »mit dem Kind stimmt was nicht.
Ich spür das. Ich glaub, es liegt falsch.« Ihre Stimme klang
matt. Trude entsetzte sich beim Klang dieser Stimme mehr als
bei dem Geschrei vorher. Mit Mia schien es zu Ende zu gehen.
Die Alte legte zögernd die Hände auf den hochgewölbten Leib
und zuckte zusammen, als Mias Hände sich über ihre krallten.

»Da, spürst du das? Das Kind liegt verkehrt. Es kann nicht
raus.«

Trude war schon lange klar, daß hier etwas nicht stimmte,
und so entschloß sie sich zu einem unerhörten Schritt, um wenigstens das Leben der Nichte zu retten. Sie schickte Anna, die
ihr nun doch zur Hand ging, den Bauern holen.

Hubert blieb auf der untersten Stufe stehen.

»Komm rauf«, flehte Trude, »du mußt was tun, sonst krepiert Mia.«

»Bist du noch gescheit? Das ist Frauensache, das müßt ihr
unter euch abmachen.« Hubert hob abwehrend die Hände und
ließ sie langsam sinken, als er Mia stöhnen hörte. »Ich wüßt
auch nicht, was tun«, flüsterte er ratlos. Das Mitleid schnürte
ihm die Kehle zu, während sich sein Fuß schon rückwärts tastete.

Trudes Stimme ließ ihn innehalten. »Hubert, das Kind liegt
falsch, will mit dem Stiärt raus. Du kennst das doch, wenn ein
Kalb in der Kuh falsch liegt, dann versuchst du, es zu drehen
oder bei den Hufen zu packen. Hubert, das hier ist nichts anderes, du hast das doch schon gemacht, Hubert, komm her!«
Die Stimme drängte und beschwor so lange, bis Hubert nicht
anders konnte, als an das Bett heranzutreten.

Schließlich drückten Anna und Trude Mia die Knie auseinander, und Huberts Hand wand sich in den Leib seiner
Frau. Am Ende einer letzten Preßwehe, die Mias Körper sich

11

aufbäumen ließ, zog er an zwei winzigen Füßen ein blutiges Bündel mit einem Schwall dunkelroten Blutes aus Mia heraus. Hubert ließ das Kind auf den durchweichten Strohsack fallen und kümmerte sich nicht darum, ob es lebte oder starb. Er wankte aus der Stube, ohne sich umzuschauen, wollte nichts weiter, als Blut, Gestank und Gewimmer entgehen. Mia war kein Mensch mehr für ihn. Hubert verstand jetzt, warum Frauen beim Akt der Geburt keinen Mann duldeten. Möhne Trude hatte recht. Es war kaum anders als bei einer kalbenden Kuh. Das ist nicht gerecht, haderte er mit seinem Schöpfer, daß der Mensch nicht mehr sein soll als das Vieh.

Im Morgengrauen kam Bernard auf den Hof gekrochen, verdreckt von Kopf bis Fuß, aber heil an allen Gliedern.

In der Upkammer war es Trude mit Anna zusammen gelungen, Mia auf sauberes Stroh und saubere Laken zu betten, das Kind, das seltsamerweise lebte, zu reinigen und in die alte Familienwiege zu legen.

Mia sank in einen erschöpften Schlaf und auch das Kind, das nicht hatte zur Welt kommen wollen. Wär vielleicht gar nicht so verkehrt gewesen, dachte Trude nüchtern. Was hat er schon zu erwarten, der Kleine, als vierter Sohn?

Seit 300 Jahren saßen die Droste Tomberge auf ihrem Hof, dem ehemals größten in diesem Teil der Venne zwischen Venntruper Heide und Venner Moor, am westlichen Rand der Davert, drei bis vier Wegstunden vom nordöstlich gelegenen Münster entfernt. Noch immer beeindruckte der Hof mit dem breiten Vier-Ständerhaus, der Lieftucht, dem Häuschen für den Altbauern, der Scheune, dem Schuppen, dem Schweinestall und der Immenschuer, dem Bienenhaus. Alte Eichen standen im Hof, Schattenspender im Sommer und durch das wertvolle Holz die Spardose, der Notgroschen für schlechte Zeiten. Um das Gehöft zog sich eine mächtige Wallhecke, dicht verwachsen, auf einer Seite von einer Gräfte, einem Wassergraben, begleitet, letzter Hinweis darauf, daß dem Hof ehemals, als größtem Erbpachthof, als Vollerbenhof der Droste zu

Senden, mehr Bedeutung zugekommen war. Tatsächlich war es mit dem Hof stetig, wenn auch sehr gemächlich, bergab gegangen durch ein paar ungeschickte Vorfahren und die vergangenen unruhigen Zeiten wie die Kriege des machthungrigen Bischofs Christoph Bernhard von Galen und die Umtriebe Bischof Clemens August von Bayerns, des Franzosenfreundes, der die Münsterländer in den Siebenjährigen Krieg hineingezogen hatte. Jetzt gehörte nur noch ein Heuerlingskotten, der von Lütke Wierling, zum Drostehof. Der andere, der von Pentrop, war im vorigen Jahrhundert aus der Abhängigkeit der Drostes in die der landadeligen Schonebecks geraten, die das meiste Land ringsum besaßen. Der dritte Kotten, mitten im Venn gelegen, war mit der Zeit verschwunden, es fand sich kein Pächter mehr, der die paar sumpfigen Äcker bearbeiten mochte. Längst waren vom ehemaligen Wohnhaus nur ein paar morsche Balken übrig, in denen Eulen und Nattern hausten.

Mit vier weiteren Höfen und dem Heuerlingskotten bildete Droste Tomberge eine Nachbarschaft im Venn. Die sechs Höfe ergaben ein Dreieck, dessen Spitze nach Süden wies. Diese Spitze nahm der Hof von Anton und Klara Potthoff und ihren Kindern ein.

Die Höfe von Schulze Hundrup, Holtkamp und Pentrop bildeten, fast in einer Reihe liegend, die nördliche breite Seite des Dreiecks. Der Schulzenhof, in der nordwestlichen Ecke, kam an Bedeutung mittlerweile dem Drostehof gleich, man konnte nicht mehr genau sagen, welcher der gewichtigere war. Das führte dazu, daß sich die Drostes und die Schulzes nicht immer ganz grün waren, abgesehen von der alten Geschichte zwischen Mia und Johann Schulze Hundrup.

Der Drostehof bildete die Mitte der Dreiecksseite zwischen Potthoff im Süden und Pentrop im Nordosten. Und noch mal auf halber Strecke, aber mehr im Venn, lag der Heuerlingshof. Welcher Vorfahre der Drostes auch immer die Hofstelle gründete, er hatte den Platz klug gewählt, auf einer Erhebung, einem Esch von zwei bis drei Metern, einer schmalen Kleizunge zwischen Torfheide und Moor. Eine Mergelgrube, die sich langsam erschöpfte, sicherte bis jetzt die Fruchtbarkeit des Bodens, so daß die Drostes weniger als die anderen, die sich später ansiedelten, auf die mühsame Düngung der Äcker durch die Plaggen angewiesen waren, die aus dem Moor und der Heide gestochen wurden.

In den wachen, einsamen Nächten, die auf die Geburt folgten – denn der Sturm tobte drei Tage ums Haus –, beschloß Mia, das Kind, das sie nicht für lebensfähig hielt, Jan zu nennen. Sie hoffte, damit eine alte Geschichte still für sich begraben zu können.

Mia war die Erbtochter gewesen, aber von drei Schwestern die am wenigsten hübsche, was sie kaum störte, da nichts an ihrer Stellung im Leben etwas ändern konnte.

Sie bändelte mit Johann auf dem Schützenfest an, indem sie ihm ein Kränzchen an die Joppe steckte, als er mit den andern Bauern vom Königsschießen kam. Johann, ein nachgeborener Sohn ohne Aussicht auf ein Erbe, sah die Sache so vernünftig und richtig und angemessen wie seine Eltern, die Schulze Hundrups, die nichts dagegen hatten, daß einer ihrer Söhne den Drostehof heiratete. Solange noch nichts ausgemacht war, zog Johann es vor, für ein paar Gulden mit den Hollandgängern, von denen die meisten aus dem Tecklenburgischen kamen, über die Grenze zum Torfstechen und Grasmähen zu gehen, statt sich für das Erbe seines Bruders Heinrich abzurackern.

Nach einer Saison im Nachbarland änderte Johann seinen Namen in das holländische Jan, das ihm flotter vorkam. Die Namensänderung ging auf eine junge Holländerin zurück, die einen größeren Hof als Mia erbte.

Das alles erfuhren Mia und die Nachbarn von zurückkehrenden Hollandgängern, die in der Venne eine Rast einlegten und keine Einzelheit ausließen, weder über die hübsche, neue Braut noch über ihren Hof. Die Geschichte von Jan, den sie jetzt Hans im Glück nannten, unterhielt die Bauern zwischen Senden und Ottmarsbocholt einen ganzen öden Winter lang.

Hätte es eine feste Absprache zwischen den Drostes und den Schulze Hundrups gegeben, wäre es zu einer rechtlichen Auseinandersetzung gekommen und zu einer beiderseitigen Klärung und Übereinkunft. So blieb es bei dem Gerede auf den Höfen, das dem Ansehen der Drostes, und Mias vor allem, schadete.

Das Offensichtliche genügte den Redseligen bald nicht mehr. Die Phantasie, die sich am Gehörten und Erahnten entzündet, trieb Blüten in Andeutungen und versteckten Hinweisen, ein ländlicher Zeitvertreib, mit jener gemütlichen Spottlust gewürzt, die nichts eigentlich Böses im Sinn hat, nur ätzte sie den Stolz der ältesten Drostetochter wie Säure. Mancher mochte es ahnen, Mia allein wußte, daß etwas anderes zwischen ihr und Johann stand als die Lockung durch einen größeren Besitz und eine hübschere Braut, nur dafür hätte Johann seine Heimat nicht aufgegeben.

Mia heiratete keineswegs den ersten besten, der ihr danach über den Weg lief, sondern durchaus mit Bedacht, obwohl die Nachbarn munkelten, daß sie sich aus Verzweiflung weggeworfen hätte. Ihre Wahl fiel auf Hubert Sudhoff, einen Kötterssohn ohne Erbaussichten aus der Gegend hinter Ottmarsbocholt. Seine Familie gehörte zur weitläufigen Verwandtschaft der Drostes, weshalb sie sich ein wenig Ansehen zumaß, während sich die Drostes ihrerseits nur mit Mühe der Verwandtschaft entsannen. Als sich Mia und Hubert auf der Frühjahrskirmes in Senden begegneten und Hubert ein gewisses Interesse in Mias Augen las, bedachte er sich nicht lange.

Ihre Eltern aber versagten der Heirat ihre Einwilligung, und Mia mußte lange herumschreien und schließlich damit drohen, sich im Brunnen zu ertränken, bis der Vater Bereitschaft zeigte, eventuell nachzugeben. Mia gelang es, am Arm des stattlichen Hubert Sudhoff den Kopf wieder hoch zu tragen.

Vater Bernhard war jemand, der sich nicht drängen ließ und alles genau erwog. Als Bedingung für die Heirat wurde schließlich ausgemacht, daß Hubert ein Jahr als Knecht auf dem Drostehof schaffen würde, um seine Eignung als zukünftiger Bauer zu beweisen. Ohne Lohn, verstand sich, Huberts Dienst würde einen kleinen Ausgleich bringen für die Summe, die Bernhard Droste zu seiner Ablösung aus der Eigenbehörigkeit aufzubringen sich gezwungen sah. Denn das war für die Eltern das Ärgste an der Sache. Es ging nicht an, daß Mia, eine frei geborene Bauerntochter aus altem Geschlecht, einen Eigenbehörigen ehelichte.

Bernhard Droste rechnete seinem unerwünschten Schwiegersohn vor, was jeder Acker an Frucht in der nächsten Erntezeit tragen müßte, wieviel Milch er von den Kühen erwartete und wie hoch das Gras auf den Wiesen zu wachsen hatte. Fehlte noch, daß er vorgab, wieviel Eier die Hühner zu legen hatten und wieviel Ferkel die Sau werfen sollte. Mia durchkreuzte die Rechnung mit Leichtigkeit, als sie drei Monate später verkündete, daß sie schwanger sei. Sie heirateten noch vor Ostern, was niemandem einfiel, den nicht besondere Umstände trieben. Da wußten auch die Nachbarn Bescheid.

Es dauerte noch neun Jahre, bis Hubert seinem Schwiegervater zur Genüge bewiesen hatte, daß er zu wirtschaften verstand und keine Mühe hatte, die Erbfolge zu sichern. Erst dann übergab Bernhard Droste den Hof an ihn, der längst, wie es üblich war, den Namen des Hofes, Droste Tomberge, angenommen hatte. Jetzt endlich war Hubert Bauer auf seinem eigenen Hof. Mias Eltern zogen in die Lieftucht, ins Austragshäuschen.

Mia dachte in ihrem Wochenbett an diese alten Geschichten und an das Versprechen, das Hubert vor der Hochzeit von ihr erpreßt hatte. Es war wohl doch etwas zu ihm durchgesickert. Sie dachte an die ersten Kinder, die kaum ein Jahr alt wurden. Sie starben an Krämpfen, am Fieber, am Husten. Sie hatte lernen müssen, einem Kind nicht zuviel Liebe zu schenken, weil sie nicht wissen konnte, wie lange sie es behalten durfte. Trotzdem hätte sie dem neugeborenen Jan mehr Aufmerksamkeit gegönnt, wenn sie nicht die Erinnerung an die Geburt mit Scham erfüllte, sobald sie das Kind an die Brust nahm und den blonden Flaum auf dem Kinderkopf betrachtete. Sie war froh, nach dem Stillen den Kleinen Trude wieder überlassen zu können.

Trude war so umsichtig gewesen, Anna noch in der Nacht der Geburt ins Gebet zu nehmen. Da die gestammelten Beteuerungen der Magd ihr nicht genügten, ließ sie das Mädchen auf die Bibel schwören, daß ihr nie im Leben ein Wort über die Einzelheiten der Geburt über die Lippen kommen würde.

Anna setzte sich, als sie Trude entkommen war, zu den anderen, die alte Tante verschwand wieder in der Wöchnerinnenkammer. Im Laufe einer durchwachten Nacht bei Sturm und Regen wird nicht nur gebetet.

Möglicherweise hatte Anna tatsächlich nicht geredet, sondern Hubert war eine Andeutung entschlüpft, als er nach einem rastlosen Gang durch die Ställe bei den anderen am kalten Herdfeuer saß und ihm die Angst um seinen Ältesten in den Eingeweiden saß. Lütke-Hubert hatte vielleicht etwas aufgeschnappt, obwohl er mehr damit beschäftigt war, sich auszumalen, was passieren würde, wenn Bernard nicht zurückkäme. Dann würde er dem Vater als Bauer folgen. Aber dann gäbe es keinen älteren Bruder, der ihm sagte, was er in diesem oder jenem Fall zu tun hätte. Lütke-Hubert verwirrte der Gedanke, plötzlich ohne brüderliche Hilfe das Leben bestehen zu müssen.

Den Großvater hatten die Knechte rechtzeitig vor dem größten Wüten des Sturmes aus seinem Häuschen herübergeholt. Er nahm das Ausbleiben des Ältesten und die Geburt des Jüngsten nicht ohne Anteilnahme, doch letztendlich mit Gleichmut auf. Großvater Bernhard Droste ließ seinen Blick vom vierzehnjährigen Lütke-Hubert zum siebenjährigen Anton wandern, der mit dem Kopf auf den Armen schlief. Die Zukunft des Hofes schien gesichert.

Noch zwei Tage tobte der Sturm in der Venne. Mia wartete auf den Tod des Unglückswurms, der sich erst geweigert hatte, ins Leben zu treten und sich nun weigerte zu sterben.

Hubert zog zum Großvater in die Lieftucht, um die Wöchnerin nicht zu stören, wie er sagte. In den Tagen des Sturms sah er nicht oft nach Mutter und Kind. Fragte er Mia nach ihrem Befinden, hielt er den Blick fest auf das Kruzifix an der Wand über ihr gerichtet. Mia wurde ganz kalt unter der Decke. In Hubert stieg hin und wieder das Bild von Mias aufgerissenem Leib hoch. Dann zankte er mit den Knechten und Bernard, bis sein Ältester nur noch mit finsterem Gesicht über den Hof schlurfte.

Im Morgengrauen nach der dritten Nacht erhob sich draußen ein Getöse, größer und lauter als das Schrillen und Brausen des Sturms. Es klang wie ein gewaltiges Rauschen, ein Stöhnen mischte sich ein, ein Knacken und Knirschen, als würden die Schollen der Erde zum jüngsten Tag aufbrechen.

Noch nie hatte Hubert etwas Derartiges gehört. Es vertiefte das Grauen in seiner Seele. Als Stille einkehrte, der Sturm flaute ab, gellte es ihm noch so in den Ohren, daß ihm die Katastrophe, die er im Dämmerlicht sah, im ersten Moment geradezu gering vorkam. Genauer gesagt, erkannte er den vertrauten Platz vor der Tennentür nicht wieder, so daß ihn das Chaos draußen für einen Augenblick nichts anzugehen schien. Das innere Bild seines Hofes stimmte mit dem äußeren nur noch vage überein, die Mitte fehlte, das Herz: der Sturm hatte sich als Beute die größte Eiche geholt. Sie war quer über den Hof gefallen, hatte knapp die Scheune verfehlt und mit der Krone die Wallhecke zerschmettert. Die Größe eines solchen wohl dreihundert Jahre alten Baumes läßt sich erst dann ermessen, wenn er der Länge nach am Boden liegt. Das Wurzelwerk überragte das Tennentor und das Astgewirr der Krone den noch unzerstörten Teil der Wallhecke mehr als haushoch.

Die Knechte und Huberts Jungen näherten sich beklommen dem gefallenen Riesen und starrten ungläubig in den schweren, grauen Himmel über dem Hofplatz, der, so weit die Erinnerung der Droste zurückreichte, von der Eiche beschirmt worden war.

Hubert hörte hinter sich den Großvater heranschlurfen und

brauchte sich nicht umzudrehen, um zu wissen, was der Alte fühlte. Er spürte selbst das Gewicht, das der Baum im Niederbrechen auf seine Seele gelegt hatte. Sein Rücken krümmte sich unwillkürlich wie der des Alten.

In der Nacht hatte der Regen aufgehört, und gegen Morgen war der Sturm abgeflaut, hatte mit seinem letzten Wehen die Wege getrocknet und Kälte mitgebracht, die mit einer Schicht Frost den Boden festigte. Hubert wagte es, die Knechte zu den Nachbarn zu schicken, um, wie es der Brauch verlangte, die Geburt anzuzeigen und um Hilfe zu bitten bei dem Unglücksfall.

Josef Lütke Wierling, der Heuerling, kam nachsehen, wie die Drostes das Unwetter überstanden hatten, als die Knechte gerade vom Hof ritten. Er blieb nicht länger als nötig, um das Wichtigste zu erfahren, und eilte dann, sein Werkzeug zu holen und Martha von der verfrühten Geburt zu erzählen. Hubert, berichtete er, habe merkwürdig dreingeschaut, als er von dem Kind sprach. Martha, mit ihrer sechs Tage alten Lisbeth im Arm, setzte sich, begierig nach weiteren Einzelheiten, im Bett auf.

Von den übrigen Nachbarn kam Anton Potthoff als erster. Ruhig und gefaßt lud er die Werkzeuge vom Leiterwagen und erkundigte sich in einer beiläufigen Art nach Mia und dem Kind, während er Hubert mit stetem Blick musterte. Klara hatte ihm, nachdem sie den Drosteknecht ausgehorcht hatte, genau aufgetragen, was er fragen sollte. Sie mußte zu Hause bleiben und die Kinder pflegen, die an Winterhusten litten.

Mit Peitschenknallen rumpelte schließlich Heinrich Schulze Hundrup auf den Hof, von seinen Söhnen Hermann und Paul begleitet. Heinrich stand breitbeinig vorn auf dem Wagen und blickte abschätzig über den Hof und zu Hubert, der ihm finster von unten entgegenstarrte.

Franz Pentrop blieb im Dreck stecken und kehrte schließlich um, Ludger Holtkamp waren das Backhaus und die halbe Scheune abgebrannt, und er brauchte selbst Hilfe. Da niemand mehr zu erwarten war, machten sich die Drostes mit ihren

Helfern an die Arbeit. Drei Tage fuhren Sägen und Äxte ins Holz, erfüllten den Hof mit einem hellen Klang, der die dunklen Geister von Nacht und Sturm bannte. Wenig Worte fielen, jeder wußte, was zu tun war, Schlag folgte auf Schlag. Es gab keinen, der fleißiger und akkurater sägte als Hubert, sich mehr hingab an eine Arbeit, in der er ein Wiedergewinnen menschlicher Ordnung und Sicherheit sah, das sein Gemüt beruhigte und aufrichtete. Am Abend prostete er Heinrich Schulze Hundrup mit einem hausgemachten Klaren zu, und Heinrich schlug ihm anerkennend auf die Schulter, bevor er nach Hause fuhr.

Am zweiten Tag kamen Minna Pentrop und Änne Holtkamp vorbei, um nach Mutter und Kind zu sehen.

Es dauerte nicht lange, und rund um den eisernen Bohnentopf über dem Herdfeuer und bei der Arbeit im Hof setzte ein Wispern und Geraune ein, das kein Ende nehmen wollte: Er hat so helle Augen, allzu hell, wo hatte man schon einmal so ein durchscheinendes Blau gesehen? Die Händchen, weich und schwach wie Blütenblätter, ballten sich nicht zur Faust. Der wird nie was im Leben festhalten.

Zuletzt kam ein Wort auf, das begierig von Mund zu Mund getragen wurde. Hubert hörte es schließlich im Singen der Säge. Wechselbalg, ein Wechselbalg, kreischten die Sägen im Holz. Ein Monstrum mit dem bösen Blick, hämmerten die Äxte.

Vor der Niendüer, der Tür zur Tenne, stapelte sich das Holz, aber Hubert hatte keine Freude mehr an ihm. Endlich war der letzte Axtschlag gefallen, der letzte Balken lag hoch auf dem Haufen, Hubert griff zu und rückte das Holz zurecht. Da fuhr etwas in seine Hand, kroch den Arm hinauf bis in seinen Kopf und begann, sich aus einem nebelhaften Eindruck zu einem Bild zu verdichten, daß sich Hubert die Haare im Nacken sträubten. Gerade als er meinte, den Sinn des Bildes zu erfassen, dröhnte Heinrichs Stimme herüber, der am anderen Ende an den Stapel herangetreten war und seine Pranke darauf legte. »Das nenn ich einen feinen Haufen Holz, bald genug, um ein Haus zu bauen. Aber dazu wirst du's nicht lang genug behalten.«

Einen Wimpernschlag lang war Hubert noch versucht, der sonderbaren Anwandlung nachzuspüren, die ihm schon zu entgleiten drohte, da zog er hastig seine Hand vom Balken und hielt in der Bewegung inne, um sich nicht zu bekreuzigen und dadurch Heinrichs Aufmerksamkeit stärker zu erregen. Heinrich hatte noch nicht geendet, da hatte sich Hubert das Wahnbild als Humbug aus dem Hirn geschlagen. Aber wie es bei solchen willentlichen Akten geht, das Verdrängte schwindet bereitwillig aus dem vordergründigen Bewußtsein und sackt tief in Schichten des Untergründigen, um dort seiner Stunde zu harren. Hubert würde das Bild wiedererkennen. Jetzt aber erhob er angriffslustig seine Stimme, vertrieb den dunklen Schatten des fast Geschauten.

»So? Und wer, außer mir, sollte wohl Anspruch darauf erheben?«

»Wer wohl? Freu dich, Hubert, brauchst dir um das Holz keine Gedanken zu machen, die Preußen nehmen's gerne mit, wie's da liegt, und sagen, es paßt genau für die Schatzung, die jetzt ansteht. Sollen wir das Holz noch auf die Tenne legen, damit es den Preußen nicht naß wird?«

Josef Lütke Wierling war von hinten an Heinrich herangetreten, nahm bedächtig die Pfeife aus dem Mund, stieß den Rauch aus und sagte: »Und du stellst gleich deine zwei Buben daneben, Heinrich. Wie ich gehört habe, heben die Preußen neue Truppen aus, da kommen ihnen Hermann und Paul gerade recht, stattlich wie die sind.«

»Immer sachte, Nachbarn«, ließ sich der alte Droste hören mit Tonkruke und Zinnlöffel in der Hand. Ein verschmitzter Ausdruck lag auf seinem Gesicht, das in gut sechzig Sommern und Wintern wie ein alter Apfel verschrumpelt und rotbraun gebacken worden war. Obwohl der Alte staturmäßig nicht viel hermachte und die Stimme kaum erhob, konnte ihm selbst der große und laute Heinrich, auch wenn es ihn jedesmal ärgerte, die geforderte Aufmerksamkeit nicht versagen.

»Heinrich, auch wenn deine Buben noch keinen Gestellungsbefehl bekommen haben, paß auf sie auf, schick sie ins

Moor, wenn es sein muß, und wir kümmern uns um das Holz, auf daß die Preußen das Nachsehen haben. Darauf laßt uns einen heben.«

Der Zinnlöffel mit dem Klaren machte die Runde, stärkte den nachbarlichen Zusammenhalt und befeuerte den Haß auf die Preußen, die ihre Hände ausstreckten nach Geld, Vieh und Menschen.

»Als die Preußen letztes Jahr im August in Münster einzogen, haben die Menschen lauthals geweint und geklagt«, erzählte Anton Potthoff.

»Ja, und keiner hat einen Finger wider sie gekrümmt«, schrie der junge Bernard Droste.

Der alte Droste stahl sich leise davon und folgte Klara Potthoff, die von den anderen unbemerkt den Hofplatz mit einem Korb am Arm betreten hatte und mit ruhigem Schritt durch die Tenne ging, die Küche durchquerte und, ohne innezuhalten, die Treppe zur Upkammer erstieg.

Klara warf einen wissenden Blick auf das Kind, als sie den Korb vom Arm streifte. Sie fragte Mia nach Einzelheiten der Geburt, während sie sich über die Wiege beugte, und wunderte sich nicht weiter, als Mia ausweichende Antworten gab. Klara löste den Wickelbund und schlug die Tücher auseinander. Dann maß sie dem Kind die Hände und Füße, umfaßte den Kopf, schaute auch wohl in die Ohren und in das zahnlose Mäulchen. Das schien Mia ganz in Ordnung, denn Klara wurde in der Venne als Hebamme gerufen, auch wenn sie den Beruf nicht extra auf einer Hebammenschule erlernt hatte. Sie prüfte die Abnabelung. Zum Schluß strich sie dem Kleinen freundlich durch den blonden Flaum.

»Laß man, Mia, der macht sich schon, ein kräftiges, gesundes Kind, auch wenn es auf den ersten Blick nicht so aussieht.«

Mia wollte das nicht hören.

»Dir hab ich was zur Stärkung mitgebracht. Du mußt wieder zu Kräften kommen. Hast wohl viel Blut verloren. Siehst sonst nicht so blaß aus. Komm, trink das mal gleich.«

Klara hielt Mia eine Tonkruke an den Mund, die mehr als

puren Schnaps enthielt. Die Flüssigkeit schmeckte nach Kräutern und rann Mia brennend und wohltuend die Kehle hinab. Das Gebräu verbreitete eine angenehme Wärme im Magen und einen Nebel im Hirn. »Meinst du nicht, der Schnaps schadet meiner Milch?« flüsterte Mia und gab sich mit geschlossenen Augen einem Wohlgefühl hin. Als die Antwort auf sich warten ließ, öffnete sie die Augen wieder und sah Klara über die Wiege gebeugt allerhand Zeichen schlagen. Ihre Lippen bewegten sich stumm. Klara besprach das Kind.

»Klara?« rief Mia mit einem Mal scharf.

»Mach dir keine Gedanken, Mia. Trink noch einen Schluck, das tut dir gut und kann dem Kind nicht schaden.«

Klara schüttelte ihr die Kissen auf und drückte sie sanft hinein. Sie griff nach Mias Händen und hielt sie fest. Mia spürte die Kraft, die von Klaras Händen ausging.

Dann war Klara fort, und der Alte kam die Stufen herauf. Auch er beugte sich über die Wiege.

»Hat die Hexe ihre Zaubersprüche aufgesagt?« Als er Mias Erschrecken wahrnahm, fügte er hinzu: »Laß die nur brabbeln, das schadet nicht.«

Nachdenklich schaute er in die Wiege und sagte so leise, als wäre es nur für ihn selbst bestimmt: »So einer ist das also. Den hüt man schön, Miakind.«

Es sollte an diesem Tag nicht der letzte Besuch an der Wiege sein. Martha Lütke Wierling hatte sich aus dem Kindbett aufgerafft, ihre Tochter Lisbeth mit einem gestickten Häubchen ausstaffiert und in ein gutes Umschlagtuch gehüllt, ihren besten Rock angezogen und die Haare gebürstet, bis sie wie mattes Gold glänzten. So aufgeputzt stand sie mit dem Kind im Arm an Mias Bett und fühlte sich mit einem Mal unbehaglich. Hatte sie sich nicht über die Bräuche hinweggesetzt, die von einer jungen Mutter verlangten, bis zur Aussegnung nicht weiter zu gehen, wie das Dach des eigenen Hauses reichte? Nur um Mia Beistand zu leisten, war sie gekommen, versicherte sie sich stumm zur Ermutigung. Mit dem Kind sei etwas nicht in Ordnung, auch bei der Geburt gab es Merkwürdigkeiten, rief sie sich Josefs Worte ins Gedächtnis, wobei sie aus dem Gerede nicht recht klug geworden war. Jedenfalls stand sie jetzt hier, um den Dingen auf den Grund zu gehen und, wenn nötig, ihre Hilfe anzubieten.

Mia wußte, was Marthas Aufzug zu bedeuten hatte. Das sah Martha an ihrem Blick. Mia betrachtete mißgelaunt das hübsche Bild, das die andere mit ihrem Säugling bot. Alles, was an dieser rund und lieblich war, war an ihr herb und eckig, das lag nicht nur an den zehn Jahren Altersunterschied.

Sie schaute voll Neid auf das hübsche Köpfchen, das aus dem Tuch lugte. So eine rosige, gesunde Tochter hatte sie sich immer gewünscht. Als hätte der Gedanke einen Ungeist aufgeschreckt, steckte Lina, ihre eigene blöde Tochter, den zerzausten Blondschopf durch die Tür, starrte die Besucherin aus vorquellenden blauen Augen an und fragte weinerlich: »Modder?«

Mia nahm das Mitleid in Marthas Augen wahr, als diese sich von der unglücklichen Tochter zur Mutter umwandte, und ließ ihren Ärger an Lina aus. »Was willst du hier?« Erschrocken fuhr die Kleine herum und hastete die Stiege hinunter.

Martha hatte sich bei Mias barschem Ton zur Wiege geflüchtet und beugte sich über sie.

»Das Kind ist ja hübsch!« rief sie aus, und ehrliches Erstaunen lag in ihrer Stimme.

»Glaubst du wirklich?« fragte Mia verblüfft zurück, und dann fuhr sie so schroff fort, daß Scham und Verbitterung durchklangen: »Du hättest hören sollen, was sie über das Kind redeten, als sie dachten, ich schlafe. Ein Wechselbalg sei es. Klara Potthoff ist die einzige, die nicht meint, ich habe eine Mißgeburt geboren.«

Martha beugte sich tiefer über die Wiege, um ihre brennenden Wangen zu verbergen. »Aber nein, laß dir nicht so ein dummes Zeug einreden. Sieh doch mal, das Kind ist an allen Gliedern wohlgestaltet und hat so hellen, hübschen Flaum auf dem Köpfchen. Ich finde, es ist allerliebst.«

Vielleicht übertrieb sie in dem Bestreben, Mias Kummer zu

lindern, aber die Worte zeigten die gewünschte Wirkung. Mias Züge entspannten sich, über ihre Wangen liefen erlösende Tränen.

Später saß Martha auf der Bettkante und versuchte, Mia über die Geburt auszuhorchen. Hatte sie lange in den Wehen gelegen? Sehr geblutet? Wer hatte ihr beigestanden? Doch nicht bloß die alte Trude? Mia versteifte sich innerlich, während die sanfte Stimme unablässig drängte, und schob das Kind der anderen fort, dessen rosige Wange sie eben noch gestreichelt hatte. Marthas Gesicht ließen Mißmut und Zurückweisung weniger hübsch erscheinen, als sie endlich mit ihrer Tochter die Kammer verließ.

Mia lehnte sich in die Kissen zurück. War Marthas Gefasel aufrichtig gewesen? Sie beugte sich vor und spähte in die Wiege. Unbewegt gab der geisterbleiche Wurm, der in ihr lag, ihren Blick zurück. Ein hübsches Kind?

Die Wierlings waren nur Heuerlinge, dienstverpflichtet den Drostes, die ihnen für ihre Arbeit den Kotten zur Verfügung stellten und ein paar kleine Äcker zur eigenen Bewirtschaftung. Martha wußte, daß das Schicksal ihrer Familie vom Wohlwollen der Drostes abhing und dieses auf einer Verwandtschaft gründete, die sich mit jeder neuen Generation weiter in den Nebeln der Vergangenheit verlor. Bei all ihrer Sanftheit und Geradheit war Martha vernünftig genug, diesen Punkt nie aus den Augen zu verlieren.

Mia warf noch einen Blick auf ihren Sohn. Etwas Seltsames umspielte das Kind, zeigte sich nicht unbedingt an der Form der Gliedmaßen – obwohl feiner als die ihrer anderen Kinder – oder des Kopfes, auch nicht unbedingt an der schon ungewöhnlichen Blässe, das Seltsame hielt sich gerade außerhalb des Greifbaren: versuchte man ihm beizukommen, entzog es sich, achtete man nicht darauf, hing es als Schrecken über der Wiege wie ein Nachtmahr. Etwas Dämonisches haftete an dem Kind, dessen war sie sich nun sicher. Wer zweifelte jetzt noch an der Gottlosigkeit der Zeiten, in die es hineingeboren worden war.

25

Mia erinnerte sich an das Unglücksjahr 1801. Nach dem Frieden von Luneville, der die französischen Revolutionskriege durch die Verhandlungen Napoleons mit den Österreichern beendete, sickerten Gerüchte und Nachrichten in die Venne ein. Es hieß, Gebietsabtretungen und territoriale Verschiebungen seien zwischen den Mächten vereinbart worden, auch die Preußen sollten linksrheinisch Land verlieren und dafür mit westfälischem entschädigt werden, mit münsterländischem. Das Zittern vor der angedrohten Inbesitznahme durch die Preußen begann, protestantische Ketzer, allesamt.

Der Schlag, den die Münsterländer erwarteten, kam unverhofft noch im selben Jahr durch den Tod des Fürstbischofs, ihres Landesherrn. Es war das Ende der gottgesegneten Ordnung. Er starb viel zu früh, ihr Max Franz von Habsburg, aber teuflischerweise gerade passend, um für die neuen Herren Platz zu machen. Einen Nachfolger gab es wohl: Erzherzog Anton Viktor, wie sein Vorgänger aus dem Hause Österreich. Seine Wahl setzte Domdechant Spiegel, der Bistumsverweser, ein umtriebiger, ehrgeiziger Mensch, in aller Hast durch.

In Münster warteten sie noch immer auf den Österreicher, der es vorzog, sich hier nicht blicken zu lassen, in einem von Ketzern okkupierten Land. Dabei träumten die Leute davon, ihn an der Spitze siegreicher Truppen in Münster einziehen zu sehen, während die Preußen wie die Hasen davonliefen.

Statt dessen kamen die Preußen, im August 1802, und im darauffolgenden Februar war die preußische Inbesitznahme amtlich gewesen. Und gerade da mußte es geschehen sein, daß ein neues Leben in Mias Leib zu keimen begann. Unglücklicher hätte der Zeitpunkt nicht sein können. Dann geriet das Frühjahr so naß und kalt, daß das Korn auf den Feldern zu faulen begann – von den Kartoffeln ganz zu schweigen. Sie verwandelten sich in braunen Matsch, der stinkend durch die Finger rann. Es würde schwer werden, Mensch und Vieh durch den Winter zu bringen. Mia war mehr und mehr zu der Überzeugung gelangt, daß auf dieser Schwangerschaft kein Segen ruhte. Ohne sich zunächst ihre Absichten einzugestehen, war sie um Klara Potthoff herumgestrichen, hatte aber nicht den Mut gefunden, den Mund aufzumachen, um nach Kräutern oder was man in solchen Fällen schlucken mußte, zu fragen. Mia erinnerte sich einer Magd, die mehrfach vom Heuboden sprang, bis sie schließlich so unglücklich aufkam, daß sie sich das Genick brach. Klara hatte Mia während ihrer Begegnungen mehr als einmal aufmunternd von der Seite gemustert, aber selbst geschwiegen. Mia seufzte bei der schmerzlichen Erinnerung. Sie wußte ja, wie diese Dinge gehandhabt wurden. Den ersten Schritt tat die Bittstellerin, damit sie sich hinterher nicht Klara gegenüber auf Vorwürfe oder Anschuldigungen verlegen konnte, falls sie die Reue überkam. So lange waren die Hexenverbrennungen noch nicht her. Ihr Großvater hatte die letzte in Wolbeck, dem Hexenwolbeck, brennen sehen. Ein denkwürdiges Ereignis. Vielleicht hielt sie das darüber Gehörte letztlich davon ab, das entscheidende Wort zu sprechen.

»Lasset die Kindlein zu mir kommen«, hatte der Herr gesagt. Und warum holte er das Balg dann nicht?

Als sich das Kind in Mias Leib bewegte, hatte sie die Hoffnung auf Klara und ihren Tinkturenzauber aufgegeben. Es war zu spät. Nun lag der Wurm in der Wiege, und Mia fiel plötzlich ein, daß Gott sie mit der elenden Geburt und dem Monstrum, das schließlich dabei herausgekommen war, für ihre Anmaßung strafte, an seinen Ratschlüssen zu zweifeln und ihm ins Handwerk pfuschen zu wollen. Mia zog ihr Federbett bis zum Kinn. Sie versteifte sich trotzig auf den Gedanken, daß das Kind nicht lebensfähig sei, und richtete sich innerlich auf den baldigen Trauerfall ein – falls man von einem solchen sprechen konnte.

Noch etwas anderes bedrückte sie. Der Blick stand ihr vor Augen, mit dem Hubert sie bedacht hatte, bevor er die Kammer wieder verließ. Zwanzig Jahre hatten sie in Frieden miteinander gelebt. Es hatte kein Zerwürfnis zwischen ihnen gegeben, nur diesen Blick, der eine Kluft aufriß, die das Neugeborene einbezog. Noch kein Kind hatte Hubert so mißachtet, nicht einmal Lina. Eine Fügung Gottes, die jeden treffen

27

konnte, hatte er die Schwachsinnige genannt. Nicht ein Wort des Vorwurfs gegen Mia.

Sie dachte an das Gesinde. Sicher tratschte es schon herum, daß der Bauer beim Alten in der Lieftucht hauste. Das war kein ordentlicher Zustand mehr.

Mia drehte sich zur anderen Seite, um die Wiege nicht mehr sehen zu müssen.

Der alte Droste sammelte die Enkelsöhne, die Knechte und den Schwiegersohn um sich, sobald die Helfer den Hof verlassen hatten. Noch am Abend begann ein Gehämmer und Geklopfe, das den ganzen nächsten Tag anhielt. Eine übermütige Stimmung breitete sich aus und löste die Anspannung, die seit den Tagen des Sturms herrschte. Das Lachen in den Stimmen, die das Haus erfüllten, schwappte schließlich in Mias einsame Kammer und trieb sie aus dem Bett. Mit Staunen gewahrte sie, wie der Haufen Bretter und Balken schwand. Überall im Haus, in der Scheune und im Spieker fanden sich zwei Balken, wo bislang einer war. Der Heuboden hatte eine zweite Bretterlage erhalten. Dann galt es noch, mit einem stinkenden Gemisch aus Moorerde, Ochsenblut und Kuhschiete das neue Holz so einzufärben, daß es dem alten glich.

Mia starrte zu einem Querbalken hoch, der vor der Wand über der Pferdeseite hing, gehalten von mächtigen Pflöcken, die die Knechte tief in den Balken dahinter getrieben hatten. Ein ahnungsvolles Frösteln durchfuhr sie, mit einem unwillkürlichen Schulterzucken suchte sie es abzuschütteln. Es hielt sich beharrlich und verlor sich erst, als sie ihm Ausdruck verlieh. »Wenn das man nur gutgeht, Vadder.«

»Soll wohl«, schmunzelte der Alte, der zu ihr getreten war, »nun laß man die Preußen kommen und ihren Zins einfordern.«

Bei den Nachbarn erzählte man sich bald, Drostes hätten ihren Hof für die Ewigkeit gerüstet.

Am nächsten Sonntag nach der Messe fragte Pfarrer Niesing drohend, ob die Drostes ihr jüngstes Kind als Heiden aufzuziehen gedächten, es sei doch schon über eine Woche alt. Daraufhin schickten die Drostes am folgenden Tag Jan mit der alten Trude als Patin in der Obhut von Josef Wierling und der Magd Anna zur Taufe in die Kirche. Die Wierlings hatten ihrer Lisbeth das Sakrament schon am Tag nach der Geburt spenden lassen.

Die Tauffeier, die die Drostes mit den Nachbarn zusammen begingen, sollte für die meisten, die sich in der Küche um das Herdfeuer drängten, die einzige frohe Stunde in diesem Winter sein. Als würden es alle spüren, geriet die Stimmung ausgelassener als üblich.

Die Kinder hatte Trude der Einfachheit halber zusammen in die Wiege gelegt, die Hubert und Bernard neben das Herdfeuer rückten, wo sie von nun an blieb. Die Kinder lagen eng aneinandergeschmiegt, die Händchen verschlungen wie Miniaturliebende, zwei liebliche Gesichter, zweimal das gleiche blonde Haar. Niemand sprach mehr vom Wechselbalg. Mia hörte erstaunt Lobendes über ihr Kind. Hubert trank den Nachbarn zu und achtete lange nicht auf das Gerede, das mit fortgeschrittener Feier sich der beiden in der Wiege annahm. Gelächter klang auf, in dem eine gewisse Anzüglichkeit mitschwang. Die älteren Kinder faßten sich an den Händen, tanzten um die Wiege und sangen einen schnell erdichteten Reim auf Jan und Lisbeth als Hochzeitspaar.

»Das fängt gut an mit den beiden«, dröhnte Heinrich Schulze Hundrup, »schon vor der Hochzeit zusammen im Bett.«

Josef Lütke Wierling stieg das ungewohnt viele Bier zu Kopf. »Ein Hoch auf das zukünftige Eheglück«, schrie er und schwenkte seinen Humpen in Huberts Richtung.

»Da sei ja wohl Gott vor«, wies ihn Hubert Droste nüchtern in seine Schranken. »Krieg du dein Balg erst mal über den Winter«, fuhr er in einer plötzlichen Stille fort.

Damit endete die allgemeine Heiterkeit. Von der Tenne, wo das Gesinde feierte, klang gedämpft eine Fiedel herüber, eine dünne Stimme, die noch nicht bemerkt hatte, daß die Zeit der Lustbarkeit vorüber war.

Ein dunkler, trüber Winter brach über der Venne herein. Wenig Schnee lag auf den Feldern, um die Wintersaat zu schützen, Frost fraß sich in den Boden. Kahl standen die Bäume. Die Kolke und Tümpel im Moor bildeten schwarze, unheilverkündende Spiegel unter dem Eis.

Kurz vor Weihnachten, sechs Wochen nach der Niederkunft, fand Mias Aussegnung statt, die Reinigung von der Befleckung durch die Geburt, die sie erneut in den Kreis der Gläubigen aufnahm, da sie ihr wieder den Zutritt zur Kirche gewährte. Pfarrer Niesing empfing sie an der Kirchentür und schwang den tropfenden Weihwasserwedel gegen sie. Am Abend nach der Zeremonie zog Hubert unauffällig wieder in die Schlafkammer ein. Das eheliche Verhältnis wurde damit nur teilweise wiederhergestellt. Hubert stopfte sorgfältig das Federbett um sich fest, murmelte einen Gutenachtgruß zu Mia hinüber und kehrte ihr den Rücken zu. Mia mußte sich zufriedengeben, daß wenigstens das Gerede unter den Hausbewohnern erstarb.

Im Januar fegten eisige Winde über das kahle Venn und drangen durch schadhafte Dächer, Mauerlöcher und Fensterritzen in die Häuser ein, trugen die Klagen über rauhe Nächte und graue Tage, wenig Heu, Stroh und Korn auf Böden und in Scheuern mit sich. Ein Notwinter nach einer schlechten Ernte. Erst ging das Vieh ein. Unterernährt fiel es Krankheiten und Seuchen anheim. Von den zwei Kühen der Wierlings starb eine. Was der Winter nicht schaffte, besorgten die preußischen Steuereintreiber. So verloren die Wierlings die zweite Kuh und hatten jetzt wenigstens keine Futtersorgen mehr. Mia sah sich gezwungen, Martha alle Tage eine Kanne Milch zu schicken. Trotzdem fraß der Hunger an den zwei älteren Wierlingskindern, die sich großäugig und hohlwangig in Mias Küche stahlen. Als Mias Milch vorzeitig versiegte und sie Jan Martha für einige Wochen in Pflege gab, nahm Hubert dies als Anlaß, den Wierlings eine von seinen Kühen in den Stall zu stellen. Die Hilfe kam wohl zu spät. Marthas Tochter Josefa legte sich mit

Krämpfen ins Bett und stand nicht mehr auf. Jetzt blieben Martha nur noch zwei Kinder von den sechsen, die sie geboren hatte: August, gleichalt mit Anton, dem dritten Drostesohn, und Lisbeth, die bis jetzt gedieh, ebenso wie Jan, das Ziehkind.

Klara Potthoff schleppte sich von Hof zu Hof, um der Krankheiten bei Mensch und Vieh zu wehren. Gottes Erbarmen, wenn es ihr gelang, wenn nicht, hatte Klara, die Hexe, versagt. Das eine wie das andere kümmerte sie wenig, dazu blieb ihr keine Kraft. Als eines ihrer eigenen Kinder starb und die Schatten unter ihren Augen noch dunkler wurden, mochte niemand mehr an ihre Hexenkünste glauben. Viele Nachbarn folgten dem kleinen Sarg und drückten mitleidig Klaras Hände.

Der angestaute Zorn über den Katastrophenwinter machte sich in Schmähreden auf die Preußen Luft, die Hand erhob keiner gegen sie.

Niemand hatte damit gerechnet, daß sie noch im Winter mit der neuen Steuereintreibung beginnen würden. Es mußten Männer aus Eisen sein, die sich durch die unwegsame Ödnis von Moor und Heide kämpften, um ihre Forderungen zu stellen. Es tröstete die Bauern nicht, daß jetzt mehr Gerechtigkeit herrschte und alle Stände in die Abgabenpflicht genommen wurden, ihre Lasten verringerten sich dadurch nicht.

Die fremden Herren waren höflich, aber nicht freundlich, sachlich, aber nicht verbindlich, sie waren protestantisch und damit schlimmer als unwissende Heiden, sie waren so entsetzlich ungemütlich, und das war wohl der heftigste Vorwurf, den ihnen die Münsterländer machen konnten.

Als die Drostes glaubten, das Schlimmste in diesem Winter hinter sich zu haben – ein Pferd und drei Kühe waren krepiert, die Sau fiel um, das Heu schimmelte, im Korn tummelten sich Mäuse und Käfer –, befiel Bernard ein böser Husten. Trotz Vorhaltungen von Mia und besorgten Blicken von Hubert tat Bernard trotzig weiter seine Arbeit. Überall war sein bellender Husten zu hören. Nach zwei Tagen brach Fieber aus, heftig, bösartig. Mitten in der Fütterung der Kühe, Bernard schwang die Heugabel hoch, geriet er ins Stolpern und krachte auf die Tenne in einem Regen von Heu. Er hätte sich aufspießen können.

Sie schafften ihn eilends in die Stube und heizten ein. Bald schickte der kleine eiserne Ofen in der Ecke sengende Hitzewellen aus, die sich mit der Glut verbanden, die im kranken Körper brannte. Bernard warf die Decken von sich, begann zu fantasieren und wälzte sich unruhig auf dem Strohsack. Sie mußten ihn festhalten. Am Küchentisch klickten die Rosenkränze. Anna rannte kopflos zwischen Herd und Stube hin und her, bis Trude sie ans Spinnrad setzte. Mia schickte nach Klara und war entsetzt über deren erschöpftes, verhärmtes Aussehen, als sie in die Stube trat. Klara machte sich sogleich an die Arbeit und verbreitete eine ruhige Zuversicht.

»Wo hast du deinen Jüngsten?« fragte Klara, die sich über alles in einem Haus, in dem sie tätig war, zu unterrichten pflegte.

»Anton sitzt bei den anderen in der Küche, du mußt ihn gesehen haben.« Mia sanken die Arme mit der Waschschüssel, die sie der Nachbarin vorhielt, herab. »Er ist bei Martha«, fuhr sie heiser fort, »seit meine Milch versiegt ist, er hat es besser dort.«

Klara hielt nur einen Augenblick inne, dann griffen ihre Hände wieder ruhig und gleichmäßig zu, um dem Kranken Erleichterung zu verschaffen. Die Nacht brach herein, die Geräusche im Haus erstarben bis auf das gleichmäßige Schnarchen des alten Droste, der neben dem Ofen im Armlehnstuhl eingeschlafen war. Er hatte sich geweigert, die Stube zu verlassen.

Auch Klara und Mia nickten am Bett beinahe ein, bis ein Stöhnen des Kranken sie auffahren ließ.

»Meinst du, er wird leben?« flüsterte Mia. In der stickigen Luft fiel ihr das Atmen schwer, ein dumpfer Schmerz bohrte in ihrem Kopf. Klara hielt den Blick abgewandt und schaute in das stete Licht der Kerze. Mia fragte sich, ob Klara sie gehört hatte, da begann Klara leise zu sprechen.

»Hast du gehört, was sie erzählen? Die Preußen wollen die Eigenbehörigkeit aufheben.«

Mia glaubte, sich verhört zu haben. »Was hast du gesagt? Ich hab dich nach Bernard gefragt.«

»Du weißt ja nicht, wie das ist. Du bist frei geboren, ihr Drostes wart immer frei, sogar die Wierlings, obwohl sie nur den elenden Kotten haben, allein, weil sie mit euch versippt sind. Wir dagegen hängen vom guten Willen des Grundherrn ab. Ich habe vier Kinder – drei«, die leise Stimme stockte kurz, »du weißt, wie das geht. Die jüngeren müssen bei ihm in den Gesindedienst, wenn es ihm so paßt. Sie können nicht frei entscheiden, was sie tun wollen.«

»Aber so ist es doch schon immer gewesen, das ist die Ordnung«, protestierte Mia.

»Die Ordnung? Daß Menschen anderen Menschen gehören? Auf Gnade und Ungnade?«

»Du übertreibst doch. Sie werden halt fragen müssen, wenn sie heiraten wollen, aber welcher Knecht kann schon heiraten? Außerdem habt ihr euren Hof, der bleibt euch, solange ihr die Pacht zahlt und die Dienste leistet.«

»Und wie lange noch? Was ist, wenn Anton stirbt? Als es mit seinem Vater so kam, konnten wir kaum die Sonderabgabe an den Grundherrn zahlen. Ich wünsche mir so sehr, sie würden ihr Versprechen wahr machen, die Preußen.«

Mia verschloß sich vor der Inbrunst, die aus Klaras Worten sprach.

»Aber das geht doch nicht an, dann wären wir ja alle gleich, dann gäbe es unter uns ja keine Unterschiede mehr«, sagte Mia mit plötzlicher Heftigkeit.

»Na und?« Klara streifte Mia mit einem kühlen Blick, wandte sich ab und fixierte wieder die Kerze. Ihre Stimme sank zu einem Flüstern herab, sie sprach, als würde das Aussprechen ihrer Sehnsüchte deren Erfüllung beschwören. »Sie wollen auch die Aufteilung der Allgemeinheit in die Wege leiten. Jeder könnte ein Stück Land erwerben. Wir hätten die Möglichkeit, einen eigenen Hof aufzubauen, den wir unseren Kindern hinterlassen könnten. Wir hätten etwas Eigenes.«

Klaras Stimme verlor sich im Schnarchen aus der Ecke und

dem unruhigen Atmen des Kranken. Gegen Morgen besserte sich Bernards Zustand, er schien die Krise überwunden zu haben. Mia beschloß, Klaras Hirngespinste der unguten Krankenzimmerluft und der Heillosigkeit der Nacht zuzuschreiben. Beim Abschied umarmte sie Klara, die sich vor Erschöpfung kaum aufrecht hielt, und gab ihr einen Napfkuchen für die Kinder mit.

»Klara, du mußt dich ein wenig schonen, und«, Mia zögerte einen Augenblick, »wenn es dir eine Hilfe ist, schick mir zwei von deinen Kindern rüber, dann hast du weniger durchzufüttern.«

Klara drückte Mias Hände, aber sie lehnte ab. Sie litten keine Not.

Hubert hatte die Nacht bei den Rosenkranzbetern verbracht. Bald waren seine Gedanken abgeschweift, und er rang mit einem Entschluß, der sich in den frühen Morgenstunden, bevor er noch die Nachricht von Bernards Besserung erhielt, zur Unabänderlichkeit festigte.

»Lütke-Hubert, du nimmst Anton mit ins Moor und zeigst ihm die Wege dort, es wird Zeit, daß er Bescheid weiß«, sagte er zu seinem zweiten Sohn, der den Kopf tief über den Teller mit der Morgensuppe hielt. Lütke-Hubert schaute auf, wandte sich Anton zu, der zusammengerollt am Ende der Bank lag, und begann, ihn aufzurütteln.

»Laß ihn schlafen, er erfährt es früh genug, wenn er aufwacht«, wies ihn Hubert zurecht, von einem Gewissensbiß geplagt angesichts des Kindes, das mit der Unschuld seiner sieben Jahre schlief.

Eine Stunde später war Antons Geschrei zu hören. »Ich will nicht ins Moor«, heulte er, bis es Mia zuviel wurde.

»Warum auch? Was schickst du ihn jetzt schon, er ist doch noch viel zu klein!«

»Wir müssen das Vieh, das, was wir noch haben, vor den Preußen retten. Anton muß lernen, die Tiere ins Moor zu treiben, wenn's nötig ist.«

»Aber die Preußen waren doch schon im Winter da, und

außerdem haben die großen Buben und die Knechte den Viehtrieb besorgt, warum jetzt das Kind?«

»Die Preußen kommen wieder. In der Stadt hungern sie mehr als auf dem Land, und wo sollen sie herholen, was sie brauchen? Und sie wollen ein neues Kataster aufstellen, alles vermessen und berechnen, damit sie uns besser und nach Fug und Recht aussaugen können.«

»Was hat das alles aber mit Anton zu tun?«

»Wenn's mit Bernard jetzt zu Ende gegangen wäre?«

Mia schlug abwehrend das Kreuzzeichen. »Ist es nicht, wart mal, in ein paar Tagen ist er wieder auf den Beinen.«

»Und wenn nicht? Bist du der liebe Herrgott, daß du alles weißt?« entgegnete Hubert halsstarrig. »Jeder muß tun, was er kann, und ich sag, der Junge geht ins Moor.«

Josef Wierling, der gerade die Küchentür aufriß und sich noch draußen auf der Tenne vor Verlegenheit einen Rest Dreck von den Klompen trat, bis die Drostes mit ihrem Streit fertig waren, brachte Mia auf eine Idee. So mußte Josef direkt umkehren, um mit Martha und seinem Sohn August zu reden. Als August begriffen hatte, was die Drostes von ihm wollten, kroch er hastig aus der Küchenbank und hinter die ausladenden Röcke seiner Mutter. Martha drückte Lisbeth auf ihrem Arm so fest an sich, daß die Kleine zu wimmern begann.

»Das tust du nicht, Josef Wierling, du schickst nicht deinen einzigen Sohn ins Moor.«

»Aber Martha«, Josef sah seine Familie bekümmert an, »es ist richtig, daß August die Wege ins Moor kennt, um das Vieh vor den Preußen zu verstecken.«

»Welches Vieh?« schrie Martha. »Wir haben kein Vieh mehr, das wir verstecken müssen.«

Anton stapfte allein hinter seinem großen Bruder her, der sich schwer tat, den Kleinen und das Vieh heil durch die schlammigen Wege des Vorfrühlings zu treiben. Eigentlich war es noch zu früh im Jahr, um das Vieh draußen weiden zu lassen. Aber der Heuvorrat ging zur Neige. Die noch winterlichen Weidegründe im Moor boten kaum mehr als eine irrwitzige

Hoffnung, dort schon Freßbares für das Vieh zu finden. Anton umklammerte das Kreuz an der Weggabelung, an der der Pfad ins Moor abbog, und kreischte: »Ich geh nicht weiter, und wenn ich hier verreck!«

Lütke-Hubert zerrte beharrlich an dem Kind, bis Anton mitsamt dem Kreuz, das knirschend kurz über dem Erdboden brach, in den Dreck fiel. Das wäre Grund genug gewesen, den unsinnigen Gang für diesmal abzublasen, aber Lütke-Hubert hielt an seiner Aufgabe fest. Dabei hätte das schlechte Vorzeichen selbst Unerschrockenere wohl zur Umkehr gezwungen. Das Holz des Kreuzes war halt morsch gewesen, darin lag nichts Unheimliches, schalt Lütke-Hubert bedächtig den Kleinen, der die Arme über dem Kopf verschränkt hielt und nicht aufhörte zu heulen. Die Tränen machten den Jungen halbblind, so war es nicht verwunderlich, daß er mehr als einmal fehltrat und bis zum Knie in den Wasserlöchern versank. Jedesmal, wenn der schwarze, fette Schlamm schmatzend an seinem Bein hochstieg, unaufhaltsam, unerbittlich an ihm saugte, grauste es ihn mehr.

Lütke-Hubert fluchte geduldig über die Mühe, die es ihm bereitete, nicht nur den Bruder, sondern auch einen versunkenen Klompen zu retten, und über das Quatschen der Mudge in Antons Holzschuh.

Denjenigen, die sich hineinwagen, zeigt das Moor durch das Jahr hindurch vielerlei Gesichter. Zwischen der Jagdunruhe des Winters und dem Trampeln der Herden und Hirten im Frühjahr breitet es sich selbstversunken aus, brütend über dem Abgrund der Zeit, aus dem es hochgekrochen ist, spielend mit den Ingredienzien, aus denen es gebildet, und jenen, die es im Begriff steht, sich einzuverleiben. Gerade so wie ein gargantuanischer Moloch in einer Freßpause.

Anton dünkten die weißen Stämme der Birken gebleichte Knochen, mancher Stumpf, der aus dem Wasser ragte, schien ihm der Arm eines Versinkenden zu sein. Gegen Abend, als sich der Himmel dunkler färbte und Nebelfetzen wie vermodertes Tuch zwischen den Ästen hingen, als nichts mehr klar zu erkennen war und die Phantasie das Fehlende ergänzte, ahnte er Augen, untot und unlebendig, die hinter ihm herschauten, ihre Stunde erwartend. Mürrisch, durchnäßt, halberfroren, aber mit allem Vieh, kehrten die Brüder von ihrem Gang zurück.

Den ganzen Tag war mit Hubert schwer auszukommen gewesen. An jeder Arbeit fand er etwas auszusetzen. Die Ledergeschirre der Ackerpferde schienen nicht geschmeidig, die Pflugschare nicht scharf genug. Eine Stunde vorm Dunkelwerden machte er sich in der Hofeinfahrt zu schaffen, bis er in der Ferne die Kühe herantrotten sah, ging dann ins Haus zurück. Als Anton triefnasig, mit hängenden Schultern auf der Tenne vor ihm stand, strich er ihm unbeholfen durchs Haar, nachdem er sich mit einem Blick vergewissert hatte, daß das Vieh wieder heil im Stall stand.

»Gut gemacht«, sagte er nach einem verlegenen Räuspern, »beim nächsten Mal geht's leichter, wart's nur ab.«

Anton, ein Bild des Jammers und Opfer unbegreiflicher väterlicher Despotie, wartete stumm, bis der Vater die Hand zurückzog, dann stürzte er zur Mutter.

Mißmutig gewahrte Anton die Wiege neben dem Herdfeuer und entsann sich eines Wortes, das er nach Jans Geburt aufgeschnappt hatte: ein Maul mehr zu stopfen. Mit dieser Bemerkung brachte er die verhaßte neue Verpflichtung zusammen und gab dem Bruder die Schuld dafür.

Das alte Holzkreuz wanderte in die Scheune, um dort auf das Osterfeuer zu warten. Brannten erst einmal seine Balken in den geheiligten Flammen, war das Unheil gebannt. Leider mochte Hubert das Geld für ein neues Kreuz mit geschnitztem Heiland und die Kreuzweihe jetzt nicht aufwenden, so blieb der Weg ins Moor ungeschützt von Gottes Vorsehung. Anton trottete weiter hinter dem Bruder und den Kühen zu den sich spärlich begründenden Weiden im Moor, gewann allmählich eine gewisse Kenntnis der Wege, überwand aber nie seinen Abscheu. Für alle Zeit sah er das Moor so wie beim ersten Mal: düster, bedrohlich, von Geistern heimgesucht.

37

Viele alte Menschen starben, wie immer nach einem harten Winter, doch der alte Droste erwies sich zu seiner eigenen Überraschung als zäher, als alle dachten. Nur noch krummer wurde er und stützte sich schwer auf den Krückstock. Den ganzen Winter hatte er mit bedächtigen Bewegungen Körbe geflochten und Klompen geschnitzt, zwei Paar für jeden im Haus, aus astfreien Pappelholzklötzen, in die das Schnitzmesser fuhr, nachdem die Säge die grobe Form herausgearbeitet hatte. Die Ferse rundete sich wie ein Äppelkahn, vorne hob sich der Klompen wie ein Entenstiärt, und innen mußte soviel Platz sein, daß der Fuß hineinpaßte und eine Lage Stroh im Winter. Hände und Messer des Alten arbeiteten selbständig, der Kopf kramte abends in Moor- und Heidegeschichten, von denen manche Hubert, der Anton dabei im Auge behielt, über die Hutschnur gingen.

Mia fiel im späten Frühjahr auf, daß Annas Gang schwerfällig wurde. Sie brauchte nicht lange, um herauszufinden, daß sich etwas zwischen Hubert und Anna tat. Mia schrieb an ihre hinter Darfeld verheiratete Schwester. Als Hubert für zwei Tage nach Warendorf fuhr, um ein neues Pferd zu erhandeln, hieß Mia Anna ihre Siebensachen zusammensuchen und zu einem der Knechte auf den Leiterwagen klettern. Anna, hörten sie später, habe durch Vermittlung von Mias Schwester einen älteren Kötter geheiratet, der sie als tüchtige junge Arbeitskraft willkommen hieß. Ob es ein Mädchen oder ein Bub geworden war, erfuhren sie nicht.

Beim Zubettgehen nach Huberts Rückkehr herrschte eine gespannte Atmosphäre in der Upkammer. Was hatte Mia erwartet? Hubert nickte nur mit abgewandtem Gesicht, als Mia ihm Annas Entlassung aus dem Dienst mitteilte. Danach wartete sie vergeblich auf ein Wort der Verständigung. Schließlich kroch jeder auf seiner Seite ins Bett und stopfte mit einer gewissen Endgültigkeit das Federbett um sich herum.

2

Zwei Jahre waren seitdem vergangen, in denen die Münsterländer immer noch nicht gelernt hatten, mit den Preußen auszukommen. Den größten Groll hegte Heinrich Schulze Hundrup gegen die fremden Herren, seit sie an einem schönen Sommertag seinen Ältesten zu den Soldaten gepreßt hatten. Daß der Junge ordnungsgemäß schon Wochen zuvor seinen Gestellungsbefehl bekommen hatte, spielte keine Rolle. Auf der Flucht ins Moor schnappten sie ihn.

Beunruhigende Gerüchte schwirrten in der Luft. Es hieß, ein neuer Krieg mit den Franzosen stehe bevor, an dem sich diesmal auch die Preußen beteiligen würden. Es stand schlecht um Schulze Hundrups ältesten Sohn.

In diesem Frühjahr, an einem windigen Tag im März 1806, hob Klara Potthoff Jan aus der Wiege und legte ihn bäuchlings auf die Steine vor das Herdfeuer.

»Warum hast du ihn so lange in der Wiege versteckt? Schau mal, er ist doch ein hübsches Kerlchen.«

Das Kind hob den Kopf, und Mia konnte das feine Gesichtchen ihres Jüngsten, umrahmt von hellem, glänzendem Haar, betrachten und die klaren Augen, aus denen ihr Kraft und Lebenslust entgegenstrahlten. Es war an der Zeit, daß Mia den Gedanken begrub, Jan würde das Schicksal derer teilen, die starben, ehe sie laufen lernten.

Plötzlich nahm jeder auf dem Drostehof Anteil an dem Kind, als hätte alle gleichzeitig die Erkenntnis überfallen, an ihm etwas versäumt zu haben. Sie beobachteten scharf, wie Jan sich auf Ellenbogen und Knie mühte, durch die Küche krabbelte und bald schon versuchte, sich an Großvaters Stuhl emporzuziehen.

Bernard schwang das Kind hoch in die Luft, bis es jauchzte, und ging daran, ihm mit Lütke-Hubert ein Bett zu zimmern.

Selbst Hubert nickte anerkennend, als es Jan zum ersten Mal gelang, auf seinen Füßchen zu stehen.

Jan erkundete zunächst auf allen vieren die Küche. Er patschte mit den Händchen auf die Steine, steckte die Finger in jede Ritze, verharrte oft lange auf einer Stelle und schien etwas anzustarren.

Martha, mit Lisbeth bei einer Besorgung auf dem Droste-hof, wunderte sich über den drolligen kleinen Kerl, der unvermutet den Kopf in den Nacken warf und lachte. Sie hielt dem Kind einen Kochlöffel hin und beobachtete, wie Jans Augen zum Löffel wanderten, an ihm vorbeiglitten. Er hob die Hand und griff daneben.

»Na, das wird er noch lernen«, sagte Martha gutmütig und reichte Lisbeth den Löffel, deren Finger sich sofort fest um den Stiel schlossen.

Lina griff das Spiel auf und hielt Jan in den nächsten Tagen immer wieder Gegenstände vor die Augen, nach denen er greifen sollte. Irgendwann merkte Mia, daß ihr dieses Spiel Unbehagen bereitete. Sie nahm Jan auf den Schoß und zeigte ihm eine von Großvaters Pfeifen.

»Nimm das«, sagte sie und bewegte die Pfeife vor Jans Augen. Der Blick des Kindes folgte nicht der Pfeife, sondern irrte, einen eigenen gleichsam zeitversetzten Weg gehend, hin und her. Die kleine Hand griff wieder daneben.

»Er ist blind«, stellte Anton, der sich an Mias Stuhl drückte, befriedigt fest.

»Ach was«, mischte sich der alte Droste ein, »du wedelst zu schnell mit der Pfeife herum, halt sie still, Mia, schau, so!« Der Alte nahm die Pfeife, die er gerade rauchte, aus dem Mund und streckte sie Jan entgegen. Eine atemlose Stille herrschte in der Küche. Das Kind auf dem Schoß der Mutter rührte sich nicht. Mia entfuhr ein tiefer Seufzer. Da streckte der Kleine die Hand aus und faßte mit sicherem Griff den Pfeifenstiel. Die Spannung löste sich in Gelächter.

Mias Unbehagen aber blieb. Sie wußte nicht, was sie vom Gebaren des Kindes halten sollte. Jan fuhr fort, alle Ecken und Winkel der Küche zu erkunden, und begann, seine Streifzüge in die Tenne auszudehnen, oder kroch die Stiege zur Upkammer empor. Er schien es mit dem Laufen nicht eilig zu haben, sondern blieb dicht am Boden. Mia ekelte es, wenn Jan an allem schnüffelte, leckte und herumfingerte, als würde der bloße Augenschein zur Erkundung der Wirklichkeit nicht genügen. Dabei fehlte seinen Bewegungen durch den Raum jede Zielstrebigkeit. Er geriet eher zufällig an Dinge, denen er sich dann mit einer abstoßenden Hingabe widmete.

Martha kam jetzt fast täglich herüber, um Mia zu helfen, denn die neue Magd, die Anna ersetzte, war schon älter und langsam.

Es freute Mia nicht, daß Martha für gewöhnlich Lisbeth mitbrachte, die längst lief und plapperte. Martha lehrte Lina gerade das Spinnen, als sie eines Tages innehielt und rief: »Seht mal, das Kind!«

Jan war unter der Küchenbank hervorgekrochen, verharrte in der Nähe des Herdfeuers und schaute eine Weile aufmerksam auf eine Stelle in der Luft. Dann rappelte er sich auf die Knie. Seine Hände bewegten sich, als würden sie einen Stab oder Stock ergreifen und an ihm auf und ab gleiten. Sein Mund näherte sich dem imaginären Ding, die rosa Zunge fuhr heraus und leckte – in der Luft.

Mia fing einen Blick Marthas auf, in dem Mitleid lag. Sie eilte auf Jan zu, um der Szene ein Ende zu setzen. Gerade in diesem Moment griffen Jans Hände wieder ins Leere über seinen Kopf, und er zog sich, als hielte er sich an einem festen Gegenstand, auf die Füße. Martha überlief es kalt.

Einige Stunden später, kurz vor dem Abendbrot, trat der alte Droste in die Küche und zog seinen Armlehnstuhl in die Nähe des Herdfeuers. Mia sah, wie Jan auf den Stuhl zukroch, seine Händchen nach einem Stuhlbein griffen und schließlich nach der Armlehne, um sich mit einem Ruck daran hochzuziehen. Als es endlich stand, lächelte das Kind triumphierend. Mia strich sich über die nackten Unterarme, an denen sich die Haare sträubten.

Der Krieg zwischen Preußen und Frankreich verdrängte die Sorge um Jan, wenigstens bei Tag. Noch vor Ende des Jahres erreichte die Venner Bauern die Nachricht, daß sich die Franzosen auf dem Vormarsch befanden.

Eines Abends im frühen Winter, die Drostes beendeten gerade die Abendmahlzeit, hörten sie schweren Hufschlag auf den Pflastersteinen im Hof. Ehe Bernard, seine Brüder und die Knechte bis zur Niendüer kamen, öffnete sich diese, und Paul, der jüngere Sohn von Schulze Hundrup, führte in einem Schwall kalter Luft seinen dampfenden Gaul auf die Tenne. In der Küche am Herdfeuer schüttete Paul einen Krug Bier hinunter und wischte sich mit einer fahrigen Geste den Schaum von den Lippen, bevor er sich in eine atemlose Geschichte über die Schlacht bei Jena und Auerstedt stürzte, die sich schon Mitte Oktober zugetragen hatte. Pauls Augen zeigten einen fiebrigen Glanz, der die Älteren beunruhigte und wie ein Brand auf die Jungen übergriff. Sie hatten Paul bislang nicht für einen Redner gehalten und wunderten sich wohl über die Quelle, aus der die Worte sprudelten, die sich vor ihren Augen zu Bildern wandelten. Bunte Uniformen, vorrückende Regimenter mit vorangetragenen, im Wind flatternden Fahnen, Bajonette, die im milden Licht der Herbstsonne blitzten, das alles entfaltete sich im Schwung einer jungen Stimme. Pauls Finger klopften einen Trommelwirbel auf die schartige Tischplatte. Sie meinten, das Dröhnen der Geschütze zu hören, die anfeuernden Rufe über der Marschmusik. Der alte Droste saß halb zusammengesunken in seinem Stuhl. Die gleichen Worte lösten bei ihm andere Bilder aus. Er sah das Aufblitzen der Bajonette, bevor sie Tuch, Fleisch und Knochen durchdrangen. Er sah Pferde sich aufbäumen mit tiefen Bauchwunden, aus denen die Gedärme quollen. Er hörte Schreie von sterbenden Soldaten, von zusammenbrechenden Pferden, er sah, wie sich die Schlacht in Chaos und Vernichtung wandelte. Aus halb geschlossenen Augen musterte er die Gesichter der um den Tisch Sitzenden. Er sah den Zauber, der Lütke-Hubert gefangennahm. Die Hände des Jungen krampften sich um ein imaginäres Bajonett, bis die Knöchel weiß hervortraten. Auf einmal schlug der Alte kurz und hart auf die Tischplatte und sagte deutlich: »Genug davon!«

Der Schlag zeigte eine unerwartete Wirkung. Paul starrte einen Augenblick den Alten an, wie gerade aus einem Traum erwacht, während ihm schon ein Schluchzen in die Kehle stieg, dann fiel sein Kopf vornüber auf die verschränkten Arme. Er schluchzte aus tiefster Seele. Die Drostes betrachteten ihn ratlos.

Erst nach einer Weile hörten sie das Ende der Geschichte. Pauls Bruder Hermann war in der Schlacht gefallen: von einem Bajonett aufgespießt und einem verschreckten Pferd in den Schlamm getreten. Kein schöner Tod.

Danach überraschte niemanden mehr der Ausgang der Schlacht: die Preußen und ihre Verbündeten, die Russen, waren von Napoleon vernichtend geschlagen worden. Das Schicksal Europas erfuhr wieder eine Wende. Im Augenblick kümmerte das in Drostes Küche keinen.

»Junge«, flüsterte Trude mit einer Stimme, heiser vor Entsetzen, »woher weißt du das alles?«

»Heute mittag kam ein fahrender Handwerksbursche auf den Hof. Er hat die Schlacht überlebt und im gleichen Regiment wie Hermann gedient. Er sah ihn neben sich fallen.«

»Und so einem hergelaufenen Kerl glaubt ihr alles? Der kommt doch nur betteln und hofft auf mehr nach seiner Geschichte«, gab Hubert zu bedenken und schüttelte Pauls Arm, als müßte er den Jungen vollends aus seinem bösen Traum aufrütteln.

»Wenn's nur so wäre, würd ich ihm mein Pferd geben, aber Hermann ist tot. Wir haben's schriftlich, der Bote kam just heute mit dem Dokument extra aus Münster zu uns. Da stand nur was von Hermanns Tod bei Auerstedt. Nicht mehr. Die Einzelheiten haben wir von seinem Kameraden erfahren. Er bleibt bis morgen bei uns. Mutter hat ihm Quartier angeboten, weil er auch noch ein paar Andenken an Hermann dabeihatte.«

»Und dein Vater? Wie hat er es aufgenommen?« fragte Mia.

»Vadder? Der hat gar nichts gesagt. Keinen Ton. Ist nur aufgestanden und in die Scheune gegangen und hat die Tür hinter sich zugemacht. Keiner traute sich, ihm nachzugehen. Auch Mutter nicht. Schließlich hat die Agnes durch eine Ritze in der Scheunenwand gespäht. Vadder sitzt auf dem Hackklotz und starrt ins Dunkle. Schon seit Stunden sitzt er da, und da hab ich's nicht mehr ausgehalten und bin hergekommen.«

Eine Weile hing jeder seinen Gedanken nach. Mias und Trudes Blicke schweiften über die Köpfe der Drostesöhne und trafen sich. Die Jungen waren, Gott sei's gedankt, noch zu jung fürs Kriegsspielen, dachten beide. Wohl ein Hauch von Scham schwang in Trudes Stimme, als sie zu Paul sagte: »Wir werden eine Messe für Hermann lesen lassen.«

Als Paul schließlich aufbrach, war Lütke-Hubert nicht davon abzuhalten, ihn zu begleiten.

Nur gelegentlich sickerten weitere Nachrichten, meist widersprüchlicher Natur, bis in die Venne. Die Vennbauern waren schon fast geneigt, anzunehmen, daß die Tragödie von Jena und Auerstedt für sie keine weitere Bedeutung habe, als bekannt wurde, wie über ihr Schicksal im Frieden von Tilsit entschieden worden war.

Viele der fleißigen preußischen Beamten verließen ihre Posten, ebenso viele blieben solange, wie sie keine Weisung erhielten, sich zurückzuziehen. So befanden sich noch erstaunlich viele im Land, einschließlich des Freiherrn Ludwig von Vincke, des Oberpräsidenten von Westfalen, Nachfolger des genialen und ungeliebten Freiherrn vom Stein, als die Franzosen in Münster unter dem Jubel der Bevölkerung einmarschierten. Erst allerdings rückten holländische Dragoner als Vorboten ein, die Truppen von Louis Bonaparte, dem Bruder Napoleons und jetzigen König von Holland. Die Holländer blieben nur ein paar Tage, dann kamen die eigentlichen neuen Herren.

Von den Franzosen, gut katholisch die meisten, erhofften sich die Münsterländer eine baldige Wiederherstellung der alten gemütlichen Zustände, der fürstbischöflichen. Anton Viktor geisterte wieder durch die Köpfe der Schwerbelehrbaren.

Es dauerte nicht lange, da sahen die Münsterländer ihren Irrtum ein. Die neuen Herren erwiesen sich als habgieriger als die alten. Mit den Steuern, die anfielen, wäre es noch gegangen, aber die Franzosen wollten ihren Krieg bezahlt und ihre Truppen unterhalten haben und die jungen Männer für die Armee. Die Feldarbeit litt darunter, daß die Bauernburschen ständig ins Moor verschwinden mußten.

Jan lernte laufen. Gutmütig sahen die Drostes ihn umhertapsen, mit den Händen in der Luft rudern, hatten ihre Freude an dem närrischen Kerlchen und hoben ihn wieder auf die Füße, wenn er fiel. Lina zeigte sich rührend besorgt um den kleinen Bruder, wischte ihm behutsam die Tränen aus dem Gesichtchen, wenn er sich gestoßen hatte, und hielt ihm ihre Lumpenpuppe zum Trost hin, von der sie sich sonst nicht trennen mochte. Jan und Lina wuchsen zu einem Gespann zusammen, das erst mit Lächeln, dann mit Sorgen betrachtet wurde.

Nach einigen Monaten zeigte sich, daß Jans Geschicklichkeit im Laufen keine Fortschritte machte. Mia seufzte immer öfter beim Anblick des Kindes, sagte aber stoisch wie alle auf dem Hof zu jedem Besucher, der das Kind umherstolpern sah: »Das wächst sich noch aus.«

Zeitweilig konnte Mia kaum den Anblick von Lisbeth ertragen, die Martha beharrlich mitbrachte, damit die Kinder zusammen spielten.

Oft genug hielt Jan im Laufen inne, starrte etwas Unsichtbares an und griff danach. Die neue Magd bekreuzigte sich, wenn es keiner von den Bauersleuten sah. Und Jan sprach kein Wort, obwohl er schon fast drei Jahre alt war. In der Anhänglichkeit Linas an das Kind sahen alle inzwischen einen Hinweis darauf, daß sich zwei vom gleichen Schlag zusammengefunden hatten. Noch sprach niemand darüber.

Anton begann, den kleinen Bruder zu hänseln. Wenn keiner in der Nähe war, stieß er den Kleinen zu Boden, hielt ihm Stöcke vor die Beine, über die er stolperte.

Eines Tages im frühen Herbst ließ Bernard beim Holzhacken die Axt auf den Hackklotz sinken und sah Jan in seinem unsicheren Gang, Fuß für Fuß, über den Hof kommen, als schwanke der Boden unter ihm.

»Weißt, Modder, daß kleine Kinder für gewöhnlich laufen, als hätten sie Schiete in der Büx, weiß ja jeder, aber Jan geht wie ein Hahn auf dem Misthaufen«, sagte er zu Mia, die mit einem Korb für das Feuerholz aus der Tennentür trat. Als Bernard den Schatten auf dem Gesicht der Mutter sah, taten ihm die Worte leid. Halb aus Verlegenheit griff er nach dem Kind und schwang es hoch in die Luft.

»Laß mich runter«, schrie Jan.

Es waren seine ersten Worte. Vor Verblüffung ließ Bernard die Arme sinken, bis er Jan in die Augen sehen konnte. »Sag das noch mal, min Jung.«

»Laß mich runter, Bennard«, wiederholte Jan klar und deutlich und trat um sich.

Bernard stellte eilig das Kind auf den Boden.

»Na, Modder, da bist du aber froh, was, unser Jan ist doch kein ...« Bernard blieb das letzte Wort in der Kehle stecken, als sein Blick auf Lina fiel, die sich die Hand ihrer Puppe in den Mund gesteckt hatte und an ihr sog.

Das Wunder hielt an. Jan sprach in ganzen Sätzen, fehlerlos, und verfügte zudem über einen erstaunlichen Wortschatz für sein Alter.

Hubert trug seinen jüngsten Sohn jetzt im Stall herum und zeigte ihm die Tiere, nannte ihre Namen. Mia sprach mit ihm beim Zubereiten des Essens, verhaltene Erleichterung in der Stimme, die Stimme einer, die der glücklichen Wendung nicht ganz traute. Trude schwatzte bei der Arbeit im Gemüsegarten auf den Jungen ein. Bernard und Lütke-Hubert nahmen ihn im nächsten Frühjahr mit zur Feldarbeit. Als hätten alle viel nachzuholen.

Nur Anton ging dem Bruder aus dem Weg.

Jan entzog sich der allgemeinen Aufmerksamkeit, indem er sich in unbeobachteten Momenten in die dunklen Stallwinkel

verkroch oder die Leiter in die Hillen über den Ställen hinauf-
stieg, wo er sich in das duftende Heu wühlte. Lina verriet ihn
nicht, obwohl sie meist wußte, in welchem Versteck er saß,
wenn jemand nach ihm suchte.

Nur nach dem Abendbrot kletterte er dem alten Droste auf
den Schoß, zog an seinem Arm und sagte mit seiner eindring-
lichen Stimme: »Erzähl, Grootvadder.« Er gab keine Ruhe, bis
der Alte begann.

Jan rückte sich im Schoß des Großvaters zurecht, bis sein
Rücken an der Brust des Alten ruhte und er ins Feuer sehen
konnte. Die brüchige Stimme ließ die alten Geschichten er-
stehen, während Jans Fingerchen scheinbar den Arabesken
und Spiralen des Feuers folgte, bis sich diese im Rauch der
mächtigen Esse verloren.

Anton beobachtete den Bruder von seinem Platz auf der
Küchenbank und forderte den Großvater auf: »Erzähl vom
Heidemann, Grootvadder, und von Wode und der wilden Jagd.«

Jan wandte den Kopf nicht vom Feuer und wisperte: »Ja,
Grootvadder, vom Heidemann.«

So sehr sich Anton auch anstrengte, er konnte kein bißchen
Furcht an Jan entdecken und versuchte, durch mancherlei Fragen das Unheimliche der Erzählungen zu schüren.

»Der Heidemann, Grootvadder, er treibt die Menschen in
den Tod, er lauert ihnen auf und braucht sie nur anzufassen,
und sie sind verloren, nicht wahr? Erzähl, Grootvadder, von
den Mädchen, die er mit einem Kuß verdirbt. Wen er mit seiner kalten Hand an sich zieht, der entgeht ihm nicht mehr.«
Es war Anton, dem bald die Knie schlotterten und der sich
weigerte, allein zu Bett zu gehen.

Jan zeigte sich vom Schauerlichen gänzlich unberührt,
schob wohl mal seine Hand in die des Großvaters und sagte:
»Ich hör dir zu, Grootvadder, und jetzt erzähl vom Grienkenschmied aus den Dettenbergen.«

Mia bezweifelte, daß Jan schon Verstand genug besaß, um zu
begreifen, was der alte Droste erzählte. Zumindest war das eine
bequeme Erklärung für das Verhalten des Kindes und eine Be-

schwichtigung für den Augenblick. Ansonsten war sie ratlos, wenn Jan etwa fragte: »Ist jetzt ganz Sommer, Modder?« und auf einen blühenden Apfelbaum deutete. »Oder doch Winter?«

Es mußte nichts zu bedeuten haben, redete sie sich ein. Kindliche Grillen, unbegreifliche Phantastereien, vielleicht noch geschürt durch die Erzählungen des Alten. Es erleichterte sie, die Unruhe in Ärger auf den Vater umzumünzen. Oft genug gab der Junge doch vernünftige Antworten auf Fragen – anders als die Schwester.

Jan bettelte solange, bis sie ihn zum Torfstechen ins Moor mitnahmen, wollte er doch endlich sehen, wovon der Großvater soviel erzählte.

Als Anton bemerkte, wie der Vater den kleinen Bruder vorn auf den Leiterwagen hob, kam er freiwillig mit, schrie sogar empört auf, als Mia ihm mitleidig anbot, ihr im Gemüsegarten beim Wurzelnverziehen zu helfen.

Das Moor blühte. Jan jauchzte angesichts der schlanken, weißen Birken mit ihrem silbrigen Laub, trällerte mit den Lerchen, horchte auf den Ruf der Rohrdommeln und Bekassinen. Wollte von allem den Namen wissen. Jan drehte sich, als sie angekommen waren, in seiner seltsamen Art mit ausgebreiteten Armen und schwankte über die schmalen Moospolster zwischen den Sumpflöchern, bis Hubert ihn an seiner Joppe packte und sacht schüttelte. »So geht das nicht, mein Sohn. Im Moor mußt du vorsichtig sein. Das Moor ist tückisch und verschlingt dich, wenn du nicht aufpaßt. Hörst du, Jan?« Dann drehte sich Hubert zu Anton um. »Anton, du paßt auf Jan auf. Laß ihn nicht aus den Augen. Du bist mir verantwortlich für deinen Bruder.«

»Wir hätten ihn nicht mitnehmen sollen«, sagte Hubert zu den älteren Söhnen und den Knechten, die die Schüppen, Grepen und Spaten vom Wagen luden.

Torfstechen in den sumpfigen Niederungen war eine harte Plackerei. Hubert rann schon bald der Schweiß von der Stirn, und er mußte zum Verschnaufen innehalten. Bernard und Lütke-Hubert gruben weiter nach der schwarzen Mudde, die sich nur widerstrebend, schmatzend, gurgelnd aus dem tiefen

Grund löste. Schwarz glänzte das Moorwasser um die Beine der Jungen. Hubert nahm die kräftigen Nacken der Söhne wahr, die breiten Schultern, sah, wie sich die Muskeln der Arme mühelos spannten. Sie brauchten keine Pause. Hubert kam es auf einmal so vor, als stürzte die Zeit auf ihn zu, überrollte ihn, raste an ihm vorbei. Von einem Tag auf den anderen waren die ältesten Söhne keine Kinder mehr. Bernard überragte den Vater.

Hubert griff wieder nach der Schüppe, hob die Mudde einem der Knechte entgegen, der sie an einer trockenen Stelle in der Sonne in einer langen Bahn ausbreitete. Später dann, in ein paar Tagen, würden sie die Platten zu Torfziegeln zerschneiden.

Jan wußte sich kaum zu lassen vor Freude über einen kleinen Frosch, über eine grüne Eidechse, die Anton ihm in die Hand drückte. Noch nie hatten sie das stille Kind so lebhaft gesehen. Jan schien alles mit Entzücken zu betrachten und hatte eine Art, seine Freude über seine Entdeckungen mitzuteilen, daß die Männer lachten, wenn ihr Blick auf das Kind fiel.

Anton zog Jan zum Rand eines Wasserlochs und flüsterte, den Mund dicht an Jans Ohr: »Dort unten wohnt der Wassermann und wartet. Er wartet und lauert auf die, die dem Loch nahekommen. Besonders gierig ist er auf kleine Kinder. Er reckt seine nassen, schlammigen Arme empor und zieht sie hinunter.«

Anton legte Jan eine Hand auf den Rücken und drückte ihn nach vorn.

»Halt!« schrie Lütke-Hubert und stand nach drei langen Schritten neben den Kindern. Er zog Anton an einem Ohr hoch. »Mach das nicht noch mal, Bürschchen.«

»Aber ich hab gar nichts gemacht«, jaulte Anton.

»Ich hab genau gesehen, was du gemacht hast.« Lütke-Hubert ließ seinem Zorn die Zügel schießen und schüttelte Anton, der auf dem schmalen Steg hin und her schwankte und der dunklen Wasseroberfläche gefährlich nahe kam.

Plötzlich schrie Jan gellend auf und umklammerte Antons Beine. »Nein«, schrie Jan, daß es allen durch Mark und Bein fuhr, »nein, nein!«

Sein Ruf hallte über die weiten Flächen von Moos, Gras und Wasser, schien sich im Geäst von Birken und Krüppelkiefern zu verfangen und im Schrei von Moorhühnern und Bekassinen, die plötzlich in Scharen in der Luft schwirrten und für einen Augenblick die Sonne verdunkelten, ein Echo zu finden. Lütke-Hubert ließ Antons Schopf und Schulter fahren, die Männer ließen Spaten und Schaufeln sinken, lauschten reglos dem Nachhall der Schreie bis in die wieder einsetzende Stille hinein.

Hubert schüttelte als erster das beklemmende Gefühl ab und stakste zu den Kindern hinüber.

»Hört auf mit dem Unfug. Lütke-Hubert, du solltest dich was schämen«, grollte er, und es befriedigte ihn, zu sehen, wie sein Sohn den Kopf einzog.

»Aber Vadder, ich wollte doch man bloß«, stammelte der Junge.

»Schluß jetzt«, wiederholte Hubert mit Nachdruck und reckte die schmerzenden Schultern.

Bernard hatte, über den Spaten gelehnt, dem Auftritt des Vaters zugesehen, und wartete, bis Vater und Bruder herankamen. »Können wir jetzt weitermachen?« fragte er.

Hubert ärgerte sich über den geduldigen Ton in Bernards Stimme.

Anton hatte Jans Beistand überrascht. Der Kleine sah zu ihm auf mit einem merkwürdigen Blick, in dem Angst und Trauer lagen. Unter diesem Blick fühlte sich Anton unbehaglich.

»Du kannst mich jetzt loslassen, ich fall schon nicht ins Moor.«

Anton schüttelte den Bruder ab, der ihn noch immer festhielt. Mit einem Seitenblick vergewisserte er sich, daß die anderen sich wieder in ihre Arbeit vertieft hatten. Er rückte näher an den Bruder heran, der sich ins Gras hatte fallen lassen.

»Sag, Jan, willst du mehr vom Moor sehen? Ich kenn mich hier aus.«

Jan nickte eifrig.

Geschmeidig kam Anton auf die Füße.

»Aber mach keinen Lärm und schrei nicht herum«, wies er den Bruder mit einem Nicken zu den arbeitenden Männern hin zurecht. Ein Hochgefühl durchflutete ihn und ließ ihn über die Moospolster tänzeln. Bis sie das Blickfeld der Arbeitenden verlassen hatten, schaute er öfter zurück und vergewisserte sich, daß Jan nachkam und niemand ihr Entfernen bemerkte. Es bereitete ihm Vergnügen, zu sehen, wie der Bruder über den unsicheren Grund schwankte, jeden Augenblick in Gefahr, in eines der Sumpflöcher zu geraten, die sich überall zwischen den grünen Moosinseln auftaten.

»Paß auf, wo du hintrittst«, flüsterte er dem Kleinen zu, nachdem er gewartet hatte, bis dieser neben ihm stand.

»Denk an den Wassermann. Geh immer da, wo ich gehe, und bleib dicht bei mir.«

Anton war enttäuscht, als er bemerkte, daß seine Worte keinen sonderlichen Eindruck auf Jan machten, hatte er doch gehofft, daß der Kleine jetzt, wo sie sich beide mutterseelenallein in der öden Wildnis des Moores befanden, endlich Furcht zeigte. Aber der lachte nur, und das stachelte Anton an.

»Weißt du, wenn wir uns verlieren sollten, und der Abend bricht herein, wird es noch gefährlicher. Dann kommen die Irrlichter.«

»O ja, erzähl von den Irrlichtern«, forderte Jan.

Einen Augenblick wußte Anton darauf nichts zu sagen, aber dann bemühte er sich, seiner Stimme, die gelegentlich zu kippen drohte, einen düsteren Klang zu geben. »Die Irrlichter sind Flämmchen, die über dem Moor tanzen. Bald leuchten sie grün, bald blau. Sie zucken hin und her, und niemand, der sie sieht, kann sich ihrer Anziehungskraft entziehen. Sie locken immer tiefer ins Moor hinein, dorthin, wo es unergründlich wird.«

Jan lauschte mit leuchtenden Augen.

»Und weißt du, was die Irrlichter sind? Du erkennst es, wenn du ihnen nahekommst, aber dann«, Anton machte eine bedeutungsvolle Pause, »dann ist es oft zu spät.«

»Ja, ja, aber was sind die Irrlichter?«

»Es sind winzige menschliche Gestalten in ihnen, die Seelen der im Moor Versunkenen. Sie wollen, daß du auch versinkst und einer der ihren wirst. So ist das, Jan.«

Anton konnte selbst ein Schaudern nicht unterdrücken.

»Ich will sie sehen«, sagte Jan mit seiner schönen, klaren Stimme.

Anton bedachte ihn mit einem unwirschen Blick. »Komm jetzt, es wird Zeit zurückzugehen«, herrschte er ihn an und setzte sich flink in Bewegung. Anfangs vergewisserte er sich noch, daß der Bruder hinter ihm lief, und ärgerte sich über die sorglose Art, in der er trödelte, hier eine Blume pflückte und dort innehielt mit schief geneigtem Kopf, dem Ruf eines Brachvogels lauschend. Das letzte, was Anton von Jan sah, war, wie sich dieser behutsam über ein Büschel Riedgras neigte, in dem Anton gerade noch einen Schnabel erkennen konnte. Er schlug einen weiten Bogen. Er hätte nicht sagen können, warum er Jan im Stich ließ. Sicher wollte er dem kleinen Bruder nicht ernsthaft schaden, aber ebensosicher war eine Portion kindlichen Mutwillens im Spiel. Vielleicht tat er das nur, um auf diese rüde Weise die Angst zu besiegen. Denn tatsächlich fühlte er sich auf einmal großartig, während im Hintergrund seines Bewußtseins eine kleine Gestalt über die Stege im Moor strauchelte, eine, die in diesem Augenblick nicht sein Bruder war, sondern ein Etwas, das alle Angst auf sich zog, welche das Moor erzeugen konnte. Er fühlte sich um so besser, je kleiner er sich Jan in seinem Kopf vorstellte. Er wuchs, während der imaginäre Jan schrumpfte. Anton empfand ein solches Vergnügen an seiner Vorstellung, daß er vor lauter Wohlbehagen das Moor vergaß, das noch unter seinen Füßen schwappte. Er geriet in ein Loch, aus dem er beschämt und wütend herauskroch. Hose und Joppe waren mit Schlamm bedeckt, den die Sonne rasch zu einer harten Kruste brannte. Der letzte Rest von Übermut verging ihm, als er die Moorarbeiter wieder erreichte. Sie hatten ihre Arbeit beendet, die Schaufeln und Spaten auf den Wagen geladen und Jan – Jan thronte oben auf dem Kutschbock und sah ihm vergnügt entgegen.

»Kommst du endlich?« herrschte ihn Hubert an und versetzte ihm eine schallende Ohrfeige.

Anton fand an diesem Tag keine Gelegenheit mehr, sich an

Jan heranzuschleichen, um von ihm zu erfahren, wie er aus dem Moor herausgefunden hatte.

Als Bernard den Kleinen vom Wagen hob, fragte Jan: »Gehen wir morgen wieder ins Moor?«

Mia zeigte sich ziemlich ungehalten, als sie den verdreckten Anton erblickte, und schimpfte ihn aus.

»Der hier«, sagte Bernard und hob Jan auf seine Schulter, »der wird noch mal ein rechter Moorkönig, so unerschrocken ist der Kleine.«

»Moorbauer würd schon reichen«, sagte der alte Droste trocken, der ab und zu gern das letzte Wort hatte.

Mit der Fähigkeit zu sprechen, die Jan so lange für sich behalten hatte, entdeckte er die viel aufregendere des Fragenstellens. Niemand entging nun der hohen Kinderstimme, die sich beim Kühemelken, Mistaufgabeln, Hühnerfüttern, am Butterfaß und im Bierkeller unerwartet erhob. Das barfüßige Kind schien in einer Art Allgegenwart zu jeder Stunde jemandem im Rücken zu stehen, entwickelte eine heimliche Art, die Abwehr hervorrief. Wer konnte, wich dem kleinen Fragesteller aus. So erfuhr Jan bald die Freiheit, umherstreifen zu können, wo er wollte, ohne angehalten oder behelligt zu werden, und er kannte nichts Schöneres, als den Hof zu erkunden, bis er jeden Balken, jede vergessene Forke kannte, wußte, wo eine Henne in der Wallhecke ein verstecktes Nest unterhielt. Allmählich dehnte er, ohne daß es außer Lina jemand bemerkte, seine Streifzüge weiter aus. Dabei vergaß er keineswegs, was ihm besonders am Herzen lag: das Moor.

Die Knechte und die beiden ältesten Brüder zeigten sich großmütig genug, das Kind gelegentlich mitzunehmen, wenn einer von ihnen das Vieh auf die Moorweiden trieb. Der Kleine war ihnen als Gesellschaft willkommener als der verdrießliche Anton. Jan brachte gesprenkelte Vogeleier heim, die er wie Kostbarkeiten hütete und dem Großvater in den Schoß legte, während er sich an seine Knie drückte und erwartungsvoll zu ihm aufschaute. Dann begann er mit seinen Fragen.

Der alte Droste und Trude, die mit ihrem Spinnrad näher rückte, verfügten über die unendliche Geduld der Alten, die mit der Zeit um so großzügiger umgingen, je weniger ihnen blieb. Lina lernte von Trude, einen mehr oder weniger glatten Faden aus dem Leinenwerg zu ziehen.

Mitten im Sommer entdeckte Jan in einem dämmrigen Scheunenwinkel hinter den schweren Ackergeräten für die Frühjahrsbestellung einen Wurf Kätzchen, den eine der drei Hofkatzen dort verborgen hielt. Die Jungen lagen in einem Nest aus altem Heu und Lumpen in einem Knäuel zusammengerollt, noch blind, erst wenige Tage alt. Jans Hand tastete über die winzigen, weichen Körperchen, spürte die Mäulchen, die sich suchend über seine Fingerspitzen bewegten. Ein Schatten fiel in die trüb beleuchtete Ecke, und die Mutter der Kleinen sprang mit einem Satz in die Kinderstube. Weiße Flecken schimmerten in ihrem nachtschwarzen Fell. Die Katze zeigte weder Furcht noch sonderliche Abwehr gegen das Kind, obwohl sie sonst den Menschen, auch Jan, aus dem Weg zu gehen pflegte.

Jan mochte Tiere: die sanften Kühe mit ihren nassen, großen Mäulern, die behäbigen Ackergäule, die Sauen, Gänse, Hühner, sogar den finsteren Bullen, der seinen Platz am Ende der Kuhseite hatte, gleich neben der Tennentür. Oft, wenn Jan mit verlorenem Blick auf der Tenne stand, breitete sich unmerklich eine leise Unruhe unter dem Vieh aus, das Muhen auf der Kuhseite nahm zu, auf der Pferdeseite das Schnoben und Stampfen. Streckte er eine Hand nach einem Pferdekopf aus, wich das Pferd sachte zurück. Nie war zu beobachten, daß ein Pferd ihn biß oder eine Kuh nach ihm trat oder der Hofhund ihn ankläffte wie die anderen. Aber die Tiere mochten Jan nicht in ihrer Nähe.

Auch der Katze sträubte sich das Fell, sie beobachtete ihn abwartend aus ihren gelben, wilden Augen, aber sie schlug nicht mit den Krallen nach ihm.

Eine selige Woche gelang es Jan, das Geheimnis zu bewahren. Er schlich jeden Tag in die Scheune und schaute der Katze beim Versorgen der Jungen zu. Keines sah der Mutter ähnlich, es gab zwei graugetigerte und zwei lohfarbengestromte. Jan fuhr ihnen, wenn sie bei der Mutter saugten, mit einem Finger über den Rücken und spürte die winzigen Knöchelchen des Rückgrats wie Perlen aufgereiht. Die Katze sah das ungern, er wußte das wohl, aber sie ließ ihn gewähren.

Um ihr eine Freude zu bereiten und sie ein wenig gnädiger zu stimmen, stahl Jan für sie ein Schüsselchen Milch aus der Milchkammer. Es wurde ein tägliches Abenteuer, bei dem es darauf ankam, nicht erwischt zu werden. Ohne daß es ihm bewußt wurde, lernte der Junge, sich zielgerichteter zu bewegen, flinker und gewandter, und die Füße fest auf den Boden zu setzen.

Die Katze stürzte sich nicht auf den Napf, sondern strich um ihn herum, schleckte beiläufig die Milch und vermied jeden Ausdruck von Dankbarkeit. Nur einmal rieb sie in einer schnellen Bewegung ihren Kopf an Jans Bein.

Das geheime Glück fand ein Ende, als Lisbeth ihn mit der Milch in der Scheune verschwinden sah.

Entgegen Marthas Erwartungen schloß Lisbeth keine Freundschaft mit Jan. Er war ihr zu tölpelhaft, zu schmutzig, weil er dauernd hinfiel, und, seit er reden konnte, unheimlich, weil er ihr manchmal seltsame Fragen stellte. War die Schürze, die sie heute trug, nun braun oder blau?

Neugierig war sie schon. So folgte sie ihm in die Scheune. Er war so beschäftigt damit, keine Milch zu verschütten, daß er Lisbeth erst bemerkte, als sie sich auf die Kätzchen stürzte. Die Katzenmutter sprang fauchend aus dem Dunkel, hieb Lisbeth die Krallen in die Hand und zog blutige Furchen. Lisbeth schrie vor Schreck und Schmerz, zertrat das Schüsselchen, halbblind vor Tränen, und stolperte aus der Scheune.

Jan saß in der Ecke mit dem dumpfen Gefühl drohenden Unglücks, das ihn lähmte, ihn am Platz hielt, um es hier zu erwarten, sonst wäre er der schreienden Lisbeth schon aus Anteilnahme nachgerannt.

Hubert fing sie im Hof ab. Es war schwer für ihn, aus dem

wimmernden Kind klug zu werden. Er trug die Kleine in die Küche, damit Martha ihrer Tochter Fett auf die brennenden Wunden schmieren konnte.

Auf dem Weg in die Scheune langte er nach einem Sack und einem Strick und ging immer langsamer.

Jan antwortete erst auf seinen zweiten oder dritten Ruf und auch dann noch leise wie ein verängstigter Vogel. Hubert konnte ihn kaum ausmachen. Der Junge kniete vor dem Katzennest und hatte seine Arme darum gelegt. Die Katze fauchte.

Jan wußte nicht, was der Vater mit dem Sack vorhatte, aber die Angst vor etwas Furchtbarem schnürte ihm die Kehle zu.

»Nein, Vadder«, winselte er, »tu's nicht.«

»Geh beiseite!« antwortete Hubert mit belegter Stimme, die barsch wurde, als er die Furcht in den aufgerissenen Augen des Kindes sah.

»Was sein muß, muß sein.« Damit packte Hubert das Kind am Arm, zog es vom Nest fort und griff nach den Kleinen. Die Katze, die sich fauchend aufbuckelte, flog durch einen Tritt beiseite. Hubert stopfte die Kätzchen in den Sack, stapfte aus der Scheune, bückte sich im Hof nach einem Stein, warf ihn in den Sack und einen zweiten dazu. Jan schrie und übertönte das ängstliche Miauen der Kätzchen. Hubert knüpfte mit ungeschickten Bewegungen den Strick um den Sack. Es konnte ihm nicht schnell genug gehen, um die Sache hinter sich zu haben.

Jan blieb dem Vater auf den Fersen, stand nun auch am Brunnen, sah, wie sich die winzigen Körper in einem verzweifelten Strampeln unter dem Gewebe aufbäumten. Der Sack plumpste in den Brunnen. Das Aufklatschen auf die Wasseroberfläche hallte in seinen Ohren nach. Er stand wie erstarrt, nahm nicht wahr, wie Hubert den Sack endlich aus dem Brunnen zog, ihn aufknüpfte und Steine und Kadaver herausschüttelte, um sich zu vergewissern, daß die Tierchen tot waren. Dann faltete er sorgfältig und langsam mit gesenktem Kopf den Sack zusammen.

Mia und Martha hatten Lisbeths Wunden versorgt, das Kind

getröstet und kamen nun mit ihr auf den Hof, um nach Jan und den Katzen zu sehen.

Mia fuhr Hubert wütend an: »Mußtest du das vor dem Jungen tun, Hubert Droste, hatte das nicht Zeit?«

Hubert hob störrisch den Kopf. »Was getan werden muß, muß sein, je eher er das lernt, desto besser, meine Söhne sollen keine Weichlappen sein«, erklärte er dumpf und hob in einer späten Aufwallung von Schuldgefühl und Mitleid die Hand, um sie Jan begütigend auf den Kopf zu legen. Die Berührung löste Jans Erstarrung. Sein Blick senkte sich zur Erde, erfaßte die toten Kätzchen, die Hubert noch mit dem Holzschuh um die Brunnenrundung zu schieben suchte. Jan schrie. Er hörte nicht auf zu schreien und wimmerte sich spätabends in den Schlaf. Am nächsten Morgen und die folgenden Tage lag er teilnahmslos im Bett, wachsbleich, weigerte sich, die Augen aufzumachen, zu essen. Ein Nervenfieber, hieß es. Es war, als hätte er den Lebensmut verloren. Er murmelte vor sich hin, Unverständliches, zurückgezogen in eine Welt, in die ihm niemand folgen konnte.

Mia hob eines Abends das Kind aus dem Bett, der Körper schien ihr leicht wie eine Feder, und setzte sich mit ihm ans Feuer.

Sie flehte stumm zu Gott um das Leben ihres Kindes, wie sie früher mit Inbrunst seinen Tod erhofft hatte. Davon wußte sie jetzt nichts mehr. In diesem Augenblick hätte sie sterben mögen für das Kind. Sie hielt es mit beiden Armen umfangen, sein Kopf ruhte an ihrer Brust. Zum ersten Mal versuchte sie, das Band zwischen Mutter und Kind sie beide spüren zu lassen. Mias stumpfes blondes Haar mischte sich mit dem glänzenden des Kindes, als sie begann, Jan in ihren Armen zu wiegen.

Er spürte den Herzschlag der Mutter, wehrte sich gegen die Beruhigung, die von ihm ausging, ließ sich nur zögerlich auf das unbekannte Gefühl mütterlicher Geborgenheit ein. Mia nahm wahr, wie den vorher teilnahmslosen Körper ein leichtes Beben durchlief, wie er sich entspannte und kindlich weich und warm in ihren Armen wurde.

Es dauerte noch eine Weile, bis Jan vorsichtig ein Auge öffnete, an der Brust der Mutter vorbeispähte, bis etwas Helles in sein Gesichtsfeld geriet.

»Da, nimm, das hab ich für dich während deiner Krankheit gemacht«, erklang die Stimme des Großvaters. Die Kinderhand löste sich schwer von Mias Brust, aber dann streckte sich doch der Arm, und Jan nahm Großvaters Gabe entgegen: ein zierliches, geschnitztes Pferdchen.

Er drückte es behutsam an sich, fühlte das glatte Holz und die Rundung des Pferderückens, rückte sich solange zurecht, bis das Pferdchen in seiner Armbeuge ruhte und sein Kopf wieder an Mias Brust. So schlief er ein.

Nach ein paar Tagen, in denen ihm Trude und Mia unentwegt etwas in den Mund stopften, fühlte sich Jan kräftig genug, um zu protestieren und das Bett zu verlassen.

Hubert hatte die Krankheit seines Sohnes, an der er sich die Schuld zumaß, viel mehr bekümmert, als zuzugeben sein Stand als Bauer und Haushaltungsvorstand zuließ. Er hielt sich nicht für einen schlechten Vater, er wünschte seinen Kindern nur Gutes. Und noch nie hatte ein Kind auf eine Anwandlung von Strenge, wohlbegründet in der notwendigen Erziehung zur Lebenstüchtigkeit, derart heftig reagiert. Er nahm wahr, wie Jan ihm auswich. In dem Bemühen, wieder Frieden mit ihm zu schließen, packte er ihn nach dem Mittagessen am Arm. Jan aber, der sein Pferdchen fest umklammert hielt, riß sich los und rannte. Er rannte zum ersten Mal. Auf einmal fiel es ihm ganz leicht, die Füße voreinanderzusetzen. Es war wie ein Rausch. Wie fliegen. Im Laufen breitete er die Arme wie Schwingen aus und kostete das Gefühl, frei zu sein von der Notwendigkeit, jeden Schritt sorgsam zu bedenken, in einer fließenden Welt feste Punkte auszumachen. Jans Lauf endete im Misthaufen. Hinter ihm schüttelte sich Anton vor Lachen, der, von Neugier getrieben, dem Bruder in seinem blinden Vorwärtsstürmen gefolgt war. Jans Sorge galt dem Pferdchen, das er mit bebenden Fingern aus dem Mist grub. Es war unbeschädigt.

Hubert war den Kindern gefolgt, voll Verwunderung über seinen Jüngsten, der sich endlich wie ein normales Kind bewegte. Anton brachte er mit einer beiläufigen Ohrfeige zum Schweigen.

Hubert zog Jan aus dem Mist und hielt ihn fest, als er sich loszumachen suchte. Mit einer Hand zupfte Hubert Stroh aus dem blonden Haar.

»Jan«, sagte er, »nun hör doch mal zu. Wegen der Katzen ...«

Jan wandte mit einem Ruck den Kopf ab und schluchzte trocken auf.

»Nun flenn nicht gleich wieder«, sagte Hubert und bemühte sich, nicht barsch zu werden. »Vom nächsten Wurf Kätzchen darfst du dir eins aussuchen und aufziehen. Die Katze wird langsam alt, und es wird Zeit, an eine Nachfolgerin zu denken.«

Jan rührte sich nicht.

»Schau mal, Jan, du willst doch eins?« In Huberts Stimme lag ein Flehen, das Jan den Kopf wenden hieß. Hubert hielt dem Blick aus den allzuhellen Augen, die ihn seltsam blind, ohne jeden Ausdruck musterten, nicht lange stand. Seine Hand löste sich von Jans Arm, fiel schwer herab und pendelte an seiner Seite. Jan entfernte sich langsam, Schritt für Schritt, und erst an der Hofecke verfiel er wieder ins Laufen.

Wenn sie Jan sah, schlug die alte Mutterkatze einen Bogen um ihn. Tagelang hatte sie klagend ihre Jungen gesucht. Eines Morgens war sie verschwunden.

Im darauffolgenden April gab es neue kleine Katzen. Getreu seinem Versprechen, packte Hubert den Wurf in einen Korb und hielt ihn Jan hin. Es war, als hätte sich das Katzenelend erst am Tag zuvor abgespielt. Der Junge wich bis zur Stallwand zurück, schüttelte heftig den Kopf, warf nicht einen Blick in den Korb und schlich aus dem Hof. Einmal zur Großzügigkeit entschlossen, schenkte Hubert Lina ein Kätzchen.

3

Die jetzigen Herren Westfalens verkündeten die neuen, aus Frankreich mitgebrachten Gesetze, mit denen sie auch ihre unfreiwilligen Untertanen zu beglücken gedachten.

Klara Potthoff wurde als eine der ersten in der Venner Bauernschaft über die Egalité und die Liberté unterrichtet, die Drostes hatten das Pech, mit der Fraternité oder dem, was manche Franzosen darunter verstanden, Bekanntschaft zu schließen.

Klara räumte die Truhen und den großen Schrank in der Stube leer und bot ihr handgewebtes Leinen dem Wanderhändler Hannes Achterkamp, einem Tödden aus dem Tecklenburgischen an, der von Zeit zu Zeit vorbeikam. Aus Anhänglichkeit, wie er sagte, weil Klara Verwandtschaft im Tecklenburgischen hatte. Klara wußte, daß das Tecklenburger und das Bielefelder Leinen als das beste galten, hoch geschätzt im benachbarten Holland, aber sie wußte auch, daß sie keinen Vergleich zu scheuen brauchte. Das Leinen, das sie zusammen mit ihrer ältesten Tochter fertigte, hätte noch immer jeder Prüfung auf der Legge, der amtlichen Prüfstelle, die es seit dem Siebenjährigen Krieg in Münster nicht mehr gab, standgehalten, denn Klara webte nicht das im Münsterland übliche gröbere Löwendlinnen, sondern die feineren Leinenarten, die sie in ihrer Jugend bei den Verwandten zu weben gelernt hatte. Obwohl sie eine geschickte Weberin war, hatte es Klara abgelehnt, sich fest an einen Verlag zu binden, einen der größeren Aufkäufer, die in den Städten saßen, denn ihr fehlte die Zeit für das regelmäßige Arbeiten am Webstuhl. Der Hof mußte schließlich versorgt werden. Klara begnügte sich damit, von Zeit zu Zeit Tuch an den Tecklenburger zu verkaufen, der auf den Hof kam und ihr alle weiteren Mühen abnahm.

Außerdem webte sie insgeheim an der Aussteuer der Töchter, sollten diese einmal das Glück haben, eine zu benötigen. Klara hegte viele Träume dieser Art, und einer davon war, alle ihre Kinder in die Schule zu schicken. Kein so ausgefallener Traum wie der von der Heirat ihrer Töchter, wenn man die allgemeine Schulpflicht bedachte, aber schon, wenn man die allgemeine Gepflogenheit berücksichtigte, Kinder in Hof und Feld zu beschäftigen statt in der Schule. Aber die Schule kostete Geld: zwei Gutegroschen für jeden Monat, das machte schon einen Taler im Jahr, zu jedem Schulhalbjahr einen Gutengroschen Eingang und an Weihnachten noch einen Gutengroschen und zwei Pfennige und dazu einen halben Scheffel Korn für jedes Jahr und jedes Kind. Das war mehr, als ein Kalb auf dem Viehmarkt brachte, das durchschnittlich für 18 Gutegroschen gehandelt wurde.

»Es ist recht, daß du dein Leinen jetzt verkaufst, wer weiß, wie lange der Handel noch geht«, eröffnete Hannes das Verkaufsgespräch.

Die Nachricht von der Ankunft des Tödden trugen die jüngeren Kinder auf die Wiese hinaus, auf der Anton Potthoff Heu mähte. Er schulterte die Sense, ging zurück zum Hof und fand Klara und Hannes am Küchentisch stehen, auf dem Klaras Leinen schimmerte. Anton legte seine schwielige Hand neben das schneeweiße Tuch.

»Erzähl erst mal, was los ist in der Welt, Hannes. Wir hören hier in der Einöde nichts davon und müssen wissen, worauf wir uns einzustellen haben. Du kommst doch überall rum.«

Hannes musterte die beiden. Schlichte Bauerngesichter mit von der Witterung rotgeäderten Wangen und Furchen zwischen Nase und Kinn. Anton näherte sich dem fünfzigsten und zahlte den üblichen Tribut für die Jahre auf dem Feld: Sensen, Pflügen, Heugabeln hatten den Körper geprägt, der sich nur noch in eingefahrenen Abläufen zu bewegen vermochte. Der Verschleiß in den Gelenken machte Anton zu schaffen.

Klara, fünfzehn Jahre jünger, wirkte unverbrauchter.

Um die beiden drängten sich die frischen, runden Gesichter der Kinder.

»Komm, setz dich, Hannes, trink erst einen Schluck«, bot Anton dem Gast an.

Das dunkle, würzige Bier versetzte Hannes in Redelaune. »Fragt sich, was ihr überhaupt wißt. Daß wir keinen Kaiser mehr haben, habt ihr gehört?«

Die Potthoffs nickten bestätigend.

Klara fragte: »Aber warum nicht mehr?«

»Von was sollte er noch Kaiser sein? Wißt ihr, was der Rheinbund ist? Nein? Im Rheinbund haben sich eine Menge deutscher Staaten zusammengeschlossen, anfangs sechzehn, die sich auf Napoleons Seite schlagen wollten, und haben ihren Austritt aus dem Reich erklärt, weil sie unabhängig sein wollten. Daraufhin hat Kaiser Franz II. die Krone niedergelegt, und damit endete das Römische Reich Deutscher Nation.«

Anton räusperte sich. »Warum auch nicht. Wenn wir unseren Fürstbischof nicht mehr haben sollen, was kümmert uns dann der Kaiser oder das Deutsche Reich. Jetzt sind wir eh französisch. Vorher waren wir preußisch, davor bischöflich, und karren immer noch den gleichen Mist. Kannst du mir sagen, wohin das noch führen wird? Was wollen die Franzosen von uns? Und wozu die Teilung Westfalens in ein Königreich und ein Herzogtum? Was sind wir hier?«

»Ihr hier, um Münster herum, habt zu Preußen gehört. Und Preußen hat euch im Frieden von Tilsit, letztes Jahr im Juli, an Frankreich verloren. Und nun gibt es das Königreich Westfalen, das größtenteils gar nicht in Westfalen liegt, sondern östlich davon mit der Hauptstadt Kassel, in der jetzt Napoleons Bruder regiert, Jerome oder Hans Narr, wie er dort genannt wird. Ihr hier dagegen gehört zum Herzogtum Berg, das Napoleon seinem Schwager Murat überlassen hat, aber der spekuliert auf einen höheren Posten und will König von Neapel werden. Ja, dann dürft ihr nicht die Kleckerfürstentümer vergessen wie das Herzogtum Arensburg um Recklinghausen und das Fürstentum Salm um Bocholt, die auch noch zu West-

62

falen gehören. Die noch kleineren Herrschaften, die anfangs nach der Auflösung des Fürstbistums entstanden, sind inzwischen von den größeren geschluckt worden.«

Anton winkte ab. »Laß man, Hannes, wer kann sich das schon merken. Was ist hier mit uns? Die Preußen wollten eine Menge ändern, dieser Herr von Vincke ...«

»Der ist auch nicht mehr länger im Amt. Aber es stimmt schon. Er hat davon geredet, die Ständeordnung abzuschaffen und die Steuerprivilegien und die Eigengerichtsbarkeit der Adligen hier auf dem Land.«

»Und die Eigenbehörigkeit?« fragte Klara.

»Die ist schon abgeschafft. Die hat der preußische König Oktober 1807 für alle Länder aufgehoben. Ich hab sein Edikt gelesen.«

Hannes zwinkerte Klara zu und kramte in seinen Taschen.

»Dann wär's mir lieber, wir wären preußisch geblieben«, seufzte Klara.

»Immer sachte, Klara. Auch Napoleon will die Aufhebung der Leibeigenschaft. Egalité und Liberté: das heißt, wir werden alle gleichberechtigte Bürger, wie in der Revolution in Frankreich, als sie ihrem König den Kopf abgeschlagen hatten. Das heißt auch bei den Franzosen Abschaffung der Standesprivilegien, gleiche Rechte und Pflichten für alle, gleiche Gesetze. Dazu zentrale Verwaltung und Gerichtsbarkeit und gleiche Besteuerung für alle, was immer wir darunter noch verstehen sollen.«

»Du meinst doch nicht, daß die Herren von Schonebeck demnächst nicht mehr sind als wir, und wir ihnen weder Gespanndienste leisten noch Abgaben zahlen müssen?«

Hannes lachte. »So weit wird's wohl nicht kommen, Klara. Abgaben werden immer gezahlt. Das ist bei den Franzosen nicht anders, und der Herr von Schonebeck wird sich seine Rechte auch nicht so einfach abkaufen lassen.«

»Was soll uns dann die ganze Freiheit?« brummte Anton.

»Sie ist ein Anfang, Anton, vor allem für die Kinder.«

»Die Kinder. Seid froh, daß eure noch so jung sind. Die Burschen von zwanzig bis fünfundzwanzig will Napoleon alle für seine Armee, um die Lücken zu füllen. Das haben nicht mal die Preußen gewagt. Aber was eure persönliche Freiheit betrifft, ich hab auch gehört, daß man das Grundeigentum vom Grundherrn freikaufen können soll für das fünfundzwanzigfache der jährlichen Abgaben.«

»Wie sollten wir das jemals aufbringen. Noch letztes Jahr haben wir das doppelte der Normallasten an die Preußen zahlen müssen«, wandte Anton ein.

»Napoleon braucht Geld, viel Geld für Frankreich und seine Kriege. Überall beklagen sich die Beamten, daß sie seit Monaten kein Gehalt ausbezahlt bekommen haben. Viele von ihnen sind Preußen, die auf ihren Posten ausharren. Die Franzosen stecken alles ein, was sie kriegen können, und das meiste von euren Steuern geht nach Frankreich.«

Klara zupfte an ihrem Leinen. »Was ist nun mit dem Handel?«

»Düster sieht's aus. Napoleon liegt nur daran, die französische Wirtschaft zu stärken, nicht unsere. Vor allem der Handel mit England und Holland, der für euch und uns wichtig ist, ist ihm ein Dorn im Auge.«

Klara mußte sich zufriedengeben mit dem, was Hannes ihr bot. Zum Abschied drückte er ihr ein Papier in die Hand, das sie erst anschauen konnte, als die Kinder im Bett lagen. Sie strich es auf dem Küchentisch glatt.

»Edict«, las Klara, »den erleichterten Besitz und den freien Gebrauch des Grund-Eigenthums, so wie die persönlichen Verhältnisse der Land-Bewohner betreffend. Memel, den 9. October 1807.« Es war das preußische Edikt zur Aufhebung der Leibeigenschaft. Klara legte das Papier zuunterst in die Schatulle, in der sie ihren Brautkranz aufhob.

Lina machte sich. Zwar war der Faden, den sie auf die Spindel spulte, nur für das gröbste Küchentuch zu gebrauchen und auch das nur mit Wohlwollen, aber Mia und Trude war es gelungen, sie zum Gänsehüten abzurichten. Bernard schüttelte wohl großspurig den Kopf und meinte, Lina sei ihr Teller

Suppe immer gewiß, wenn er erst einmal Bauer sei. Dem jetzigen verdarb die Bemerkung den Geschmack am Abendbier.

Lina aber stieg zur Gänsemagd auf mit Jans Hilfe, der sie meist begleitete und dafür sorgte, daß Lina mit allen Gänsen nach Hause fand. Bald schon kümmerte sich niemand mehr darum, wie die beiden mit ihrer Aufgabe zurechtkamen. Linas Kätzchen sprang um die Geschwister herum, wenn sie am Morgen vergnügt auszogen. Lina trieb mit einem Haselstecken die Gänseherde, wie sie es gelernt hatte, und trug ein Körbchen am Arm mit einer Brotzeit für die Mittagsrast und ihrer Lumpenpuppe. Die beiden Kinder boten ein liebliches Bild. Der schlanke, goldhaarige Knabe mit dem feinen Gesicht, in kurzer Hose und mit nackten Füßen, die er jetzt meist sicher zu setzen wußte, und Lina, die zu einem außergewöhnlich schönen Mädchen herangewachsen war.

»Was für eine Verschwendung«, bemerkte Martha einmal zu Trude, als Lina im Küchengarten stand und an der Puppe lutschte.

Obwohl sich Mia über die Bemerkung geärgert hätte, wäre sie ihr zu Ohren gekommen, teilte sie Marthas Meinung, daß ein bescheideneres Äußeres, eine Unauffälligkeit, dem Mädchen bei seinen geringen Geistesgaben angemessener wäre.

Vorüberkommende drehten sich nach Lina um, selbst die unförmigen Röcke der Münsterländer Tracht konnten die Anmut ihrer Gestalt nicht beeinträchtigen. Lina verstand, sich auf eine Weise zu bewegen, daß jeder Mann mit ein wenig Feuer im Blut ihr nachschauen mußte. Keiner wußte, woher Lina die unbewußte Koketterie hatte, und es erschien aussichtslos, sie ihr auszutreiben. Auch der Watschelgang der Gänse färbte auf Lina nicht ab, betonte im Gegenteil ihre Anmut.

Trude bekreuzigte sich mit einem Seufzer, wenn die Schar das Hoftor hinter sich ließ.

Für Jan ergaben sich aus dem Gänsehüten neue Möglichkeiten, ungefragt seine eigenen Wege zu gehen. Kaum wußte er Lina und die Tiere an einer geeigneten Stelle gut untergebracht, verschwand er auf immer ausgedehntere Streifzüge.

Konnte ihm kein Blick mehr folgen, auch Linas nicht, fühlte er sich wie von einer Last befreit. Er torkelte über Wiesen, Wege, durch Rinnsale am Wegesrand ohne Acht auf seine Bewegungen, wie seine Natur es ihm eingab. Solche Stunden wechselten mit anderen, in denen er sich seinem Forschertrieb überließ. Jan kannte bald die Pfade von Iltis und Wiesel in den Wallhecken, die Nester von Eule und Wendehals im Gewirr von Hasel, Hainbuche, Holunder und Heckenrose. Seiner Schwester brachte er Sträuße von Weidenröschen, Ziest, Feigwurz und Gilbweiderich, wenn er sich zur Mittagszeit bei ihr einfand. Sie trieben die Gänse ein Stück weiter, teilten ihr Mittagsbrot, lagen im Gras und schauten in den blaßblauen, westfälischen Himmel hinauf, der sich über ihnen wölbte wie eine Schüssel mit Magermilch.

Dieses Leben fand an einem Spätsommertag ein Ende, als Mia gegen Abend vergeblich nach den Kindern Ausschau hielt.

An diesem Tag war Jan weiter als gewöhnlich gelaufen, bis zum Rand der Heide, die nordöstlich vom Hof begann, und hatte sich obendrein ganz darin verloren, ein Bussardpaar zu beobachten, das hoch oben in der Luft seinem Nachwuchs Flugunterricht erteilte. Als die Vögel abstrichen, fiel Jan auf, daß die Sonne schon tief über dem Horizont stand. Er machte sich hurtig auf den Rückweg.

Lina vermißte den Bruder noch nicht. Zeit hatte keine Bedeutung für sie, und doch drängte es sie mit den verrinnenden Stunden nach Beschäftigung. So wanderte sie mit den Gänsen weiter und erreichte die Straße, die nach Münster führte. Die Gänse umschnatterten sie, haschten nach ihren Röcken, und Lina drehte sich im Kreis. Einer ihrer Zöpfe löste sich, sie griff nach dem zweiten und fuhr sich mit beiden Händen in die goldene, glänzende Flut. Ihre Aufmerksamkeit reichte gerade für das Spiel mit den Haaren und den Gänsen, und so entging ihr die Reiterschar, die sich auf der Straße näherte. Zudem dämpfte die weiche Erde des Weges den Hufschlag der Pferde.

»Mon Dieu!« rief einer der Reiter, als er das Mädchen erblickte, und gab seinem Pferd die Sporen. Lina sah sich von buntberockten, fremden Reitern umringt, die die Gänse auseinandertrieben und sich unverständliche Worte zuriefen.

»Quelle belle!«

»Une jolie fille paysanne.«

»Ein Gänseliesel.«

Sicher war der Tumult, den die Reiter veranstalteten, zunächst als Scherz gemeint. Der Höllenspektakel der Gänse reizte die Nerven, das Mädchen mit dem goldenen Haar, das sich in ihrer Mitte drehte und seine körperlichen Reize zur Geltung brachte, ließ Begehren in den Augen der Männer aufflackern. Einer tat das Nächstliegende, beugte sich vom Pferd und griff sich eine fette Gans.

In diesem Augenblick schrie Jan, der Lina und die Gänse endlich gefunden hatte, gellend auf: »Nein!«

Der Schrei ließ die Männer innehalten, verblüfft wandten sie sich nach dem kleinen Schreier um, der sich halb hinkend, halb hüpfend in einem grotesken Lauf näherte. Jan hatte sich bei seinem eiligen Marsch empfindlich den Fuß gestoßen. Als Lina den Bruder sah, fiel die Angst vor den Fremden, die sie bislang in Atem und Bewegung gehalten hatte, von ihr ab. Sie bückte sich nach ihrer Puppe und steckte die Puppenhand in den Mund wie immer, wenn sie nicht wußte, was von ihr erwartet wurde.

Der Reiter mit den meisten goldenen Litzen am Rock beugte sich im Sattel vor und starrte Lina ins Gesicht.

»Parbleu, elle est stupide.«

Einer seiner Kameraden ließ seinen Blick zwischen Lina und dem heraneilenden Jan hin und her wandern und ergänzte: »Et voilà le petit frère, il est fou certainement.«

Die Reiter johlten, bis Jan sie erreicht hatte und dem mit der Gans in den Steigbügel fiel. »Laß die Gans los!« schrie er.

Mit seinen knapp fünf Jahren kam es ihm nicht in den Sinn, daß eine größere Gefahr drohte, als eine Gans zu verlieren. Die Reiter lachten. Ihr Anführer trieb sein Pferd neben Lina, beugte sich herab und griff ihr gierig ins Haar.

Lina schrie. Jan fuhr herum, ließ den Steigbügel los und

stürzte sich auf den Mann, der die Schwester festhielt. Furchtlos hämmerte er auf den Stiefel ein, das einzige, was er von dem Mann erreichen konnte, und kreischte: »Laß meine Schwester los, du Teufel!«

Der Reiter beugte sich mit funkelnden Augen zu Jan hinunter, ohne den Griff in Linas Haar zu lockern.

»Aber nicht doch, kleiner Freund, wir wollen deiner Schwester nichts Böses tun, nur ein wenig mit ihr fraternisieren, eh bien, du verstehst, fraternisieren.«

Mittlerweile baumelten weitere Gänse an den Sätteln, als unvermutet Linas Katze hinter einem Baum hervorsprang. Aus einer Eingebung heraus ergriff sie einer der Reiter, der bisher vergeblich einer Gans nachgejagt war, an den Hinterläufen und schlug sie mit dem Kopf gegen den Baum. Die arme Kreatur kreischte erbärmlich.

Jan sah nur die Katze. Jeder weitere Schlag hallte dumpf in seinem Kopf, preßte ihm die Schläfen zusammen in plötzlichem Schmerz. Er hörte den Todesschrei des Tieres, der in einem Gewimmer erstarb, nahm wahr, wie der leblose Körper von der Hand des Soldaten herabhing, der mit der anderen Hand über das Fell fuhr. Er verstand nicht, wie der Mann auf die erstaunten Fragen der anderen antwortete: »So haben wir noch einen falschen Hasen zum Gänsebraten.« Die anderen lachten ihn aus.

Jan versank in Reglosigkeit, weit jenseits der Angst, und wehrte sich nicht, als ihn einer der Reiter ergriff und vor sich über den Hals des Pferdes warf.

Der Litzenträger hatte die sich heftig wehrende Lina vor sich in den Sattel gesetzt.

Es begann ein wilder Ritt. Erst über die Straße, dann, nach einigem Hin- und Herrufen zwischen den Reitern, querfeldein.

Bald schon war Jan die Gegend unbekannt. Er konnte den Kopf so weit heben, daß er sah, wie der französische Offizier sein Pferd nur noch mit den Knien lenkte, um die Hände frei zu haben. Eine lag über Linas Mund, die andere riß ihr das Mieder auf und verschwand in ihm. Jan sah das mit stummer

Aufmerksamkeit. Er spürte, daß etwas von ihm Besitz ergriffen hatte, das ihn auf diesem Ritt ins Ungewisse begleitete und sie alle auf ein Ziel zulenkte, das er im richtigen Augenblick erkennen würde. In seinen Ohren nistete sich ein Rauschen ein, ein Schwindel befiel ihn, und er hatte alle Mühe, bei Bewußtsein zu bleiben.

Mia schickte Anton aus, die Geschwister heimzuholen. Nur Trude und der alte Droste befanden sich auf dem Hof, und mit zunehmender Unruhe, auch Anton ließ auf sich warten, lief Mia zwischen Trude im Gemüsegarten und dem Alten, der vor seinem Austragshäuschen in der Abendsonne saß, hin und her. Schließlich ließ Trude das Gemüse und der Alte das Pfeifeschnitzen sein, und alle drei machten sich auf die Suche. Sie hatten kaum die Hofeinfahrt passiert, da kam ihnen Anton mit dem Rest der Gänseherde entgegen und mit Linas Körbchen am Arm.

Auf einem Platz mit niedrigem Heidekraut, umgeben von Wacholderbüschen und überragt vom Skelett eines einst mächtigen Baumes, der kahle, schwarze Äste in den Himmel reckte, hielt die Reiterschar an. Die Erinnerung vergangenen Unheils brütete über dem Ort, das die Männer bei ruhiger Überlegung wohl zum Weiterreiten getrieben hätte.

Lina wurde wie ein Sack vom Pferd geworfen, zwei der Soldaten sprangen flink aus den Sätteln, warfen sich über sie und hielten sie am Boden fest. Auch Jan fiel kopfüber in den Sand der Heide. Als er sich aufgerappelt hatte, sah er, wie die Männer Lina die Röcke hochzogen. Ein Lachen hinter ihm veranlaßte Jan, sich umzudrehen. Noch im Drehen erfaßte ihn ein Schwindel, in dem alles, was geschah, nur noch mit unendlicher Langsamkeit vor sich ging. Die Zeit dehnte sich in ihre eigene Unendlichkeit, jede Person wuchs zu statuenhafter Größe, jede Bewegung gewann in der Verlangsamung die Bedeutung des Ewigen. Der Offizier stand unter dem toten Baum und schnallte seinen Gürtel los.

69

»Allez, allez, vite, vite!« feuerten ihn die anderen an, aber er lachte nur, reckte sich, wippte auf den Fußspitzen, um den Augenblick der Erwartung auszudehnen.

Keiner achtete auf das Kind. Das Rauschen in Jans Ohren verstärkte sich zu einem Brausen, die Pferde, die Männer und die Schwester versanken in einem dünnen Nebel. Jan sah nur noch den Mann in der bunten Uniform unter dem Geäst, das sich schwarz und drohend über ihm ausbreitete.

Und dann sah Jan etwas anderes. Ebenso klar. Langsam hob er die Hand, streckte einen dünnen, deutenden Finger aus und sprach: »Du – bist – tot!«

Die Kinderstimme, die sich mit durchdringender Schärfe über die rauhen Männerstimmen erhob, das wachsbleiche, wie leblose Gesichtchen unter dem leuchtenden Schopf und vor allem der Blick aus den wasserhellen Augen, unkindlich, jagte den Männern einen Schauder über die Haut. Der eine suchte verstohlen, ein anderer offener mit einer abwehrenden Geste der Hand – gekreuzte Mittelfinger zur Erde gerichtet –, das Unheimliche von sich abzuschütteln.

Es dauerte nur einen Augenblick, dann begann sich die Beklemmung in Gelächter zu lösen. In dieses Gelächter hinein war ein Brechen von Holz zu hören. Erst nur ein Ton, wie ein Auftakt. Dem folgten knackende Laute, vielschichtig, mehrstimmig, eine ganze Symphonie von dumpfen Geräuschen und hellen, scharfen, die sich zu einem Bersten vereinten und in einem unaufhaltsamen Crescendo anschwollen.

Die Augen wandten sich ungläubig dem Baum zu, aus dem ein Ast herausbrach, andere im Fallen streifte und durch sein Gewicht mitriß in eine Lawine von schwarzem, totem Holz.

Der Ast erschlug den Mann, der unter dem Baum stand und der ebenso wie die anderen nach oben starrte, zur Unbeweglichkeit verdammt durch den Bann des Augenblicks, unfähig, auch nur ein Glied zu rühren, um dem Tod zu entgehen.

Sie brauchten den Körper nicht unter dem Astgewirr hervorzuzerren. Sie sahen das Blut aus dem eingeschlagenen Schädel rinnen. Sie starrten das Kind an, das noch den Arm erhoben hielt, als dirigierte es das Schicksal, und wichen langsam zurück, Schritt für Schritt. Einer machte den Anfang und sprang auf sein Pferd. Die anderen folgten. In einer aufstiebenden Sandwolke galoppierten sie davon. Ein reiterloses Pferd folgte ihnen in wilder Hast, als habe sich auch der Kreatur der Schrecken des Ortes mitgeteilt.

Jan löste sich erst aus seinem Bann, als der Hufschlag in der Ferne verklang und ihm ein Wimmern in der Nähe die Anwesenheit seiner Schwester ins Gedächtnis rief. Er ging zu ihr und kniete neben ihr mit ungelenken Bewegungen. Jedes Glied und jeder Knochen schmerzte. Die Geschwister hielten sich lange umschlungen, und Lina weinte nach ihrer Katze.

Die Sonne sank über der Heide in einem rötlichen Dunst.

»Komm, Lina«, sagte Jan endlich, »laß uns nach Hause gehen«, obwohl er nicht wußte, in welche Richtung sie sich wenden sollten. Er fühlte zwar den warmen Sand unter den Füßen, sah wohl die Wacholderbüsche, die Kiefern und Birken, das niedrige Gestrüpp, das seine nackten Waden streifte. Aber noch erlangte keine Empfindung eine nennenswerte Schärfe, die Bilder, die er sah, erreichten kaum sein Bewußtsein und mischten sich mit anderen. Wie in Trance führte er Lina an der Hand durch die dunkelnde Heide. Im schwindenden Licht, das wie ein Hauch zwischen den Sträuchern und ihren Schatten hing, nahm er wahr, wie sich die Heide mit Schemen füllte. Schemen, die für ihn, obwohl er ihnen zum ersten Mal begegnete, etwas Vertrautes hatten. Er fürchtete sich nicht. Die Ruhe totaler Ermattung erfüllte ihn, eine Art trauriger Heiterkeit. Linas Gejammer verstummte schließlich, auch sie ergriff die Stille. Solange sie Jans warme Hand spürte, fühlte sie sich sicher, die Schrecken der vergangenen Stunden begannen, sich ins Unwirkliche zurückzuziehen.

So wanderten die beiden im Licht des aufgehenden Mondes, der als gleißende Sichel über ihnen hing. Irgendwann hörten sie in der Ferne das Blöken von Schafen, kamen ihnen nahe genug, daß sie die Silhouette eines Mannes, der sich auf seinen Stab lehnte, inmitten der dunklen Herde sahen.

Jan fiel es nicht ein, den Schäfer um Hilfe zu bitten. Er stand nur einen Augenblick still, machte sich unbewußt mit dem vor ihm ausgebreiteten Bild vertraut. Lina zog ihn fort. Lina fürchtete sich jetzt vor Menschen.

Der Hof wurde von zahllosen Fackeln erhellt, das Stampfen und Wiehern der Pferde erfüllte ihn. Rufe schallten. Kaum waren am Abend Hubert, die älteren Söhne und das Gesinde zurückgekommen vom Kornmähen, vom Viehtreiben – die Kühe brüllten nach dem Stall und den Melkeimern –, da erschreckte Mia sie mit der Nachricht von den verschwundenen Kindern. Anton stellte sich in Positur und berichtete, die Hände in die Hüften gestemmt, von seinen aufregenden Entdeckungen: Hufspuren im Sand der Straße. Hubert schwang sich aufs Pferd und ließ sich von Anton, der vor ihm im Sattel saß, die Stelle zeigen, an der er Linas Körbchen gefunden hatte. Bernard hatte sich den beiden angeschlossen. Die Hufspuren ließen Hubert ahnen, was geschehen sein mochte.

Hinter einem Baum fand Bernard den Kadaver von Linas Katze und hielt ihn hoch. Hubert mußte den Blick abwenden, eine Erinnerung und ein Gefühl von Schuld drückten ihn.

»Die Kerle haben wir bald, Vadder. Hol du nur Lütke-Hubert und die Knechte, ich reit schon voran«, schlug Bernard vor.

»Nichts da, wir holen zuerst die Nachbarn zur Verstärkung zusammen.«

»Aber Vadder, das dauert zu lange, bis dahin sind die Lumpen über alle Berge mit Jan und Lina, wir zusammen sind genug.«

»Das reicht nicht, wir wissen nicht, wie viele sie sind. Du tust, was ich sage, du reitest zu Schulze Hundrup und basta.«

Bernard warf seinem Vater noch einen Blick des Aufbegehrens zu, gab aber dann seinem Pferd die Sporen und ritt davon in die gewünschte Richtung. Bei hereinbrechender Nacht kramten die Potthoffs, die Schulze Hundrups, die Holtkamps und die Pentrops in ihren Kästen nach Flinten, Kugeln und Zunderbüchsen. Die Frauen legten Fackeln und Laternen zurecht.

Ernst und Ruhe lag auf den Gesichtern der Männer, die im Hof die Pferde bestiegen, aber dahinter lauerte der Trieb, zu jagen und zu töten.

Zunächst versuchten sie, den Spuren zu folgen, die sich aber bald im ungewissen Mondlicht in den Furchen der Straße verloren. Sie schwärmten aus und ritten über die Äcker, an den Hecken entlang, durchstreiften den Rand des Moores und den der Heide. Nur einer, Ludger Holtkamp, drang weit genug in die Heide ein, daß er von weitem den kahlen Baum aufragen sah. Ludger schlug einen Bogen um ihn und begegnete später einem Schäfer, den er vergeblich nach einer Reiterschar fragte.

Jan und Lina überquerten die Straße, die verlassen im Mondlicht glänzte, und gerieten ins Moor. Obwohl Jan diese Gegend des Moores nicht kannte, spürte er doch sofort ein Gefühl des Heimkehrens. Der nachgiebige, feuchte Boden unter seinen Füßen, das Binsengras, das Quaken der Frösche und die Unkenrufe, die Lina zunächst entsetzten, rissen ihn aus der Benommenheit. Ein Glücksgefühl durchströmte ihn, und er klatschte vor Freude in die Hände. Der Ton schreckte ein Moorhuhnpaar auf, das sich mit trägem Flügelschlag in die Luft erhob und bald als dunkle Silhouette vor dem Mond kreiste.

Jan achtete nicht auf Linas Furcht, sondern erläuterte ihr fröhlich, was ihnen auf dem Weg durchs Moor begegnete. Lina schrak zusammen beim Schrei des Käuzchens, der hohl und echogleich die Stille durchbrach. Selbst in ihrem wirren Hirn saß das Wissen um den Unglücksvogel.

Nach einer Weile kam Jan der Pfad, dem sie folgten, vertraut vor. Eine Gruppe schattendunkler Kiefern und eine hochgewachsene Birke sagten ihm, daß sie sich auf dem richtigen Weg befanden. Er beschleunigte den Schritt, soweit es seine Füße zuließen.

»Wir sind bald zu Haus, Linakind«, versprach er der Schwester, die sich immer mühsamer fortschleppte.

Längst hatte die Müdigkeit die Furcht besiegt. Lina tappte weiter, alle Geräusche um sie, das Glucksen in den Wasserlöchern, das verschlafene Piepsen der Vögel bildeten eine wunderliche, einlullende Melodie. Über ihnen verblaßte der Sternenhimmel.

Als sie sich schon in der Nähe des Hofes befanden, erklang plötzlich hinter ihnen Hufschlag. Lina rannte schreiend davon. Der Reiter hatte sie bald eingeholt. Es war Lütke-Hubert. Es blieb ihm nichts anderes übrig, als Lina mit dem Pferd vor sich her zu treiben, denn sie schrie erbärmlich, sobald er sie berührte. Sie erkannte ihren Bruder nicht. Jan hing ihm am Arm und rief: »Laß sie, Lütke-Hubert, laß sie, sie hat Angst!«

Die Frauen kümmerten sich um die Kinder, die mit blutenden Füßen schließlich den Hof erreichten, als die Sonne aufging. Klara Potthoff hatte sich schon eingefunden, auch Schulze Hundrups Frau Gertrud und ihre Tochter Agnes.

Die Männer kehrten zurück, hungrig, durstig, müde – unzufrieden. Es bedurfte nur eines Funkens, um die Glut wieder anzufachen. Vor allem Schulze Hundrup, der seit dem Tod seines Ältesten in Schwermut versunken war, hatte keiner mehr so lebhaft gesehen wie in dieser Nacht. Drostes Unglück hatte ihn aufgemuntert. Die Männer umringten Jan, den Klara in eine Schüssel mit warmem Kräuterwasser gestellt hatte, und bestürmten ihn mit Fragen. Jan ließ sie auf die Antworten warten, die dazu recht einsilbig ausfielen.

Hubert kam ein Verdacht. »Sag mal, Jan, wo warst du, als die Franzosen Lina überfielen?«

So kamen Jans Streifzüge ans Licht. Mißbilligung traf das Kind. War der Kleine nicht ohnehin sonderbar? Dazu die blöde Schwester. Wie konnten die Drostes zwei Dummköpfe oder Halbverrückte allein auf die Gänseweide schicken. Hatten sie sich das Geschehen doch selbst zuzuschreiben! Und was war schließlich schon passiert?

Trude brachte die Nachricht aus der Kammer, daß Lina wohl mit dem Schrecken davongekommen sei, Schlimmeres sei ihr erspart geblieben.

In das Gemurmel brach Schulze Hundrup mit polternder Stimme ein. Er hieb die großen Hände ineinander. »Das können wir nicht dulden, Hubert, daß sich die Franzmänner an unseren Kindern vergreifen, ob sie nun blöd sind oder nicht. Wir sind hier in Westfalen, wo immer noch Recht und Ordnung gelten.«

»Richtig. Vadder, wir müssen was unternehmen«, fiel Bernard ein und pflanzte sich vor dem Vater auf.

Hubert musterte ihn ungnädig. »Tön nicht so rum, Bennard, ich weiß selbst, was ich zu tun hab, da brauch ich dich nicht zu.«

Bernard bohrte weiter, Schulze Hundrup schürte, wo er konnte, die anderen schlugen in dieselbe Kerbe. Der Krieg gegen die Franzosen wurde mit Worten geführt. Hubert, der geneigt war, aufgrund des glimpflichen Ausgangs den Vorfall auf sich beruhen zu lassen, sah sich zu dem Versprechen gedrängt, die Kommandantur in Senden aufzusuchen, um Anzeige zu erstatten. Bernard und Schulze Hundrup gelobten drohend, ihn zu begleiten. Nur heute nicht mehr, bat sich Hubert aus.

Trude hob Jan aus der Schüssel, um ihn zu Bett zu bringen.

Hubert beobachtete die beiden, und erst dabei fiel ihm ein, daß er noch nicht schlau aus dem Geschehen geworden war. Wie nur, fragte er sich, konnte es den Kindern tatsächlich gelungen sein, einer ganzen Horde von Soldaten zu entkommen? Ihre Pferde hätten plötzlich gescheut? Blödsinn, dachte er.

Die Frauen bemühten sich in der Kammer um Lina, die nun, in der Geborgenheit unter dem vertrauten Dach, noch einmal richtig heulte. Neben Mia und der alten Magd scharten sich Gertrud und ihre Tochter Agnes, Schulze Hundrups Augenstern, um das arme Kind. Angesichts dieses blöden Menschenkindes, dessen Schönheit Dreck, Tränen, Rotz und allgemeine seelische Auflösung nicht hatten zerstören können, herrschte lautstarke Entrüstung über die Roheit der Soldaten, im verborgenen ein heimlicher Schauder über das dunkle Geheimnis männlicher Begierde.

Gertrud ließ unzufriedene Blicke zwischen ihrer siebzehnjährigen Tochter mit der scharfen Zunge und den dünnen Haarflechten und Mias fleischgewordener Heimsuchung hin- und herwandern und dankte doch im stillen Gott, sie mit einer weniger prächtigen, aber dafür vernünftigen Tochter gesegnet zu haben.

Mia kränkte sich mehr über das, was sie Gertrud vom Gesicht ablas, als über die Ratschläge, die sie und Agnes ihr erteilten.

»Zieh ihr olle Plünnen an, die schäbigsten, die du in der Truhe hast. Damit kannst du sie wieder zum Gänsehüten schicken, denn zu irgendwas Nützlichem muß das arme Ding ja zu gebrauchen sein.« Gertrud zerrte an Linas blauer Leinenschürze.

Trude, die gerade in die Kammer trat, ersparte Mia die Antwort. »Lina ist eine Bauerntochter und kein Lumpenpack. Und sie mag ja nicht gescheit sein, aber sie weiß doch, was sich für sie gehört.«

Agnes nahm eine schwere, goldene Strähne von Linas Haar in die Hand.

»Dann schneidet ihr wenigstens das Haar ab.«

Trude streifte Agnes' strähnigen Flechtkranz mit einem spöttischen Blick. »Willst dich wohl damit herausputzen, was?«

Als Gertrud und Agnes das Haus über die Tenne verließen, gabelte Bernard Heuballen zum Dachboden hinauf. Er nickte, ohne innezuhalten, den beiden Frauen einen Gruß zu. Agnes gefiel das. Ihr gefiel auch, was sie kurz vor der Niendüer im Umschauen sah: Bernards kräftiger Nacken, das breite Kreuz und der Blick, den er ihr zwischen zwei Heuballen über die Schulter zuwarf.

Schulze Hundrup ließ am nächsten und am übernächsten Tag anfragen, wann Hubert denn nun zur Kommandantur aufbrechen würde, und kam am dritten Tag nach dem Überfall selbst, um mit Bernard die Sache in die Hand zu nehmen.

Hubert, der gehofft hatte, daß sich die Angelegenheit durch Abwarten von selbst erledigte, griff kurzangebunden nach Joppe und Mütze und schwang sich aufs Pferd.

In der Kommandantur fragten sie sich durch drei Abteilungen, erzählten immer wieder von neuem den Anfang ihrer Geschichte und litten schon unter Ermüdungserscheinungen und der Verwirrung, die das Labyrinth der Bürokratie unfehlbar in schlichten Gemütern hervorruft, als sich endlich ein Offizier herabließ, sie zu Ende anzuhören.

Der Offizier, ein Franzose aus dem tiefen Süden, der das öde Münsterland für Sibirien hielt, musterte die drei rundköpfigen Bauern mit den Mützen in den Händen und begegnete Blicken, in denen nicht weniger Mißtrauen und Ablehnung lag, als er selbst empfand.

»Nun?« schnarrte der Franzose, wippte unbewußt auf den Fußspitzen, um seine Körpergröße der seiner Besucher anzunähern, und wandte sich an Schulze Hundrup, den er wegen der Art, wie dieser dastand, für den Wichtigsten der drei hielt.

»Was will Er?«

Gereiztheit und Nervosität befielen Hubert. Das Männchen vor ihm hatte etwas von einem Wippstiärt an sich oder einer Bremse, die ihr Opfer umschwirrt, bevor sie zusticht.

»Anzeige erstatten«, stieß er daher ungewohnt heftig hervor, auch um Schulze Hundrup zuvorzukommen.

»Eure Soldaten haben meine Kinder entführt und meiner Tochter Gewalt angetan.«

Der Offizier zog die Brauen hoch, die wie zwei merkwürdige schwarze Raupen über seine Augen krochen. Bernards Blick saugte sich an ihnen fest. Der Offizier war schon jetzt nahe daran, die Beherrschung zu verlieren. Kretins, Tölpel, knirschte er innerlich und verfluchte ein Land, das außer Sumpflöchern und Sandhaufen auch noch einen Menschenschlag enthielt, dessen Geist sich in seiner Dumpfheit kaum über dem des Viehs erhob.

Und doch gab es an der leidigen Sache, die die drei jetzt, sich gegenseitig ins Wort fallend, berichteten, etwas, das seine Aufmerksamkeit erregte.

»Wie alt, sagt Er, ist sein Sohn, und wie sieht er aus?«

»Auf November wird er fünf, Herr Offseer, und flachshaarig ist er, mit blauen Augen, wie wir alle.«

»Dann scheint er der Junge zu sein, den ich suche. Weiß Er, daß dieses Kind einen meiner Unteroffiziere getötet hat?«

fragte der Franzose und ähnelte mehr denn je einem stechenden Insekt.

»Da hört sich doch denn alles auf«, polterte Schulze Hundrup.

Das Männchen erhob sich auf die Fußspitzen. »Schweig Er still!« Sein scharfer Ton schnitt Schulze Hundrup das Wort ab.

»Ich habe mehrere Berichte der Männer angehört, die zugegen waren. Sie sagen«, der Franzose richtete seinen schwarzen Blick auf Hubert, »daß Sein Sohn den Männern unter einem großen verdorrten Baum mitten in der Wüstenei aufgelauert habe.«

»Unterm Femebaum«, stieß Schulze Hundrup hervor. Der Franzose sah, wie sich die drei Bauern anschauten, Blicke tauschten, in denen Grauen lag. Bernards Hand fuhr zum Rosenkranz, der ihm aus der Hosentasche hing.

»Was ischt«, der Akzent des Franzosen klang entsetzlich, »eine Femebaum?«

Sie erzählten ihm vom Blutgericht unter dem Femebaum in alten Zeiten, von der raschen Vollstreckung des Urteils, von den Geköpften, den Gehenkten und sahen mit Genugtuung, wie auch in seine Augen das Grauen trat, bevor er sich besann und sich wieder Respekt heischend auf die Zehenspitzen stellte.

»Ein passender Ort für ein Verbrechen. Und dort hat Sein Sohn einen von den Meinen auf sein Gewissen geladen.«

»Und wie soll das geschehen sein?« fragte Hubert sachlich. »Wie kann ein Fünfjähriger einen erwachsenen Soldaten umbringen, dem er kaum bis zur Hüfte reicht, Herr Offseer?«

»Er hat ihn«, der Franzose schluckte, hustete und fuhr dann schnell fort, »ver'ext, sagen meine Leute, er hat ihn ver'ext.«

In der offenen Tür tauchten Köpfe auf.

»Der Junge hat die böse Blick, das haben alle meine Männer bestätigt. Sie sagen, es war entsetzlich, und sie sind nicht leicht zu erschrecken. Sein Sohn hat den Baum und den Mann ver'ext mit seinem kalten Blick – ein Blick so weiß und kalt wie Eis –, und der Baum, euer Femebaum, ein Baum in diesem verdammten Land, wie es keinen in ganz Frankreich gibt, hat den Mann erschlagen.«

Die Stimme überschlug sich, rang wieder nach Fassung und Autorität, und am Ende sahen die drei aus der Venne, wie der Franzose hastig ein Kreuzzeichen schlug. Alle, die nach und nach in die Stube geschlichen waren, und die drei Venner taten es ihm nach. Einen Augenblick herrschte Stille, dann sprachen alle gleichzeitig.

Hubert und seine Begleiter wurden mit der Versicherung entlassen, daß der Offizier den Drostehof besuchen würde, um durch persönliche Befragung der Kinder den mysteriösen Vorfall und die Schuldfrage zu klären.

Auf dem Ritt nach Hause herrschte ein drückendes Schweigen. An Hubert nagte die Gewißheit, daß es besser gewesen wäre, dem Ganzen aus dem Weg zu gehen, und er ärgerte sich über die Aussicht, daß Heinrich Schulze Hundrup überallhin die Kunde von Jans Absonderlichkeit tragen würde. Er zürnte Bernard, weil er den Gang zur Kommandantur im Einvernehmen mit Heinrich vorangetrieben hatte.

Bei einer neuerlichen Befragung Jans, bei der vieles, wenn auch nicht alles – wie sollte er das Seltsame, das ihm widerfahren, beschreiben? –, ans Licht kam, sahen ihn die Drostes auf eine neue, unbestimmte Weise. Halbwegs fest stand, daß er seine Schwester gerettet hatte, weil es ihm gelungen war, sie unbeschadet nach Hause zu führen. Den Tod des Franzosen taten sie als Unfall ab, der sich im rechten Moment ereignet hatte. Gerade in dieser Rechtzeitigkeit sahen sie das Wunderbare, das den französischen Offizier, diesen leicht erregbaren kleinen Hampelmann, aus der Fassung gebracht hatte. Damit hatten sie den Vorfall in eine schöne, innerliche Ordnung gebracht. Und doch blieb ein Zweifel.

Überlief die Pferde nicht oft ein Schauder, wenn Jan in der Nähe war? Und der Hofhund kniff den Schwanz ein, wenn er das Kind sah.

Allmählich entstand um Jan wieder eine Leere, ein Raum, den die meisten zu meiden trachteten, um ihm nicht nahe kommen zu müssen. Nur der alte Droste ließ sich nicht beirren, er fand sich zu alt, um sich noch von den Wunderlichkeiten der Welt verwirren zu lassen.

Jan schloß sich enger an Lina an, deren dumpfe Zuneigung sich nie änderte.

Die Befragung, die der Franzose einige Zeit später auf dem Drostehof durchführte, erwies zwar die Schuld der Soldaten, erhellte aber kaum die Umstände des gewaltsamen Todes des Unteroffiziers, da Jan sich wieder einsilbig gab.

Nicht mehr als ein verstockter, kleiner Bursche, dachte der Offizier, als Jan den Kopf hob und ihn anschaute. Wie die glatte Oberfläche eines spiegelnden Teiches schienen dem Franzosen die Augen des Kindes, durch die hindurch er unversehens in eine dunkle Tiefe zu stürzen meinte. Einen Moment fühlte er sich wirr im Kopf und mußte sich gewaltsam aus dieser Stimmung reißen, indem er sich an den Gedanken klammerte, daß er nur einen fünfjährigen Bauerntölpel vor sich hatte. Ein Kind, das in einer gräßlichen, kaum verständlichen Mundart redete, schlimmer als das Muhen einer ihrer fetten, trägen Kühe.

Sein Blick wanderte über die Umstehenden, und ihn streifte zum ersten Mal der Gedanke, daß in diesen wäßrigen Rübenköpfen mehr sein könnte, als er vermutet hatte. Mochten die Geschichten über dieses Land doch nicht so unwahrscheinlich sein, mochte das, was unter dem toten Baum geschehen war, doch mehr sein als die überhitzte Phantasie schuldbewußter Männer. In ihm wuchs der leidenschaftliche Wunsch, diesem Land so bald wie möglich den Rücken zu kehren.

An eine Befragung Linas war nicht zu denken. Nur der Genauigkeit halber verlangte er Lina zu sehen, um sich von ihrem Geisteszustand zu überzeugen. Lina hatte kaum die bunte Uniform mit den blinkenden Tressen erblickt, da begann sie zu schreien, sich die langen Zöpfe auseinanderzuraufen und ihr Mieder zu zerreißen. Wenn es noch eines Beweises bedurft hätte für das, was Lina durch die Soldaten hatte erleiden müssen, nun war er für alle sichtbar und auf nervtötende Weise hörbar erbracht.

Der Franzose verließ in einer unziemlichen Hast den Hof.

Noch bevor der Franzose zu seiner Befragung auf dem Hof erschienen war, lernte Jan einen neuen Verwandten kennen. Zwei Tage nach der Unterredung auf der Kommandantur fand Jan, als er zum Nachtmahl in die Küche kam, den Stuhl neben dem des Bauern, ganz rechts am Herdfeuer, von jemand anderem besetzt als vom Großvater, der zu Ehren des Gastes einen Platz weiter gerückt war. Jan machte sich in diesen Tagen so klein und unscheinbar wie möglich und kroch daher auch, ohne sich bekannt zu machen, unter den Küchentisch, um von dort den Fremden zu beobachten und herauszufinden, wer er war. Er schien ihm älter als der Vater, aber jünger als der Großvater. Jan wunderte sich über den breitrandigen, weichen Hut, der neben einem ungewöhnlich langen Mantel über der Stuhllehne hing. Am meisten aber fühlte er sich von dem soliden, knotigen Eichenstock angezogen, der, bald zwei Meter lang, am Stuhl lehnte. Jan wäre gern mit der Hand über das Holz gestrichen, um zu erfahren, was es zu erzählen hatte.

Vorerst erzählte der Fremde. Jan lauschte der ruhigen Stimme, in der Stille und Weite klang. Er brauchte nicht lange, um aus dem Gespräch am Feuer herauszuhören, daß er in dem Fremden seinen Großonkel vor sich hatte, Hannes Bredenbeck, Möhne Trudes und Großmutter Drostes Bruder. Vor Jans Augen formte sich ein Bild der nachtdunklen Heide mit Schafherde und Schäfer am Horizont. Jan ließ alle Vorsicht fahren und kroch unter dem Tisch hervor, zog sachte sein Kinderstühlchen, ein Geschenk Lütke-Huberts aus einer brüderlichen Laune heraus, heran und schob es zwischen den Fremden und den Großvater.

»Wenn du mit deiner Herde hier bei uns in der Heide warst, in der Nacht, in der wir Jan und Lina suchten«, fragte Jans Vater gerade, »hast du denn die Kinder nicht gesehen?«

Eine große Hand senkte sich beiläufig auf Jans Kopf. Jan

reckte seinen Blondschopf dieser Hand entgegen, die genau auf den Kopf zu passen schien. Sein Stühlchen rückte von selbst weiter nach rechts, und sein Blick versank zufrieden im Glosen des Torffeuers.

»Kann schon sein«, antwortete Hannes nach einer Pause.

»Hättest du die Kinder nicht anrufen oder aufhalten können?« fragte Hubert eingedenk einer sinnlosen nächtlichen Suche erbost weiter.

Hannes wandte sich halb dem Kleinen an seiner Seite zu. »Ach, weißt du, ich dachte, die beiden finden schon ihren Weg, und so war's ja wohl auch.«

Jan konnte mehr spüren als sehen, daß Hannes lächelte. Wenn Jan später an Ohm Hannes dachte, überkam ihn eine stille Vergnügtheit, ungeachtet der Tatsache, daß er sich ärgerte, an jenem Abend vergessen zu haben, die Hand nach dem Stock auszustrecken. Denn der Ohm war am nächsten Morgen, kurz nach dem Hähnekrähen und bevor sich noch jemand auf dem Hof regte, verschwunden. Einen gehörigen Sack voll Klotthei nahm er mit, das grobe Zeug, das sich beim Flachshecheln vor dem Kamm ansammelt, um daraus in den langen Hütestunden Socken zu stricken.

Anton wurde von den Kühen zu den Gänsen zurückversetzt. Einerseits freute es ihn, dem Moor zu entkommen, andererseits wurmte ihn die damit verbundene Herabsetzung, weshalb er seinem Vater, als dieser ihm die neue Lage erklärte, scheele Blicke zuwarf.

»Du hast zu tun, was der Bauer sagt«, fuhr Bernard ihn an, dem es darauf ankam, für zukünftige Zeiten die Dinge klarzustellen.

4

Jan pendelte, da man ihn nicht für zuverlässig hielt, ohne rechte Aufgabe zwischen dem Hof, Großvaters Häuschen und dem Küchengarten, Trudes Reich und Trudes Plage, hin und her. Anfangs bemühte sich die Tante, ihn zum Gartengehilfen heranzuziehen. Sie wies ihn an, Bohnen zu pflücken, schob ihm einen Korb zu und mußte mit ansehn, wie er die Pflanzen ausriß, statt die Bohnen zu ernten. Zur Rede gestellt, behauptete er, Karotten zu ziehen. Trude bedachte den Unfug mit ein paar Ohrfeigen, bis ihr einfiel, daß genau auf diesem Beet im letzten Jahr die Karotten gestanden hatten.

An manchen Tagen verrichtete Jan die Arbeit ordentlich, an anderen stellte er wunderliche Dinge an, indem er mit tiefem, kindlichem Ernst Zwiebeln für Rübchen hielt und Trude mit diesem Treiben in eine Verwirrung stürzte, in der ihr der vertraute Garten unheimlich wurde.

Beim Flachsausreißen erinnerte er sich an das blaue Blütenmeer vom Frühling, das sich jetzt in eine stumpfe, graue Flut verwandelt hatte. Er trug die Bündel mit Trude zum nahegelegenen Weiher, der an die Bleichwiese grenzte. Trampelpfade führten die leichte Böschung durch Schilf und gelbe Schwertlilien hinab zur dunklen Wasserfläche, in der sich Weiden spiegelten, die den Teich an einer Seite säumten. Eine verkehrte Welt schimmerte zu Jan herauf. Ihr Zauber brach, als mit dem ersten Bündel Flachs, das ins Wasser flog, die Spiegelungen in Bewegung gerieten.

Bald verschwand die Wasseroberfläche unter einer dichten Matte.

»Wozu soll das gut sein?« fragte Jan und tippte mit dem Fuß an ein Flachsbündel, als wollte er prüfen, ob die schwankende Fläche vor ihm betretbar wäre.

Trude zog ihn am Hosenbund zurück. »Wollst wohl dem Wassermann Gesellschaft leisten, dummer Junge.«

Lag der Flachs ein paar Wochen später auf der Wiese zum Trocknen, aufgequollen, halb befreit von den holzigen Teilen der Stengel, so dauerte es nicht lange, und der Großvater legte Weidenruten in den Teich, die er im letzten Februar von den Kopfweiden geschnitten hatte. Jan wußte schon, wozu das gut war. Im Winter flocht der Großvater wieder Körbe aus den im Wasser biegsam gewordenen Ruten.

Auf der Tenne erklangen frühmorgens die Dreschflegel, der Flachs wurde gebrochen und gehechelt. Klotthei für Ohm Hannes fiel ab. Jan zupfte Fasern aus dem groben Zeug, sie drehten sich um seine Finger wie Rauchspiralen. Die Erinnerung an einen lang zurückliegenden Abend stieg in ihm auf und mit ihr ganz plötzlich Sehnsucht nach dem Ohm.

Linas Spinnrad surrte schon ganz manierlich. Um Neujahr zeigte sie den Verwandten, die wie jedes Jahr zu Besuch und zum Eiserkuchenessen kamen, daß sie gelernt hatte, wann die Haspel voll war. Das Mädchen legte den Kopf schief und den Finger ans Ohr. »Knack«, sagte die Haspel bei der letzten Umdrehung. Lina band den Faden ab.

Pünktlich an Gertrudis im März begann die Feldarbeit und an Jakobi im Juli die Ernte. Zwischen Gertrudis und Jakobi richtete sich Jan darauf ein, mit der Schule zu beginnen, bevor er sechs Jahre alt geworden war.

Mit der Schulpflicht hielten es die Drostes wie alle in der Gegend bis auf die Potthoffs, die in dieser Hinsicht eine Überspanntheit ritt, nicht so genau, wobei es ihnen nicht auf den Taler Schulgeld ankam. Zur Zeit der Feldruhe im Winter hielt Mia Anton zum Schulgang an, aber wer sollte in der guten Jahreszeit die Gänse hüten, die Kühe auf die Weide treiben? Im Sommer sah Anton die Schule kaum mehr als einen Tag in der Woche von innen und hielt das für ausreichend. Um das Heu zu wenden, brauchte er nicht den Katechismus aufsagen zu können.

Für Jan allerdings, seufzte Mia im stillen, bot sich die Schule an – als Aufbewahrungsort. Lisbeth sollte zusammen mit ihm

84

die Schule besuchen, damit eine vernünftige Person mit ihm ging. So war es nach Neujahr abgemacht worden, als alle Nachbarn, die zur Bauerschaft gehörten, sich auf dem Droste-hof trafen, um wie jedes Jahr die Äckergrenzen zu prüfen und sich über die Bewirtschaftung der Allgemeinheit, der Wald- und Weideflächen in der Gemeinschaftsnutzung, zu verständigen. Danach legte Josef Lütke Wierling den restlichen Winter Schlingen zum Hasenfangen aus. Von dem Kroppzeug hoppelte genug im Venn herum, das Fleisch verkaufte er an die Franzosen. So brachte er Lisbeths Schulgeld zusammen. Ein Venner Bauer würde eher Gras fressen als Hasenfleisch.

Mia zögerte plötzlich, Jan schon ab Ostern zum Unterricht zu verpflichten. Später bereute sie den Aufschub, weil der Junge doch nur herumstreunte, und sie erwog, ihn mitten im Schulhalbjahr beginnen zu lassen, aber Josef weigerte sich, Lisbeth mitzuschicken, weil er für ein paar Wochen Unterricht das volle Eingangsgeld hätte entrichten müssen. Sie einigten sich, bis Michaelis zu warten.

Jan machte sich Sorgen. Es beunruhigte ihn, demnächst mit vielen Kindern zurechtkommen zu müssen, denn bisher war er meist auf sich selbst gestellt gewesen. Beim Spielen mit Lisbeth und Anton, wenn sich die beiden dazu herabließen, merkte er, daß es etwas gab, was ihn von den anderen trennte. Er sah nicht, was sie sahen, und sie wußten nicht, wovon er sprach.

Er strich durchs Haus und hörte den Heimchen zu, die Glück für den Hof verhießen, solange sie in seinen Ritzen hausten, und hoffte, sie würden ihm etwas darüber verraten, wie er sein Glück selbst in die Hand nehmen könnte. Lange stand er am Ende der Kuhseite im feurigen Atemhauch des Bullen, in den das Tier seine Kraft verströmte. Unruhig schlug es mit dem Schwanz in Jans Gegenwart und streckte schließlich den gehörnten Kopf zu einem heiseren, ratlosen Brüllen vor.

Als Jan seine Angelegenheiten auf diese Weise überall im Hof herumgetragen hatte – nur mit seinen Leuten sprach er kein Wort darüber –, faßte er ganz plötzlich einen Entschluß.

Er nahm sich vor, der Schule einen heimlichen Besuch abzustatten, um selbst zu sehen, was an Antons mißvergnügtem Gerede über den Herrn Lehrer dran sein mochte.

An einem Backtag machte er sich auf den Weg. Schwarzbrottag. Er stand noch in der Küche, als Mia, Trude und die Magd das grobgeschrotete Mehl im Backtrog anrichteten. Wasser plätscherte in den Trog, saugte sich in das Mehl, machte es schwer. »Hol mehr Wasser«, wies Mia Jan an, die Arme schon bis zum Ellenbogen braun. Sechs Hände quirlten noch vorsichtig, lenkten die Wasserrinnsale, schufen Verbindungen, bis kleine, schmierige Klumpen wie aus Moormudde entstanden. Immer mehr Masse geriet in den Sog der knetenden Arme, die jetzt einen gemeinsamen Takt fanden, in dem sie sich bewegten. Die Köpfe neigten sich über den Trog, die Körper schwangen im gleichen Rhythmus vor und zurück. Unter den Fingern quoll satt der Teig. Die Adern schwollen, Schweiß glänzte auf den Stirnen. Jan huschte mit einem Kanten alten Brotes hinaus und wußte sich für Stunden vergessen.

Es war einer jener Münsterländer Tage, an denen man die Jahreszeit nur am Stand der Feldfrüchte ablesen kann: weder kalt noch warm, die Sonne als Schemen hinter dünnen Wolken, die die Heiterkeit des Sommers dämpfen. Jan kam an Feldern vorbei, auf denen das Korn hoch auf den Halmen stand, eine gelbe Flut, rot- und blaugesprenkelt von Kornblumen und Mohn. Die Blumen leuchteten im grauen Tageslicht und schienen alle Lust des Sommers in sich zu bergen. Sie lockten ihn. Er verharrte unschlüssig am Rand des Feldes, Möhnes Warnungen vor der Kornmuhme im Ohr, der Uralten, die in den reifenden Feldern haust und mit zeitloser Geduld darauf wartet, die Kinder zu ergreifen, die dem Reiz der bunten Blumen erliegen. Jan spürte die Wärme eines jäh hervorbrechenden Sonnenstrahls im Nacken kitzeln wie ein sachtes Drängen, nur einen Augenblick, dann schoben sich erneut die Wolken zusammen, dichter als vorher. Ein kühler Schatten streifte die Haut, breitete sich aus, fiel über das Feld. Jan stand und starrte. Die Halme teilten sich, der Schatten zwischen ihnen vertiefte sich, ein Gesicht erwuchs aus ihm, ein steinaltes.

Je länger es Jan betrachtete, desto deutlicher zeichnete es sich zwischen den Halmen ab. Fürchtete er sich? Sträubten sich seine Nackenhaare nur wegen der plötzlichen Kühle? Er erforschte jeden Zug des Gesichts und fand, es gleiche, erdbraun, wie aus dem Boden gewachsen, einer vorjährigen Kartoffel. Ein gar nicht unfreundliches Gesicht. Neben ihm erschien eine kleine braune Hand mit gebogenen Fingern, den Klauen eines Tieres ähnlich, und strich behutsam und besitzergreifend über das reifende Korn.

Jan zauderte. Wie ein Vorwärtsziehen spürte er in Armen und Beinen die Anziehung, die von diesem Gesicht ausging. Ein ungewisses Gefühl der Gefahr nistete knapp an der Bewußtseinsgrenze, geradezu beiläufig. Er streckte eine Hand aus, während er das Gesicht nicht aus den Augen ließ, und pflückte eine prachtvolle Kornblume, die er eben noch erreichen konnte, ohne sich allzuweit vom Rand des Weges vorzubeugen. Seine Füße standen auf sicherem Grund.

Mit der Blume an seiner Joppe, trabte er weiter und blickte sich nicht um. Er wußte, sie war noch da.

Zur Mittagszeit erreichte er die Schule, die ein Stück neben der kleinen Kirche mit dem Pfarrhaus lag.

Betrachtete man das Pfarrhaus, konnte man auf den Einfall kommen, die Schule sei ein dazugehöriger Schuppen. Das Strohdach schien die Wände in den Boden zu drücken. Kleine, halbblinde, quadratische Fenster lugten unter der Dachkante hervor. Alles in allem war die Schule kaum größer als Drostes Schweinehaus und mußte doch für die Kinder aus der Bauernschaft genügen, die in dem einen Raum ihren Unterricht erhielten, während der zweite nebst einem Küchenverschlag dem Lehrer und seiner Frau als Wohnung diente. Ein kleiner Stall für die Ziege, das Brennholz und die Gartengeräte gehörte noch zur Schule. Das Anwesen hätte trotzdem heimelig wirken können, wenn der Garten, der das Schulgebäude an zwei Seiten umfaßte, einer von der rechten Art gewesen wäre, einer wie Tante Trudes. Aber hier fehlte die Pracht, das bunte und strotzende Beieinander von Kraut und Blumen, das die

Fruchtbarkeit hervorruft. Jan sah gleich, daß die Gemüse-
reihen, wenn auch schnurgerade, zu dicht standen, so daß sich
die Pflanzen im Wachstum behinderten. Das Karottenkraut
hing halb welk herunter. Die Beete brauchten Wasser. Miß-
vergnügen lag über diesem Garten, in dem nur in den äußersten Ecken ein paar kümmerliche Blumen wuchsen.

Jan duckte sich noch rechtzeitig hinter einen Holunder-
strauch, als sich die Schultür öffnete und die paar Kinder, die
zu dieser Jahreszeit zum Unterricht erschienen, heraustraten.
Er las aus den Gesichtern der Kinder Erleichterung. Die ersten
Schritte brachten sie gemessen hinter sich und stoben dann lachend und johlend mit klappernden Holzpantinen davon,
während ihnen aus der offenen Tür eine barsche Stimme etwas
nachrief.

Eine Bewegung, die Jan aus den Augenwinkeln wahrnahm,
ließ ihn herumfahren. Die Frau des Lehrers, ein verhutzeltes,
dürres Weiblein, hatte den Garten mit einem Korb am Arm betreten und beugte sich nun über die Karottenreihen.

Jan rutschte näher an den Zaun heran. Er hatte oft genug
beobachtet, wie Möhne Trude mit rascher, kundiger, fast zärt-
licher Drehung der Hand die Wurzeln aus dem lockeren Boden zog. Die Lehrersfrau riß unwirsch an den Pflanzen und
hielt oft statt einer kümmerlichen Möhre nur das Kraut in der
Hand. Jan hätte es nicht für möglich gehalten, daß Lehrers-
leute anders mit den Früchten im Garten umgingen als die
Leute, die er kannte. Ihm fiel ein, was Anton über die Lehrersfrau gesagt hatte: »Du wirst noch sehen, sie ist eine richtige
böse Hexe. Frag die andren Kinder in der Schule.«

Jan hatte seine eigenen Vorstellungen von einer Hexe. Er
dachte an Tante Klara mit ihrem festen Wesen, den lindernden
Händen, den Elixieren und an das Gesicht im Korn und kam
zu dem Schluß, daß diese gewöhnliche, alte Frau im Garten
keine Hexe sein konnte.

»Hab ich dich erwischt!« grollte eine Stimme hinter ihm,
und eine Hand krallte sich in den Kragen seiner Joppe. Er handelte wie ein gejagtes Tier, gab dem Druck der Hand nach,

duckte sich tief in den Boden, spürte, wie die Festigkeit des Griffs nachließ, und schnellte nach vorn. Er war frei und schrie auf, als ihn ein Stock im Rücken traf, bevor er seinem Peiniger endgültig entkam. Jan lief ein ganzes Stück von der Schule fort, merkte, daß ihm niemand folgte, und wagte es schließlich, anzuhalten und sich umzudrehen.

Es war wohl der Lehrer, der dort neben dem Holunder stand, eine massige Gestalt mit wirrem, eisgrauem Haar und einem zornroten Gesicht, dessen geöffnetem Mund Worte entwichen, die an Jans Ohren abprallten. Jan sah nur den Stock, der gegen ihn geschwenkt wurde und dessen Schlag ihm noch den Rücken versengte.

Der Stock wurde endlich gesenkt und grub sich in den Boden, als sich der Lehrer schwerfällig abwandte.

Er hinkte. So stark, daß Bein und Hüfte bei jedem Schritt eine groteske, zeitraubende Drehung vollführen mußten, die einherging mit einem Heben und Senken des ganzen Körpers, ein Bewegungsspiel, das dem Mann das Aussehen eines alten Tanzbärs eintrug. Selbst aus der Entfernung spürte Jan, welche Demütigung für den ansonsten kräftigen Mann in diesem seltsamen Gang liegen mußte. Jetzt verstand er auch den Namen, den ihm die Kinder gegeben hatten: »Hinkefoot«.

Jan fühlte, wie Wellen des Unbehagens und Zorns von dem kleinen Schulanwesen bis zu ihm brandeten, denn nun hörte er auch die keifende Stimme der Lehrersfrau. Er machte, daß er fortkam.

Seine unbestimmten Sorgen waren nun greifbarer geworden. Die Schelte zu Hause wegen seiner Abwesenheit ließ er über sich ergehen wie Sommerregen, und er schwieg, als Trude beim Zubettgehen den blauen Striemen auf seinem Rücken entdeckte und ein Geschrei deswegen machte. Sie schmierte Butterfett auf die Schrunden.

Anton und den älteren Brüdern stellte Jan in den nächsten Tagen beiläufig Fragen, bis er alles wußte, was es zu wissen gab. Ein Übriggebliebener aus dem Siebenjährigen Krieg sei der Lehrer, habe sich, wie er gern selbst erzählte, fast bis zum

89

Feldwebel hochgedient, als ihm das Bein und die Hüfte zerschossen worden seien.

Die Stelle an der Schule, sagte Bernard, habe der alte Haudegen aus Barmherzigkeit bekommen und nur, weil sie sonst keiner gewollt habe.

Kaum mehr als ein Dutzend Kinder besuchten sie, und von den Schultalern und dem Anteil an der Schulsteuer, den die Gemeinde an den Lehrer zahlte, konnte keiner anständig leben. Ein Hundeleben war das.

Von Anton erfuhr Jan, daß die Kinder sich einen Spaß daraus machten, Steine in den Garten an der Schule zu werfen. Jan rieb sich den schmerzenden Rücken. So war das also. Er begann sich für Antons Fibel zu interessieren, schaute dem Bruder über die Schulter, wenn dieser in ihr herumbuchstabierte, was selten genug vorkam, blätterte mit dem Großvater in der alten Bibel und konnte, als er mit Lisbeth an Michaelis im September seinen ersten offiziellen Gang zur Schule antrat, besser lesen als Anton und – leider Gottes – fast besser als der Lehrer. Nur wußte niemand davon, sogar vor dem Großvater ließ er sich nichts anmerken.

An diesem Tag, dem Beginn des neuen Halbjahres, erschien Pfarrer Niesing in seiner Eigenschaft als Schulinspektor in der Schulstube und erklärte den neuen Schülern, daß es Aufgabe der Lehranstalt sei, sie zu gottesfürchtigen, tugendhaften, Kirche und Staat gleichermaßen nützlichen Gliedern zu erziehen. Und wehe, sie widersetzten sich.

Der Erziehungsaufgabe kam der Lehrer nach, indem er seine mageren Kenntnisse durch sein cholerisches Temperament ausglich. Fast an jedem zweiten oder dritten Tag zerschlug er eine Weidenrute auf dem Rücken eines unglückseligen Schülers.

Jan hatte bald begriffen, warum sich seine Mitschüler Stroh hinten in die Jacken steckten.

Leider war er nicht klug genug, sich mit seiner Lesefertigkeit auch in der Schule zurückzuhalten und machte sich bald verdächtig, weil er nicht wie die anderen über den Zeichen in der Fibel in Verzweiflung geriet. Hinkefoot sah sich in diesem

Kind um sein Amt betrogen. Er schimpfte Jan ein Teufelsbalg und suchte ihn dunkler Machenschaften zu überführen, die seine abnormen Fähigkeiten erklärten.

Dabei konnte es zuweilen durchaus vorkommen, daß Jan in ein Stottern verfiel, weil die Buchstaben vor ihm aus der Reihe tanzten oder ganz verschwanden, und er sich stöhnend mit beiden Händen an den Kopf griff.

Es betrübte ihn und brauchte ihn doch nicht zu wundern, daß die anderen Kinder Abstand zu ihm hielten, sobald sie bemerkt hatten, daß er in besonderer Weise den Zorn des Lehrers erregte.

Anfangs meinte er noch, der Lehrer habe ihn wiedererkannt. Doch dem war nicht so. Als Unwissender haßte er alle wißbegierigen Kinder, solche, die Fragen stellten, in deren Augen Ungläubigkeit bei seinen Erklärungen aufglomm und mehr als stumpfe Langeweile. Jedes Aufflackern von Geist wußte er durch das Ableiern von Kirchenliedern und Katechismusversen wirksam abzutöten.

So gesehen, war es vernünftig von Jan, Lisbeths Bereitschaft zum Stillschweigen mit dem besseren Teil der mitgebrachten Brotzeit zu fördern und manchen Vormittag, wenn auch Anton in der Schule fehlte, unbehelligt im Moor zu verbringen, das unweit von Kirche, Schule und Pastorat begann, die mit ein paar Höfen eine Enklave im Venner Moor bildeten, das in südöstlicher Richtung allmählich in die Unergründlichkeit der Davert überging.

Nach einem Jahr kannte Jan zwischen dem Drostehof und der Schule im Umkreis von zwei bis drei Wegstunden jedes Moorloch, jede Birke, fast jedes Büschel Binsengras. Der Ruf der Unken und das Quaken der Frösche sagten ihm mehr als die abends am Herdfeuer aufgeschnappten Neuigkeiten: der Papst wurde von den Franzosen gefangengehalten, und der neue Herzog, der das Münsterland jetzt regierte, ein Neffe Napoleons, war zwei Jahre jünger als er selbst.

Aus dem Quaken der Frösche konnte Jan das Wetter vorhersagen, was die Neuigkeiten aus der Weltpolitik bedeuten mochten, wußte zunächst keiner.

Napoleon nahm in gewohnter Manier Veränderungen auf der Landkarte Westfalens vor. Mit ein paar Federstrichen trennte er den oberen Teil des Herzogtums Berg ab – eine Bezeichnung, die sich in den Köpfen der Münsterländer, die noch immer fürstbischöflich über ihr Land dachten, nicht hatte verankern können – und unterstellte ihn direkt seiner Regierung.

Was das nun nach sich ziehen sollte, erfuhren Martha Lütke Wierling, Klara Potthoff und alle anderen, die durch ein bißchen Kleinhandel und Hausarbeit im Spinnen und Weben ihr Einkommen aufbesserten. Die Kiepenkerle erzählten ihnen von der Kontinentalsperre, die Napoleon verhängt hatte, um den Handel mit England zu unterbinden und die englische Wirtschaft auszubluten.

»Wat geiht uns England an?« fragte Klara Hannes, den Leinenaufkäufer, der sich im Frühjahr noch zu ihr durchschlug. Hannes schüttelte abwehrend den Kopf, als Klara ihr Leinen ausbreitete, und sie wußte sofort, daß sie diesmal noch weniger für ihr Tuch erhalten würde, soviel hatte sie vom Handeln schon gelernt.

»Klara, ich kann nicht viel gebrauchen, das sag ich dir gleich, ich nehm's nur aus Barmherzigkeit, und weniger zahlen werd ich auch dafür. Alle Grenzen nach Norden und Westen stehen unter Bewachung«, erklärte er dann auch richtig.

»Und was machst du jetzt?« fragte Klara.

»Schmuggeln«, antwortete Hannes gemütlich.

Der Schmuggel blühte, drückte aber wegen des Risikos die Preise. Aus dem gleichen Grund stieg der Preis für die Flachssaat, die aus dem Baltikum kam und durch holländische Kaufleute, die ein Monopol auf dem Handel damit hatten, weiterverkauft wurde. Leinenherstellung wurde nahezu unrentabel.

Klara wußte nicht, warum sie im Frühjahr das Leinen trotzdem auf die Bleichwiese legte.

Bernard gewöhnte sich an, den Vater auf dem Gang durch den Stall zu begleiten, wenn dieser nach dem Vieh schaute. Wer die beiden sah, konnte auf die Idee verfallen, Bernard für den Bauern zu halten, denn Bernard wirkte mit zweiundzwanzig Jahren selbstbewußter als sein Vater, er füllte die Jacke mehr aus, als Hubert die seine. Hubert hielt sich mittlerweile leicht gebückt, wenn er nicht daran dachte, den Rücken zu straffen.

Nach dem Winter stand es nicht gut um das Vieh. Zwei Kühe lagen auf der alten Streu im eigenen Dreck, bebten vor Schwäche und sahen so aus, als würden sie nicht mehr hochkommen.

»Die Winterkrankheit«, brummte Hubert, als er vor den Tieren stand.

Bernard bückte sich und fuhr den Kühen über die mageren Flanken, die trockenen Mäuler, sah ihnen bedächtig in die glanzlosen Augen.

»Vadder, die haben nichts auf den Rippen. Guck doch selbst, nur Haut und Knochen.«

»Das ist die Winterkrankheit, sag ich dir. Da ist nichts zu machen«, beharrte Hubert, ohne noch mal hinzuschauen, und ging weiter.

»Die Winterkrankheit! Ist das alles, was du weißt, wenn das Vieh verreckt? Zwei gute Kühe, die im Herbst noch munter wie nur was waren?«

Hubert blieb abrupt stehen. »Mäßige dich, Junge. Zum letzten Mal, das ist die Winterkrankheit, wie jedes Jahr, solltest du allmählich wissen. Sei froh, daß es nur die zwei sind. Die anderen sind gesund.« Hubert erhob seine Stimme, die durch den ganzen Stall schallte. Auf der Pferdeseite hob ein Knecht erstaunt den Kopf.

»Aber wenn es doch am Futter liegt?« Bernard stemmte die Fäuste in die Hüften und schrie gegen den Vater an.

Mia hatte schon bei Huberts letzten Worten die Küche verlassen, um nachzusehen, was es gab. »Wat fällt dir ein, so rumzukläffen. Hast du nicht gehört, was Vadder gesagt hat?«

Hubert sah, wie Bernard bei Mias Worten den Kopf einzog. Er schob Mia mit einer Hand beiseite. »Geh in die Küche, Modder, das ist meine Sache. Hör zu, Bennard, das will ich dir sagen. Wenn du so neunmalgescheit bist und die Kühe auf die

93

Beine bringst, sollen sie dir gehören. Wenn nicht, weißt du endlich, was die Winterkrankheit ist.«

Bernard gehörten bald zwei Kühe, die sich jeden Tag mehr herausmachten, weil sich ihr Besitzer selbst um ihr Futter kümmerte, eigenhändig das Wasser für die Tränke aus dem Brunnen holte, den Dreck vom Fell kratzte, so daß sie aussahen, als kämen sie aus der Sonntagsandacht. Hubert bemühte sich, die Kühe nicht zu sehen, wenn er durch den Stall ging. Im April kam das Vieh auf die Weide.

Heinrich Schulze Hundrup machte zu der Zeit viel Gewese um ein Bauvorhaben. Es wurde gemunkelt, daß er nun bald den Hof übergeben wolle. Jedenfalls hatte er Zimmerleute bestellt und begann eine neue Lieftucht zu errichten. Nach der Heuernte lud er die Nachbarn zum Richtfest ein.

Es wurde das sonderbarste Richtfest, das in dieser Gegend jemals gefeiert wurde.

Heinrich sparte weiß Gott nicht am Essen und Trinken. Er schnitt eigenhändig einen Schinken vom Wiem, vom Deckenbalken in der Küche. Nach einem Winter im Bosen über dem Herdfeuer hatte der Schinken die richtige Reife erlangt: innen zart rosig, außen mit breitem goldgelbem Rand und einem Duft nach Rauch, Wacholder und Buchenholz, der das Wasser im Mund zusammentrieb.

Fast die ganze Länge der Tafel nahm das Brot ein: ein Schwarzbrot aus Roggenschrot, mit Rübenkraut versetzt, das die Farbe verschönert. Vierundzwanzig Stunden im Ofen gebacken, zwei Tage alt und zum Essen gerade richtig: hartkrustig, dunkel und derb, ein Klotz von fast fünfzig Pfund, der in seiner Farbe und Beschaffenheit den Torfbrocken neben der Herdkuhle glich. Die Franzosen verwechselten auch beides und behaupteten, die Westfalen backten ein Brot, an dem selbst Pferde krepieren konnten und das zur Not, wenn das Brennholz ausging, verfeuert würde.

Frühmorgens traf sich die Nachbarschaft mit den Zimmerleuten zum Kirchgang, um Gottes und St. Florians Segen für das neue Bauwerk zu erflehen. Am Nachmittag stand das Richten an.

Drostes verspäteten sich, weil Jan nirgends zu finden war. Als sie beschlossen, ohne ihn zu fahren, kam er mit nur einer Holzpantine angeschlurft – die andere steckte im Matsch am Teich – und pitschnaß. Hätte Mia ihren Jüngsten daraufhin mit der Magd zu Hause gelassen, es wäre eine Gnade für das Kind gewesen, vielleicht auch nur ein Aufschub.

Mia ließ sich nicht beirren, diesen Tag als einen frohen, sorgenfreien mit der ganzen Familie begehen zu wollen, auch mit Bernard und Hubert, die sich jetzt öfters gegenseitig zum Streit aufstachelten.

Drostes verpaßten das Gebet der Zimmerleute »Vor't Holtanpacken«, kamen aber zum »Läuten« zurecht. Ein infernalisches Gerassel von Eisenketten empfing sie, ein Töpfegeklapper, Geschepper und jedweder Krach, der sich durch Drauf- und Dreinschlagen erzielen läßt, um böse Geister, Unwetter und Gewitter von der neuen Wohnstätte fernzuhalten.

Danach schlug Heinrich den letzten Nagel ein und verfuhr großzügig dabei: zehn Schläge – zehn Flaschen Korn für die Zimmerleute und alle, die unter dem Richtkranz standen, der bald mit bunten Bändern am Firstbalken schaukelte. Die Nachbarn unten reckten den Hals zu dem Zimmermann hoch, der mit seiner Baurede begann.

Pentrop ließ seinen Blick über das Bauwerk schweifen, über den langen Tisch im Freien und die Krüge, aus denen das Bier schäumte. »Feierst du hier schon deinen Ausstand, oder wie sollen wir das ganze Aufgebot verstehen?«

Heinrichs Gesicht verzog sich in einem Anflug seines früheren breiten Lachens. Gerade deshalb erkannte Mia, daß Heinrich seit dem Tod seines Ältesten alt geworden war. Sie griff erschrocken nach Huberts Arm.

»Kann schon sein. Irgendwann muß man ja dran denken, den Jungen das Feld zu überlassen. Nicht, Hubert, wie steht's damit bei dir?«

Da Hubert nicht daran dachte, sich eine Antwort abzuringen, wandte Heinrich sich nach Bernard um, der ein paar Schritte weiter an der Hauswand neben Agnes lehnte, Heinrichs Augenstern, der sittsam, die Hände im Schoß gefaltet, auf der Bank saß.

»Dein Bernard ist ja man tüchtig«, ein schlauer Seitenblick streifte Huberts hölzernes Gesicht, »versteht viel vom Viehfüttern, hab ich gehört.«

Die Umstehenden lachten. Pentrop fügte hinzu: »Laß man, Heinrich, dafür weiß Hubert alles über die Winterkrankheit.«

Das hätte so weitergehen können, wäre es Jan nicht eingefallen, das Fest zu verderben. Jan hatte sich den anderen Kindern angeschlossen, die mit dem Hofhund, einem noch tolpatschigen Münsterländer, spielten. Sie jagten sich mit dem Hund im Kreis, und Jan versuchte mitzuhalten. Die Kreise dehnten sich bis zum neuen Bauwerk aus, auf dem der Geselle mit einem Glas Korn in der Hand seine Rede schwang. Eben noch tönten Jan die Stimmen der Kinder im Ohr, das Japsen des Hundes, das Lachen der Nachbarn, dann schienen alle Geräusche von ihm fortzugleiten, hallten aus immer weiterer Ferne nach. Fast von selbst kam er taumelnd zwischen den Menschen unter dem Richtkranz zu stehen. Sein Blick glitt nach oben, gerade als der Geselle das leere Glas mit Schwung in die Luft warf. Es glitt durch die Luft, traf unten auf einen Stein und barst in tausend bunte Funken. Ein zerspringendes Glas für zukünftiges Glück. Für Jan mischte sich ein neues Geräusch in das Glasgeklirr, brauste auf und überdeckte jeden anderen Ton. Er riß den Kopf in den Nacken. Die Balken, obwohl fest ineinandergefügt, gerieten vor seinen Augen in Bewegung, einige verschoben, andere verdoppelten sich. Schattengleich erschienen zwischen ihnen Wände, Fenster, ein strohgedecktes Dach. Jan stöhnte tief auf, als er den ersten roten Funken sah, dann den zweiten, der senkrecht in die Höhe stob, zerbarst, sich ausbreitete, bis die Feuersbrunst das Geräusch eingeholt hatte, das ihm schon vorher in den Ohren tobte.

Jan deutete nach oben und flüsterte: »Feuer.«

Eine Hand rüttelte ihn. Er spürte es nicht.

»Feuer«, wiederholte er.

Martha beugte sich erschrocken zu dem erstarrten Kind hinunter, das ein Gesicht wie eine Statue zeigte: blutleer, wachsbleich.

»Wat is, min Jung?« Sie rüttelte ihn stärker.

Als hätte diese Berührung eine Sperre gelöst, wies Jan mit beiden Armen nach oben und schrie gellend: »Feuer! Feuer!« Er hörte nicht mehr auf.

Er schrie und kreischte mit einer Stimme, die jeden durchfuhr. Alle Blicke folgten seinen Händen, alle starrten jetzt nach oben, kopfschüttelnd noch, verwundert. Wer in seiner Nähe stand, wandte sich dem Kind zu, suchte es zu berühren. Jeder hatte etwas Beschwichtigendes zu sagen.

»Aber es brennt doch nicht, Jung!« – »Da ist kein Feuer!« – »Sei still, Döskopp.«

Als die Blicke sich, Bestätigung heischend, wieder dem Bauwerk zuwandten, nahmen sie einen rötlichen Schimmer über den Balken wahr, einige hörten echohaft das Prasseln von Flammen. Ein Frösteln fuhr den Leuten über die Haut. Wer den Blick nicht gleich wieder losreißen konnte, der war gebannt von dem roten Schein, der lemurenhaft über das Bauwerk kroch, unwirklich und doch sichtbar. Die Hände, die nach dem Kind gegriffen hatten, zuckten zurück, Holzpantinen scharrten über den steinigen Grund. Um Jan bildete sich ein freier Raum.

Jan schrie noch immer. Seine Stimme gellte über den Hof und ließ das Blut in den Adern auch derjenigen stocken, die nicht nah genug standen, um an der geisterhaften Erscheinung Anteil zu haben.

Der Geselle hoch oben klammerte sich an den Balken fest und schrie zum Gotterbarmen.

»Mach ein Ende«, stieß Hubert hervor. Mia schrak zusammen, holte einige Male pfeifend Atem und stürzte sich auf ihren Sohn, schlug ihm ins Gesicht und hob ihn auf ihre Arme. Das Schreien stockte. Jan sackte auf dem Arm seiner Mutter zusammen wie eine Lumpenpuppe, sein Kopf fiel an ihre Brust.

Einen Augenblick fühlten sich alle wie taub und zerschlagen. Bier floß an diesem Tag noch reichlich, Hunger hatte keiner mehr. Eh der Abend herum war, blühten die Geschichten. Der Teufel sei aus der Davert auf einen Ausflug in die Venne gefahren, habe auf dem Dach in einer Feuersbrunst getanzt, bis ihn St. Florian zurückgepfiffen habe. Der Geselle auf dem Dach habe persönlich gegen den Leibhaftigen gekämpft, ihn gepackt und sei mit ihm in die Tiefe gesprungen. Das hatte ihm eine verrenkte Hüfte eingetragen, ein bleibender Schaden. Den an der Seele habe St. Florian abgewendet.

Niemand allerdings wollte Jan zuhören, der wimmernd von dem Brand erzählte. In der Schule hänselten ihn die Kinder: »Teufelsgucker«.

Schulze Hundrup ließ den Bau liegen, wie er war, spendete der Kirche die dickste Kerze, die er auftreiben konnte, und sprach nicht mehr von Hofübergabe.

Drei Wochen später brannte die Lieftucht des Großvaters ab, und ein Mensch kam in den herabstürzenden Trümmern um. Ein paar Tage vorher hatte die alte Trude erzählt, sie habe das Liekenhörnchen draußen gehört, das Käuzchen, das Leichenhühnchen. Trude betete abends auf den Knien einen Extrarosenkranz und bat Gott, sie noch für dieses Jahr zu verschonen, sie fühle sich noch nicht bereit.

Es traf nicht sie, sondern Lina.

Möglicherweise hatte Mia darauf vertraut, daß Lina mit den neuen Fertigkeiten mehr Verstand zugewachsen wäre, und daher weniger auf sie achtgegeben. Außerdem wirkte sie, rein äußerlich, wie eine Erwachsene.

Lina liebte Großvaters Haus. Die Stille in ihm hatte es ihr angetan, das freie Herumstreifen, wenn der Großvater bei der Mutter in der Küche saß. Lina spielte Haushaltung, und es mochte einen heimlichen Beobachter rühren, wenn er dieses kindgebliebene Mädchen sah, das mit ernstem Gesicht ihre Puppe in Großvaters Bett schlafen legte.

Lina liebte den sanften Schein der Kerze, der in der Abenddämmerung die Stube und ihre wenigen Möbel und Gerätschaften vergoldete. Sie zündete neben Großvaters Bett das Licht an, obwohl sie genau wußte, daß sie mit Feuer nicht umgehen durfte. Beim Anzünden hatte sie die Kerze im Halter gelockert. Sie ging in die Küche hinaus und ordnete dort die paar Teller und Näpfe auf dem Bord über dem Spülstein. Als sie Großvaters Pfeife auskratzte, fiel ihr ein Geräusch auf, das aus der Stube zu ihr drang. Sie lugte durch die Tür und sah das Bett lichterloh brennen. Sie rannte zum Bett, fühlte die Hitze im Gesicht, schlug die Hand vor den Mund und wich rückwärts. Die Flammen schienen ihr zu folgen, loderten um die vorderen Bettpfosten, sprangen auf die zundertrockenen Dielen. Gefräßige Flammen faßten nach Linas Holzpantinen.

Lina lief kreischend aus dem Haus und Hubert in die Arme, der sie festhielt und über den Hof schrie: »Feuer, Leute, Feuer, es brennt!«

Der Ruf schien eine gespenstische Wiederholung zu sein.

Obwohl es keinen Sinn mehr machte, bildeten die Drostes, das Gesinde und die herbeieilenden Wierlings eine Löschkette vom Brunnen bis zum Brandherd. Dann galt es nur noch, das Feuer von den übrigen Gebäuden abzuhalten. Sie schütteten Wasser auf die nächstgelegenen Strohdächer. So hasteten wohl ein Dutzend Menschen im Hof vor dem lichterloh brennenden Haus durcheinander, und Jan war mitten unter ihnen, als Lina das Schicksal ereilte. Sie schrie plötzlich auf und rannte, eh jemand daran denken konnte, sie aufzuhalten, in die Feuersbrunst hinein.

Eine Flammenaureole umgab sie, zeichnete ihr Bild scharf vor dunklem Hintergrund, dann verschlang sie das Feuer. Die Drostes und alle anderen standen erstarrt, einige mitten in der Bewegung, als sich der Firstbalken löste und das Haus in sich zusammenstürzte. Linas Todesschrei hing als Echo in der tosenden Luft.

Keiner verstand, warum sie zurückgelaufen war. Es gab keine Leiche zu bestatten, nur ein paar Knochen grub man am zweiten Tag nach dem Brand aus der fetten Asche.

Es war nicht nur der Tod der Schwester, der Jan verstörte. Er hatte schließlich den anderen geglaubt, daß es beim Richtfest nicht gebrannt hatte. Hubert hatte sich Mühe gegeben und dem Kind erläutert, daß die tiefstehende Sonne ihnen allen etwas vorgegaukelt hatte, das kam schon mal vor beim Fest und beim Saufen. Eine Erklärung, die, weil sie so einfach, wenn auch nicht in allem logisch war, Huberts eigenem Seelenfrieden diente. Jan gab vor, daß er verstanden hätte. Tief im Inneren wußte er es anders. Wenn er die Augen schloß, sah er drei Wochen lang den unwirklichen Brand, und ein Gefühl lauernden Verhängnisses schlich sich in seine Seele und ließ ihn nicht mehr los, bis Großvaters Häuschen in Flammen aufging.

Eine merkwürdige Erleichterung durchflutete ihn, er erkannte sofort, was er sah, und daß dies das Ende seiner Bedrückung bedeutete.

Danach kam der Jammer. In seiner Trauer um Lina verstand er kaum, was um ihn geredet wurde. Es kümmerte ihn nicht. Es erreichte ihn nicht.

Er erzählte traurig Großvaters Bienen von Linas Tod, auch den Kühen und den Pferden, denen Lina Heu vorgeworfen hatte. Er versank in seiner Trauer, bis sich ein Fieber einstellte und Mia ihn ins Bett steckte. Was ihr durchaus lieb war, kam das Kind doch den Leuten aus den Augen, die schon an neuen Geschichten spannen mit Jan als Mittelpunkt, die um so glaubwürdiger wurden durch das Herumstolpern des Jungen und den entrückten glasigen Blick aus rotgeweinten Augen.

Über die Bauernsprache, mit der in festgelegter Reihenfolge Nachrichten von Hof zu Hof getragen wurden, wußte man bald auf dem entlegensten Hof vom Brand und von Linas Tod.

Die Trümmer schwelten noch, als weitere Nachbarn eintrafen, um Hilfe anzubieten, Anteilnahme zu bekunden und um Näheres zu erfahren. Nach dem Abklingen des ersten Entsetzens über Linas schrecklichen Tod verklärte sie sich rasch zu einer kleinen Heiligen, die Gott in seiner Barmherzigkeit ins ewige Licht gerufen hatte. So dämpfte sich der Schmerz und noch vorhandenes Schuldbewußtsein, das auch den Gedanken einschloß, daß man sich jetzt um die Zukunft der Blöden nicht mehr zu sorgen brauchte. Die wirkliche Lina, das oft unglückliche, ungeschickte Geschöpf, wurde von jener verdrängt, die aus der erzählten Erinnerung erwuchs, die sich mit jeder Wiederholung weiter von der Wahrheit entfernte.

Nur Jan weinte heiße Tränen um die Schwester, die echte, an der Entstehung der anderen nahm er keinen Anteil. Er wurde zwischen den Besuchern herumgeschoben, die sich des Vorfalls beim Richtfest entsannen und diesen mit dem jüngsten Ereignis zusammenbrachten. Als sie sich dieser Sache sicher waren, gruben sie auch noch die Jahre zurückliegende Geschichte vom Tod des Unteroffiziers aus und sahen ihn in ganz neuer Beleuchtung.

Das Getratsche hielt nur einen Augenblick inne, als man sich die Frage stellte, warum Lina ins brennende Haus gerannt war.

»Um ihre Puppe aus Großvaters Bett zu holen«, antwortete Jan, ohne nachzudenken.

Alle starrten auf das Kind und sein tränenverschmiertes Gesicht.

»Das soll er wohl wissen«, sagte Trude, bevor neue Spekulationen in Gang kamen, und führte Jan fort. Über die Schulter zurück ergänzte sie: »Er kannte Lina am besten.«

Als Jan zum ersten Mal nach seiner Erkrankung zur Schule ging, fühlte er sich unruhig. Er las in Lisbeths Blick Vorsicht und Unbehagen, und außerdem deutete sie an, sie dächte daran, das alte Abkommen, Stillschweigen gegen Brote, aufzukündigen.

Kaum in Sichtweite der Schule, johlten ein paar Kinder Jan entgegen.

»Spökenkieker!« schrien sie.

Ihm blieb keine Zeit, über die Bedeutung dieses Wortes nachzusinnen, als schon der alte Hinkefoot die Kinder in die Schule trieb.

Jan mit einem Blick traktierend, der dessen trüben Ahnungen neue Nahrung bot, begann der Lehrer den Unterricht mit dem üblichen Ableiern der Katechismusverse und streifte dabei um Jans Schulbank wie ein Kater auf Mäusejagd. Er bedachte den Jungen mit hintergründigen Blicken, indem er sich mitten im Wort rasch zu ihm herumdrehte, bis er meinte, das Kind genügend in Angst versetzt zu haben. Hinkefoot zog mit großer Geste die Fibel aus der Rocktasche, schlug sie langsam auf, blickte einen Augenblick hinein und wandte sich zu Jan, der in seiner Bank zusammenkroch.

»Nun«, ließ sich Hinkefoot hören und schlug mit dem Weidenstecken an sein gutes Bein, »wie ich gehört habe, bist du ein ganz Schlauer und weißt und siehst mehr als gewöhnliche Leute. So wirst du uns jetzt eine Probe für deine Hellseherei geben und uns zeigen, daß diese nichts als Aberglaube dummer Leute ist. Was«, er zog die Brauen in die Höhe, »steht auf dieser Seite, Jan?«

Um dem Gesagten Nachdruck zu verleihen, ließ Hinkefoot den Stock auf Jans Pult niedersausen. Das Kind zuckte unter dem Schlag zusammen und starrte den Lehrer schweigend an. Eine kleine Bewegung lief wie eine Welle durch die Bankreihen, als die Kinder sachte von Jan abrückten und in den entfernteren Ecken zu tuscheln begannen.

»Nun?« bellte Hinkefoot. »Du weißt es nicht? Das habe ich mir gedacht, daß du uns nicht sagen kannst, was uns Meister Lampe«, ein Blick streifte die aufgeschlagene Fibel, »hier zu erzählen hat.«

Jan zog vor Erleichterung heftig den Atem ein, blickte über den Kopf des Lehrers hinweg und begann mit immer festerer Stimme die Geschichte von Meister Lampe, dem klugen Hasen, herzubeten. Schon nach ein paar Sätzen machte sich um ihn unterdrückte Heiterkeit breit. Hinnerk Potthoff stieß seinen Nachbarn mit dem Ellbogen an und raunte ihm zu: »Wenn das Hellsehen ist, das kann ich auch.« Sein Nachbar nickte. Auch er kannte, wie fast jeder der fortgeschritteneren Schüler, die von Jan vorgetragene Geschichte wie im übrigen die ganze Fibel in- und auswendig.

Hinkefoot ließ seinen Stock auf Jans ausgestreckte Hände

niederfahren, um ihm den Teufel auszutreiben. Jans Mitschüler empfanden für ihn wegen der ungerechten Züchtigung
ein komplizenhaftes Mitgefühl, das sie auslebten, indem sie
nach der Schule mehr Steine als üblich in den Lehrergarten
warfen.

Lisbeth erneuerte auf dem Nachhauseweg das alte Bündnis.
Sie griff sogar mitleidig nach Jans brennenden Händen und
versprach ihm, heimlich Salbe für sie zu beschaffen. Lisbeth
plauderte mehr mit ihm als je vor lauter Erleichterung, daß er
wohl doch ein Kind wie andere sei. Jan nahm die glückliche
Wendung hin und wußte, daß sie auf einer doppelten Täu-
schung beruhte.

Auf Schulze Hundrups Hof packten die Zimmerleute wieder
ihre Werkzeuge aus und erfüllten die Luft auf Meilen mit
Gehämmer und Geklopfe. Heinrich sah ihnen mit neuem
Wohlgefallen zu, seit er wußte, daß jenes Phantom des roten
Hahns vom Richtfest sich bei den Drostes verleiblicht hatte.

Wohlwollen strahlte er aus, als er den Drostes im nächsten
Frühjahr einen nachbarlichen Besuch abstattete und ihm als
erstes im Stall Bernards Kühe Mine und Stine ins Auge sta-
chen, beide prächtig im Futter, ohne einen Anflug von Winterkrankheit, und beide mit einem artigen Kalb an der Seite.
Die Schwalben zogen gerade wieder in ihre Nester auf den Balken ein.

»Wao ne Swalwe nest't, krepeert kine Koh«, rezitierte Heinrich salbungsvoll mit nach oben gewandtem Blick, der sich als-
bald senkte und Hubert visierte, der einfältig nickte.

Auf Heinrichs Gesicht breitete sich ein vielsagendes Grinsen aus, das Hubert wie eine Laus über die Leber kroch.
»Allerdings«, fügte Heinrich hinzu, »würd ich persönlich 'nen
tüchtigen Sohn ein paar Schwalben immer vorziehen, oder was
sagst du, Hubert?«

Der Nachbar kam als Hochzeitsbitter. Wie es sich gehörte,
mit einem Stab, um an ihn ein buntes Band von jedem Hoch-
zeitsgast knüpfen zu lassen, der kommen wollte.

Die Hochzeitsvorbereitungen waren recht weit gediehen, da traf ein Unglücksfall die Venner Bauernschaft.

Die Enttäuschung über den fehlgeschlagenen Versuch, Jan als hellsehenden Scharlatan bloßzustellen, trieb Hinkefoot dazu, ihm mehr als bisher das Schulleben zu versauern. Jan hing oft halb abwesend über dem Lesebuch, sein Kopf fühlte sich heiß und schwer an, ein dumpfer Schmerz pochte hinter den Augen, und außerdem langweilte ihn der Unterricht. Er baute Luftschlösser an die gekalkte Wand des Schulzimmers und überhörte das Pochen von Hinkefoots Stock und das synkopische Tappen seiner Schuhe, wenn er sich in seinem verdrehten Gang hinter Jans Bank begab. Die übrigen Kinder hielten den Atem an und beobachteten mit gutmütigem Spott, wie Hinkefoot Jan beim Dösen erwischte und unversehens seinen Kopf auf die Fibel stieß. Jans Nase blutete zuweilen. Schlimmer noch empfand es Jan, wenn der Stock in die aufgeschlagene Seite fuhr und hinter ihm die barsche Stimme schrie: »Lies!«

Er taumelte hoch, griff nach dem Buch, starrte hinein. Die Buchstaben wirbelten durcheinander, ließen sich nicht zu Worten verbinden. Ihm schwindelte. Nachts schlich sich in seinen Schlaf das »Poch, Poch« des Stockes ein, begleitet vom Klacken der harten Sohlen in ihrem widernatürlichen Rhythmus.

Das Pochen und Klopfen steigerte sich mit der Zeit und wuchs zu einem infernalischen Trommeln an, das plötzlich abbrach, gefolgt von einer abgründigen Stille. Jan erwachte oft schreiend. Er lernte, sich mehr vor der jähen Stille als vor dem Trommelwirbel zu fürchten, der ihm im Schlaf in den Ohren gellte.

Hinkefoot starb im Gehen. Seine Frau sah ihn durch den Garten hasten, wütend seinen Stock schwingend, um eine Schar Krähen von den frischeingesäten Beeten zu scheuchen. Mitten im Lauf, erzählte sie fassungslos, habe er gestockt, sich ans Herz gefaßt und sei tot umgefallen.

Der Schullehrer galt ungeachtet seiner Körpergröße als »kleine Leiche«, entsprechend armselig fiel die Beerdigung aus. Ein feiner Nieselregen webte dünne Schleier, die die Frühlingswelt der gelben Weidenkätzchen, der Narzissen, des Löwenzahns und des hervorspitzenden Grüns grau erscheinen ließ. Die Feuchtigkeit tropfte von den Zweigen. Hätte man bei anderer Gelegenheit, bei der Reden zu halten gewesen wären, vielleicht von der anteilnehmenden Trauer der Natur sprechen können, so drängte sich hier eher der Eindruck eines Verschnupftseins auf. Das Miserere der Ministranten klang dünn. Die Gesichter der Leute trugen angemessene Trauermienen, hinter denen sich in aller Gelassenheit die Gedanken an die Frühjahrsbestellung, den Viehaustrieb, das Buttermachen, Ausmisten und das Hochzeitfeiern entfalten konnten.

Einzig störend bei dieser zwar bescheidenen, aber doch anständigen Veranstaltung wirkte die Witwe, die direkt dem Sarg folgte, der vor ihr auf dem Leiterwagen hoppelte. War sie neben ihrem Gatten schon immer klein erschienen, so mußte sie in den paar Tagen seit seinem Dahinscheiden quasi zu einer hutzeligen Winzigkeit zusammengeschrumpft sein, als hätte der unverhoffte Tod auch aus ihr den Lebenssaft herausgepreßt. Was davon noch übrig war, quoll ihr als unaufhaltsamer Tränenstrom aus den Augen. In ein schäbiges Gewand gekleidet, das sie wie eine Krähe aussehen ließ – es war aber doch ihr bestes –, erbebte ihr papierdünner Körper unter Trauerkonvulsionen, denen sie sich hemmungslos ergab.

Die anderen Trauergäste hielten achtsam Abstand. Beim dünnen Beerdigungskaffee – eine peinliche Angelegenheit, da die Witwe noch immer nicht zu sich fand – sahen sich die versammelten Gemeindemitglieder genötigt, ihr ein weiteres Wohnrecht im Schulhaus zu gewähren, bis ein neuer Lehrer gefunden war. Da endlich versiegte der Tränenstrom.

Sie blieb also, die Frau Hinkefoot. Aber wovon lebte sie? Auch da zeigte sich, daß sich die Bauernschaft, durchaus nicht freudig, zur Barmherzigkeit bereitfand. Auf der Schulhausschwelle fand sich mal ein Laib Brot, ein Stück Speck oder sogar ein Ei ein. Ein gesunder starker Mensch wäre daran verhungert.

5

Bernard schwoll über seinem Erfolg mit Mine und Stine bedenklich der Kamm. Er ritt nun öfter bis nach Senden und Münster und schnappte dort Ideen auf, mit denen er die Hofhaltung zu verbessern trachtete. So beobachtete ihn Hubert, wie er in den Brunnen starrte und dann den Abstand zwischen Brunnen, Stall und Schweinehaus mit schweren Schritten maß, die Hände auf dem Rücken zusammen und die Stirn in Falten gelegt.

Hubert trieb die Neugier, nach dem seltsamen Gebaren zu fragen, obwohl eine innere, nach Frieden verlangende Stimme ihm davon abriet.

»Vadder«, erklärte Bernard ernst, »wir werden den Brunnen verlegen müssen. Es ist nicht gut, daß er so dicht bei den Ställen steht, da kommt doch manches in das Wasser, das es verunreinigt und schlecht macht.«

Bernard sprach in einem durchaus vernünftigen Ton. Sogar eine Spur zu vernünftig, etwa so, wie wenn eine geduldige Mutter einem Kind etwas erklärt. Jedenfalls nahm Hubert Bernards Vorschlag übel auf, obwohl ihn der flüchtige Gedanke streifte, daß er eine Überlegung wert war.

»Ich möcht wissen, warum du dich jetzt um das Brunnenwasser sorgst. Du hast doch nicht etwa vor, es zu trinken, oder?«

»Was meinst du, womit kocht Modder wohl den Kaffee und die Suppe?«

»Wir sind noch nicht daran gestorben, Junge.«

»Das macht die Hitze im Kochtopf. Aber das Vieh?« beharrte Bernard und zog einen Eimer grünschillernden Wassers aus dem Brunnenloch. »Guck dir die Brühe doch an, die stinkt wieder nach Jauche, und außerdem«, Bernard stieß einen feuchten Sack, der vor dem Brunnen lag, mit dem Fuß an, »hör auf, die jungen Katzen im Brunnen zu ersäufen. Das macht das Wasser auch nicht besser.«

»Der Brunnen bleibt hier, wo er immer stand, solange ich lebe«, grollte Hubert.

In diesem Jahr, in einem nahezu müßigen, schulfreien Frühjahr und einem langen Sommer, begriff Jan endlich, daß Sommer kein Zustand, sondern eine Jahreszeit ist.

Der Tod des Lehrers befreite ihn von seinen schlimmen Träumen und wenigstens einer Bedrückung seiner Seele. Aber noch immer lastete Linas Tod auf ihr. Jan hörte nicht auf, um sie zu trauern, auch wenn seine Tränen als äußeres, sichtbares Zeichen versiegt waren. In ruhelosem Umherstreifen suchte er nach ihr, lautlos schrie er nach ihr. Beharrlich spielte er die Spiele, die ihr Freude bereitet hatten, verlor sich in ihnen in einer bitteren Einsamkeit.

Im raschelnden Schilf am Teich hörte er ihre Stimme, und aus der Tiefe des Wassers sah ihm ihr bleiches Abbild entgegen. Jan beugte sich so lange zum Wasser hinunter, bis Trude, die Leinen auf die Bleiche trug, ihn wieder einmal zurückriß und erschrocken von den Waterwiefkes murmelte, die nicht aufhörten, das Kind zu verlocken.

Danach mußte er Anton zum Kühehüten ins Moor begleiten. Auch August Lütke Wierling kam neuerdings mit, denn die Wierlings besaßen wieder zwei Kühe, die sie auf die gemeinschaftlichen Moorweiden trieben.

Wer Anton und August sah, mochte kaum glauben, daß die beiden Vierzehnjährigen gleichaltrig waren, so schmächtig wirkte August neben Anton, der seit einem Jahr mächtig in die Höhe und Breite wuchs, so daß er seine älteren Brüder bald würde eingeholt haben.

August nahm den Gang ins Moor mit der dumpfen Gelassenheit derjenigen auf sich, die wissen, daß das Leben für sie kaum etwas anderes als Mühsal bereithält. Von früher Kindheit an mit Arbeiten bedacht, die seine Kraft überforderten, begann sich

Augusts Rücken bereits zu krümmen. Es waren aber wohl nicht nur die körperlichen Anstrengungen, die seine Schultern nach vorn fallen ließen und seinen Kopf geduckt hielten. Er beobachtete Jans Füße, die unversehens in einen trudelnden Gang verfallen konnten und sich hart am Rand morastiger Stellen bewegten, so daß er sich veranlaßt sah, das Kind am Hemd festzuhalten.

»Laß!« Jan schüttelte die fürsorgliche Hand beiläufig ab und stolperte weiter, August hinter sich lassend, der sich wegen der vorschnell gebotenen Hilfe verlegen fühlte und sich daher hütete, noch einmal einzugreifen. Staunend nahm er wahr, daß Jan trotz seiner scheinbaren Unsicherheit niemals fehltrat. Es dauerte noch ein paar Tage, bis ihm aufging, daß Jan sich im Moor wesentlich besser auskannte als sein Bruder Anton.

Jans Gang geriet in Augusts Augen allmählich zu einem geheimnisvollen Tanz, dessen Choreographie das Moor selbst mit seinen Untiefen, Schilfinseln, seinem Röhricht und den bodenlosen Morasten erfand. Es gab eine feine, eigenartige Schwingung zwischen Kind und Moor. Jan war für August nicht länger ein unbeholfenes, absonderliches Kind, sondern ein Wesen, das sich mit spielerischer Leichtigkeit in seiner eigenen Welt bewegte. August bewunderte Jan wegen seiner traumwandlerischen Sicherheit. Er wäre ihm bald blindlings durchs Moor bis ans Ende der Welt gefolgt, wenn es hätte sein müssen.

Durch Jans Augen entdeckte er erstmals den Wert an sich, der den Erscheinungen von Fauna und Flora innewohnt, und ordnete sie nicht mehr nur den Bedingungen des nackten Broterwerbs unter.

Durch die stille Aufmerksamkeit des Jungen, durch das Aufblitzen des Entzückens auf dem Gesicht des Kleinen, wandelte sich Augusts Wahrnehmung. Zwischen den Schwärmen fliegenden Ungeziefers, Mücken, Stechfliegen, Wespen, schillerten auf einmal Libellen grüngolden, blau und rot in einem irisierenden Farbenspiel, elfenzarte Geschöpfe über dunklen Teichen. Erheitert sah er mit Jan dem Wollgras zu, das seinen weißen Blütenschaum vom Wind über das Wasser treiben ließ, winzigen Wolken gleich.

August entdeckte die Schönheit der Natur.

Er begann sich in Jans Gesellschaft wohlzufühlen, sobald es ihm gelang, dem Hauch von Fremdheit, der Jan umgab, nicht mehr viel Bedeutung beizumessen.

Mit dieser Entwicklung mochte Anton sich nicht abfinden, der bislang August als seinen Freund betrachtet hatte, seinen einzigen.

Es ärgerte Anton zu sehen, mit welchem Vertrauen August dem kleinen Jan folgte, und er legte es darauf an, andere, unbekannte Wege einzuschlagen, die sich in der Regel als umständlicher und unbequemer erwiesen, als die von Jan begangenen.

Um dem Bruder das Moor zu vergraulen, verfiel er auf die absurde Idee, die alten Schauergeschichten zu erzählen, gegen Abend, wenn die Kühe gemolken waren, der Leiterwagen mit den Milcheimern in der Ferne verschwand und die Flammen des Hirtenfeuers züngelten. Denn in den kurzen Nächten des Mittsommers blieben die Jungen mit den Kühen draußen. Jan fiel Anton ins Wort und verbesserte seine Erzählungen, flocht Eigenes hinein und übernahm bald ganz das Erzählen, hingerissen von der Macht der Worte, deren Klang mit den Flammen und dem Rauch in den dunkelnden Himmel aufstieg.

Dann konnte es geschehen, auf dem Höhepunkt der Spannung, daß Anton, dem das Grauen längst den Rücken herunterlief, Jan am Arm packte, schüttelte und rief: »Glaubst du denn an ihn, an den Heidemann?«

Jan lächelte, streckte den anderen freien Arm aus. »Da, sieh, da steht er doch.«

Er wies in aufsteigende Nebelschwaden, zu verdämmernden Krüppelkiefern und Weidengebüsch. Er beschrieb den wehenden Mantel, den großen Hut, bis die beiden anderen zu sehen begannen, was Jans Worte ihnen vorgaukelten. In der Finsternis glühten die Augen des weißen Hundes, die Gewänder der Elfen schimmerten, und aus der Ferne klang das Rufen des Hohomännchens. Wer vermochte noch zu sagen, wo die Wirklichkeit aufhörte und die Phantasie begann?

August räusperte sich. »Du glaubst wirklich an den Heidemann?«

Jan nickte gelassen.

»Und du hast keine Angst vor ihm?«

Jans Augen funkelten im Schein des Feuers. »Nein, nie.«

»Aber ich dachte, er spukt nur in der Heide, was macht er hier im Moor? Und das Hohomännchen? Meinst du, es lockt einen wirklich durch sein Rufen in die Irre, am liebsten mitten in der Nacht?«

Jan schüttelte den Kopf. »Du darfst nur keine Angst haben, vor dem Moor nicht und nicht vor seinen Geistern«, sagte er mit träumerischer Stimme.

»Hast du auch keine Angst gehabt, damals, als du die Nacht mit Lina allein im Moor warst?«

Jan starrte ins Feuer, sprang plötzlich auf und verschwand in der Dunkelheit.

»Lina« hallte es in seinem Kopf wider und weckte den Schmerz, der sich beständig eingenistet hatte. Jan streifte durch das Röhricht, störte Unken auf. Lina! Die Sehnsucht nach der Schwester, die seine Seele wie einen Ruf über das Moor schickte, rief als Echo einen Schemen herbei, der sich neben ihm verdichtete, in seinen Schritt einfiel und die Hand in seine legte wie Jahre zuvor. Erst wurde sich Jan dieser Gegenwart nicht bewußt. Er begann mit Lina zu sprechen, wie man in Gedanken mit einem Abwesenden spricht, und wunderte sich nicht, daß er auf Fragen Antworten erhielt, die nicht sein eigener Geist hervorbrachte. Bis er innehielt, Lina plötzlich als Gegenüber wahrnahm und verwundert sagte: »Aber Lina, du sprichst ja ganz gescheit, wie wir alle.«

Lina lachte. »Du Döskopp. Natürlich spreche ich gescheit. Die Blödheit galt nur im Leben. Jetzt bin ich frei davon.«

Ob er Lina tatsächlich gesehen oder nur geträumt hatte, wurde Jan nie klar. Aber er vertraute der Gewißheit, die ihn dort, im nachtdunklen Moor, überkam, als etwas unzweifelhaft Tatsächlichem: Lina hatte ihre Freiheit gewonnen, im Tod fiel der Zwang, der ihren Geist verdunkelt hatte. Jan erfuhr Gottes

Gnade. Er fühlte sich von jener furchtbaren, weil unerkannten Schuld an ihrem Tod erlöst. Der Gedanke, nicht genug auf sie achtgegeben zu haben, der in seinem Kopf seit dem Unglück bohrte, kam zur Ruhe. Jetzt war Lina ihm ganz nah, er erkannte ihr freundliches, heiteres Wesen in einer schimmernden Klarheit und fühlte, daß er die Schwester nie mehr verlieren würde.

Er ließ sich der Länge nach auf den Boden fallen, grub Finger und Zehen hinein, spürte die weiche, warme, torfige Erde an der nackten Haut, ließ sich in einer wunderbaren Gelöstheit auf diese Empfindung ein, voller Lust und Gegenwärtigkeit.

Das war wohl der Anfang einer neuen Erkenntnis, die sich schrittweise durch den Sommer zog. Jan begriff, daß Sommer eine Jahreszeit und kein Zustand ist.

Trude beobachtete mißtrauisch, wie Jan nicht müde wurde, die reifenden Äpfel an einem Baum mit niedrig hängenden Ästen zu betasten. Sie sah, wie er ihren Duft erschnüffelte, zwei Schritte zurücktrat, die Augen schloß, wieder aufriß, um sich erneut auf die Früchte zu stürzen.

Jan verblüffte die Tante vollends, als er sich lächelnd zu ihr umwandte und sagte: »Nicht wahr, Möhne Trude, jetzt ist Sommer, den ganzen Tag lang und morgen auch noch.«

Die Alte fand es höchste Zeit, daß die Schule wieder begänne.

Trude wurde es längst leid, die Rätsel um dieses Kind zu lösen. Mochten sich damit klügere Köpfe beschäftigen wie der neue Lehrer, den die Gemeinde endlich gefunden hatte. Fast ein Gelehrter solle er sein, das Paulinum in Münster habe er besucht und spräche Latein wie ein Pastor. Sie schüttelte wieder den Kopf. Was sollten Bauernkinder mit einem Lateinlehrer? Aus einer angesehenen Kaufmannsfamilie aus Münster stamme er. Was so einer in der Venner Einöde zu suchen habe, fragte sie sich. Der alte Hinkefoot war beileibe kein Musterbild eines Lehrers gewesen, aber einer, mit dem man rechnen konnte, der blieb, bis er tot umfiel, wie sich ja auch gezeigt hatte. Aber so ein Studierter? Die alte Tante sah die nächste Lehrersuche voraus.

111

Über seinen Studien, das Mysterium der Zeit betreffend, wobei er den Gegenstand seiner Untersuchungen noch nicht recht erfaßte, übersah Jan beinahe, daß sich im Schulhaus etwas tat. Als abends zum dritten und vierten Mal von einem Clemens Hölker die Rede war, begriff er, daß es sich bei ihm um den neuen Lehrer handelte.

Heinrich Schulze Hundrup, der, seit er auf dem Altenteil saß, die allgemeine Nachrichtenübermittlung übernommen hatte und damit den Kiepenkerlen eine scharfe Konkurrenz lieferte, wußte, wie er sagte, genauestens über ihn Bescheid und fügte Trudes Wissen neues hinzu.

Am erstaunlichsten, erklärte Heinrich, sei, daß der Clemens Hölker das Schulehalten regelrecht erlernt habe, von einem Herrn Overberg, vormals Kaplan in Sendenhorst, der einen Kurs zur Unterrichtung von angehenden Lehrern ausgeheckt hatte, um die Schulbildung zu fördern, die ja noch sehr im argen läge.

»Dann haben wir demnächst Knechte auf den Höfen, die Latein sprechen und die Mistgabel nicht mehr anfassen, weil sich das mit der höheren Bildung nicht verträgt«, meinte der alte Droste und sog an seiner Pfeife.

»Das Wichtigste ist, daß er die Kinder Ehrfurcht und Gehorsam lehrt, aber ich fürchte, bei so einem gelehrten Kerl wird nur das Schulgeld höher«, vermutete Hubert und ließ seinen Blick von Bernard zu Jan schweifen, dem letzten Sohn, der noch die Schulbank drückte.

Nur eine Nachricht erschien Jan bemerkenswert, nämlich die, daß der Clemens Hölker das Schulhaus bereits vor zwei Wochen bezogen hatte. So beschloß er, wie schon einmal, sich den Lehrer anzuschauen, bevor er sich ihm ausgeliefert wußte.

Er bezog wieder Posten hinterm Holunderbusch und stellte fest, daß Heinrich ein paar wesentliche Dinge, die den Lehrer betrafen, ausgelassen hatte. So sah sich Jan unvorbereitet einem schmächtigen jungen Mann in Hemdsärmeln gegenüber, der mit Hingabe, aber ohne Geschick zum Unkrautjäten die Hacke schwang.

Im übrigen befand sich Jan hinterm Holunder in Gesell-

112

schaft. Hinnerk Potthoff kauerte bereits da mit denselben dunklen Absichten.

»Hacken kann er schon mal nicht«, stellte Hinnerk bündig fest.

»Paßt man auf, der zieht die Erbsen raus und läßt das Unkraut stehen«, ließ sich eine weitere Stimme vernehmen. Hinnerks Bruder Johann war zu ihnen gestoßen.

Jan fand, daß der Lehrer etwas Freundliches an sich hatte, ungeachtet seines Ungeschicks, das ganz anders auf ihn wirkte als das der Hinkefootschen. In der Art, wie er sich mit dem ungewohnten Gerät abmühte, lag eine Selbstbelustigung und Friedfertigkeit, die Jan gefiel. Außerdem riß der Lehrer keineswegs die Erbsen aus.

Weitere Betrachtungen wurden durch einen Streit gestört, der hinter Jan um einen Stein entbrannte, den die Brüder in den Garten werfen wollten. Mitten in die Auseinandersetzung klang eine Stimme: »Findet ihr es nicht auch ungehörig, daß ihr mich seht, ich aber euch nicht sehen kann? Wie wäre es, wenn ihr näherkommt?«

Die Potthoffs, sich eben noch um den Stein raufend, vollführten einen ebenso geordneten wie überaus behenden Rückzug, so daß Jan allein der Aufforderung nachkam, angelockt von einer wohlklingenden dunklen Stimme.

Als Jan eine ganze Weile später nach Hause lief, teilte er Lina seine Eindrücke mit:

»Weißt du, der ist ganz anders als der alte Hinkefoot, und ich weiß auch nicht, ob er überhaupt ein richtiger Lehrer ist. Er hat mich gefragt, ob ich ihm sagen kann, was im Garten falsch ist, weil da so wenig ordentlich wächst. Das tut doch kein richtiger Lehrer, daß er seine Schüler was fragt. Ich hab ihm vom Rondeelchen erzählt, das in die Mitte vom Garten gehört, und wir haben Steine zusammengetragen, um einen Kreis zu legen und ein Mäuerchen zu ziehen, weil es nicht genug Buchs gibt als Umrandung. Und die Blumen fehlen, um den Herrgott zu erfreuen, damit er seinen Segen gibt und alles

113

gut wachsen läßt. Woher will der Lehrer denn sonst die Blumen nehmen für die Jungfrau Maria in der Kirche? Ich hab ihm gezeigt, wie man hackt. Die Pflanzen im Garten kennt er alle, auch das Unkraut, da mußte ich ihm nichts sagen, auch daß er Mist braucht für die Beete. Pferdemist ist der beste. Dann kam plötzlich die Hinkefootsche vor die Tür und sah ganz anders aus. Sie keift nicht mehr. Ich wußte nicht, daß die noch da ist. Sie haust wohl in dem kleinen Verschlag an der Schule und kocht jetzt für den neuen Lehrer.«

Etwas Wichtiges behielt Jan bei allem Erzählen allerdings für sich, obwohl seine Gedanken gerade darum kreisten. Er hatte sich vom Lehrer verabschiedet, weil die Hinkefootsche zum Essen rief, da entschlüpfte ihm die Frage: »Könnt Ihr mir sagen, was ein Spökenkieker ist?«

Es war nicht so sehr die Frage an sich, die Clemens Hölker erstaunte, sondern das Kindergesicht, in dem er ein unverständliches Verlangen las und, vielleicht täuschte er sich, eine tiefe innere Not. Aber da hatte sich Jan schon umgedreht und war, wie erschreckt von der eigenen Frage, davongelaufen.

Daß den Kirchenliedern und Katechismusversen, die sie im Takt von Hinkefoots Stock, der auf das erste Pult niedergesaust war, herunterzuleiern hatten, Sinn innewohnt, lernten die Kinder von Clemens Hölker. Er trug sie ihnen in einer Weise vor, daß die altbekannten Texte neu erschienen, gesprochen von dieser klangvollen, tiefen Stimme, die, ob laut oder leise, die Kinder in Bann schlug. Es lag etwas Wunderbares darin, daß diese Stimme in einem so zarten, jungen Körper wohnte.

Die Kinder staunten ihren Lehrer an. Wenn sie jetzt sangen, schrien sie nicht mehr mit sich überschlagenden Stimmen, sondern ließen sich von Rhythmus und Melodie tragen und entzückten sich an dem Wohlklang, der in zunehmendem Maße ihren Kehlen entströmte, seit Clemens die Kratzstimmen der älteren Jungen von der Beteiligung am Gesang erlöst hatte. Die Hinkefootsche steckte beim »Gelobet sei Gott in der Höhe« verwundert den Kopf zur Tür der Lehrerwohnung heraus und murmelte, nur für die ersten Reihen verständlich, etwas von Engelsstimmen und lächelte zaghaft.

Die wenigen Wochen seit Clemens' Ankunft hatten genügt, die dürre Alte ein wenig runden zu lassen, hatten scharfe Falten in einem verdrießlichen Gesicht geglättet und die Hinkefootsche rein äußerlich mehr in die Nähe jener gutmütigen, zufriedenen alten Leute gerückt, die die Kinder von ihren Höfen kannten, kurz, die Hinkefootsche nahm menschlichere Züge an. Hatte sich ein Wolf jemals in ein Lamm verwandelt? – Die Kinder erschreckte das Lächeln mehr als das frühere Keifen.

Um mehr von seiner Umgebung zu erfahren – für die Schüler ein weiteres Wunder: ein Lehrer, der begierig war, von ihnen zu lernen –, forderte Clemens sie auf, die Sprüche und Zeichen aufzuspüren, die die Einfahrten, Tennentüren und Fensterrahmen ihrer Höfe zierten. Die Kinder begannen, von Kühen beäugt, Stalltüren mit nassen Besen zu scheuern, mit Messern an alten Inschriften zu kratzen und mit bisher unbekanntem Eifer unter Hühnermist, Vogelkot und sonstigen Dreckkrusten nach verborgenen Schätzen alten Brauchtums zu forschen. Manches kam dabei zutage, wurde in die Schule getragen und von dort, angereichert durch die Deutung, wieder zurück auf die Höfe: die Sonnensinnbilder Kreis, Rad und Spirale; Hahn und Henne als Zeichen der Fruchtbarkeit. Der Pfarrer mahnte den Lehrer wohl wegen seines gottlosen, weil heidnischen Treibens, ließ es aber am Nachdruck fehlen, weil kein neuer Lehrer zu bekommen war.

Clemens schrieb die Sinnsprüche in ein schön eingebundenes Heft, das sich rasch füllte, denn es gab kaum eine Niendüer, auf der sich kein Spruch fand.

Hinnerk Potthoff, den die allgemeine Begeisterung für die neue Art Schule nach längerem Zaudern doch noch mitriß, fühlte sich zu einem Beitrag bemüßigt. Mit rotem Kopf sagte er den Spruch auf, den er an der Stalltür entdeckt hatte: »Kühe – machen Mühe.«

Nach einem Augenblick verblüfften Schweigens brach im Schulzimmer Gelächter aus, das die Hinkefootsche wieder auf den Plan rief. Sie schob ihre dürre Nase zur Tür heraus, um der bedenklichen Heiterkeit auf den Grund zu gehen. Sie sorgte sich, daß die angenehmen neuen Lebensumstände nicht von Dauer sein möchten, da sie es für zweifelhaft hielt, daß eine Schule, in der herzhaft gelacht wurde, Bestand haben konnte.

Jan brannte die bewußte Frage am ersten Schultag noch im Hirn und bewog ihn, sich in der letzten Bank möglichst unsichtbar zu halten. Nach ein paar Tagen leistete er sich die zaghafte und trügerische Hoffnung, dem Gedächtnis des Lehrers entschwunden zu sein.

Dem war nicht so. Clemens erkannte den geduckten Blondschopf hinten auf den ersten Blick.

Von der unerklärlichen Liebe des Ahnungslosen zum urwüchsigen Leben auf dem Lande ergriffen, hatte es Clemens, den Städter, in diese Einöde verschlagen, in der er sich leise, aber herzlich zu langweilen begann. Die bäuerlichen Rundköpfe seiner neuen Gemeinde gaben nichts preis von ihrem Innenleben, ihrem kühnen Umgang mit den Geheimnissen der allmächtigen Natur, ihrer von Größe umwehten, unauflöslichen Bindung zur heimischen Scholle, ihrer Verwurzelung im uralten Erbe aus Geschichten und Legenden und was sonst noch an romantischem Unsinn Clemens' Geist bewegte. Gegenüber diesem Innenbild, das seinen Kopf ausfüllte, erwies sich das äußere, gegenwärtige als so platt wie der tiefhängende Horizont über der Venne, obwohl sich Clemens nicht beklagen konnte: er wurde überall freundlich und mit dem nötigen Respekt empfangen.

Das Unterrichten der Kinder erfüllte ihn allerdings mit einer reinen Freude, und bei der Herrichtung des Gartens und dem dabei erworbenen Schmerz im Kreuz und den Blasen an den Händen bot sich ihm wenigstens die Illusion von Erdnähe und Erdverbundenheit. Aber all dies blieb doch zu bescheiden für seinen forschenden Geist, oder besser gesagt, ein Teil seines empfindenden, sehnenden Selbst blieb unbefriedigt. So war es verständlich, daß seine besondere Aufmerksamkeit Jan galt. Sein Interesse war durch die sonderbare Frage des Jungen geweckt und durch die Hinkefootsche genährt worden, die genug Skurriles über das Kind zu berichten wußte, um seine Phantasie aufs Schönste blühen zu lassen.

Sein romantisches Gemüt ahnte in dem Jungen einen Brennpunkt dessen, dem er in Inschriften und Ornamenten als Geist dieser ländlichen Kultur nachjagte. So pirschte er sich auch wie ein Jäger an ein Wild heran, das er bald sowohl als scheu, aber auch als gewitzt einstufte. Clemens begann, sich auf der Venne behaglich einzurichten.

Jan nahm zunächst arglos die Hilfe an, die sich in einem unter die schwarzen Buchstaben der Fibel gelegten Finger bot und in der sonoren Stimme, die ihn mit hypnotischer Ruhe leitete, genau zu schauen, bis das Wort klar umrissen Gestalt annahm. Dank Clemens' Ausdauer lernte Jan, dem Tanz der Wörter Einhalt zu gebieten, seine Sinne zu beherrschen, bis sie folgsam enthüllten, was er zu sehen wünschte.

In Jan wuchs eine stille Zuneigung. Er lachte befreit mit den anderen Kindern. In ihren Köpfen spukte wohl noch das Gespenst des alten Hinkefoots, das sie durch eine besondere Tat zu bannen suchten: sie nahmen sich auf Kosten der Gärten daheim des Schulgartens an. Auch Jan brachte an Tante Trude vorbei Blumenstauden für den Lehrergarten, bis dieser in bunter Pracht zu leuchten begann. Möglicherweise hätte er den Garten des Pfarrers übertroffen, wenn nicht eines Tages Minna Pentrop aufgebracht in den Unterricht geplatzt wäre, um den Lehrer zu fragen, was er sich dabei dächte, die Kinder anzuhalten, Pflanzen aus den heimischen Gärten auszureißen. Ob das rechtens wäre? Solle er sich sein Kraut doch selbst besorgen. Die Kinder sahen Clemens zum ersten Mal verlegen und wütend zugleich.

Es war ein paar Tage nach diesem Vorfall, daß Clemens es so einzurichten wußte, daß er mit Jan nach dem Unterricht allein im Schulzimmer blieb. Er schlug die Fibel noch mal auf und fragte Jan beiläufig: »Was siehst du, Jan, wenn du wie jetzt unverhofft in die Fibel schaust? Deine Augen bewegen sich anders als die der anderen Kinder.«

Jan hatte schon gelernt, besonderen Blicken und Fragen wie diesen mit Ruhe zu begegnen und dahinter seine Unruhe zu verbergen, die ihn dazu trieb, sich wie ein bedrängtes Tier zurückzuziehen.

Jan klappte die Fibel mit Nachdruck zu und antwortete: »Nichts, was Ihr nicht auch seht.«

Clemens sah ihm lange nach, als er den Sandweg nach Hause schlurrte.

Jan spähte hinunter in den goldenen Dunst aus Myriaden Staubatomen, die im Licht der Stallaterne tanzten. Auf der Tenne unter ihm wurde gedroschen, frühmorgens in der kalten Luft des späten Winters, die durch die Niendüer hereinzog, gemildert durch die Ausdünstungen der Kühe und Pferde. Das Vieh döste in den dämmrigen Stallseiten. Jan saß der Schlaf in den Gliedern. Aber statt sich noch einmal im Bett herumzudrehen, war er in der Herrgottsfrühe mit den Dreschern aufgestanden und auf die Hille über der Pferdeseite geklettert, um von hier das Schauspiel unten zu betrachten.

Klippediklappklippklapp, im Sechsertakt klang das Zusammenspiel der hölzernen Flegel zu ihm herauf. Die Bewegungen des Vortretens, Schlagens, Zurückweichens – einer nach dem anderen in rascher Folge, steckte nach einem Dreschwinter tief in den Körpern. Lütke-Hubert und Bernard klebte das Hemd am Leib. Sie standen sich gegenüber, einer folgte dem anderen mit dem Holz, wie zeitversetzte Spiegelbilder. Neben Bernard schwang Anton den Flegel in die Luft. Selbst durch den Dunst konnte Jan die Zufriedenheit in seinem Gesicht erkennen, endlich der Kindheit entronnen zu sein und seinen Platz bei den Knechten gefunden zu haben, auch wenn er noch der letzte, der Kleinknecht, war. Jan konnte sehen, wie Anton diese Arbeit liebte, das Vergnügen über den eigenen kraftvollen Körper, das Auskosten der Anstrengung, die vertrauten Gerüche aus Kuh- und Pferdeatem, Mist und Schweiß, und endlich die Freude über die rieselnden goldenen Körner, den Ertrag der Mühe, der sichtbar vor ihren Augen wuchs.

Er bewunderte die Wendigkeit, mit der Anton das unhandliche Instrument bewegte, als wäre er mit ihm in der Hand geboren worden. Jan ließ sich unwillkürlich in den Rhythmus der Hölzer fallen, der ihm in die Glieder fuhr, den Takt des Herzens beeinflußte, mit dem Atem stieg und fiel. Klippediklappklippklapp.

Er fühlte, wie ihm das Bild unten zu entgleiten drohte, sich verschob, der Takt einen Nachhall fand, in dem Zeit und Raum sich zu dehnen begannen. Er riß sich zusammen, schüttelte den Kopf, suchte seine Gedanken auf einen festen, sicheren Gegenstand zu lenken, wie er es in den letzten eineinhalb Jahren von Clemens gelernt hatte. Er dachte über den Lehrer nach:

Clemens hatte der Bauerschaft bewiesen, daß er ein tüchtiger Lehrer war, dem es gelang, auch dem Dümmsten und Faulsten Lesen und Schreiben beizubringen. August Wierling hatte den letzten Winter noch in der Schule verbracht, auf eigenen Wunsch und nach beharrlichem Betteln, um aufzuholen, was er unter Hinkefoots Schlägen versäumt hatte. Anton war darüber nicht glücklich gewesen, denn ihn konnte auch der beste Lehrer nicht länger in der Schule halten.

Anton hatte inzwischen das Hemd abgestreift. Sein Leib glänzte wie aus Bronze gemacht, wie für die Ewigkeit. Jan drängte es, das Bild des Bruders für immer festzuhalten, seine kraftstrotzende Lebendigkeit, während in seinem Geist leise im Takt der Flegel ein »Dies irae, dies illae« anhob und mit jedem Klacken der Hölzer anschwoll.

Er preßte beide Fäuste an den Kopf, konnte aber den Blick von Anton nicht losreißen.

Was hatte Clemens über die neuerlich drohende Kriegsgefahr gesagt, erst gestern in der Schule? Die Preußen rüsteten mit den Russen zusammen gegen Napoleon. Krieg bedeutete neue Truppen.

Jan wandte die Augen mit Anstrengung den beiden großen Brüdern zu, die doppelgängergleich gegeneinander oder miteinander arbeiteten.

Spiegelbilder, eins dunkel, eins hell. Warum kam ihm dieser

Gedanke? Und wer sollte das dunkle sein? Er konzentrierte sich wieder auf das, was Clemens den Kindern erzählt hatte, weil er der Ansicht war, daß sie im Zeitgeschehen Bescheid wissen mußten.

Lütke-Hubert drohte Gefahr, wenn es zum Krieg käme, nicht Bernard, dem Hoferben, vielleicht noch den zwei Knechten, die an Lütke-Huberts Seite arbeiteten. Jan sah prüfend zum Bruder hinunter und fühlte nichts als Ruhe. Lütke-Hubert traf es nicht, soviel stand fest. Fast ohne sein Zutun wanderte sein Blick wieder zu Anton. Aber warum Anton? Anton war viel zu jung zum Krieg. Jan schreckte auf, Entsetzen packte ihn über das Spinnennetz, in dem sich sein Geist doch noch gefangen hatte. Er verlor das Gleichgewicht und klammerte sich an einen Balken. Es war einer von denen, die kurz nach seiner Geburt hier angeschlagen worden waren.

Unten klappte die Tür zur Küche, und Hubert trat heraus, um das Ende des Dreschmorgens anzuzeigen.

Jan schrie leise auf, als er den Vater sah, und riß seine Hände vom Holz, als habe er glühendes Eisen berührt. Unten hob Anton Potthoff, der sechste Drescher, den Kopf und wunderte sich, was mit dem Kind los sei, das mit kalkweißem Gesicht auf sie herabstarrte.

Jan hätte es ihm nicht sagen können, denn mit der einsetzenden Stille unter ihm entglitten ihm die Gedanken, Ahnungen, Gesichte, die im Rhythmus der Dreschflegel aufgekommen waren. Er schüttelte sich den Rest mit einer resoluten Geste aus dem Kopf und stieg mit wackeligen Beinen zum Frühstück hinunter.

August Wierling beteiligte sich nicht am Dreschen. Zum einen war er bei den anderen nicht beliebt, weil er den Takt kaum halten konnte, zum anderen hatte er sich vor Wochen, zu Beginn des Winters, die rechte Schulter gezerrt, arg genug, daß Klara seitdem ihre Heilkünste auf ihn anwandte, bisher mit geringem Erfolg. Mag auch sein, August übertrieb mit den Schmerzen und der schiefen Schulter. So beschränkten sich

Augusts Winterarbeiten auf Viehfüttern, Melken und Körbeflechten, das er sich bei Großvater Droste abschaute – und aufs Lesen, wobei ihn Jan mit der notwendigen Lektüre versorgte, die er seinerseits Clemens zu verdanken hatte.

Zwischen Lehrer und Schüler hatte sich mittlerweile eine gespannte Freundschaft herausgebildet, voller federleichter Aufmerksamkeiten und heimtückisch beiläufiger Fragen einerseits, voller Dankbarkeit, Vorsicht und ausweichender Antworten andererseits. Clemens förderte Jan, soweit seine Stellung als Dorflehrer und die Zurückhaltung des Jungen eine Förderung zuließen. Dazu gehörte, daß Clemens ihn mit seinen eigenen Büchern zum Lesen ermunterte, sobald er den wissenshungrigen Geist des Kindes und die Leichtigkeit erkannt hatte, mit der es sich Wissenswertes anzueignen verstand.

August ließ sich bereitwillig, als habe er nur auf eine solche Gelegenheit gewartet, mit Jan auf das Leseabenteuer ein. Über den Fabeln des Äsop konnte August das Schleppen der Kornsäcke, das Abplaggen im Moor vergessen und die Mühsal, mit dem Pflug eine gerade Furche zu ziehen. Mit Jan lachte er herzhaft, wenn sie die Köpfe über dem Buch zusammensteckten und sich über die Bedeutung des Gelesenen ausließen.

Die zwei Bücherenthusiasten saßen an einem Sonntagnachmittag im Frühling auf der Bank in der Rosenlaube am Ende des Gartens und konnten, wenn sie wollten, von dort den Blick auf das Rondeelken genießen, in dem die Küchenschelle in letzter Blüte stand, und auf die schillernde Rosenkugel, die aus dem Grün herausragte.

Leider hatten die beiden keinen Blick für die schöne Aussicht. Es entging ihnen auch vollständig der schwere Schritt, der sich ihnen auf dem Mittelweg näherte. Oder wollten sie sich einfach nicht stören lassen, bis Antons breite Pranke auf das Buch niederfuhr?

»Bist du närrisch, August? Sitzt hier wie ein Betbruder in der Laube. Wie willst du ein anständiger Bauer sein mit einem Buch vor der Nase?« dröhnte Anton.

August hielt den Blick auf das Buch gesenkt. »Du meinst wohl Knecht, Anton.«

»Ob Knecht oder Bauer, die Arbeit ist doch die gleiche und wird für uns auch immer die gleiche sein, August, wir wollen doch zusammen schaffen.«

Jan saß ganz still neben August und sah scheinbar in den Garten hinaus, während er doch das Gesicht des Bruders im Auge behielt und den Wechsel der Gefühle von Zorn, Bitterkeit und einem Flehen an den Freund darin.

August hielt das Buch fest in beiden Händen und drückte es wie ein Schild an die Brust.

»Und wenn ich kein anständiger Knecht sein möchte?«

Mit einem Ruck entriß ihm Anton das Buch, warf es auf den Boden und stellte seinen Holzschuh darauf.

»Bist du verrückt geworden. Was gibt es für dich Besseres, als bei uns Knecht zu sein und später einmal Heuerling nach deinem Vater?«

Jetzt endlich hob August den Kopf und sah Anton mit einer Mischung aus Müdigkeit, Nachsicht und Bedauern an. »Ja, wenn man so wie du gebaut ist, mag das angehen. Aber schau mich doch an.«

»Was redest du da. Du mußt nur härter zupacken und mit den Wehleidigkeiten aufhören, dann wirst du so stark wie ich. Ich kann mir zwei Kornsäcke auf einmal aufpacken, aber ich hab auch lange gebraucht, bis ich soweit war.«

»Das taugt für mich nichts, mir wird nur der Rücken krumm von den Säcken.«

August bückte sich langsam, hob das Buch aus dem Schmutz, nachdem Anton es mit einem verlegenen Schritt rückwärts freigegeben hatte, und wischte es bedächtig sauber.

Anton, einmal auf dem Rückzug, stapfte ohne ein weiteres Wort den Weg zurück, den er gekommen war.

August sah ihm nach. »Meinst du, ich bleibe mein Leben lang Knecht?«

»Ich glaub nicht, August«, antwortete Jan leichthin.

Als Jan gegen Abend in die Küche trat, fand er dort einen Gast vor: Clemens Hölker, der den Tag in Münster verbracht hatte und auf dem Rückweg bei den Drostes einkehrte, um ihnen das Neueste aus der Stadt zu erzählen. Sein Schüler hielt sich vorsichtig im Hintergrund.

Clemens berichtete, daß Münsters Bischofssitz neu besetzt würde, und zwar vom bisherigen Domdechanten Spiegel, den allerdings, und das war der Pferdefuß der an sich erfreulichen Nachricht, Napoleon und nicht der Papst in sein hohes Amt berufen hatte.

»Da ist es doch am besten, Napoleon wird selber Papst, wo er doch den jetzigen gefangenhält. Dann hat alles seine Ordnung«, kommentierte der alte Droste.

Der Lehrer zwinkerte dem Alten zu. Damit waren die günstigen Neuigkeiten abgehandelt. Die schlimmen besagten, daß die Säkularisation des Kirchenguts, die zu Beginn des Jahrhunderts begonnen hatte, gegen den Willen der frommen katholischen Bevölkerung fortschreite. Wohlhabende Münsteraner Bürger kauften Liegenschaften und Klostergebäude auf, um sie vor weiterem staatlichem Zugriff zu sichern. Die schlimmste Nachricht hob sich Clemens für den Schluß seines Besuchs auf. Neue Truppenaushebungen standen bevor, Napoleon brauchte frische Soldaten für den schon seit dem Winter in der Luft liegenden Krieg gegen die alliierten Verbände Preußens und Rußlands.

Clemens musterte Anton, der in der Bank hinter dem Eßtisch lümmelte. »Hubert Droste, Ihr müßt auf Eure Söhne achtgeben. So einen wie den da nehmen sie bestimmt.«

Hubert lachte. »Für den besteht noch keine Gefahr. Anton ist ja man noch keine siebzehn Jahre alt.«

»Der?« wunderte sich der junge Schulmeister, und Anton plusterte sich unter seinem Blick auf. »Ich dächte, Euer Anton wär mindestens schon zwanzig.«

Jan duckte sich tiefer in den Schatten und starrte den Bruder an.

»Stark wie eine westfälische Eiche, ein Bild des Lebens

selbst«, hörte er Clemens tönen, der einer poetischen Anwandlung Luft machte und damit die Drostes ergötzte. Jan dagegen kroch Furcht den Nacken hinauf und sträubte ihm die Haare.

August hatte Jans Antwort auf der Gartenbank als Zuspruch verstanden und nicht als Prophezeiung, so weit ging er noch nicht. Die Unabänderlichkeit seines Schicksals vor Augen, suchte er daher erneut Anschluß an Anton, so daß Jan sich bald wieder allein Unterhaltung suchen mußte. Dabei kam ihm Clemens zu Hilfe. Er erzählte den Schulkindern, um ihnen mehr Verständnis für die Heimat nahezubringen, von den erdgeschichtlichen Veränderungen, die das Gesicht ihrer Umgebung geprägt hatten, vom Meer, das hier einstmals die ganze Münsterländische Bucht ausgefüllt hatte, von all dem Getier, das im Wasser lebte und starb. Die Kinder hörten staunend die Geschichte von den Eiszeiten, von Geschiebe und Geröll, das die urzeitlichen Gletscher auf dem Rückzug in den Norden hier abgelagert hatten.

Clemens' Gesicht nahm einen immer geheimnisvolleren Ausdruck beim Erzählen an, und er winkte schließlich den Kindern, ihm zu folgen, als er die Tür zu seiner Wohnung öffnete.

Die Kinder lachten, als sie auf einem Tisch am Fenster eine Sammlung Steine entdeckten, bis Clemens die Steine in die Hand nahm, über ihre Oberfläche strich und den Abdruck von Farnen vorwies, tief in den Stein gegraben. Schalen und Gehäuse unbekannter Tiere fanden sie in anderen aufgebrochenen Steinen, und der Lehrer erklärte ihnen deren Herkunft aus dem urzeitlichen Meer.

Jan hörte nur noch mit halbem Ohr zu. Er stand vor den Gesteinsbrocken und streckte seine Hand nach einer riesenhaften versteinerten Schnecke aus. Den kühlen Stein in seinen Händen, gestattete er seinem Geist eine Reise in ferne Vergangenheit, sah sich in einem Schwarm von Kopffüßlern schwimmen, sah die Gehäuse auf den Meeresgrund sinken, Schichten bilden zum Entzücken späterer Forscher.

124

Trotzdem erinnerte er sich später auf dem Nachhauseweg, daß Clemens von Mergelgruben erzählt hatte, in denen sich diese zu Stein erstarrten Relikte finden ließen.

Der Junge machte sich mit einem alten Spaten, an dem der Stiel in halber Länge abgebrochen war, und einem Korb für die Fundstücke zur Mergelgrube auf, die den Drostes gehörte.

Er rutschte den Abhang hinunter, den Generationen von Drostes gegraben hatten, um Mergel zum Düngen der Felder abzubauen.

Die Grube bildete eine Schüssel, deren Ränder zum Teil bereits gefährlich überhingen. Jan streifte unten an der Rundung entlang, unschlüssig, wo er graben sollte, und enttäuscht, weil ihm die Grube auf den ersten Blick wenig lohnenswert schien. An den schräg nach unten abfallenden Hängen war soviel Erdreich von oben nachgerutscht, daß er nur ein graubraunes Gemisch ausmachen konnte, in dem er halbherzig stocherte.

Er folgte weiter der Rundung der Grube bis unter den überhängenden Teil, dessen Wände, weil sie im Schatten lagen, erst erkennbar wurden, als er nahe an sie herantrat. Und hier entdeckte er, was er suchte. Ein Stein stach ihm ins Auge, der aus einer bröckeligen Lage mit einer glatten Wölbung herausragte. Er grub vorsichtig um sie die Erde ab und hob den Stein endlich aus seiner kleinen Höhle. Es war eine vollkommene versteinerte Muschel. Jan freute sich darauf, sie Clemens als Geschenk darbieten zu können und als Beschwichtigung, daß er dem Lehrer auch weiterhin vorenthalten würde, was dieser sich vor allem anderen wünschte.

Der junge Forscher war so in seine Betrachtung versunken, daß ihm völlig entging, was sich über ihm, am Rand der Grube, tat. So fuhr er zusammen, als von oben plötzlich Antons Stimme zu ihm herunterscholl: »Hoho, du Maulwurf da unten!«

Es war, als hätte der Ruf ein Echo ausgelöst und das Echo das Erdreich in Bewegung versetzt, das ganz unmittelbar auf Antons Geschrei über Jan zusammenbrach.

Anton sprang vom Rand, den er losgetreten hatte, zurück, wäre vielleicht noch hinabgestürzt, wenn ihn August nicht von hinten gepackt hätte. Atemlos sahen die beiden zu, wie weitere Erdmassen in die Tiefe bröckelten, und hörten noch Jans verebbenden Schrei, bevor ihn das Geröll verschluckte. Dabei hatte Anton den Bruder nur erschrecken wollen.

Die beiden rutschten auf dem Hosenboden in die Grube und begannen, mit den Händen wie wahnsinnig zu graben. Anton achtete nicht darauf, daß er sich an Steinen die Haut blutig riß. Er holte nur Atem, um nach dem Bruder zu schreien.

Jan hielt die zu Stein gewordene Muschel in der Hand, als es um ihn dunkel wurde. Mit der Dunkelheit und dem Fossil in der Hand kam das Urmeer zurück. Es schien ihm, als stiegen die Wasser an ihm hoch. Aber da wandelte sich das Wasser in einen zähen Brei, der saugend seine Waden umfing. Er begann zu strampeln, dann mit den Armen zu rudern, der tödlichen Umarmung der dunklen Masse zu entrinnen, die ihn immer tiefer zog. Schon spürte er den Geschmack von faulenden, sich zersetzenden Substanzen im Mund, ein vertrauter säuerlicher Geruch stieg ihm in die Nase, der ihn hier mit Entsetzen erfüllte. Er spürte die Atemnot des Erstickenden, in seinen Ohren rauschte es, jeglicher Gedanke löste sich in animalischer Todesfurcht auf.

Kurz bevor er das Bewußtsein verlor, gruben sie ihn aus der lockeren Erde. Er hielt noch immer die Muschel umklammert.

Anton wurde nicht nur von Selbstanschuldigungen geplagt, beinahe den Tod des Bruders verursacht zu haben, sondern auch von den Vorwürfen der Drostes und Augusts, der sich aber, der Mitschuld wegen, noch mäßigte. Solange ihm der Schreck an den Gliedern klebte, wünschte sich Anton nichts sehnlicher, als Jans Verzeihung zu erlangen, aber Jan wich ihm aus. Nach ein paar Tagen begrub Anton seine Reuegefühle. Was hatte der Knirps auch in der Mergelgrube zu suchen gehabt?

6

Jans Unfall in der Mergelgrube sank als Gesprächsgegenstand, der die Gemüter erregte, bald zur Bedeutungslosigkeit herab vor einer Gefahr, die der Bauernschaft drohte. Clemens' Warnungen erfüllten sich: die Franzosen gaben Listen mit den Wehrfähigen aus, die jede Gemeinde zu stellen hatte, und begannen, Männer zum Kriegsdienst zu pressen. Alle jungen Burschen zwischen zwanzig und fünfundzwanzig Jahren hatten sich einem Losverfahren zu unterziehen, das bestimmte, wer zur Armee einrücken mußte und wer verschont blieb. Jeden dritten traf das Los. In der Venner Bauerschaft hielt man es für christlicher, den Wisch mit der Gestellungsorder verschwinden zu lassen, ohne der Aufforderung nachzukommen. War es nicht heidnisch, auf Glück zu vertrauen statt auf Vorsicht?

Wie von Clemens zu erfahren war, liefen nicht nur auf dem Land, sondern ebenso in der Stadt die jungen Burschen in Scharen davon. Lieber suchten sie für eine Weile das Weite, als sich für wen immer auf einem Schlachtfeld massakrieren zu lassen. Für die Franzosen schon gar nicht. Es half auch nichts, daß den Eltern der Entlaufenen Geldstrafen und Gefängnis drohten.

In der Venne wurden auf allen Höfen Anstalten getroffen, Söhne und Knechte zu schützen. Die Bauernsprache wurde auf ihre Zuverlässigkeit geprüft. Die jungen Männer machten sich am Abend ein Vergnügen daraus, von Hof zu Hof zu galoppieren und sich darin zu überbieten, wer der schnellste war.

Hubert erwog, Lütke-Hubert nach Holland hinüberzuschicken. Aber ohne Bernard mochte Lütke-Hubert nicht in die Fremde ziehen, und außerdem, wandte er ein, brauchten sie seine Arbeitskraft auf dem Hof.

Der alte Droste nahm Jan ins Gebet, Augen und Ohren offenzuhalten. Er wies ihn an, mit der Gänseherde um den Hof zu streunen und nach Meldereitern und Franzosenröcken Ausschau zu halten.

Es war nicht Jans Schuld, daß die Warnung sie nicht erreichte. Erst später sollte sich herausstellen, daß die Nachricht bei Heinrich Schulze Hundrup stehengeblieben war. Heinrich spielte auf der Bank vor dem Haus mit seinem ersten Enkelkind, als Potthoffs Knecht heranpreschte, seine Warnung vom Pferd herunterschrie und in einem Atemzug in Richtung Moor verschwand.

Heinrich zog bei diesem Auftritt die Augenbrauen hoch und hatte anschließend zu tun, das greinende Kind zu beruhigen. Dann kam auch noch die junge Mutter aus dem Haus gelaufen und erging sich in Vorhaltungen, weil er das Kind zum Weinen gebracht hatte. Was Heinrich sonst noch widerfuhr, bis endgültig die lebenswichtige Nachricht seinem Gedächtnis entschwunden war, mag hier unerwähnt bleiben.

Die Drostes, an die Heinrich die Botschaft hätte weiterschicken müssen, ließen sich gerade zum Abendbrot nieder, als sich die Franzosen, von Senden her kommend, dem Hof näherten. Da sie dabei in Sichtweite des Gemüsegartens auf der Straße herzogen, erspähte sie Trude, die noch rasch eine Handvoll Kräuter zum Würzen der Abendsuppe pflückte. Trude ließ ihren Korb fallen und stürzte, ihre schweren Röcke raffend, ins Haus.

Auch die Franzosen sahen die Alte, die wie ein aufgeplustertes Huhn durch die Beete hastete. Sie lachten, bis dem Anführer des Trupps ein Licht aufging. Sie gaben den Pferden die Sporen.

»Die Franzosen kommen«, keuchte Trude atemlos in der Küchentür und mußte den Ruf wiederholen, bis er verständlich herauskam. Sie beschrieb, von welcher Seite der Überfall zu erwarten war, als die jungen Drostes und die Knechte schon aus den Bänken sprangen.

»Lauft hinten am Weiher lang, überquert die Straße und geht

128

ins Moor. Wir versuchen, die Franzosen hinzuhalten«, rief Hubert.

»Aber wir brauchen die Pferde, um ihnen zu entkommen«, schrie Bernard. Der alte Droste stand an der offenen Tennentür und horchte. »Ihr habt keine Zeit mehr, lauft, sie sind da.«

Vom Hof drang Pferdegetrappel herein und Rufen.

Lütke-Hubert, Bernard und die Knechte verschwanden durch die zweite Küchentür, die der zum Garten gegenüber lag.

Mias Blick blieb an Anton haften. »Du gehst auch. Am Ende nehmen sie dich noch mit.«

Jan nahm den Aufruhr wahr, als ginge er ihn nichts an. Er spürte eine seltsame Fühllosigkeit in einem Moment, in dem er doch wie alle von Aufregung hätte ergriffen sein müssen. Statt dessen zog sich sein Inneres wie eine Kugel zusammen, abgeschirmt von allem Äußeren. Und doch spannten sich seine Sinne, als warteten sie auf etwas, das jenseits des Augenblicks und jenseits dieses Raumes lag. Er zog sich mit vorsichtigen Schritten bis zur Treppe zurück, die zur Upkammer führte. Gerade diese verstohlene Bewegung, die aus dem Hin- und Hergerenne in der Küche hervorstach, zog Huberts Aufmerksamkeit auf sich und gab ihm einen unseligen Gedanken ein.

»Jan, lauf ihnen nach. Du kennst dich besser als alle anderen im Moor aus, sagt August. Hilf ihnen.«

Jan schüttelte abwehrend den Kopf. »Ich geh nicht.«

»Jan!« schrie Mia aufgebracht.

Hubert trat drohend auf den Jungen zu, der Stufe für Stufe rückwärts stieg. »Du gehst!«

»Nein, Vadder, ich sollte nicht gehen. Glaub mir, es ist besser so, ich weiß es«, flehte Jan mit zunehmender Eindringlichkeit und einer Sicherheit, die ihn beim Sprechen überkam.

Von der Tenne her war Sporenklirren zu hören. Der alte Droste schloß rasch die Tür zur Tenne und wandte sich zu denen in der Küche um.

Hubert ergriff den Sohn am Arm, beugte sich zu ihm hinunter und sagte mit einem starren Blick in seine Augen mit böser, leiser Stimme: »Du gehst! Du wirst den anderen den Weg weisen, das sag ich dir. Tu endlich was Nützliches in deinem Leben!«

Jan liefen Tränen über die Wangen. Er senkte den Kopf. »Ja, Vadder«, schluchzte er.

Es wurde hart an der Tür geklopft und, ohne auf die Antwort zu warten, der Riegel gehoben. Die Tür flog auf, die Franzosen drängten in die Küche. Hubert schob das Kind zur seitlich gelegenen Küchentür und mit einer entschlossenen Geste ins Freie hinaus, sobald der Anführer das Wort an ihn richtete. Der alte Droste war unbeachtet an den eintretenden Franzosen vorbeigehumpelt, mit demütig gegen sie geneigtem Kopf. Wenig später hörten die in der Küche das Aufwiehern der fremden Pferde, die im Hof galoppierten. Großvater Droste hatte seine Bienen gegen sie losgelassen.

Die Franzosen rannten durch die Tenne zurück in den Hof und sahen den Kameraden, den sie als Wache bei den Pferden gelassen hatten, mit ausgebreiteten Armen in der Hofeinfahrt herumspringen, um die Gäule daran zu hindern durchzugehen. Bis sie ihre Pferde eingefangen hatten und ihnen klar wurde, daß diejenigen, deretwegen sie gekommen, ihnen längst davongelaufen waren, verging eine Zeit.

Nun trieben auch die Franzosen dieses Spielchen nicht zum ersten Mal und wußten, in welcher Richtung sie zu suchen hatten.

Einmal auf den Weg gebracht, war Jan wild entschlossen, zu tun, was von ihm verlangt wurde. Er schüttelte die Klompen von den Füßen, rannte um die letzten Trümmer der Lieftucht zum Bienenhaus, erspähte noch Großvater, der mit den Bienen hantierte, und kroch durch eine Lücke in der Wallhecke, die nur er kannte. Er erreichte die Flüchtenden, während die Franzosen noch im Hof herumirrten. Als diese aber wieder zu Pferde saßen, wurde der gewonnene Vorsprung schnell knapp.

Die Franzosen hätten die Sache ebensogut drangeben und zum nächsten Hof weiterreiten können, auf leichtere Beute

130

hoffend. Aber die Bienen stachelten sie an, die sie auf den Pferdehintern und an den eigenen Backen totklatschen mußten. Aus der Wut erwuchs ihr Jagdinstinkt, als sie die kleine Gruppe, hinter der sie herhetzten, ein Stück jenseits der Straße unverhofft in den Ausläufern des Moores verschwinden sahen. Die Pferde brachten sie noch ein Stück näher an die Flüchtenden heran, aber dann blieb nichts weiter übrig, als die Hatz zu Fuß fortzuführen.

Einige maulten jetzt und forderten umzukehren. Aber der Anführer, der sich mittlerweile einredete, die Verfolgung sei eine Sache der Ehre, trieb sie weiter.

Die Sonne hüllte sich in Abenddunst. Es schien wohl beiden Seiten auch ein Abenteuer. Sie waren ebenbürtige Gegner. Was die Westfalen an Kraft voraushatten, machten die Franzosen durch Ausdauer und Wendigkeit wett. Die Drostes lachten, als sie die Verfolger über die Binsen hüpfen sahen, während sie selbst einfach durch das Gestrüpp trampelten. Von hüben und drüben riefen sie sich Verwünschungen in zwei Sprachen zu. Es klang nahezu gutgelaunt.

Wind kam auf, strich raschelnd durch Binsen und Schilf. Eine dunkle Wolkendecke schob sich über die scheidende Sonne. Die letzte Stunde des Tages brach an. Bernard schaute prüfend nach oben.

»Paßt auf, von da oben kommt bald was. Hoffen wir, daß sie wie die Karnickel in den Moorlöchern absaufen, wenn's erst mal gießt.«

Aber noch sah es nicht danach aus. Im Gegenteil, die Franzosen, die Stiefel und keine Klompen trugen, rückten näher.

»Der Kleine hält uns auf«, murrte Anton mit einem Blick auf Jan, der mehr neben als auf dem schmalen Weg lief. Bernard faßte nach der Hand des Jüngsten, um ihn mitzuziehen, aber Jan sprang aus seiner Nähe und lief davon, flinker als alle. Sie setzten ihm nach. Was hätten sie sonst tun sollen?

Die Wolken türmten sich über ihnen, grell beleuchtet von den letzten schrägen Sonnenstrahlen, der Wind frischte auf. Hinter ihnen ertönte ein Schrei. Endlich war einer der

Franzosen in ein Moorloch geraten, und die anderen mühten sich in fliegender Hast, ihn herauszuziehen.

»Jetzt fängt's an mit denen, jetzt kriegen sie uns nicht mehr«, frohlockte Anton.

Tatsächlich verschwanden die Verfolger hinter ihnen, mit doppeltem Eifer setzten sie den Weg fort und hielten erst inne, als der Regen losbrach. Sie drängten sich unter ein paar dichtstehenden Birken zusammen. Bernard dachte an das, was er in der letzten halben Stunde des Laufens gespürt hatte, und schaute sich im Dämmerlicht um. »Wißt ihr überhaupt, wo wir sind?«

Der Regen, der jetzt aus allen Richtungen auf sie herunterklatschte, ließ nur auf ein paar Meter ein Gewirr schwarzglänzender Stümpfe erkennen, hier und da überragt von einem triefenden Bäumchen und dazwischen die unheimlichen dunklen Moorkolke.

»Das ist nicht mehr unser Venn, das ist die Davert«, stellte einer der Knechte schaudernd fest.

Unter den tropfenden Zweigen sahen sie sich an: Hatte denn keiner bemerkt, wie sie die Straße nach Münster überquert hatten, die genau zwischen den beiden Moorgebieten verlief? Den Franzosen waren sie entkommen, um in eine noch größere Gefahr hineinzurennen. Kaum einen Steinwurf von ihrem Platz entfernt, erwartete sie der Schrecken der Davert: weglose Sümpfe, die mit der herabrauschenden Flut noch tückischer wurden. Die Angst kroch ihnen lähmend in die Glieder. Sie drängten sich wie Schafe zusammen. Es schien ihnen jetzt wie ein Wunder, unversehrt bis hierhergekommen zu sein, aber es war kein christliches, hier hatten andere Mächte das Sagen. Als der Regen nachließ und schließlich aufhörte, setzten sie sich zögernd in Bewegung, weil sie die Nacht nicht unter den Bäumen verbringen mochten. Der Boden unter ihnen fing an nachzugeben, vollgesogen vom Regen, kleine Quellen sprangen tückisch unter ihren Füßen auf. Die Davert begann sich zu regen, zu dehnen und zu drehen: wo gerade noch ein Weg schien, schimmerte schwarz der Morast, ihre

Leichenfinger streckten sich nach den Flüchtenden aus. Unter deren Schritten erwachte ihre Stimme, sie stöhnte, gurgelte und seufzte.

Auf die Gefahr, daß die Franzosen sie noch einholen konnten, falls das Moor sie nicht verschluckt hatte, verwendeten die Verfolgten kaum mehr als einen flüchtigen Gedanken.

Antons Furcht nahm in dem Maße ab, wie er die der älteren Brüder und der Knechte erkannte, und er witterte die Gelegenheit, Bernard den Rang abzulaufen. Hatte er nicht noch bis in den letzten Herbst hinein die Kühe im Moor gehütet?

Er setzte sich entschlossen an die Spitze der Gruppe, um die Richtung anzugeben. Eine Weile suchten sie sich tastend im Zwielicht ihren Weg, bis Jan, der hinter Anton ging, plötzlich innehielt und scharf rief: »Nein, Anton, geh nicht weiter, komm hier herüber.«

Jan lief ein paar Schritte in die neue Richtung, und die anderen folgten ihm, als sie merkten, daß seine Füße nicht einsanken.

Anton war stehengeblieben, Wut stieg jäh in ihm auf, ätzend wie Säure. »Ich sag, wo wir gehen, nicht der Knirps. Wir gehen hier lang, ich kenn das Moor länger als Jan.«

Die anderen zögerten. Die Davert war nicht das Moor, mit dem sie vertraut waren, das galt für Anton wie für die übrigen. Bernard musterte nachdenklich den jüngsten Bruder, der ruhig vor ihm stand, seiner selbst völlig sicher, als ginge ihn Antons Einwand nichts an.

»Ich glaub, wir sollten doch den Kleinen vorausgehen lassen, er ist der leichteste und kann am ehesten den Boden prüfen, vor allem, wenn ich ihn am Ärmel festhalte.«

Jan schüttelte Bernards Hand ab. »Du brauchst mich nicht festhalten, ich weiß, wo der Boden trägt.«

Jan setzte sich wieder in Bewegung.

»Anton, du kommst jetzt herüber zu uns und gehst hinter mir«, rief Bernard. Wenn er anders mit dem Bruder gesprochen hätte, würde sich Bernard später fragen, nicht so herrisch?

»Ich geh hier lang, ihr werdet ja sehen, wohin ihr kommt,

wenn ihr der Rotznase folgt«, schrie Anton aus vollem Hals. Er drehte sich um und erzwang seinen Weg durch die Binsen, bestärkt durch Jan, der in einem letzten verzweifelten Schrei den Bruder aufhalten wollte.

»Nein, Anton, geh nicht weiter.«

Jans Worte verklangen noch in der Dämmerung, als Anton im Moor versank.

Es hatte etwas Unheimliches, Bizarres an sich, als wenn sich in aller Gemütsruhe und Unbeirrbarkeit der gefräßige Schlund der Davert weitete, seines Opfers absolut gewiß.

Sie hörten seinen angstvollen Aufschrei: »Helft mir, ich sinke!«

Sie sahen, wie das Moor ihn einsaugte.

Alle stürzten auf den Unglücklichen zu und mußten erfahren, daß sie ihn mit ihren Armen nicht erreichen konnten. Lütke-Hubert, der erste, der in seine Nähe kam, konnte sich nur retten, indem er die Klompen im Rand des Moorlochs steckenließ und sich nach hinten, auf leidlich sicheren Grund, warf, bevor ihm der Morast bis zur Wade stieg. Es hätte leicht ein zweites Opfer geben können. Danach verhielten sich die Helfer besonnener. Bernard riß mit einem der Knechte an einem schwarzen Ast, der aus einem anderen Loch herausragte, aber er brach weder ab, noch ließ er sich herausziehen.

Anton steckte schon bis zu den Hüften im Moor.

Lütke-Hubert zog das Hemd aus, drehte es zu einer Wurst zusammen und warf es dem Bruder zu, damit er sich an ihm festhalten konnte. Anton griff danach, Lütke-Hubert zog, zu früh, zu schnell, der Hemdärmel glitt aus Antons Hand.

Seine Brust versank, beschleunigt durch die heftige Bewegung, bis zur Schulter. Die Arme ruderten hilflos in der Luft.

Noch immer arbeiteten die anderen an ihrem Rettungswerk, immer verzweifelter, immer sinnloser, während ihnen Antons Schreie in den Ohren gellten.

Bernard hielt endlich einen langen Ast in den Händen und stürzte auf das Moorloch zu.

Der Ast, der in Bernards Händen so stark schien, brach, als

er auf die Moorfläche klatschte, mit einem dumpfen Ton, als mache sich das Moor einen heimlichen Scherz daraus, die Männer zu foppen.

Sie sahen die Hoffnung in Antons Augen erlöschen, da resignierten sie auch.

Nur noch der Kopf ragte heraus mit den großen, angstgeweiteten Augen.

Anton starrte die Brüder an, die in seinen letzten Augenblicken mit hängenden Armen am Rand des Morastes standen.

Seine Stimme verröchelte, der Sumpf füllte ihm den Mund, sog Anton in die Tiefe.

Jan sah bewegungsunfähig zu, wie der Bruder im Moor versank. Mit halbgeschlossenen Augen schaute er in das Loch, durchdrang die Oberfläche, spürte den Sumpf in seiner ganzen Ausdehnung und das in ihm zappelnde Wesen. Als die anderen sich abplagten, fühlte er den saugenden Moder an den Waden, in die Höhlung der Kniekehlen steigen, unaufhaltsam, unerbittlich. Plötzlich sah er sich wieder in der Mergelgrube. Urzeitmeer und Moor verschmolzen. Der Sumpf holte sich sein Opfer. Sickerte mit seiner Schwärze über die Haut in den Körper ein, ihm die Form lassend, aber ihn sich anverwandelnd, drang schließlich gewaltsam in den Mund, ergoß sich in den noch zappelnden Leib, ihn von innen und außen ergreifend, überwältigend. Der Leib ergab sich, aber der Geist zuckte und krampfte noch in der Bedrängnis, in der Schwärze. Unter seiner Qual bebte das Moor lustvoll bis in die tiefsten Schichten.

Anton erstickte.

Jan brach am Rand des Lochs in die Knie.

Vor ihm, aus dem dunklen, schwammigen Grund stiegen träge Blasen auf und zerplatzten als letztes Zeichen des verlorenen Lebens.

Die Brüder und die Knechte sanken neben Jan nieder, beteten den Rosenkranz, hielten einen Augenblick inne, bis sie die Stille nicht mehr ertragen konnten, und begannen von neuem mit dem Gemurmel, sich im Entsetzen ihrer Seelen an den christlichen Trost klammernd.

Im ersten Morgenlicht rappelten sie sich auf und folgten nach einer kurzen Verständigung Jan, der sie aus dem Moor führte, nachdem er ihnen versichert hatte, das Moorloch jederzeit wiederfinden zu können. Sie stolperten trostlos hinter der kleinen Gestalt her, froh, ihr nicht ins steinerne Gesicht sehen zu müssen, in dem sich eine Fremdheit eingenistet hatte, vor der ihnen graute. Fast mehr als vor dem Moor.

Hubert erwartete sie, halb krank vor Sorgen, am Rand der bekannten moorigen Weidegründe.

Er war in der Dämmerung mit Pferd und Leiterwagen ausgezogen, den Mia mit dem Nötigsten bepackt hatte, damit die Männer, falls unumgänglich, noch ein paar Tage in ihrem Versteck aushalten konnten. So erreichte ihn die furchtbare Nachricht als ersten.

Um den Tod Antons für sie faßbar zu machen, versuchten die Drostes, die Leiche zu bergen. In dem Wirrwarr der Gefühle von Trauer, Ungläubigkeit und Furcht vor den Franzosen fiel es niemand ein, sich zu wundern, daß Jan sie, wie versprochen, ohne Zögern zu der Stelle im Moor führte, an der Anton versunken war.

Ihrem Grauen angesichts des Lochs, in dem sie Anton wußten, begegneten sie mit einer Betriebsamkeit, die alle körperlichen Kräfte forderte, und sie blieben nicht allein dabei. Wer nur irgendwie abkömmlich war von den Potthoffs, den Lütke Wierlings, den Pentrops schloß sich ihnen an und wühlte mit langen Stangen im Morast.

Heinrich, kleinlaut, gebeugt, gesellte sich zu ihnen, mehr geduldet als erwünscht. Lütke-Hubert ließ sich ein Seil um die Mitte binden, rutschte in das Loch hinab und trotzte der Panik, die ihn in diesem grundlosen Sumpf überkam.

Schließlich standen alle um das Loch herum und gestanden sich keuchend ein, daß alles vergeblich war. Das Moor behielt, was es einmal ergriffen hatte.

Einige Tage harter, erschöpfender Arbeit an diesem grauenhaften Ort, immer Antons Tod vor Augen, ihn nachleben müs-

send, bewirkten, daß die zwei älteren Drostebrüder und der
Vater sich mit der Tatsache des Todes abzufinden begannen
und der heftigste Schmerz mit dem Schweiß im Moor verrann.

Auf dem Drostehof dagegen erstarrte das Leben. Mia saß
teilnahmslos, die Hände untätig im Schoß, am Herdfeuer. Alle
diese Tode ihrer Kinder summierten sich, alte Trauer erwachte
mit der neuen und türmte sich zu einer Last, unter der sie zu
zerbrechen drohte.

Dieser Tod hatte kein Gesicht, schien ihr eine besonders
heimtückische Ränke des Schicksals zu sein, ein schleichendes
Übel, das an ihr fraß. Abends kehrten die Männer mit müden
Schritten heim, und Mia schnitt leeren Gesichts das Brot und
setzte ihnen wortlos die Suppe vor.

Jan fühlte einige Male ihren Blick auf sich ruhen, der sich
abwandte, als er ihm zu begegnen suchte, wortlos um einen
Anflug von Verständnis bettelnd, um eine Erklärung der Ge-
schehnisse.

Mia wich ihm aus, indem sie ihn nicht weiter wahrnahm, ließ
sich wieder in ihre Trauer sinken, nur leidend, allem Nachsin-
nen abhold, das an alte, längst in tiefen Schichten des Ge-
dächtnisses begrabene Dinge rühren konnte, die das Leid am
Ende mit Schuldgefühlen vergiften mochten.

Großvater Droste legte die Pfeife weg, ihm war die Lust am
Schmauchen vergangen. Trude klagte über einen Nachtmahr,
der sich auf ihre Brust setze und sie in der Tiefe der Nacht vor
Seelenpein und Atemnot keuchen lasse. Sie erzählte jedem, die
Heimchen hätten den Hof verlassen, schon vor dem Unglück,
wenn sie es recht bedächte. Das hätte sie alle warnen müssen.

In diesen Tagen erwies sich Clemens als Freund. Wie er aus
Senden erfuhr, teilte der ganze Franzosentrupp Antons Schicksal im Moor. Nur ein älterer Mann, der bei den Pferden geblieben war, überlebte. Aufgrund seiner Aussage kam es zu einer
Untersuchung, die die Drostes zwang, sich mit den Ereignissen unter dem Aspekt von Schuld und Untat zu befassen und
sich ihrer Haut zu wehren.

Es war Clemens, der mit den Franzosen lange genug herumredete und speziell dem überlebenden Franzosen, einem kriegsmüden Bauern aus dem Süden, mit spitzfindigen Fragen den Geist verwirrte. Ob er die Drostebrüder wirklich erkannt habe? An ihrem hellen Haar, so selten in dieser Gegend anzutreffen, nicht wahr? Nicht, daß er an den Worten des Franzosen zweifeln wolle, waren sie denn sicher gewesen, überhaupt Flüchtlinge zu verfolgen und nicht vielmehr brave Hütejungen zu verschrecken, Halbwüchsige waren es doch wohl? In der Dämmerung und dem Dunst, der üblicherweise über dem Moor liege, habe er vom Rand her, vollauf mit den unruhigen Pferden beschäftigt, alles klar sehen können, gell?

Der untersuchende Offizier gewann, von mehreren Seiten mürbe beredet, den Eindruck, daß die Drostebrüder, falls es immer noch um diese gehen sollte bei der ganzen unerklärlichen Sache, am fraglichen Tag nach Warendorf und darüber hinaus gereist waren, zum Pferdekauf. Übrigblieb nach ein paar weiteren Wendungen, die die Geschichte nahm – die Potthoffs, die Wierlings, die Schulze Hundrups und Clemens als heimlicher Stichwortgeber überschlugen sich dabei –, eine unbekannte Räuberbande, die die wackeren französischen Soldaten ins Moor gelockt hatte. Es fand sich schließlich, um die Sache abzurunden, ein Trupp aus der Bauernschaft zusammen, der halbherzig das Moor nach den Verschwundenen absuchte.

Die Franzosen empfanden es als Erlösung, als sie sich endlich aus dieser katastrophalen Gegend nach Osten in Marsch setzen mußten.

Klara und Martha harrten viele Stunden bei Mia aus. Beide hatten Kinder begraben und kannten den Schmerz, jene sterben zu sehen, die in der Reihenfolge erst nach ihnen kamen. Mias Schmerz brach sich langsam in Worten Bahn, und Klara und Martha erfuhren, woran er sich besonders festsetzte: daß es für Anton kein Grab auf dem Friedhof gab.

Hubert ritt noch am Tag, als er davon hörte, nach Senden hinüber und beauftragte den Schreiner, ein Holzkreuz zu fertigen mit einem kleinen Satteldach und einer Inschrift. Pfarrer Niesing segnete das Kreuz.

Mia betrachtete es lange, küßte die eingeschnittenen Initialen von Antons Namen. Sie blieb zu Hause, noch geschwächt von der zehrenden Trauer, aber begleitete in Gedanken das Kreuz auf seinem Weg ins Moor.

Es wunderte keinen, daß sich Clemens jetzt häufiger als Gast bei den Drostes einstellte. Eines Abends sagte er ruhig: »Ist Euch klar, daß Jan den anderen das Leben gerettet hat? Hätte er sie nicht aufgehalten, wären sie auch im Moor untergegangen.«

Nur ein unruhiges Scharren der Holzschuhe auf den Steinen in der Küche antwortete ihm. Aus dieser Warte hatte noch keiner das Geschehen betrachtet, vor allem die nicht, die dabeigewesen waren. Clemens' Worte begannen etwas aufzurühren.

Lütke-Hubert hörte wieder Jans Warnung. Es hatte mehr in seinem Ruf gelegen, etwas Schicksalhaftes war in der Stimme des Kindes aufgeklungen. Lütke-Hubert wehrte sich gegen das Unbehagen, das mit der Erinnerung aufstieg.

»Jan läuft seit Jahr und Tag ins Moor, der kennt sich dort aus wie keiner. Da könnt Ihr August fragen«, erklärte er stockend.

Jan spähte über das Herdfeuer hinweg zu Clemens auf der anderen Seite und nahm in seinen Augen die Witterung des Jägers wahr.

»Aber in der Davert? Was hätte Jan jemals in der Davert zu suchen gehabt? Er geht doch wohl nur ins Venn.«

Darauf wußte keiner eine Antwort. Das Unbehagen um Herdfeuer und Küchentisch wuchs, unwillige Blicke streiften den Gast, der sich lächelnd vorbeugte und Jan direkt ansprach. »Nun, Junge, woher hast du gewußt, daß der Weg ins Sumpfloch führt? Du hast doch kaum etwas sehen können in der Dämmerung. War's nicht so?«

Die Frage hallte in Jans Kopf nach. War's nicht so? Nein, er hatte nicht mehr sehen können als die anderen. Und woher kam dann das Wissen? Plötzlich aus dem Nichts war es dagewesen, hatte schon die ganze Zeit in einem tiefgründigen

Teil seines Bewußtseins gelauert, als die Brüder sich noch mit Blicken und Rufen mit den Franzosen maßen, seine großen, starken Brüder mit glitzerndem Übermut in den Augen und hellem Spaß am Abenteuer. Er war neben ihnen hergerannt durch das Moor, das wie ein zusammengekauertes Tier unter ihren Tritten harrte, bereit zu schlagen und zu töten.

Die Warnung entriß sich ihm, bevor er auch nur einen Gedanken hatte fassen können.

Schmerz brannte jetzt in Jans Brust bei der Erinnerung, jeder Atemzug tat weh, das Herz klopfte schwer, und in seinem Kopf begann das Bohren. Jans Blick flog gehetzt zu Clemens hinüber.

Großvater Droste räusperte sich umständlich. »Vielleicht solltest du etwas über die Schule erzählen, als der alte Hinkefoot noch Lehrer war.«

Woher wußte Grootvadder? schoß es Jan durch den Kopf, dann durchfuhr ihn die Erleichterung wie ein Schreck, der ihm die Beine einknicken ließ.

Er holte tief Luft, bevor er seine Erklärung begann: »Ich hab oft die Schule geschwänzt bei Hinkefoot und bin ins Moor. Von der Schule in die Davert ist es ja nicht weit.«

Alle atmeten sie auf, und bevor noch Clemens mit seinen Fragen nachbohren konnte, um zu beweisen, daß Jan unmöglich von der Schule bis zu jenem Loch im Moor hätte vordringen können, machten sich die Drostes lautstark daran, Jan wegen des Schwänzens zu schelten.

Großvater Droste hielt sich heraus und lächelte hintersinnig – zum ersten Mal seit Antons Tod.

Jan warf seinem Lehrer ein verschmitztes Grinsen zu und sah belustigt die Enttäuschung in seinen Augen. Clemens verabschiedete sich bald, fuhr dabei Jan freundschaftlich durch den Schopf.

Die Freude, Clemens noch einmal entwischt zu sein, schlug bald in niedergeschlagenes Brüten um. Jan kroch ins Dunkel der Scheune, in den hintersten Winkel, und schlang die Arme um die Knie. Clemens' Fragen wollten ihn nicht loslassen. An ihnen spulten sich neue Gedanken auf. Warum, fragte er sich, warum

140

ich? Er erinnerte sich der von Grauen verzerrten Gesichter der anderen, als Anton im Morast versank. Sie ahnten und spürten seine Todesfurcht, aber nur er verschmolz mit Antons Bewußtsein. Und all das war lediglich ein Wiedererleben gewesen. Jan dachte an die Mergelgrube. Er ließ sich noch weiter in die Erinnerung zurücktreiben, wollte endlich in sich selbst erkennen und ergründen, was er sorgsam die Jahre über von sich abgehalten hatte. Der Morgen beim Dreschen fiel ihm ein. Damals, erkannte er jetzt, überkam ihn deutlich die Witterung von Antons Tod. Jan versank immer tiefer in die Schatten seines Bewußtseins: Der langsame Weg, die Gegenwart als das Jetzt und Hier zu erkennen, sie zu unterscheiden von Vergangenheit und Zukunft, die kaleidoskopartig in seiner Wahrnehmung wechselten. Jan erinnerte sich des Apfelbaums im Garten, der in einem Moment reife Früchte trug und in einem anderen Blüten. Sein schwankender Gang über einen Boden, dessen er nie sicher sein konnte, der sich im Hinsehen veränderte. Erst allein, dann mit Clemens' Hilfe hatte er gelernt, seine Sinne zu beherrschen, in die Gegenwart zu zwingen und die anderen Zeiten zurückzudrängen, bis sie nur noch wie ein Dunst vor der Wirklichkeit hingen.

Was ist Zeit? fragte sich Jan.

Das Moor war für ihn nicht mehr das gleiche wie vorher. Es hatte seine Unschuld verloren. Wenn er sich jetzt auf seine Geister einließ, erkannte er sie in ihrer wahren Gestalt, in der Tragik ihrer Existenz, die sie an diesen Ort band, und dem Schicksal, anderen zum Unheil zu gereichen in den grundlosen Tiefen des Morastes. Auch wenn sie ihm nichts zuleide taten, fühlte er doch erstmals die unverschuldete Macht des Bösen, die in ihnen steckte.

Unter seinen Füßen spürte er das millionenfache Leben, vom Einzeller bis zum Menschen, das im Laufe der Zeit die schwammige Masse gebildet hatte. Im Schwanken des Bodens lag etwas vom Wogen ihrer Geister, die keine Ruhe gaben, die aus dem Gestern heraustraten, in die Gegenwart und die Zukunft drängten und wieder zurück.

Eine traurige Harmonie stellte sich ein zwischen seinem in den Zeiten schwebenden Geist und einer Umgebung, die keine festen Grenzen kannte.

Anton mischte sich niemals unter die Gestalten, die sich an ihn heranschoben, er schien ihn zu meiden, ihm auszuweichen oder nach seinem Tod einen Weg gefunden zu haben, diesem Ort auf immer zu entfliehen. Jan war es recht, jetzt meist allein das Vieh zu hüten.

August hatte nur noch selten Zeit dazu. Er rückte in Antons Stelle als Kleinknecht nach, ohne daß viel darüber gesprochen wurde. Bald schlurfte er mit gebeugtem Rücken über den Hof, ein Bild des Jammers. Konnte er nichts für Antons Tod, so verfiel er doch heimlichen Vorwürfen, die das Wesen seiner Freundschaft mit Anton betrafen. Anton hatte das Moor gehaßt, während er sich dort, vor allem in Jans Gesellschaft und anstrengenderer Verpflichtungen als Viehhüten ledig, wohl gefühlt hatte.

Auf diese Weise versuchte August, mit seinem Schmerz fertig zu werden. Es war vorauszusehen, daß seine Arbeit unter der selbstgesuchten seelischen Qual litt. Schon unter gewöhnlichen Umständen reichte August kaum an Antons Kraft heran. Bernard bemerkte kopfschüttelnd den müden Schwung von Augusts Armen beim Hacken auf den Feldern und sagte schließlich abends beim Heimkommen zu Hubert: »Das geht so nicht weiter, Vadder, wir brauchen einen neuen Knecht, der richtig schaffen kann.«

August hob nicht mal den Kopf, und Jan, der die Pferde in den Stall führte, wartete darauf, daß der Vater etwas Ähnliches brummte wie: »Ich sag, wann wir einen Knecht brauchen.«

Hubert dagegen nickte nur zustimmend, aber Jan sah den Ärger in seinem Gesicht.

So kam ein neuer Knecht auf den Hof, und August schien es wenig auszumachen, nur noch als Tagelöhner zu gelten, der half, wenn er gebraucht wurde und wenn es bei den Eltern nicht ausreichend zu tun gab.

Die Trauer lag wie ein dämpfender Hauch bis in den Herbst hinein über dem Drostehof. Sie schob sich zwischen die Drostes und die von draußen eindringenden Nachrichten.

So kümmerte es die Drostes wenig, zu hören, daß Münster seinen Bischof wieder verloren hatte. Ohne den Segen des Papstes konnte Spiegel nicht Bischof bleiben und mußte sich mit dem Posten des zweiten Kapitularvikars begnügen.

Mehr Anteil nahmen die Drostes an der Kunde von der Völkerschlacht bei Leipzig, die sich Mitte Oktober zutrug und die das Ende der Franzosenherrschaft bedeutete.

Die Freude über die Befreiung mäßigte sich durch die Aussicht, die Preußen demnächst wieder als Landesherren ertragen zu müssen.

Trude sagte neues Unglück voraus, als Mitte November im Obstgarten die Bäume in einer unzeitigen Blüte standen, ein sicheres Zeichen für einen baldigen Tod. Mia wollte davon nichts wissen und verbot der Tante das Unken.

Jan floh vor der lastenden Stille im Haus ins Moor und hing dort seinen Gedanken nach, machte sich an manchen Tagen ein Spiel daraus, den schweifenden Geist vom Sog der Zeit in die Tiefe der Vergangenheit oder die der Zukunft tragen zu lassen, ungläubigen Blickes und leichten Sinnes felltragende, plumpe Gestalten aus grauer Vorzeit die Pfade im Moor kreuzen zu sehen, unglaublichen Zeremonien an besonderen heiligen Plätzen beizuwohnen, an denen Menschen auch noch in der Gegenwart, ohne zu wissen warum, ein Schauder über den Rücken lief. Jan empfand ein kindisches Vergnügen an diesen Gaukelbildern, ließ sich von ihnen in einen Taumel ziehen, in dem sich das Hier und Jetzt mit dem Gestern und Morgen in einem kaleidoskopartigen Jahrmarkt der Zeiten austobte.

Was ist Zeit?

Als mehr Nachrichten über die Völkerschlacht eintrafen, lockten diese Berichte gleichsam als lokales Echo aus dem Dunkel der Zeit die Abbilder von Scharmützeln hervor, die im Moor vor weit mehr als tausend Jahren stattgefunden hatten. Eines

Tages bohrte Jan, zufällig oder nicht, eine verrostete Eisenspitze aus. Sie lag auf seiner Hand, und er versuchte, jenen Tag heraufzubeschwören, an dem das Ding einer menschlichen Faust entglitten und in den Morast geraten war. Das Metall erwärmte sich, behielt aber seine Botschaften für sich, schickte nur wie ein heimliches Necken eine Ahnung vom Schmiedefeuer, dem es entstammte, mit plötzlich aufflammender Hitze in Jans Hand. Die Zeit ließ sich nicht zwingen. Sie folgte nur den eigenen Gesetzen. Jan mußte sich eingestehen, daß er die Fluchten der Zeit nicht willentlich zu steuern vermochte.

Er ließ seinen Blick über den tiefhängenden Abendhimmel schweifen und weit über das Moor, die röhrichtgesäumten, spiegelnden Kolke, die dicht über die Wasserfläche flitzenden Libellen. Er lauschte auf Antworten, die das Moor ihm nicht geben konnte.

Clemens deckte die Staudenbeete für den Winter mit Reisig ab, als Jan sich am Gartenzaun einfand. Er schaute dem Lehrer erst eine Weile zu, und als dieser ruhig mit seiner Beschäftigung fortfuhr, ohne erkennen zu lassen, ob er ihn bemerkt hatte, betrat der Junge den Garten und ergriff ein Reisigbündel. Clemens sah ihn gelegentlich, während sie sich gemächlich durch die Beete arbeiteten, von der Seite an, aber hütete sich, außer mit einem freundlichen Nicken, ein Aufheben von Jans Anwesenheit zu machen. Endlich belohnte Jan seine Geduld, indem er in der Hosentasche grub und die Lanzenspitze zutage förderte.

Der Lehrer nahm sie ihm vorsichtig aus der Hand, drehte und wendete sie, betrachtete das dunkle Eisen, von dem Jan den Rost abgeklopft hatte.

»Weißt du, was das ist?«

»Eine Eisenspitze, aber wozu hat sie gedient?«

»Als Teil einer Waffe, einer Lanze, in sehr, sehr alter Zeit, Jan. Woher hast du sie?«

»Aus dem Moor.«

Clemens nickte bestätigend. »Ich denke, das ist eine römische, schau, ein Rest vom Lanzenholz steckt noch an ihr, wohlbewahrt vom Moor. Wer weiß, welcher römische Soldat sie hier durchs Moor getragen oder bei einem Kampf verloren hat. Um die Zeit von Christi Geburt kamen die Römer ins Land und versuchten, es zu unterwerfen. Kannst du dir das vorstellen, Jan, vor so langer Zeit?«

Jan fuhr behutsam mit dem Finger über die schartigen Schneiden der Spitze, die unter der Berührung zu erzittern schien. Das Eisen wurde für ihn zur Summe der vergangenen Jahre, zu Atomen der Zeit, die sich in dieser Form manifestierten.

»Soviel Zeit. Könnt Ihr mir sagen, was das ist, die Zeit?«

Clemens schaute verwundert von der Lanzenspitze auf und begegnete einem eindringlich fragenden Blick.

»Die Zeit? Vergangenheit, Gegenwart, Zukunft, das ist die Zeit, wie wir sie erleben. Die Vergangenheit ist, was wir aus der Erinnerung hervorholen können, aber sie ist für immer vorbei, unwiderruflich. Die Gegenwart dagegen ist der Moment, in dem wir leben, den wir erleben – und die Zukunft? Das ist etwas, auf das wir nur hoffen können, etwas Unbekanntes, das sich enthüllt, wenn es zum Jetzt wird, zur Gegenwart. Aber die Zeit an sich kann niemand ergründen. Sie ist ein Mysteriosum.« Clemens sprach langsam, suchte seine Worte sorgfältig und ließ dabei den Blick nicht von Jans Gesicht, in dem sich zunächst lebhaftes Interesse spiegelte und das sich bei der Erwähnung der Zukunft jäh verschloß. Dem Schulmeister kam der Gedanke, während er sprach, daß Jan seine Frage nicht von ungefähr gestellt, ihn vielleicht nur der Frage wegen aufgesucht und die Lanzenspitze genutzt hatte, um ihn an diesen Punkt zu führen.

»Warum«, schloß er seinen Vortrag, »willst du wissen, was die Zeit ist?«

Jan holte einmal kurz Luft. »Weil sie ein Rätsel ist«, stieß er hervor. Danach erklärte er hastig, jetzt dringend nach Hause zu müssen. Er lief schon zur Gartenpforte, als Clemens ihn noch zurückzuhalten suchte.

»Aber es gibt noch viel zu reden, Jan, warte.«

Der Junge hielt nur für einen Moment inne. »Ein andermal, Herr Lehrer«, damit war er durchs Gartentor.

Clemens hielt sich an dieses Wort und tauchte schon einen Tag später bei den Drostes auf. Sie fragten ihn nach den neuesten Ereignissen. Clemens spähte vergeblich nach seinem Schüler aus, während er sich über den Einzug preußischer Truppen unter Generalleutnant von Bülow in Münster verbreitete. Der Lehrer erhoffte sich Fortschritte von der neuen Landesregierung.

Hubert stieß das Wort Fortschritt sauer auf, als er es Clemens im Stall vor den Futterraufen von Bernards prächtigen Kühen, die schon wieder gesunde Kälber führten, mit Bewunderung in der Stimme wiederholen hörte. Er sah Hoffart in Bernards Gesicht, der neben dem Lehrer stand, und legte in das Klappen seiner Holzpantinen so viel Mißbilligung wie er konnte. Die jungen Leute bemerkten ihn nicht mal.

Jan sah Clemens bei den Kühen und drückte sich tiefer in den Schatten des Winkels, in dem er sich verborgen hielt. Er schlich Clemens und Bernard nach, zu denen sich Lütke-Hubert gesellte, und lauschte nur auf den Klang der Worte, in dem Erregung, Hoffnung und die Lust auf Erneuerung mitschwang – auf Zukünftiges. Jan folgte Clemens, bis dieser in der Hofeinfahrt auf dem Weg nach Hause verschwand.

Was hatte Clemens über die Zukunft gesagt? Sie sei etwas Unbekanntes, auf das man hoffen könne? Jan schüttelte den Kopf. Der Lehrer wußte gar nichts.

Clemens geriet auf dem Weg zurück zur Schule ins Träumen. Er hätte Jan viel zu sagen und zu fragen gehabt: Warum willst du etwas über die Zeit wissen? Weil deine besondere Sorge der Zukunft gilt, die dich mit ihren Ahnungen heimsucht, wie man erzählt? Ist es das, was dich bewegt? Wie du etwas erahnen kannst, was noch niemand weiß? Ist die Zeit etwas anderes als der gleichmäßige Fluß der Augenblicke, in dem wir schwimmen?

Unterdessen schaute Jan auf das bemalte Holzschild der

Uhr, unter dem gleichmäßig das Pendel schwang. Der lange Zeiger ruckte vorwärts. So verrinnt die Zeit, dachte Jan. Würde sie sich umkehren, wenn er den Zeiger zurückdrehte?

Jan grinste. Das Uhrwerk ginge kaputt, das wußte er schon.

Am Abend nahm Bernard, noch von Clemens' Anerkennung beflügelt, die Gelegenheit wahr, etwas anzusprechen, das ihm schon lange im Kopf umging.

»Vadder«, sagte er mit fester Stimme, »wir sollten endlich damit anfangen, die Lieftucht neu aufzubauen. Dieser schwarze Platz mit den versengten Balken ist eine Schande für unseren Hof. Wozu bewahren wir denn seit zehn Jahren all das gute Holz auf? Und guck dir Grootvadder an. Ihm ist es hier doch auch zu eng. Grootvadder braucht wieder was Eigenes. Und wir müssen doch auch an später denken.«

Großvaters dünne Hand legte sich auf die kräftige des Enkels. »Nee, nee, Bennard, das laß dir man von mir gesagt sein: ich brauch kein neues Haus mehr.«

Ganz leise klang die Stimme des Alten, aber so bestimmt, daß es danach nichts mehr zu sagen gab.

An einem sonnigen, klaren Tag mit einem Hauch Frost in der Luft, einem Tag, der eher an Frühjahr als an Spätherbst und November denken ließ, machte sich Hubert mit den Knechten, Jan und Lütke-Hubert auf, das Moor zum Düngen der dortigen Weidegründe abzubrennen. Er bestand nicht weiter darauf, daß Bernard mitkam, nachdem der das Abbrennen als veraltete Methode bezeichnet hatte.

Der Rauch des Feuers stieg senkrecht in die windstille Luft, kräuselte sich, drehte sich in anmutigen Spiralen. Aber schon bald verdichtete er sich zu fetten Schwaden.

Der hohe klare Himmel verschwand hinter einer sich ausbreitenden, tiefhängenden Wolke. Das Sonnenlicht erstickte.

Die Menschen im Moor schauten hoch, und es fröstelte sie. Angesichts der lastenden dunklen Schwaden, die noch weiter anschwollen und schließlich den Raum zwischen Himmel und

Erde füllten, ganz allein von diesem aufs Gemüt schlagenden Anblick, überkam sie ein Gefühl drohenden Unheils.

Jan saß auf der Erde, den Kopf auf die angezogenen Knie gelegt, die Arme schützend darüber gefaltet. Das verstärkte die düstere Stimmung der anderen. Auf dem Nachhauseweg fiel kaum noch ein Wort.

In der Nacht schlug das Wetter um. Regen und Rauch erfüllten die Luft, legten sich als giftiger Hauch über das Venn. Trude fühlte ihre trüben Ahnungen bestätigt. Das Unheil begann mit einer Grippe, die nahezu jeden Hof heimsuchte, und das unglückseligerweise in der Zeit des Schweineschlachtens. Man gab dem schlechten Wasser aus den Brunnen die Schuld und verlegte sich mehr als sonst aufs Bier- und Branntweintrinken. Es hielt die Grippe nicht auf. Gertrud Schulze Hundrup war unter den ersten, die sie auf den Friedhof trugen.

Eine Woche später, noch mitten in der ersten Trauer und zwei Tage nach der Beerdigung, luden die Drostes zum Schweineschlachten.

Der alte Droste schlurfte in der Kälte im Hof herum und teilte Wacholderschnaps aus. Jan sah, wie die Knechte in der Abenddämmerung die große Sau, die das Schicksal diesmal traf, auf den Schlachtplatz hinter dem Schweinehaus führten.

Sprühregen hing in der frostigen Luft und zerstreute das Licht der Laternen. Das mächtige Tier spähte unruhig in den Dunst, als wollte es den Raum ermessen, der es von der Freiheit trennte, und zog heftig an den gespannten Stricken an den Hinterläufen. Es schrie ahnungsvoll.

Jan zitterte in seiner dünnen Joppe.

Die Gesichter der Umstehenden waren von der Sensation des Tötens verzerrt.

Der Todesschrei der Sau gellte über den Hof, und Jan spürte, wie ihm eine Welle der Entspannung, ja fast der Heiterkeit folgte, die rasch verflog. Er sah nur das Tier, das jetzt auf der Seite lag, ein mächtiger Hügel aus Fleisch, der noch bebte von der Todespein. Aus dem klaffenden Schnitt in der Kehle strömte dampfend das Blut in die Wanne.

Jan näherte sich zögernd, legte die Hand an die warme Flanke des Tieres und fühlte, wie das Leben unaufhaltsam verrann. Er nahm wahr, wie einen Augenblick noch die Lebensenergie durch alle Nervenbahnen des Fleisches pulste, das sich im nächsten Moment in eine kraft- und fühllose Masse wandelte. Kaum einen Herzschlag später, Jan begann gerade, sich in die Unabänderlichkeit dieses Todes zu schicken und wie alle in dem Fleischberg ein Versprechen auf Wurst, Speck und Schinken zu sehen, da flutete scheinbar das Leben zurück, ließ die Masse unter Jans Hand zittern. Und schon wurde das Leben wieder vom Tod übermannt, immer wieder, in immer schnellerer Folge, bis nur noch ein Hin- und Herflackern zwischen Materie und Lebensenergie blieb, ein Oszillieren, das endlich verebbte.

Am späten Abend kam Großvater Droste, als es Zeit fürs Zubettgehen war, nicht aus eigenen Kräften aus dem Stuhl hoch.

So stark er auch den Stock auf den Boden stieß, die Beine versagten den Dienst. Und kalt war Großvater, obwohl das Feuer lichterloh brannte. Der Frost saß ihm in den Gliedern, ließ ihn zittern. Bernard und Lütke-Hubert trugen ihn mehr zu seiner Kammer, als daß sie ihn beim Gehen stützten. Trude und Mia packten heiße Ziegelsteine ins Bett und häuften Federbetten über den schmächtigen Körper des Alten, der unter ihnen zu verschwinden schien. Der Großvater war Jan nie so klein vorgekommen, es war ihm, als schrumpfte er vor seinen Augen zur Größe eines Kindes wie er selbst eins war.

Am nächsten Morgen glühte der alte Droste im Fieber. Klara half Mia Wadenwickel anlegen und Senfpflaster, mit denen sie den siechen Körper nur quälten. Hohl und dumpf drang der Husten aus ihm.

In der Küche begann unterdessen das Fest des Zubereitens von Potthast, Wurstebrot, von Würsten und Schinken. Zur Mittagszeit zischte die Bratwurst in der dreibeinigen Pfanne über dem Feuer. Jan rührte das Fleisch nicht an und schlich in Großvaters Kammer. Er löste Mia ab bei der Wache am Bett.

Der Duft nach fetttriefender, saftiger Würze zog durch die Ritzen in der Tür. Statt einen gesunden Appetit, erweckte er in Jan die Erinnerung ans Schweineschlachten, und er meinte wieder, das letzte Aufzucken des Lebens unter der Hand zu spüren.

Fast eine Woche lang wälzte sich Großvater Droste im Fieberwahn.

Jan schreckte eines Abends aus seinem Dösen auf. Die Stille, in der das Stöhnen des Kranken, das Rasseln der Atemzüge verklungen waren, machte ihn aufmerksam. Großvater schaute ihn aus klaren Augen an. In der Truhe tickte der Holzwurm.

»Hörst du es auch?« flüsterte Großvater heiser.

Jan lauschte verwirrt, wandte auch wohl den Blick zur Truhe, als er etwas anderes wahrnahm: das Klingeln eines Glöckchens und den dünnen Gesang des Misereres aus jungen Kehlen, der von der Tenne wie ein Hauch herüberwehte.

Großvaters Hand, die sich auf Jans legte, fühlte sich warm und trocken an wie ein verwelktes Blatt in der Herbstsonne. Der alte Mann lächelte, und Jan stiegen unaufhaltsam Tränen in die Augen, perlten die Wangen hinab ohne seinen Willen.

»Es ist bald Zeit für mich zu gehen, Jan, sag Modder, der Pastor soll kommen.«

Jan fiel vor dem Bett auf die Knie und legte seine Stirn auf Großvaters Hand. »Nein, Grootvadder, du mußt wieder gesund werden.«

Die alte Hand tastete sich auf den Kopf des Enkels. »Meine Zeit ist um, Jan, hab lange genug gelebt, obwohl es mir heute vorkommt, als wäre es nur ein Tag gewesen. Ist eine komische Sache mit der Zeit.« In der Stimme des Alten klang ein Erstaunen, das Jan den Kopf heben ließ. Großvater lächelte ihn wehmütig an. »Ich mach Platz für euch Junge, da mußt du nicht drüber weinen, es ist gut so, wie es ist, und ich hab es schon die ganze Zeit gewußt.«

»Du hast es gewußt?« Jan sah Großvater lange in die Augen, und der Alte hielt seinem Blick stand. »Grootvadder«, begann Jan wieder, »bin ich ein Spökenkieker?«

Großvater seufzte.

»Wir sind alle so etwas wie Spökenkieker, wenn wir nur ernsthaft in uns hineinhorchen. Da ist gar nicht viel dran, zu wissen, was kommen mag. Aber du, Jan, bist schon etwas Besonderes, frag Modder, die weiß es von allen am besten, wie sollte sie auch anders.«

Das Reden hatte die Kräfte des Alten erschöpft. Unvermittelt fiel er in einen Schlaf, aus dem er nicht mehr erwachen sollte. Jan saß mit pochendem Herzen an seinem Bett, das sich langsam und unaufhaltsam zum Totenbett wandelte, und hoffte wider alle Vernunft, daß der Großvater noch einmal nur für einen Augenblick sein Bewußtsein wiedererlangte und seine letzten Worte erklärte. Was wußte die Mutter?

Er hatte gelegentlich ihre Beobachtung wie eine ganz leichte körperliche Berührung gespürt, wenn sie glaubte, er bemerke es nicht. Nach Linas Tod etwa und nach dem Antons, das war ihm im Augenblick am deutlichsten gegenwärtig. Warum hatte sie nicht gesagt, was ihr dabei an Fragen, an Vermutungen durch den Sinn ging? Ebensogut konnte er sich die Frage stellen, warum er selbst sich nicht zum Reden hatte durchringen können, zu einem einfachen, naheliegenden Satz wie: »Bin ich ein Spökenkieker, Modder?«

Es hatte ihm auf der Zunge gelegen. Es gab Momente der Nähe, wenn sie zufällig beide allein in der Küche waren, wenn er zaghaft nach ihrer Schürze griff, ihr Vertrauen heischend ins Gesicht zu schauen suchte, tief Atem holte für das Reden, Momente, die eine rasche, bestimmte Geste Mias beendete, mit der sie ihn aus der Küche wies: »Träum nicht herum, Junge, das schickt sich nicht für einen Bauernsohn, siehst du nicht, daß uns der Torf fürs Herdfeuer ausgeht?«

Es war ein bewußtes Ablenken, auch ein Zurechtweisen gewesen, erkannte er, dem manchmal noch direktere Mahnungen gefolgt waren: »Halte dich immer an das Notwendige, Jan, dann wirst du wie Vadder und Grootvadder, das sind rechtschaffene Leute.«

Eine Ablenkung wovon? Sie konnte doch nicht wissen, was er fragen wollte.

Was verbarg sie vor ihm? Während diese Fragen unentwegt in seinem Kopf wühlten, sah Jan, wie sich die von der Krankheit ausgezehrten Züge glätteten und in die Fremdheit des Todes verwandelten. Großvater Droste war weit fortgegangen, hatte sich davongestohlen, ohne seinem letzten Enkel einen Trost zu hinterlassen. Jans Herz füllte sich mit Bitterkeit.

Alle, die kamen, um dem Toten auf dem Sterbebett und nach der Aufbahrung auf der Tenne die letzte Ehre zu erweisen, sprachen von einem guten Tod, und die Trauer milderte sich in Rührung, wenn der Blick auf das friedliche Gesicht des Toten fiel.

Jan starrte auf die maskenhafte Glätte der Züge, hinter denen er vergeblich den vertrauten Geist suchte. Er wagte es nicht, die Leiche zu berühren, fürchtete sich davor, wieder jenes Hin- und Hergleiten zwischen Leben und Tod zu spüren, den Wirrwarr der Auflösung, die schmerzhafte und endgültige Trennung von Geistigem und Leiblichem, die Sehnsucht des Getrennten nach neuer Zusammengehörigkeit. Vielleicht war es dieses Verlangen, das er noch wahrnehmen konnte, das ein Umschlagen der Zeit bewirkte, ein Driften zwischen Vergangenheit und Zukunft, dachte Jan.

»Die Toten ziehen die Lebenden ins Grab«, hieß es nach der Beerdigung auf dem Friedhof. Es gab weitere Krankheits- und Todesfälle. Es war ein Grippewinter.

7

Im Frühjahr 1815 weigerte sich die Erde, Samen aufzunehmen und Frucht zu tragen. Die Schollen klebten schwer am Pflug und trieben Mensch und Tier bis zum äußersten ihrer Kräfte. Wenn er sich gegen das Ackergerät stemmte und versuchte, den Pflug in der Furche zu halten, brannten August bei jedem Atemzug die Lungen. Seit dem Grippewinter neigte er zu Husten und Atemlosigkeit.

Schon die Art, wie August eines Abends nach dem Pflügen auf den Hof geschlurrt kam, mißfiel Bernard, der ihn bereits ungeduldig erwartete. Den ältesten Drostesohn drückten Sorgen. Seine prächtigen Kühe lagen mit aufgetriebenen Bäuchen auf dem Rest Einstreu, der vom Winter übrig war. Trockenfutter wie Stroh und Heu ging früher als in anderen Jahren zur Neige, und auf den Wiesen wuchs das Gras noch nicht wegen der schlechten Witterung.

Nun war Bernard kein Mann, der sich von der Ungunst der Natur leicht niederdrücken ließ. Täglich striegelte er seine Kühe, wendete das Stroh unter ihnen, auch wenn es kaum etwas zu wenden gab, teilte den Tieren das schon leicht faulige Heu in Extrabüscheln zu – wohlweislich, wenn der Vater anderweitig beschäftigt war –, hielt außerdem die Zuggeschirre instand, schärfte Pflug und Sense, kurz, er suchte durch pure Betriebsamkeit das Schicksal in die richtige Richtung zu stoßen. Und da kam August mit schlurfenden Füßen, hängenden Schultern auf den Hof, und auch der Gaul trottete mit gesenktem Kopf hinterdrein. Bernard musterte das Gespann aus schmalen Augen, wies August an, nachdem ein Knecht das Tier übernommen hatte, Futter vom Heuboden zu gabeln.

Als Bernard sah, wie die zweizinkige Forke sich aufreizend

langsam über Augusts Kopf hob, in der Luft herumschwankte, stieß Bernard August beiseite und entriß sie ihm.

»Himmelherrgottnochmal! Hast du Mus in den Knochen? Muß man dir noch beibringen, wie man Heu gabelt? Mein Gott, wofür kriegst du hier dein Brot? Ich wollte, Anton wäre hier an Stelle dieses Jammerlappens und dieser ...« Der Rest der Rede versank in einer Wolke Heu, die von oben niederging, weil Bernard den Ballen mit zuviel Kraft ergriffen hatte, so daß er sich in seine Bestandteile auflöste. Als der Heuregen sich gesenkt hatte, war August verschwunden.

Bevor er schlafen ging, trat Jan noch einmal in den Hof hinaus. Die Empörung über das, was Bernard über August beim Abendbrot gesagt hatte, drängte ihn fort von den anderen. Wie aus seinen Gedanken gesprungen, tauchte der Gescholtene als nachtdunkler Schatten neben ihm auf und zog ihn wortlos hinter die Scheune. Erst als er sich vergewissert hatte, daß sie dort ungestört waren, sprach August mit heiserer Stimme auf Jan ein.

»Daß du es nur weißt, ich geh fort.«

»Aber das mußt du nicht. Laß Bennard nur reden. Vadder wird nicht dulden, daß er dich noch einmal so heruntermacht.«

»Dann hat Bennard also über mich gesprochen? Das kann mir jetzt auch schon gleich sein. Ich geh – noch heute.«

Jan hielt August am Jackenärmel. »Du kannst nirgendwo hingehen. Sei doch gescheit.«

»Das meinst du.« Aus Augusts Stimme klang leiser Triumph. »Ich hab alles wohl bedacht. Nicht erst seit heute.«

Jan kam ein furchtbarer Gedanke. Schon seit einiger Zeit war wieder die Rede von Truppenaushebungen. Die Preußen, hieß es, hatten die allgemeine Wehrpflicht eingeführt. Schon begannen die jungen Männer wieder ins Moor zu gehen oder nach Holland hinüber, sobald ein paar preußische Uniformen auftauchten. Die Tage, an denen dies geschah, hatten einen eigenen Namen erhalten: Loopdage.

»Du gehst doch nicht aus Verzweiflung zum Militär?« fragte Jan.

»Bin ich blöd? Außerdem wollen sie dort nicht so mickrige Kerle wie mich, die sind auf solche wie Bernard und Lütke-Hubert versessen. Und alt genug bin ich auch noch nicht, du weißt, sie nehmen dich erst mit zwanzig.«

»Und was dann?«

August neigte sich näher an Jans Ohr. »Das kommt davon, wenn man nur in die Gegend träumt so wie du und nicht hört, was in der Welt vor sich geht. Ich war schon immer frei, aber es ist doch gut, zu wissen, daß es keine Leibeigenschaft mehr gibt, die Preußen haben sie aufgehoben. Also hab ich doppelt das Recht zu gehen, wohin ich will. Und noch etwas. Jetzt gibt es die Gewerbefreiheit. Der Zunftzwang ist abgeschafft. Das heißt, du kannst dich als Bäcker oder Sattler niederlassen, ohne die Zünfte um Erlaubnis zu fragen – du mußt nur die fälligen Steuern zahlen. Da sag nicht, daß die Preußen nichts Gutes an sich haben.«

»Aber was hat das mit dir zu tun, ich versteh das nicht.«

»Weil du nicht nachdenkst. Ich hab nachgedacht und bin nach Münster rüber, wenn ich mal nicht für euren Hof puckeln mußte, und ich hab einen Schuster gefunden, der die neue Gewerbefreiheit nutzt und mich als Lehrling nimmt, obwohl ich schon neunzehn bin und nicht stark. Er sagt, zum Schuster reicht's, und ich hab was im Kopf, und geschickt mit den Händen bin ich auch. Das ist ihm wichtiger, als hätt ich's in den Beinen. Außerdem hat er eine häßliche Tochter, die keiner haben will. So, nun weißt du's, weil du mein Freund bist. Du bist doch mein Freund?« August packte Jans Arm und schüttelte ihn sacht. Jan nickte beklommen in der Dunkelheit. Der Griff an seinem Arm verstärkte sich.

August flüsterte: »Und weil du mein Freund bist, sag mir, wird alles gutgehen mit mir? Werd ich mich zurechtfinden in der Stadt? Du weißt doch so was. Du kannst solche Dinge voraussehen.«

Jan zuckte ein schneidender Schmerz durch die Brust, fraß sich in seinen Magen ein. »Bist du verrückt? Ich kann gar nichts sagen. Das mußt du selbst wissen, ob du dort glücklich werden kannst.«

Er versuchte, Augusts Hand abzuschütteln, aber dieser hielt ihn fest. »Sag's mir. Du mußt es mir sagen!«

Mit einem scharfen Ruck riß Jan sich los, zog sich an die Scheunenwand zurück und strich an ihr entlang, fort von August, der sich nicht von der Stelle rührte.

»Aber du bist mein Freund«, heulte August, »mein einziger, seit Anton tot ist, und nur du kannst mir sagen, was mein Schicksal ist, warum tust du es nicht?«

Jan hatte die Scheunenecke erreicht, wandte sich um und begann zu rennen. Augusts Stimme gellte ihm nach. »Mein Schicksal?« hörte er als letztes, als er die Tennentür erreichte.

Was war das Schicksal, sann er vor dem Einschlafen. Gab es für jeden ein Schicksal, und wer bestimmte es? Der Mensch? War es Gott, wie der Katechismus lehrte, war er der Herr des menschlichen Schicksals?

In der Schule stellte Jan stumm Clemens diese Fragen und folgte mit brennenden Augen jeder seiner Bewegungen im Hin und Her zwischen den Bankreihen. Nach dem Unterricht forderte Clemens ihn auf zu bleiben. »Wolltest du noch etwas wissen?«

Jan legte zögernd die Finger auf das Lehrerpult und sah Clemens nicht an. »Das Schicksal, hat jeder Mensch ein Schicksal?«

Clemens zögerte mit der Antwort, blätterte in der Fibel, um Zeit zu gewinnen, während die Spannung in ihm wuchs.

»Die alten Griechen glaubten an die Macht des Schicksals, deshalb versuchten sie, es zu ergründen und mit Hilfe einer weisen Frau, einer Seherin, zu befragen.«

»Aber woher kommt das Schicksal?«

»Von Gott, mein Sohn«, antwortete Pfarrer Niesing von der Türschwelle. Er war gekommen, um die Vorbereitungen aufs Osterfest mit dem Lehrer zu besprechen, der auch die kleine Orgel in der Kirche bediente.

Clemens mußte an sich halten, um dem Pfarrer nicht über den Mund zu fahren. »Aber hat der Mensch nicht auch einen freien Willen von Gott bekommen, sein Schicksal zu gestalten, Hochwürden?« fragte er schärfer als angemessen.

Der Pfarrer runzelte die Stirn, holte Luft zu einer Antwort, die auf Clemens Tonfall zielte, besann sich mit einem Blick auf Jan jedoch anders und faltete die Hände über dem vorstehenden Bauch.

»Freilich, mein Sohn, um den Menschen zu prüfen, gab Gott ihm den Willen, sich zwischen Gut und Böse zu entscheiden«, erläuterte er salbungsvoll.

»Wie kann das Schicksal dann feststehen?« fragte Jan empört.

Der Pastor musterte Jan mit einem kritischen Blick. »Es steht nicht fest, mein Sohn. Dies ist ein Mysterium, das du, Kind, nicht begreifen kannst. Aber ich will es dir trotzdem erklären. Gott sagt, mein ist die Zeit und die Ewigkeit. Als Herr der Zeit kennt er die Zeit und das Schicksal jedes einzelnen, denn er selbst ist nicht in der Zeit. Gott weiß seit Anbeginn, wie sich jeder von uns entscheiden wird, zum Guten oder zum Bösen. Nur vor uns verhüllen sich die Zeit und das Schicksal, und wir erkennen es erst im Augenblick der Entscheidung. Und nun lauf nach Hause, Kind, ich hab mit dem Lehrer zu reden.«

Jan warf Clemens noch einen Blick zu, bevor er aus der Tür schlüpfte, und sah mit aufflackernder Belustigung den unterdrückten Ärger im Gesicht des Lehrers und die Enttäuschung, als er sich dem Pfarrer endgültig zuwandte.

Auf dem Nachhauseweg dachte Jan an Augusts letzte drängende Frage, und zunächst lebte nur das Erschrecken wieder auf, das er bei Augusts Worten empfunden hatte. Wie konnte August an etwas rühren, das er, Jan, tief in sich verborgen hielt und verborgen halten wollte. Was sah August in ihm, den er als Freund bezeichnete? Er war nicht jemand wie diese weise Seherin, die Auskunft über das Schicksal erteilte. Und wer war diese Frau gewesen? Jan spürte ein heftiges Verlangen, Clemens um weitere Erklärungen zu bitten, und gleichzeitig Abwehr. Barg doch jede Frage in dieser Richtung die Gefahr, etwas von sich preiszugeben.

Stand Augusts Schicksal fest? Und wenn, was nützte es ihm,

wenn Jan darüber Auskunft gab, was er ja gar nicht konnte, nicht gekonnt hatte, im Moment der Frage hinter der Scheune und in dem Entsetzen, als etwas Monströses, Widernatürliches zu erscheinen, als das er sich in der flüsternden Stimme Augusts zu erkennen glaubte.

Ein seltsamer Mutwille überkam ihn. Wenn ihn alle schon so wollten! Während seine Klompen durch die aufgeweichte Erde trampelten, daß die Dreckbrocken nur so flogen, suchte sein Geist sich auf August zu konzentrieren und dessen Schicksal.

Jan kniff die Augen zu schmalen Schlitzen zusammen, hielt den Atem an, bis es ihm in den Ohren summte und sich ein Anflug jenes Schwindels einstellte, den er als Vorbote des fremden Zeitbewußtseins kannte. Fühlte sich so jene unbekannte Seherin beim Blick in die Zukunft?

Im nächsten Augenblick lag Jan der Länge nach im Dreck. Er war über einen Stein gestolpert. Niemand sah ihn dort liegen, trotzdem fühlte er sich gedemütigt und verworfen von einer höheren Macht, die ihm mit der gleichgültigen Natur ringsum – dem verhalten blühenden Löwenzahn, den zwitschernden Wiesenschnäppern und einer fetten Raupe, die unbeirrt über den Weg vor ihm kroch – die völlige Bedeutungslosigkeit seines Bemühens zeigte. Mitten in diese Aufwallung seiner Gefühle schlich sich ein neuer Gedanke, der seinen Körper jäh verkrampfte. Jene Augenblicke der Ahnungen und der Vorausschau hatte es doch gegeben! Hatte er Antons Schicksal im Moor geahnt oder gewußt? Hätte er – Jan stockte der Atem bei dieser Frage – am Ende Antons Tod verhindern können?

Vergeblich versuchte Jan, den Ablauf der Ahnungen und Ängste an jenem verwirrenden Tag noch einmal aufleben zu lassen. Hatte es den Augenblick der Wahl oder des Eingreifens gegeben? War das Schicksal beeinflußbar? Clemens nannte es den freien Willen. Aber wo Gott doch schon alles im vorhinein wußte? Jans Überlegungen kehrten zu seinem nutzlosen Versuch, die Zeit zu Enthüllungen zu zwingen, zurück, schweiften von dort zum Brand der Lieftucht, den er in einer Klarheit, die ihm erst nach Jahren ganz bewußt geworden war, vorausgesehen hatte. Eine hilflose Wut überkam ihn. Wer bin ich, fragte er sich. Wer treibt sein Spiel mit mir? Jan hieb in den Matsch vor sich. Hinter ihm schnaubte ein Pferd, und eine gemütliche Stimme fragte: »Biste nich etwas zu groß fürs Spielen im Dreck?«

Jan stand mit gesenktem Kopf am Wegrand, als Heinrich Schulze Hundrup mit einem Zungenschnalzen den Gaul vor dem Leiterwagen wieder in Bewegung setzte und mit einem Grinsen und einem nachlässigen Tippen an die speckige Mütze an dem Jungen vorüberzog. Jan schlug sich, rot im Gesicht, alle weiteren Gedanken aus dem Kopf und rannte das letzte Stück nach Hause.

Im Hoftor begegnete ihm Josef Wierling, der auch keinen glücklichen Eindruck machte und grußlos an ihm vorbeistrich.

Jan hörte schon auf der Tenne die erregten Stimmen, die aus der Küche drangen. Er blieb neben der Tür im Halbdunkel stehen.

»Sie haben ihr Recht auf den Hof verloren, jetzt, wo sich August ohne ein Wort davongemacht hat«, grollte Bernard und schlug zur Bekräftigung mit der flachen Hand auf den Tisch.

Hubert schüttelte bedächtig den Kopf.

»Schick sie fort, Vadder, was haben wir schon mit den Wierlings zu schaffen. Hier gibt es genug Drostesöhne für den Heuerlingshof«, drängte Bernard und warf Lütke-Hubert einen bedeutsamen Blick zu.

»Was redest du da, Bennard«, fuhr Mia dazwischen. »Die Wierlings gehören zum Drostehof. Hast du vergessen, daß Josef Wierlings Großmutter eine Droste war?«

»Um so schlimmer der Vertrauensbruch, wenn's die eigenen Leute sind. Und es gibt bessere Bauern als Josef«, beharrte Bernard, und wieder starrte er zu Lütke-Hubert hinüber.

Jan sah mit Unbehagen diesen Blickwechsel und beobachtete, wie Lütke-Hubert sich halb verlegen, halb abwehrend am Kopf kratzte. Was wollte Bernard vom Bruder? Was hatte Lütke-Hubert mit der Heuerlingsstelle zu tun? Jan merkte nicht, daß er die Bewegung des Bruders wiederholte: seine

Hand fuhr zum Hinterkopf, strich den Nacken, als wollte er etwas verscheuchen, das sich in den Hof geschlichen hatte und von hintenherum näherte.

»August ist derjenige, der nicht zum Bauern taugt, nicht Josef. Es ist vielleicht nicht das schlechteste für August, daß er gegangen ist.«

»Ohne uns um Erlaubnis zu fragen? Was sind das für Zeiten, in denen wir leben? Kommt mir nicht mit dem neuen Kram von der Bauernbefreiung und ähnlichem. Was zählt, ist, daß man sich nicht mehr auf die eigenen Leute verlassen kann!« fuhr Bernard auf.

»Was für Zeiten wir haben? Sieh dir das Korn auf den Feldern an und das Vieh im Stall, dann weißt du, was für Zeiten angebrochen sind. Da sind ein paar Reformen das wenigste. Gnade Gott uns allen«, antwortete Hubert leise.

»Das ist noch nicht raus, Vadder, das kann sich noch zum Besseren wenden, vor allem, wenn wir stark bleiben. Aber was ist mit den Wierlings?«

»Hast du nicht verstanden? Sie bleiben, solange ich Bauer bin. Josef ist mein Heuerling und nicht sein Sohn.«

Bernard holte Luft zu einer scharfen Erwiderung, als Lütke-Hubert einfiel: »Ist gut so. Laß sie bleiben, Vadder, sie haben ein Recht dazu.« Lütke-Hubert sah Bernard dabei nicht an.

Nur Jan sah die unbändige Wut in Bernards Augen aufflackern, als dieser ohne ein weiteres Wort aus der Küche strebte. Mit der Hand auf dem Riegel, blieb Bernard stehen. »Und was ist mit der Lieftucht? Sollen wir auch damit bis zum Sankt Nimmerleinstag warten?«

Noch ehe er die Worte ausgesprochen hatte, reuten sie Hubert schon: »Gut, Sohn, in diesem Punkt sollst du deinen Willen haben. Wir bauen wieder auf.«

Ein zufriedenes Lächeln huschte über Bernards Gesicht, als er sachte die Tür zur Tenne hinter sich schloß.

Wie soll daraus Gutes erwachsen, schoß es Jan durch den Kopf, und gleichzeitig wußte er, hinter dem Gedanken verbarg sich eine Warnung, ihm zugefallen aus dem Nirgendwo, aus einem Loch in der Zeit, das sich vor ihm auftat. Eine Ahnung zukünftigen Unheils, neuer Streitigkeiten? Er spähte zur Mutter hinüber, die mit ruhigen Bewegungen das Essen abtrug, als wäre nichts vorgefallen.

Nur einmal hatte er versucht, mit ihr zu reden, um dem, was der Großvater auf dem Sterbebett angedeutet hatte, auf den Grund zu gehen. Ganz vorsichtig hatte er das Gespräch eingeleitet, so wie Clemens, der Fuchs. Der Augenblick schien ihm günstig. Die Mutter rührte das Düorgemüs um, den täglichen Eintopf, verlor sich in den Anblick nach oben treibender Speckstücke und Karotten, die sich in einen kreisenden Wirbel einfügten.

»Modder?«

Wohl schon der zögerliche Tonfall ließ sie auf der Hut sein. Er sah es mit einem Blick und bemühte sich um mehr Festigkeit in der Stimme. Sie schwankte trotzdem.

»Ist die Zukunft immer etwas, das niemand kennt? Clemens sagt, sie ist ein Mysteriosum.«

Auf die Heftigkeit, mit der Mia die Eisenkelle auf den Rand des Suppentopfes schlug, war er nicht gefaßt. Der dreibeinige Topf geriet an dem Haken, der ihn über dem Feuer hielt, gefährlich ins Schwanken. Die Suppe schwappte.

»Da siehst du, was du mit solch dusseligen Fragen anrichtest!«

Mia stemmte die Hand in die Hüfte. »Ist das was Neues, was ihr in der Schule lernt?« Sie fuhr ihm mit der Kelle unter die Nase. »Laß dir das gesagt sein, Jan Droste, ein für allemal, kümmer dich um die Gegenwart und überlaß Gott die Zukunft, statt hier Maulaffen feilzuhalten. Jetzt scher dich nach draußen. Gibt es nichts mehr zu tun für dich vor dem Essen?«

Sie hatte ihm den Rücken zugewandt, und nur an der Krümmungslinie des Rückgrats sah er, daß alle Heftigkeit von ihr abgefallen war. Sie strich sich über die Arme.

Jan war leise hinausgetappt, die Augen voller Tränen, voller ratloser Wut.

Für einen Moment brannten ihm auch jetzt wieder die Augen, er wandte den Blick von der Mutter ab, als sie ihn neben der Tür gewahrte.

»Was stehst du da im Dunkeln? Du bist spät. Kennt der Lehrer die Zeiten nicht mehr? Hol deinen Teller und setz dich. Es wird noch für dich reichen.«

Vorerst wurde nichts aus dem Wiederaufbau. Des Wetters wegen. Die sich anbahnende Erntekatastrophe ließ die Nachbarn näher zusammenrücken. Tagsüber standen sie nicht selten im rinnenden Regen am Feldrain und sahen gemeinsam, wie das frischgesäte Korn und das schon sprießende Wintergetreide in den verschlammten Äckern untergingen. Die Erde verschlang buchstäblich, was der Mensch an Kraft und Hoffnung in sie gelegt hatte.

Abends trafen sich die Nachbarn mal hier, mal dort, um gemeinsam zu klagen, Erinnerungen an vergangene Wetterunbill wiederzuerwecken und im gemeinsamen Rosenkranzbeten das Erbarmen höherer und wohl stocktauber Mächte anzurufen.

Schon im letzten Jahr war die Ernte dürftig ausgefallen.

Eines trübsinnigen Abends, nach drei Tagen unaufhörlichen Regens, der das Ackern unmöglich machte, weil Pflug, Pferd und Bauer im Matsch steckenblieben, als die Nachbarschaft bei den Drostes zusammenhockte, erzählte Clemens von Verknappung und Teuerung in Münster. Heinrich strich sich über den Bauch. Genug zu essen würden die Venner Bauern noch allemal haben. Langsam wurde es gemütlich um das Feuer.

»Die Brotpreise steigen wie das Wasser in den Straßengräben«, erzählte Clemens, »und mehr Kinder als jemals sterben schon wenige Tage nach der Geburt an Krämpfen.«

»Wer weiß, wat den armen Dingern erspart geblieben ist«, seufzte Trude behaglich und goß Bier in die Krüge nach.

Klara dachte an die eigenen Kinder und schließlich an ihren Besuch beim Rentmeister der Schonebecks, den sie nach tagelangem Überlegen aufgesucht hatte. Wie es manchmal geschieht, wenn Menschen, von gemeinsamen Sorgen geplagt,

162

zusammensitzen, flogen die Gedanken durch den Raum, schufen Verbindungen. Franz Pentrop schaute aufmerksam zu Klara hinüber. »Wolltest du nicht was von den Schonebecks? Als ich Anton heut morgen traf, sagte er, du wärst nach Senden rüber.«

Jan war unbeachtet hinter Clemens' Stuhl geglitten, legte die Hände auf die Knäufe der hohen Rückenlehne und betrachtete die vom Feuer geröteten Gesichter. An keinem waren die schweren Zeiten der letzten Jahre spurlos vorübergegangen: der Vater wirkte selbst im Sitzen noch gebeugt, im Gesicht der Mutter hatten sich seit Antons Tod steile Falten von den Nasenwinkeln zum Kinn gebildet und seit Großvaters Tod vertieft, Bernard neben Mia schaute umher mit der Wachsamkeit eines Habichts.

Heinrich Schulze Hundrup war der einzige, der Gemütsruhe ausstrahlte, obwohl er seit Gertruds Tod an Gewicht verloren hatte, so daß seine Hängebacken wie schlaffe Säcke über dem Kiefer schlotterten. Zwei Enkelkinder hatte die Schwiegertochter inzwischen geboren, und ein drittes kündigte sich an. Der Großvaterwürde suchte Heinrich mit Abgeklärtheit gerecht zu werden. Die Nachbarn munkelten, über dem Kindersegen sei er selbst auf dem Weg, kindisch zu werden. Tante Trude schien die Sorgen, die den Hof drückten, geradezu einzusaugen. Sie bogen ihre Knochen, krümmten die Wirbelsäule, stauchten sie zu einem schiefen verhutzelten Weiblein zusammen.

Und da saßen noch die anderen, Martha und Josef Wierling, die Stühle ein Stück vom Feuer gerückt, als wüßten sie nicht, ob sie noch dazugehörten; Anton und Klara Potthoff und Franz Pentrop, der nun Klaras Blick eingefangen hatte.

»Klara, was wolltest du von den Schonebecks?« hakte Heinrich polternd nach und sorgte dafür, daß sich alle Klara zuwandten.

Klara verkrampfte ihre Hände im Schoß und starrte ins Feuer, als sie sprach: »Das war so. Ihr wißt, daß der Freiherr vom Stein, der Preuße, der als erster Oberpräsident von Westfalen war, jetzt von Berlin aus die Eigenbehörigkeit der Bauern aufgehoben hat. Das war ja nicht die erste Aufhebung, es gab schon 1807 ein preußisches Edikt.« Klara nickte kurz dem Nachbarn Pentrop zu. »Diesmal muß es ja mal gelten, und da dachte ich, was hat das Ganze für einen Sinn, wenn wir noch immer Gespanndienste für die Schonebecks leisten müssen? Da bin ich also nach Senden rüber und hab dem Rentmeister gesagt, daß das jetzt aufhören müsse, sie hätten kein Recht mehr dazu, die Leibdienste zu fordern.«

Heinrich lachte laut auf und drohte mit erhobenem Zeigefinger zu Anton hinüber.

»Hast wohl keine Lust, in dem Schlamm noch für die Schonebecks zu pflügen, was? Hat ja sowieso alles keinen Wert mehr.«

Jan neigte sich zu Clemens' Ohr. »Herr Lehrer, könnt Ihr mir etwas über die Seherin sagen, die den alten Griechen geweissagt hat?«

Clemens drehte sich halb im Stuhl herum und musterte das junge Gesicht über ihm, das die zuckenden Flammen streiften. Erst jetzt, im ungewissen Licht, fiel ihm auf, daß es die kindlichen Rundungen verloren hatte, kantiger geworden war und wacher. Ein flüchtiges Lächeln erhellte Clemens' Züge, als ihm aufging, warum Jan diesen Augenblick gewählt hatte, um seine Frage zu stellen.

»Die Pythia …«, begann er.

»Haltet Ihr die Eigenbehörigkeit für gerecht, Herr Lehrer?« fragte ihn Klara.

»Vor Gott, sagt man, sind alle Menschen gleich«, antwortete Clemens ausweichend.

»Im Himmel, Klara, hier auf Erden gilt, was Recht und Tradition ist«, fuhr Mia auf.

»Du hältst es also für Recht, daß wir an die Gemeinde Steuern zahlen wie alle und Zins für den Boden an den Grundherrn und außerdem Gespanndienste und besondere Abgaben bei Hochzeit und Tod, die uns leicht in den Ruin treiben können, und das alles, obwohl viele von uns nicht weniger lange auf ihren Höfen sitzen wie die Herren von Schonebeck auf ihrem

Haus?« sagte Franz, dessen Land und Familie wie die der Potthoffs und der Holtkamps den Schonebecks gehörten.

»Die Pythia«, drängte Jan.

»Die Pythia«, flüsterte Clemens, »wohnte in einem Tempel,
einem heiligen Haus der Griechen. Sie saß auf einem Dreibein
über einer Erdspalte, aus der betäubende Dämpfe drangen, die
sich auf ihre Sinne legten, bis sie nichts mehr sah und hörte als
die Stimmen der Priester, die ihr die Fragen der Ratsuchenden
vortrugen, und eine innere Stimme, die Antworten gab. Diese
Antworten waren freilich so unverständlich, daß die Priester
sie erst deuten mußten.«

»Was hat der Rentmeister dir gesagt?« drängte Franz.

»Er sagte, er dächte nicht daran, auf unsere Dienste zu ver-
zichten. Wenn es uns nicht paßt, bräuchten wir es nur zu sagen. Unser Land gehört immer noch den Schonebecks, und sie
fänden leicht einen anderen Pächter. Was der Herr vom Stein
in Berlin sagt, geht die Schonebecks im Münsterland nichts
an.«

»Hast du wirklich geglaubt, die geben so einfach her, was
ihnen seit Jahrhunderten gehört?« fragte Josef Wierling und
rückte noch ein Stück vom Feuer, als hätte er zuviel gesagt.

»Die mögen in Berlin ja groß reden, bei uns ändert sich nie
was«, rief Anton Potthoff mit bitterer Stimme.

Jan nutzte das Füßescharren rund ums Feuer, um sich wieder an Clemens' Ohr heranzuschieben.

»Die kann nicht viel gegolten haben, die Pythia, wenn sie auf
einem Melkschemel hocken mußte. Und was war das für eine
Stimme, die sie hörte, woher kam denn die?«

»Es war die Stimme der Götter, zumindest glaubten die
alten Griechen das, schließlich saß die Pythia in einem Tempel.
Und denk nicht, daß sie nicht angesehen war. Die Menschen
fürchteten und verehrten sie wegen der Wahrsagerei.« Clemens legte rasch, Stille heischend, eine Hand auf die Jans, die
den Knauf umschloß, als Jan mit einem Atemzug zur nächsten
Frage ausholte. Bernard griff in die Unterhaltung am Feuer
ein, und Clemens wollte hören, was er zu sagen hatte.

165

»Aber es muß sich was ändern. Anton hat recht. Seit Jahrhunderten leben wir in denselben Verhältnissen. Wir wirtschaften auf dieselbe Weise wie die Vorväter, und es bleibt immer weniger übrig bei steigenden Preisen und Abgaben, wir verrecken noch dabei. Unsere Äcker sind ausgelaugt, und das Vieh ist nach jedem Winter krank. Wir müssen neue Wege erproben.«

»Willst du schlecht machen, was deine Vorfahren geschaffen haben? Willst du das? Bis jetzt haben uns immer unser Fleiß, die Rechtschaffenheit und die Vorsehung geholfen und dein Erbe bis auf den heutigen Tag bewahrt«, fuhr Hubert auf.

»Aber das sag ich ja, nur bewahrt, und auch das mehr schlecht als recht. Du sprichst wie der Mann, der sein Pfund im Acker vergräbt, statt damit zu wuchern«, murrte Bernard.

»Bernard hat recht, soweit ich das sehe«, ergriff Clemens ruhig das Wort. »Nichts gegen Gottvertrauen, das ist die Grundlage von allem. Aber es entbindet niemanden von der Eigenverantwortung. Neuerungen braucht es tatsächlich, will man Katastrophen, wie einer Hungersnot, wehren. Die Preußen ...«

»Jetzt kommen die wieder als Retter?« höhnte Heinrich fröhlich, und Trude fuhr dazwischen: »Die Hungersnöte hat es immer gegeben, so prüft Gott unsere Standhaftigkeit, Lehrer Hölker.«

Clemens wartete, bis das Stimmengewirr sich legte. Jan zappelte unruhig hinter seinem Stuhl.

»Hier auf dem Land, vor allem auf den großen Höfen, hat wohl nur selten der Hunger geherrscht. In der Stadt ist das anders. Im letzten Winter allein starben viele nicht Hungers, aber aus Entkräftung, noch als Folge der wirren, kargen Zeiten, die wir hinter uns haben. Macht sich die Teuerung erst richtig bemerkbar, werden viele Tote dazukommen. Es braucht nur wieder eine knappe Ernte zu geben oder, was Gott verhüten möge, zu einer Mißernte zu kommen. Das Land muß die Stadt ernähren, und es soll schon bessere Anbaumethoden und eine andere Viehhaltung geben.«

»Der Lehrer bringt uns noch das richtige Pflügen bei«, fiel Heinrich ein.

»Ich verstehe von diesen Dingen nichts«, fuhr Clemens mit Würde fort. »Aber ich weiß, daß der Freiherr von Vincke, der neue Oberpräsident von Westfalen, Landwirtschaftsschulen gründen wird, in denen die Neuerungen gelehrt werden, um den Bauern zu höheren Erträgen zu verhelfen.«

»Ich mein, das heißt Gott herausfordern. Sollten wir nicht zufrieden sein mit dem, was er uns gibt?« entgegnete Hubert.

Clemens seufzte. Eher gingen die Münsterländer Bauern mitsamt ihrem Vieh zugrunde, als daß sie dem Fortschritt auch nur einen Fußbreit Boden gönnten.

Jan zog den Lehrer am Ärmel. »Warum wurde die Pythia Seherin genannt, wenn sie doch bloß was gehört hat?«

Ja, warum? Im Augenblick wußte Clemens darauf nichts zu sagen, aber der energische Ruck am Ärmel erzwang eine Antwort. »Weil man Menschen, die etwas Zukünftiges erahnen oder wissen, wohl schon immer so genannt hat. Sie sehen die Dinge quasi innen, hinter geschlossenen Augen, nur in ihrem Geist.«

»Dann hat es noch andere gegeben?«

Clemens drehte sich erstaunt zu Jan um. »Das weißt du nicht? Liest du denn nicht die Bibel? Da steht viel von den alten Propheten, die Gottes Wort und Willen verkündeten und Zukünftiges prophezeiten zur Warnung der Menschen. Meist verkündeten sie Unheil.«

Franz beugte sich schon eine Weile zu Clemens hinüber und sprach ihn nun an, um seine Aufmerksamkeit zu erringen. »Lehrer Hölker, Ihr wißt doch so manches.«

Widerwillig und höflich wandte sich Clemens Franz zu und seufzte innerlich über den Fuchs hinter ihm, der ihn so geschickt zu lenken verstand.

Jan war noch nicht fertig mit ihm. »Diese Propheten oder Seher, waren das angesehene Leute?«

Clemens stöhnte jetzt hörbar auf. »Genau wie die Pythia. Verehrt und gefürchtet. Wenn du mehr wissen willst, lies die Bibel, oder besser laß uns …«, er wandte sich um. Der Platz hinter seinem Stuhl war leer.

Vor Ostern hofften noch alle, nicht ein zweites Mal die Felder bestellen zu müssen. Um das Schicksal zu zwingen, widmeten sie sich den alten Osterbräuchen mit einer Innigkeit, die aus abgrundtiefer Verzweiflung erwuchs. Dabei galt die Sorgfalt nicht nur den kirchlichen Bräuchen, sondern ebenso jenen aus alter Zeit, haftete doch im Gedächtnis der Venne noch die wahre Bedeutung dieser Dinge im Ringen um Gedeihen und Fruchtbarkeit.

Am Palmsonntag erhob sich ein Wald von Palmstöcken in der Kirche, die aussah, als hätte sich die bedrängte Natur aus der Sintflut draußen hierhergeflüchtet. Dafür war manche Buchsbaumhecke bis zu den Stümpfen heruntergeschnitten. Bei der Palmstockweihe lief eine langsame Wellenbewegung durch die Reihen, als der Pfarrer mit dem triefenden Weihwasserwedel einen sprühenden Segen erteilte und sich die Stöcke im Empfangen von Gottes Barmherzigkeit, die Hilfe bei Gewitter, Krankheit und Not versprach, neigten.

Danach verzweigte sich der Segen auf den Höfen, tauchte im Herrgottswinkel auf, am Bosen über dem Herdfeuer, in den Kammern, auf der Tenne und angenagelt über der Kuh- und der Pferdeseite. Ein Hauch Frische und Heiligkeit, Schutzbann gegen das Böse, der die Schwermut der Gemüter dämpfte.

Zwischen Palmsonntag und Karfreitag las Jan im Buch der Propheten, wie Gott Isaias und Jeremias berufen hatte: er selbst berührte den Mund des Jeremias und schickte einen Seraph, der die Lippen des armen Isaias mit einem glühenden Stein vom Tempel versengte. Gott drückte ihnen sein unauslöschliches Zeichen auf und weihte ihre Lippen der Offenbarung. Jan fuhr sich abwehrend mit einer Hand über den trockenen Mund.

Gott sprach zu den Erwählten, las Jan, diese sprachen zum Volk, prangerten Frevel und Vermessenheit an, verkündeten die Strafen Gottes für Israel.

Wo, fragte sich Jan, waren die Bilder? Er fand nur Worte, ein dröhnendes »Höre, Israel!«, wo er die Vorausschau suchte, die Heimsuchung durch den Wahn der Bilder, die zuweilen im

Kopf hinter seinen Augen brannten. Konnte es eine Verbindung geben zwischen jenen ehernen Verkündern, zwischen Isaias, Ezechiel, Baruch und wie sie hießen und ihm, Jan Droste aus der Venne?

Was wog der Unterschied im Empfangen der Botschaften: das Hören von Gottes Wort gegenüber der Flut der Bilder, die ihn, aus dem Nirgendwo fremder Zeiten kommend, überschwemmten?

Jan fuhr auf, als er sich bis zur Berufung des Ezechiels vorgearbeitet hatte, und las atemlos die Geschichte der Erscheinung von Gottes Engel in Sturmwind und Feuer. Das Feuer! Hier endlich fand Jan eine Spur von Vertrautem. Er stürzte sich in ein Bild lodernder Flammen, die sich willig zu jener Branderscheinung wandelten, die damals das Richtfest auf dem Schulzehof verdorben hatte. Einmal entfacht, fügte die Phantasie oder jene in ihm wohnende Kraft unversehens das Knistern und Knacken brennenden Holzes hinzu und zog Jan in eine Verwirrung, der er nur begegnen konnte, indem er in der Vision das suchte, was seinen Forschungen entgegenkam. Hatte es in diesem visionären Feuer einen Fingerzeig Gottes gegeben, den er wegen seines geringen Alters übersehen hatte? Konnte es sein, daß auch er berufen war, fragte sich Jan zweifelnd, voller Abwehr.

Jan entfernte sich in diesen Tagen nie weit genug von seinen Betrachtungen, um auch noch für das, was um ihn vorging, viel Aufmerksamkeit übrig zu haben. Er sah wohl, daß sich Bernard hartnäckig an Lütke-Hubert hielt.

Einen Augenblick schaute Jan verstört nach den Brüdern, als in einer aufgeschnappten Unterhaltung der Heuerlingshof wieder auftauchte, und bemerkte den aufmunternden Rippenstoß, mit dem Bernard Lütke-Hubert bedachte. Auf Lütke-Huberts Gesicht zeigten sich Ratlosigkeit und eine leise Furcht. Jan wollte sich um das Gehörte keine Gedanken machen, es gelang ihm, das Unbehagen, das ihn beschlich, abzuschütteln und mit der Beharrlichkeit des Verwirrten wieder in den Bibelgeschichten zu versinken.

Am Karfreitag schmeckten die frischen Struwen, in der Pfanne gebackene süße Hefekuchen, als hätte der Dauerregen den Geschmack herausgewaschen. Der Pastor warnte wie jedes Jahr vor dem Genuß von zuviel Eiern, da sie Begierden und unzüchtige Gedanken wecken konnten. Wurden nicht die meisten Kinder im November und Dezember geboren? Die Leute aßen die Eier gekocht, gebraten, gerührt, zu den beliebten Pfannkuchen verbacken und ergötzten sich am Eiertippen, Spitze gegen Spitze, bis eine Schale brach.

Der Himmel klarte nicht auf.

In der Samstagnacht sang das Gesinde Ostern an. Die zitternden Stimmen gewannen an Kraft, als mit dem Gesang die Zuversicht wuchs und das Wissen, daß Gott mit den Menschen durch seinen Sohn, durch Tod und Auferstehung einen Bund geschlossen hatte. Christ ist erstanden!

Jan fragte sich, welchen Bund Gott mit ihm geschlossen hatte. Im Schein des lodernden Osterfeuers beschloß er, den Pfarrer um Aufklärung anzugehen, in der Beichte, im Vertrauen auf das Beichtgeheimnis.

Zwei Wochen nach Ostern nahm er die Gelegenheit wahr. Nach dem Aufsagen seiner Verfehlungen zögerte er, preßte die Finger um das kleine Brett vor dem Beichtgitter und ließ so viele Anzeichen von Unruhe erkennen, daß der Pfarrer die Hand, die er zum »Ego te absolvo« erhoben hatte, sinken ließ.

»Ist noch etwas, das du mir mitzuteilen wünschst, mein Sohn?« Als keine Antwort kam, fuhr Niesing fort: »Habe nur Mut, mein Sohn, Gott versteht alles.«

»Herr Pfarrer«, flüsterte Jan und versuchte, den Gedankenwirrwarr zu ordnen, zu dem sich sein Vorhaben auf dem Weg zur Kirche entwickelt hatte. »Ihr habt in der Schule gesagt, daß Gott der Herr der Zeit sei. Ich habe gelesen, daß er Propheten erwählt hat, denen er seinen Willen mitgeteilt und die Zukunft enthüllt hat.«

Pfarrer Niesing, der Geständnisse einer speziellen Art erwartet hatte, von unkeuschen Spielen hinter Hecken und in Scheunen, lehnte sich verdutzt in seinem Stuhl zurück.

170

»Worauf willst du hinaus, Kind?«

»Wenn es auch heute noch Menschen gibt, die in die Zukunft sehen können?«

»Was redest du da?«

»Aber wenn es doch Menschen gibt, die einen Brand voraussehen können, der sich erst drei Wochen später ereignet, oder schon, bevor es passiert, eine Ahnung davon haben, wie der Bruder im Moor versinkt …«

Im Sprechen überkam ihn eine seltsame Lust zu bekennen und das Unheimliche, Verborgene ans Licht zu zerren, er wurde von Verzweiflung wie Hoffnung gleichermaßen geschüttelt, jetzt endlich eine Deutung aus berufenem Mund zu hören, der Verdammen und Erlösen konnte. Jan überhörte, wie der Pastor den Vorhang zur Seite riß, die Tür zum Beichtstuhl öffnete, mit einer raschen Wendung hinter ihn trat. Pfarrer Niesing zog Jan an den Haaren von dem Bänklein, auf dem er kniete.

»Bist du noch gescheit, Junge? Nur Gott kennt die Zukunft, sonst niemand, und laß die Propheten aus dem Spiel. Das ist Teufelswerk, was du da treibst, laß ab davon. Dem Menschen ist es nicht gegeben, Einblick in Gottes Ratschlüsse zu nehmen. In die Zukunft sehen? Wer redet dir so etwas ein? Das ist Hybris, das ist Gotteslästerung, und du wirst hier auf dem Boden knien und drei Rosenkränze extra beten, hast du das verstanden, Jan Droste? Und sag dem Lehrer, ich komm am Montag seinen Unterricht besuchen. Jetzt knie nieder zur Absolution!«

Jans Kopf beugte sich unter der Wucht der Demütigung tief dem Steinboden zu. Hinter seinen Augenlidern brannten Tränen, aber er weinte nicht. Der Zorn des Pfarrers verrauchte angesichts der kauernden Gestalt. Sein Blick flog über ein paar Weiblein, die in den hinteren Bänken mit der Reglosigkeit und Geduld des Alters auf die Beichte warteten. Er fragte sich, ob er durch seinen rechtschaffenen Ausbruch etwa das Beichtgeheimnis verletzt hatte. War Jans Geständnis noch Teil der Beichte gewesen? Er schob Jan wieder in das Dämmerlicht des Beichtstuhls und nahm umständlich seinen Platz hinter dem

Vorhang ein. Als er zum zweiten Mal die Hand zu Absolution und Segen hob, war die Bank hinter dem Gitter leer. Klara, im Schatten der Kirchtür verborgen, sah Jan blicklos an sich vorbeistürzen.

Jan klappte mit einer Bewegung, in der Endgültigkeit lag, die Bibel zu und legte sie in den Holzkasten zurück, in dem sie aufbewahrt wurde. Noch einmal dachte er an die Propheten und konnte in ihren Geschichten keinen Hinweis mehr entdecken, der ihr Los mit seinem verband. Woher auch immer die Flut der Bilder aus Zeit und Raum in seinen Geist driftete, sie kam nicht von Gott, zumindest waren die Gesichte nicht als Offenbarung an ihn gesandt. Am Ende langen Grübelns siegte, vielleicht auch aus Müdigkeit und dem Wunsch nach innerem Frieden, der alte Glaube: Gott blieb Ursache aller Dinge.

Jan ließ sich wie ein verlorener Sohn wieder in das Leben der Familie einbinden, nahm seinen Anteil an Arbeit und Sorgen auf sich und schlug sich alle Gedanken, die darüber hinausgingen, aus dem Kopf. Das war tagsüber.

Die zweite Saat, es mußte doch nachgepflügt werden, gedieh spärlich, aber immerhin wiegten sich jetzt Halme im Wind, der die Regenwolken über dem Venn vertrieb, aber nicht die Seuchen, die das Vieh heimsuchten.

Mit der Wetterbesserung pochte Bernard auf den Neubau der Lieftucht. Aber erst, erklärte Hubert, mußten die Kartoffeln, spät genug war es ja, in die Erde kommen.

Jan schritt hinter dem Pflug und ließ die kleinen braunen Knollen in die frisch aufgerissenen Furchen fallen. Abends sank er müde ins Bett und schreckte doch nach ein paar Stunden auf. Der Mond schien in die Kammer, und noch ehe Jan daran denken konnte, das geisterhafte Licht durch das Zuziehen des Vorhangs auszusperren, war er dem Mond verfallen. Er zog ihn in den Hof hinaus.

Wer hat nicht schon einmal unter dem Einfluß des Mondes Dinge gesehen, die bei Tag keinen Bestand haben? Das silbrige

Licht glänzte auf den Kopfsteinen im Hof, ließ die Scheune tiefe scharfkantige Schatten werfen, so klar, als gäbe es keine Luft zwischen der Hauswand hinter Jan, der Scheune und den dicken Stämmen der Eichen davor, deren Blätter im Nachtwind wisperten.

Jan sah die Urgroßmutter, die lange vor seiner Geburt gestorben war, wie zu Lebtagen mit einem Korb Wäsche über den Hof eilen, sah altertümliche Erntewagen auf die Tennentür zu rumpeln, sah vieles in diesem seltsamen Licht, das dem heimeligen alten Leben, das vor Jans Augen auferstand, etwas Einmaliges verlieh. Jan nahm das Gesehene in seine Träume hinein, als er endlich den Weg zurück ins Bett fand. Träume, Wirklichkeit und Geschautes vereinten sich und erzeugten keine Angst, sondern eine Sucht, die Jan von nun an Nacht für Nacht aus dem Bett trieb. Er verließ manchmal den Hof, streifte bis ins Moor hinein, nahm dort seine alten Gespräche auf und führte neue: mit dem Grienkenschmied, der aus den Dettenbergen herüberkam, der Jungfer Eli, der hartherzigen Köchin aus dem Freckenhorster Stift, den Suatmännekes, die zum Ärger der Venner Bauern die Grenzsteine versetzten und vor der Arbeit einem Schwatz nicht abgeneigt waren. Sie alle kamen zu reden, zu erzählen und zu klagen, daß andere Zeiten anbrächen, die sie aus den Köpfen der Menschen vertreiben würden. Tagsüber ging Jan in einer müden, satten Art in seiner Arbeit auf und hörte Bernard zu. Der sprach von Landwirtschaftsvereinen, die gegründet werden sollten, er warte nur darauf, um beitreten zu können. Bis dahin beschränkte sich sein Reformeifer auf das Nachbeten märchenhafter Kunde von neuen Fruchtfolgen, besserem Saatgut und Öffnung der lokalen Märkte, die er sonstwo, wahrscheinlich bei Clemens Hölker, aufgeschnappt hatte, und pries den Ausbau von Straßen zu befestigten Chausseen, die die notwendigen schnellen Verbindungen schaffen sollten. Wer klug war, schlug sich allerdings über Nebenwege und Pättkes durch, um die Wegegebühr zu sparen, die auf die Benutzung der Chausseen erhoben wurde. Das sind die neuen Zeiten, dachte Jan gleichgültig.

Das Kartoffelgrün zeigte eine gelb-braune Sprenkelung. Es wimmelte vor den Augen, wenn man das Kraut näher betrachtete. Die Schule fiel aus, weil die Kinder den ganzen Tag Kartoffelkäfer sammelten. In der Glut kleiner Feuer brachen knackend die Panzer des schmorenden Geziefers. Was am Ende an Feldfrucht übrigblieb, lohnte kaum mehr den Aufwand des Ausbuddelns.

Das Gespenst des Hungers blähte sich stetig auf.

Eines Nachts kam Jan von einem seiner Streifzüge zurück. Das Schurren seiner Klompen trieb die alte Hündin, die den Hof bewachte, aus ihrer Ecke. Mit steifen Gliedern tappte sie auf ihn zu, verhielt auf halber Strecke, ein Laut, halb Bellen, halb Jaulen, entfuhr ihr. Sie klemmte den Schwanz ein, drehte sich um und schlich in einem Bogen, der von Jan wegführte, zu ihrem Platz zurück. Sie verkroch sich, machte sich klein und unsichtbar im Schatten. Jan schüttelte den Kopf.

In dem Moment, als er die Hand an die Tennentür legte, drangen Musik und Gelächter zu ihm heraus. Jan war zumute, als ob ihm etwas Kaltes über den Nacken strich. Ein Zaudern, das ihm durch den Kopf fuhr, erreichte die Hand nicht, die sich eigenständig gegen die Tür drückte, die mit einem hohen Quietschen der Angel, das die Musik der Fiedeln verzerrte, aufschwang. Zwei Schritte, die Jan mechanisch vollzog, trugen ihn auf die Tenne, während sein Blick bereits schweifte, ohne das Geschehen vor sich recht zu erfassen. Sein Geist sträubte sich gegen das, was die Augen ihm als Botschaft sandten. Jan fühlte eine Kälte in sich aufsteigen, die seine Glieder wie Eis umschloß.

Er sah sich in eine Hochzeitsgesellschaft versetzt, daran konnte kein Zweifel bestehen. Tische, mit weißem Damast gedeckt, reihten sich zu einer Tafel aneinander. Jan machte Bierhumpen aus, Platten mit Resten von Gebratenem, Schüsseln mit Gemüse, Körbe mit Brot: weißer Stuten und Schwarzbrot. In der Mitte der Tafel ein Schweinskopf mit Apfel in der Schnauze. Der Kopf schien Jan aufmerksam und mit hintergründiger Heiterkeit zu betrachten. In Jans Magen stieg Säure hoch. Das Mahl war vorüber und der Tanz hatte begonnen, direkt vor dem Jungen drehten sich die Paare. In der Mitte schwang der Bräutigam die Braut herum. Ihr Schleier wehte Jan ins Gesicht, als sie sich auf ihn zu bewegten. Er hätte sie berühren können. Aber seine Arme hingen an ihm herab, zentnerschwer, erstarrt im eisigen Hauch des Entsetzens. Selbst die Luft schien kalt wie in einer Gruft.

Auf der schwarzseidenen Brust der Braut sah Jan eine silberne Brosche prangen, die ihm bekannt vorkam, dann glitt das Paar an ihm vorüber.

Er riß sich von dem Anblick los, streifte das Grün der Girlanden, die von den Hillen über der Pferde- und der Kuhseite herabhingen. Wie magisch angezogen, glitt sein Blick wieder tiefer zur Festgesellschaft. Am Ende der Tafel, vor der Küchentür, saß der Pfarrer. Jan erkannte ihn am Gewand.

Schriller klangen jetzt die Fiedeln, die Fröhlichkeit nahm zu bis zur Ausgelassenheit, die Tänzer begannen vor Jan im Kreis herumzuwirbeln. Ihn erfaßte ein Schwindel. Durch die Lücken sah er, wie die Humpen ergriffen wurden und sich auf ein Prosit zu den Mündern hoben. Aber da waren keine Münder, sondern klaffende Löcher von zwei Reihen Zähnen gesäumt: klappernde Gebisse, tiefe, nackte Augenhöhlen, bloße Schädel, an denen hier und da ein Strang Haare klebte, aber kein Fleisch. Nicht eine einzige Hand mit Haut, Sehnen und Adern, in denen Leben pulsierte.

Ein Totentanz, ein Totenfest, das sich in nichts vom Leben unterschied. Den Toten, die hier in steifen Festgewändern an der Tafel saßen, sich im Rundtanz drehten, die lachten, kreischten, schwatzten, schien nicht bewußt zu sein, daß sie nicht mehr zu den Lebenden gehörten. Jan sah, wie sich eine Knochenhand mit einer Geste über den Schädel fuhr, die ihm bekannt vorkam. Auch aus dem Geschwätz hörte er, wenn er sich jetzt aufs Lauschen verlegte, vertraute Stimmen heraus. Aber wessen? In der dumpfen Lähmung, die seinen Geist gefangenhielt, vermochte er es nicht auszumachen. Wer? schrie

Jan innerlich, wer waren die hier auf der Tenne, die er, das fühlte er, kennen mußte, aber nicht erkannte durch die grauenhafte Verzerrung vom Leben zum Tod. Namen lauerten unter der Oberfläche seines Bewußtseins.

In seinen Schläfen begann es zu pochen, die eisige Erstarrung wich, er begann zu zittern und fühlte in jedem Glied seines Körpers den Drang zur Flucht erwachen. Er wagte es nicht, sich schnell zu bewegen, es schien ihm, als würde erst ein rascher Schritt die Festgesellschaft auf ihn aufmerksam machen, ihn in den Bann des Todes ziehen. Noch ließen sie ihn ungeschoren, noch nahm keiner Notiz von ihm. Er schob sich an den Tanzenden vorbei bis zur Pferdeseite hinüber. Die Tiere schnaubten, zupften bedächtig am Heu in den Raufen. Mit dem Rücken zu den Tieren, schlich er auf die Küchentür zu, die ihm eine ferne Verheißung nach Erlösung schien, den Blick unverwandt auf das grausige Zerrbild des Lebens gerichtet.

Vor ihm lachte lauthals ein Knochenmann, wischte sich mit einem weißen Knochenfinger imaginäre Tränen von der Wange, die längst vermodert war. Jan raste das Herz in der Brust, er mußte sich zwingen, seinen Füßen Einhalt zu gebieten, die ihn davontragen wollten. Dumpfe Laute mischten sich in die Musik, ein Stampfen und Scharren. Er hatte fast die Küchentür erreicht und wollte schon nach dem Schnapper greifen, da wandte sich die Gestalt neben dem Pfarrer mit einem vollen Humpen zu ihm um und sprach: »He, Jan, nimm einen kräftigen Zug Bier, bist alt genug dafür.«

Jan klammerte sich mit einem Schrei an die Küchentür, wandte dabei der Tenne den Rücken zu – und im gleichen Augenblick verstummte der Lärm des Festes: kein Gelächter mehr, kein irres Gefiedel, kein Schlurren von Holzpantinen. Aber die Kühe, die im Stall standen, und die Pferde zerrten an ihren Stricken, muhten und schnaubten angstvoll, eine Unruhe zitterte durch den Raum, der im schwachen Mondlicht dämmerte.

Jan keuchte vor Entsetzen, Übelkeit stieg ihm säuerlich in den Mund, wie blind starrte er über die Schulter zurück auf den nackten, blanken Tennenboden. Da wurde die Küchentür hinter ihm aufgerissen. Im Nachthemd, in der Hand ein Licht, stand der Vater vor ihm, warf einen erstaunten Blick in die Tenne und heftete dann die Augen auf ihn.

In seiner Stimme klangen Müdigkeit und Zorn. »Was ist los im Stall? Die Tiere sind bis in die Kammer hinauf zu hören. Und was machst du hier, ganz angezogen, warum bist du nicht im Bett?«

Hinter dem Vater tauchte Trude auf, ihre Nachthaube saß schief, und in ihren Augen funkelten Furcht und Neugier. »Hubert? Was haben die Tiere, und was macht Jan nachts im Stall?« fragte sie auch.

Jan sah stumm von einem zum anderen, sah die nackten Knie des Vaters unter dem Nachthemd hervorsehen, erbarmungswürdig knotig, und Trudes dürres Handgelenk, das aus dem faltenreichen Ärmel herausragte wie der Knochen eines Vogels.

Die Bilder der Hochzeit formten sich erneut als Schatten, schwebten wie Nebel zwischen Jan und den vertrauten Gesichtern vor ihm, bleiche Knochen wirbelten vor seinen Augen, Schrecken malte sich in seinem fiebrigen Blick. Besorgnis trat an die Stelle des Ärgers über die nächtliche Unruhe, als Trude und Hubert die Verstörung in Jans Blick wahrnahmen und das Zittern, das seinen Körper unversehens befiel. Er sank in Huberts Arme, der sein Licht gerade noch an Trude weiterreichen konnte.

»Sag ihnen, sie sollen aufhören, wenigstens mit dem furchtbaren Tanz, es schickt sich nicht für sie«, flüsterte Jan.

Jetzt tauchte auch noch Lütke-Hubert auf und einer der Knechte, obwohl der Lärm der Tiere mittlerweile nachgelassen hatte und sich dämpfte zu jener endlosen Folge von nächtlichen Lauten und Geräuschen, die sich in die Träume der Menschen weben.

Sie schoben das Vorkommnis auf das leichte Fieber, mit dem Jan am nächsten Morgen erwachte. Hubert verbot ihm eindringlich jegliches nächtliche Herumstreunen.

Klara kam mit ihren Kräutern, hörte sich ruhig an, was es zu erzählen gab, und erklärte Jans Ausflug in der Nacht mit der Unruhe, die Jungen zuweilen überfiele, wenn sie zum Mann heranreiften.

Klara saß an Jans Bett, klopfte die Kissen zurecht, wenn er sich herumwarf, und kühlte die glühende Stirn. Die rauhe Hand auf seiner Haut brachte ihn wieder zu sich. Sein flacher Atem gewann an Tiefe, und er sah seiner Krankenwärterin in die Augen.

»Möhne Klara«, flüsterte er.

»Ich weiß, was dich quält, Jan, hab ich immer gewußt. Ich dachte, vielleicht hält es nur an, solange du ein kleines Kind bist, und es verwächst sich mit den Jahren. Aber jetzt weiß ich, es bleibt. Und du, Jan, du mußt dich nicht gegen dein Geschick stemmen, wir müssen alle ertragen lernen, was uns auferlegt ist. Wenn du dich damit abgefunden hast, wird es leichter.«

»Das kann ich nicht, Möhne Klara, nicht nach letzter Nacht, es quält mich so sehr.«

Er bäumte sich im Bett auf. Klara beugte sich über ihn und drückte ihn in die Kissen zurück. »Still, du dummer Junge, sonst kommt das Fieber zurück. Denk einmal in Ruhe über das nach, was ich dir gesagt hab. Es wird eine Zeit kommen, da wirst du begreifen, daß ich recht hab.«

Er hob den Kopf. »Möhne Klara, du bist auch nicht wie die anderen, erzählt man sich. Du bist eine …«

Sie legte ihm den Finger auf den Mund. »Sch, sch, Jan, sprich nicht weiter.«

Die Tür hinter Klara ging auf, und Mia trat herein. Sie sah mit einem Blick, daß Jan wach war.

»Gott sei Dank, Klara, es geht ihm besser.«

Mia machte sich an den Kissen und Betten zu schaffen, bis Klara die Kammer verließ, da sie einsah, daß sie nicht mehr gebraucht wurde.

Jan verfolgte das Getue der Mutter aufmerksam, einigermaßen erstaunt über den unnötigen Aufwand, leicht beunru-

178

higt über ihren Gesichtsausdruck, der von Ungeduld über Klaras zögerlichen Aufbruch zeugte, aber den Beobachter auch ihre innere Anspannung, fast Gereiztheit spüren ließ. Mia wirtschaftete noch eine Weile weiter, Jan hatte sich im Bett aufgesetzt und preßte unter der Zudecke die Fäuste gegeneinander, verfolgte jede ihrer Bewegungen, als könnte er aus ihnen mehr von dem erraten, was in ihr vorging. Die Spannung hing mittlerweile greifbar in der Luft, noch immer war kein Wort zwischen Mutter und Sohn gefallen.

Furcht beschlich Jan. Was hatte sie ihm zu sagen, was auszusprechen ihr so schwer fiel?

Er machte sich bereit, sich von ihren Worten bloßgestellt, das Häßliche und Sonderbare seines Wesens ans Licht gezerrt zu sehen. Vielleicht war es notwendig, daß sie ihn tüchtig auszankte, ihn zurechtwies, damit er sich dann in ihr Erbarmen stürzen durfte, das die Gesichte für immer vertreiben mochte, ihn hereinholte in die warme Alltäglichkeit menschlicher Existenz.

Er bemerkte nicht, daß er längst betete: »Heilige Mutter Gottes, erbarme dich …«

Mia richtete sich auf, streifte Jan mit einem Blick und wandte sich zur Tür, während er im Bett vor Enttäuschung zusammensackte. Sie räusperte sich kurz.

»Was ich dir noch sagen wollte.«

Mit ein paar Schritten stand sie am Fenster, riß die Vorhänge vor den Scheiben zusammen, obwohl draußen heller Tag war.

»Halte dich vom Vollmond fern. Sperr ihn aus der Kammer, geh nicht hinaus, wenn er scheint. Nie wieder.«

»Aber …«, begann Jan verwirrt.

Mia ließ ihn nicht zu Wort kommen. Hatte ihre Stimme bisher ruhig geklungen, eher beiläufig, so schwoll sie nun an. Zornröte stieg ihr in die Wangen.

»Schleich nie mehr draußen im Vollmond rum, und hör endlich auf rumzuspintisieren. Dafür hab ich meine Söhne nicht großgezogen. Tu was Anständiges.«

Sie fegte aus der Kammer, bevor Jan noch ein Wort herausbrachte. Was meinte sie mit herumspintisieren, fragte er sich,

179

während Müdigkeit und Erschöpfung mehr aus dem Geist als aus dem Körper aufstiegen. Er schob sich wieder tiefer unter die Decke, bereit, sich in selbstquälerisches Grübeln zu verlieren.

Aber die Tür der Kammer öffnete sich schon wieder.

Auch Clemens kam Jan besuchen, setzte sich auf den Hocker neben seinem Bett und ließ den Blick durch die kleine Kammer schweifen. Er blieb am Gesangbuch haften, das auf dem Bord über Jans Bett lag. Clemens nahm es in die Hand und lächelte. »Keine Bibelgeschichten mehr, Jan?«

Jan rutschte unruhig zwischen Kissen und Bettdecke in dem Bewußtsein herum, nicht wie sonst davonlaufen zu können. Clemens' Lächeln vertiefte sich. Jan starrte ihm ins Gesicht und erwog, sich diesem Lächeln anheimzugeben, dem forschenden Geist dahinter nichts als edle Absichten zuzutrauen und ihn um Hilfe anzugehen, um das furchtbare Rätsel der Totenhochzeit und vielleicht des eigenen Geschicks zu lösen.

Der Lehrer beobachtete den Widerstreit von Abwehr und Zutrauen, den Wandel zu vorsichtiger Hoffnung, als das blasse Gesicht sich ihm öffnete. In ihm keimte schon der Triumph, als die Tür aufflog und Bernard in die Kammer trat. Laut, gesund und bis zum Rand voll mit Neuigkeiten.

»Hier steckt Ihr, Clemens, ich hab Euch gesucht. Ich hab's mir überlegt, und Vater und Mutter sind auch dafür, daß wir's versuchen, obwohl sie nicht so recht dran glauben wollen. Na, Jan, geht's besser? Mach an, Kleiner, ich brauch dich.«

Der Lehrer hätte dem jungen Riesen, der die Kammer mit seiner Gegenwart und Zuversicht füllte, mit beiden schwachen Fäusten ins freundliche Gesicht schlagen mögen.

8

Bernard hatte sich von Clemens davon überzeugen lassen, daß es einträglicher sei, wenn sie Eier und Geflügel nicht an die Kiepenkerle verkauften, sondern selbst auf dem Markt feilboten. Der größte Markt fand wöchentlich in Münster statt, und Münster war nicht so weit von der Venne entfernt, daß sie nicht am Markttag hin- und zurückreisen konnten.

»Clemens hat mir ausgerechnet, was wir verdienen können. Es ist unglaublich, was uns der Händler bezahlt und was er auf dem Markt für das Dutzend Eier nimmt. Das grenzt an Gaunerei, sag ich dir.«

»Bernard, Ihr müßt aber auch bedenken, daß er den Transport auf sich nimmt, läuft mal mit der vollen Kiepe auf Schusters Rappen von hier bis in die Stadt. Dazu kommt das Handeln auf dem Marktplatz«, wandte Clemens ein, um dem jungen Bauern die Grundlagen der Marktwirtschaft zu erläutern.

Bernard winkte ungeduldig ab. »Das können wir alles auch. Und du kommst mit, Jan.«

»Und Vater erlaubt das?« fragte Jan erstaunt.

Auf einmal schien der Bruder verlegen. »Er will nicht, daß einer von den Knechten mitkommt. Er sagt, dann fehlen zwei Arbeiter auf dem Hof. Ach was, du wirst sehen, wir kommen mit einem Beutel gutverdienter Taler zurück.«

Hatte Jan ein Anstoß zur vollständigen Genesung gefehlt, so war er jetzt gegeben. Es bedurfte gar nicht mehr der Frage, die Bernard mit plötzlicher Besorgnis stellte: »Was ist, Jan, willst du mit?«

Am Aufleuchten in Jans Augen konnten Clemens und Bernard die Antwort ablesen.

Ein paar Tage später, an einem kühlen Tag mit grauem Himmel Anfang September, zogen Jan und Bernard mit dem vollgepackten Leiterwagen in aller Frühe nach Münster. Sie waren schon vor dem Morgengrauen aufgestanden und nach einem hastigen Frühstück, das die Magd ihnen noch halb im Schlaf zubereitet hatte, in den Stall geeilt. Jan schirrte das Zugpferd an, ein kräftiges, ruhiges Tier mit breitem Rücken und schweren Hufen, das einen beladenen Wagen durch die tiefsten Furchen aufgeweichter Wege ziehen konnte.

Am Tag zuvor hatten sie die ersten Kartoffeln geerntet, kleine Dinger, von denen sie viele brauchten, um die zwei Körbe zu füllen. Trude hatte aus dem Garten ein Sortiment Gemüse beigesteuert, rote Bete, weißer Kaps, Kohlraben, Zichorie, Vizebohnen, den ersten Sellerie, Mohrrüben, ein paar Köpfe Endivien- und Häuptelsalat, weil Clemens gesagt hatte, daß frisches Gemüse besonders begehrt sei.

Jan hatte Sommeräpfel gepflückt, sonnengelbe Früchte mit einem quellfrischen Duft. Mia brachte als letztes einen Korb mit Eiern und einen Käfig aus Weidenzweigen, in dem ein paar Hennen verschlafen glucksten. Der Wagen sah aus wie für das Erntedankfest gerüstet.

Für Jan war der Marktgang ein Abenteuer. Er dachte wenig über den Zweck der Unternehmung nach. Obwohl die Eier sicher in Stroh verpackt waren, befuhren sie vorsichtig die Lüdinghauser Landstraße, zahlten am Schlagbaum Kannen das erste Wegegeld. Kurz vor Münster mündete die Straße in die neue Chaussee, die Wesel mit Münster verband, und Jan ergötzte sich über Bernards Fluchen, der »Halsabschneider« und »Räuber« schrie, allerdings außer Hörweite des Beamten, ein Stück hinter dem Schlagbaum Neuer Krug, an dem sie den Chausseezoll zu entrichten gehabt hatten, und zwar den vollen Betrag für das läppisch kurze Stück befestigte Straße bis zur Stadt. Zurück, schwor Bernard, würden sie mit leerem Wagen die rumpeligen Nebenwege fahren und dem Wärter eine lange Nase drehen.

Jan hielt eine Hand am Zügel, weil Bernard Clemens' Preisliste für den Markt noch einmal studieren wollte.

»Das Dutzend Eier zwei Gutegroschen«, murmelte Bernard, »und der Raffzahn von Kiepenkerl bezahlt uns nur einen und drei Pfennige dafür. Ein Huhn drei Gutegroschen, ein Pfund Butter vier Gutegroschen. Weißt, Jan«, fügte er belehrend hinzu, damit Jan mehr vom Wert des Geldes verstand, »vier Gutegroschen, das ist soviel wie zwei Tage Handdienst, die einer der Potthoffs beim Grundherrn leisten muß als Naturalabgabe.«

Im ersten Tageslicht erreichten sie den Rand der Stadt. Jan staunte über die Silhouette der zahlreichen Kirchtürme, die aus dem Morgendunst aufstieg. Er kannte bisher nur die Flecken Senden und Ottmarsbocholt, in denen sich niedrige Häuser um die Kirche scharten wie Küken um die Henne.

Die Straße schien kein Ende zu nehmen. Rechts und links reihten sich Häuser aneinander, immer dichter, immer höher, als wollten sie in den Himmel wachsen. Ob sie die Wolken streifen, fragte sich Jan angesichts der Kirchtürme, die das Häusermeer überragten. Bernard freute sich über Jans Staunen wie ein König, der fremden Besuchern die Herrlichkeiten seines Reiches zeigt. Weil es noch so früh am Morgen war, in Münster krähten grad mal die ersten Hähne, und die Leutseligkeit, die er spürte, nach Ausdruck verlangte, lenkte Bernard das Gefährt einmal hin und zurück mitten über den Prinzipalmarkt, um Jan die Großartigkeit der Bürgerhäuser vorzuführen, die die »gute Stube« Münsters säumten.

Ihr treues Roß schlug Funken auf den Pflastersteinen, die von vielen Füßen, Schuhen, Stiefeln, Klompen, Hufen und Pfoten rundgetreten waren. Der Schall von Hufgeklapper und Räderquietschen brach sich in den Bögen der Säulengänge, stieg an den schlafenden Fassaden hoch, dem Zierrat um die Fenster, den Voluten der Treppengiebel, erreichte wohl die Laterne, die die Turmspitze von St. Lamberti krönte.

Hoch oben über dem Bauernwagen öffnete sich ein Fenster, ein rundes, rotes Gesicht unter der Nachtmütze beugte sich vor, ein Henkeltopf folgte, und dann ergoß sich ein gelber Strahl platschend auf das Pflaster gleich neben Jan, der scharf den Atem einzog. »Is ja man ne vornehme Stadt, Bennard, wo's Pisse vom Himmel meimelt«, schrie Jan im Aufschauen.

Topf und Zipfelmütze verschwanden, und das Fenster wurde zugeschlagen, daß die vielen kleinen Scheiben klirrten. Jan und Bernard lachten.

Das war schon das Ende von Fröhlichkeit und Hochgemut. Um es vorwegzunehmen: das Unterfangen des schnellen Geldverdienens erwies sich als Reinfall. Ihr Mißerfolg begann damit, daß der Marktaufseher nach einem Blick auf ihren Wagen den Neulingen die Katzenecke zuwies – einen zugigen Winkel zwischen Drubbel und Roggenmarkt, in dem sich der Unrat verfing, aber kaum Käufer verirrten –, und weiterhastete, ohne Gewissensbisse, ohne die Fragen, die die beiden noch stellen wollten, abzuwarten. Bernard knirschte mit den Zähnen. Dann stand der Aufseher aber wieder neben ihnen, als sich ein Mann bei ihnen einfand, die Waren in den Körben überflog, mit einer ausholenden Geste Interesse an ihrem ganzen Angebot bekundete und sich mit einem gewinnenden Lächeln an Bernard wandte. Dem schlug das Herz schon höher. Der Fremde kam nicht mal dazu, den Mund aufzumachen.

»Nichts da«, fuhr der Marktaufseher dazwischen, »ich kenn dich, Franz Berning, meinst wohl, wieder mal ein paar Dumme gefunden zu haben.«

Der Angesprochene wandte sich mit einem Achselzucken ab. Bernard brauchte nicht zu fragen, was das zu bedeuten hatte, und schluckte noch an seiner Enttäuschung, als sich der Marktaufseher gemütlich mit seiner Pfeife bei ihnen einrichtete und zu einer längeren Erklärung anhob.

»Hüt Er sich vor dem da, das ist ein Höker, ein Zwischenhändler, der den Bauern die Waren schon vor dem Markt abschwatzt, für weniger Geld, versteht sich, und dann teuer an die Münsteraner verkauft. Damit Er's weiß: wenn Er sich auf den Handel einläßt, um alles auf einmal loszuschlagen und schneller wieder nach Hause zu kommen, macht Er sich strafbar!« Der Aufseher wedelte mit der Pfeife. »Die Münsteraner sollen zu zivilen Preisen zu ihrem Kohl und den Kartoffeln kommen, wir wollen hier keine Preistreiberei. Und im übrigen«, jetzt grinste der Mensch, »seid ihr beide zeitig dran. Ja, auf dem Land kriechen sie noch vor den Hähnen aus den Federn. Markt ist erst ab elf Uhr, und vorher ist der Handel verboten. Halt Er sich dran, sonst gibt's Strafe.«

Der Blick des Aufsehers flog die Straße entlang, hier einen Karren, da eine Zusammenkunft von zwei, drei Menschen beargwöhnend. Endlich wandte er sich zum Gehen. »Und noch etwas, wenn ihr noch mal herkommt, was ich hoffe, Münster braucht Frisches vom Land, überlegt euch besser vorher, was ihr anbieten wollt. Das Korn da in den Säcken gehört auf den Kornmarkt und alles andere auf den Viktualienmarkt am Drubbel. Hättet ihr noch Fisch für den Fischmarkt mitgeführt, dann hätt ich überhaupt nicht gewußt, wohin mit euch. Und denkt dran, nichts vor elf Uhr verkaufen zum Wohl der Bürger.«

»Und was ist mit unserm Wohl?« knurrte Bernard dem breiten Rücken nach, der sich behende entfernte.

Da standen sie nun und warteten und wehrten ängstlich noch manchen Höker ab, weil sie immer von irgendwoher das wachsame Auge des Gesetzes auf sich ruhen fühlten – zumindest in ihrer Einbildung.

Jan beobachtete, wie die ersten Käufer, meist Hausfrauen in schlichter Morgentracht, mit Körben am Arm, zielstrebig auf bestimmte Stände zuliefen, bei denen sie wohl schon länger ihre Einkäufe tätigten. Jedenfalls schloß er das aus der Art, wie sie begrüßt wurden. Da Jan, Bernard und ihr Angebot nach Anbruch des eigentlichen Marktes so gut wie keine Beachtung fanden, ergaben sich die Drostebrüder zwangsläufig der Muße, das Treiben ringsum zu betrachten, ein Zeitvertreib, der Bernard nicht froh machte. Es ist etwas anderes, ging Jan mit der Zeit auf, ob man als Besucher auf dem Kirchweihmarkt herumschlendert oder zusieht, wie der unverkaufte Salat die Blätter hängen läßt.

Aber auch den beiden Venner Bauernjungen schlug schließlich noch die Stunde. Eine kleine, untersetzte Frau näherte

sich dem Stand, ergriff ein Bündel Möhren, an dem noch die
fette Erde aus Trudes Garten klebte. Bernard beugte sich eifrig
vor und nannte den Preis für das Gemüse.

Die Frau zog die Brauen hoch. »Ich hab Ihn noch nicht gefragt. Ich glaub nicht, daß ich das welke Zeug kaufen möchte.
Welk und voller Würmer. Und dann so ein Wucherpreis.
Schäm Er sich, einer alten Frau Geld aus dem Beutel zu ziehen.«

Jan sah verblüfft, wie Bernard eine verlegene Röte in die
Wangen stieg.

»Aber die Wurzeln sind frisch, gestern abend noch ausge-
graben«, stotterte Bernard.

»Gestern!« sagte die Alte spöttisch und schwenkte das Bündel praller Möhren vor Bernards Nase.

»Ja, was wollt Ihr dann für das Bündel zahlen?«

Die Alte zahlte grad die Hälfte des Geforderten, und Jan sah
die Zufriedenheit in ihrem Gesicht, als sie die Wurzeln sorgfältig in ihren Korb legte.

Und so ging es den ganzen Morgen. Kam einmal jemand an
ihren Stand, begann ein Mäkeln an der ausgestellten Ware, daß
Bernard mehr als einmal verwundert in die Körbe starrte, um
zu sehen, ob sich der Inhalt unversehens in Abfall verwandelt
hatte. Bernards Stolz auf seine Landwirtschaft, auf die Pro-
dukte seiner Hände Arbeit schmolz dahin, bis aller Glanz und
alle Kühnheit, mit der sie in der Frühe losgezogen, aus seinen
Augen verschwunden waren. Und trotzdem!

Jan täuschte sich, wenn er dachte, daß dies wohl das Ende
von Bernards hochfliegenden Plänen sei. Es dauerte eine ganze
Weile, bis ihm aufging, daß Bernard beharrlich, wenn auch
nicht auffällig, zu einem Stand schaute, schräg gegenüber dem
ihren, aber günstiger, am Rand des Prinzipalmarkts gelegen.
Dort stand ein junges Mädchen von dreizehn, vierzehn Jahren,
adrett gekleidet, ein Bauernkind, und reichte mit der Anmut
seiner Jugend Eier, Gemüse, Obst über einen einfachen Holz-
tisch, dem Sträuße mit Spätsommerblumen eine bunte Üppig-
keit verliehen. Es gab ein reges Treiben um diesen Stand, an

dem nicht nur die Hausfrauen, sondern auch nicht wenig Herren einkauften. Jan hatte nicht gewußt, daß gutgekleidete Städter derart häusliche Triebe entfalten konnten. Die Kleine verkaufte Obst und Gemüse, als würde sie Kostbarkeiten vergeben, mit leicht geneigtem Kopf, so daß das Licht auf ihren blonden Flechten spielte, und mit einem sittsamen Lächeln. Jan sah, wie Bernard stirnrunzelnd hinüberstarrte.

Als der Markt beendet war, hatten sie kaum mehr Geld eingenommen, als sie ausgegeben hatten, und der kleine Überschuß schmolz zu einem Nichts. Denn aus Trotz oder aus Ärger oder der unverkauften Eier wegen, fuhr Bernard über die Chaussee zurück, was ihm noch einmal Gelegenheit zu ein paar herzhaften Flüchen verschaffte.

Als der Schlagbaum in der Ferne entschwunden war, saß Bernard brütend auf dem Bock und warf ab und zu einen Blick zurück auf den noch fast vollen Wagen.

»Brrr«, schnaubte Bernard und hielt Pferd und Wagen an.

»Weißt du, von dem einen Mal kann man nicht viel sagen, ob es sich nun lohnt oder nicht. Wir müssen wohl noch lernen, wie man's besser macht. Zu Hause jedenfalls erzählen wir nicht, daß es ein Fehlschlag war.«

Bernard zog eine kleine Börse hervor, zählte ein paar Münzen ab und warf sie in das Kästchen, in dem die Pfennige, die jetzt noch von ihrem Marktgewinn übrig waren, klimperten.

»Und wie willst du Modder und Vadder das da erklären?« fragte Jan und deutete hinter sich.

Aber auch dafür fanden die beiden eine Lösung.

Erst wollte Bernard alles, was sich noch auf dem Wagen befand, in den Straßengraben kippen, aber das erschien den beiden doch als eine Mißachtung der Gottesgaben, die Unheil bringen konnte. Dreimal fuhren sie von der Landstraße herunter in schmale Wege hinein, hielten vor armseligen Katen und legten ähnlich wie weiland St. Nikolaus Äpfel, Kartoffeln, Kohlköpfe, Eier vor die Tür. Die Mildtätigkeit hob unverhofft Bernards Laune. So leerte sich der Wagen bis auf drei Hühner, die sie nicht abgeben mochten, einen Sack Mehl, einen Korb

Kartoffeln und zwei Dutzend Eier, die sie behielten, um ihren Marktgang nicht durch ein Übermaß an Erfolg als Schwindelunternehmen beargwöhnt zu sehen. Hubert blieb skeptisch.

Trotzdem fuhren sie zwei Wochen später wieder los, diesmal ohne Korn. Lisbeth stieg mit auf den Wagen, in einem bunten Umschlagtuch, das Martha gehörte, und ihrer Sonntagsschürze.

Stumm hockte sie neben Jan, abwesend die Arme über der Brust gekreuzt, seitwärts zum Wagen hinausstarrend, um deutlich zu machen, daß sie weder auf eigenen Wunsch mitkam, noch mehr als nötig mit den Brüdern zu tun haben wollte, die von freien Bauern zu Hökern herabgesunken waren.

Sie hatten mehr Glück mit ihrer Platzzuweisung, aber Bernard achtete darauf, daß ihnen wieder der Stand mit dem Mädchen gegenüber lag. Lisbeth half den Tisch aus Brettern und Böcken aufzubauen, den sie mitführten, um ihre Waren gefälliger als das vorige Mal präsentieren zu können.

Bernard brauchte Lisbeth nicht zu erklären, was er von ihr erwartete. Schon bevor sie mit ihren Vorbereitungen zu Ende kamen, hatte sie das Mädchen gegenüber entdeckt und unterzog sie und ihr Verhalten einer sorgfältigen Musterung.

Bernard grinste breit, als die Käufer anfingen, sich ihrem Stand zuzuwenden. Jan beobachtete, wie zwischen hier und drüben ein Wettstreit um ein Höchstmaß an Grazie, Liebenswürdigkeit und verschämten Augenaufschlägen begann, ohne daß die beiden Kontrahentinnen sich offen auch nur eines Blickes würdigten. Das Feilschen an ihrem Stand nahm merklich ab, niemand mochte sich dem unschuldig blickenden Mädchen gegenüber in groben Äußerungen ergehen wie das letzte Mal.

Jan sah mit aufkeimendem Ärger, wie Lisbeth Beachtung fand, während er ebenso ein Stock hätte sein können, der am Tisch lehnte. Wenn doch das Wort an ihn gerichtet wurde, hieß es nur: »Gib Er dies, was kostet das?« während gierige Hände nach den ausgebreiteten Waren griffen. So war Jan nicht bester Laune, als er ihre erste Kundin, jene kleine, dicke Frau mit ihrem Korb, auf sich zu kommen sah. Er bemerkte das Aufleuchten des Wiedererkennens in ihren Augen, bevor sie an ihren Stand trat und gleich ein paar Bohnen aufnahm. Sie bog sie zwischen den Händen und sagte mißmutig zu Jan: »Sie sind alt, kaum noch für die Suppe zu verwenden, was willst du für das schlechte Zeug?«

Jan hatte nur auf diesen Moment gewartet. Er langte über den Tisch, nahm ihr die Bohnen aus der Hand und erwiderte: »Wenn Euch die Bohnen nicht gefallen, kauft woanders, es gibt hier genug Stände.«

Die Frau entriß mit einer energischen Bewegung Jan das Gemüse und kreischte auf: »Lümmel, was fällt dir ein? Was sind das für Manieren einer alten Frau gegenüber?« Die Leute ringsum, vor und hinter den Ständen reckten die Hälse, um sich nichts entgehen zu lassen. Die Alte vergewisserte sich mit einem schnellen Blick der allgemeinen Aufmerksamkeit und schraubte ihre Stimme höher. »Einer alten Frau frech zu kommen! So etwas wird hier auf dem Markt nicht geduldet. Ich werd's dem Marktaufseher melden. Nun, was kosten Seine welken Bohnen?« wandte sie sich an Bernard. Jan wurmte es zu sehen, daß Bernard mit einem raschen Blick auf den kleinen Auflauf hinter der Alten widerwillig buckelte und die Alte am Ende wieder triumphierend mit dem billig erworbenen Gemüse abzog. So lernten die Drostes die ungeschriebenen Gesetze des Marktes kennen.

Auf dem Rückweg war Jan derjenige, der die Arme gekreuzt hielt und seitwärts zum Wagen hinausschaute, während Lisbeth mit glänzenden Augen zwischen den Brüdern saß.

»Du kommst doch das nächste Mal wieder mit?« fragte Bernard anstandshalber.

»Ja, aber nur, wenn ich ein paar Eier von uns und Blumensträuße aus unserem Garten auf eigene Rechnung mitnehmen kann.«

Bernard mußte sich eingestehen, daß er eine Helferin gefunden hatte, die nicht langsamer lernte als er.

Mit dem Marktgeschäft konnten alle zufrieden sein. Es kam Geld in den Kasten, bei den Drostes und bei den Wierlings, wenn auch bei letzteren schleppender, denn allzuviel Handel auf eigene Rechnung ließ Bernard nicht zu.

Martha klimperte gelegentlich mit den Talern, ließ sie einen nach dem anderen in den Kasten rollen und dachte, wie gering sich doch dieses Bollwerk gegen die Not ausmachte, die wie eine dunkle Unwetterwolke immer schwärzer am Horizont über der Venne heraufzog. Sie warf ihren Schatten über ganz Westfalen. Die Marktbesucher murrten über die steigenden Preise, die Bauern hielten den geringen Ertrag der Felder und Gärten dagegen.

Über die Mißernte konnte kein Zweifel mehr bestehen, nur das Ausmaß stand bislang nicht fest. Jan konnte noch immer vor Staunen die Augen aufreißen, wenn er das Markttreiben beobachtete, das unaufhörliche Fluten der Menschen, die sich in einem Tanz von ganz eigenem Rhythmus bewegten, vor und zurück, hin und her, auseinanderdrifteten und sich auf ein unsichtbares Signal hin plötzlich um einen Stand scharten wie Hühner, denen man Futter zuwirft. Jan schien der Markt überaus farbenfroh, denn die Städter kleideten sich anders als die Leute auf dem Land. Militär mischte sich unter die Menge. Hier und da blitzten Tressen und Knöpfe an Uniformen auf. Über den Köpfen flatterten am Rathaus und einigen der prächtigen Giebelhäuser Fahnen. Es hätte ein Fest sein können, und von Zeit zu Zeit versuchte Jan in dem Trubel das Ergötzen zu finden, das ihm die Augen vorzugaukeln sich mühten. Aber dagegen standen die feineren Wahrnehmungen: Der Blick einer Frau, in dem Jan Sorge las und, als ihre Augen sich trafen, einen Schimmer der kommenden Zeit, vor der er sich erschreckte. Ohne es zu wollen, nahm er den schrilleren Klang der Stimmen wahr, das Angespannte in mancher Kopfdrehung und Schulterhaltung und die Mühe, die es kostete, Höflichkeit, Freundlichkeit und heitere Gelassenheit zu bewahren, die zum Markt gehörten wie die Anzüglichkeiten und die derben Zwischenrufe.

Der graue Himmel, der selten aufklarte und dafür um so öfter seine Schleusen öffnete, trug seinen Teil zur Dämpfung der allgemeinen Gemütslage bei.

Jan litt außerdem an einem ganz persönlichen Ärger, der sich um Lisbeth rankte. Wer Lisbeth in diesen Wochen unvoreingenommen beobachtete, konnte staunend wahrnehmen, in wie kurzer Zeit ein Mädchen heranreifen und das Kindliche hinter sich lassen konnte. Es schien, als wüchse Lisbeth an ihrer neuen Aufgabe, als wären die Aufmerksamkeiten von Herren aller Altersstufen und von jungen Burschen eine Nahrung, aus der Körper und Geist die Kraft zu einer raschen Entwicklung sogen.

Jan ärgerte es, wenn ihn Lisbeth mit kurzen Anweisungen herumscheuchte. »Gib mir dies, reich mir das«, befahl sie knapp, ohne ihn dabei auch nur einmal anzusehen.

Während er die Nichtbeachtung der Marktbesucher noch mit gedämpftem Gleichmut ertrug, entfachte Lisbeths Verhalten, das obendrein die Billigung Bernards fand, seinen Zorn. Mit Riesenschritten, sah er, ging Lisbeth auf das Erwachsensein zu und ließ ihn als Kind zurück. Dabei war sie gerade mal drei Tage älter als er. Die körperlichen Veränderungen erschienen ihm suspekt. Argwöhnisch nahm er wahr, daß ihre Stimme einen volleren Klang als seine annahm, ihr Mieder sich wölbte und ihre Bewegungen runder und bedachter wurden, während er neben ihr wie ein Storch stakste. Trost zog er aus dem Umstand, daß er seinen Kopf ein Stück höher trug als sie, im Längenwachstum würde sie ihn nicht einholen. Ein kümmerlicher Trost, der wie Nichts verrauchte, als die Marktbesucher begannen, Lisbeth mit »Jungfer« anzusprechen. Noch schlimmer wurde es, als Jan beobachtete, wie Lisbeth und Bernard begannen, Blicke eines geheimen Einverständnisses auszutauschen, wenn es Lisbeth wieder mit einem Lächeln und ohne langes Feilschen gelungen war, ein Dutzend Eier loszuschlagen oder einen anderen größeren Verkauf zu tätigen. Viel zu oft, merkte Jan säuerlich, hingen Lisbeths Augen am Bruder, der die schweren Körbe mit Leichtigkeit vom Karren hob, um den Nachschub an Waren in Gang zu halten.

Irgendwann hatte Jans Zorn seinen Siedepunkt erreicht. Das eine Wort, die eine Geste waren zuviel.

»Ich bin nicht dein Knecht!« schrie er aus vollem Hals. Er warf Lisbeth das Bündel Karotten, das sie mit dem üblichen abwesenden Blick und einem herrschsüchtigen Winken gefordert hatte, vor die Füße und erlebte in einem kleinen aufwallenden Triumph, daß er damit ihre volle, ungeteilte Aufmerksamkeit fand. Um das schöne Gefühl nicht gleich wieder zu verlieren, warf er ein paar Kartoffeln hinterher, die auf dem Boden herumrollten, genoß das Erstaunen und den aufkeimenden Ärger von Lisbeth und Bernard, drehte sich auf dem Absatz um und ging, taub gegen alles, was die beiden ihm nachriefen.

Einmal in Bewegung geraten, wand er sich rasch zwischen den Marktleuten durch, um einer etwaigen Verfolgung durch Bernard zu entgehen und der Beschämung, vor Lisbeths Augen zum Stand zurückgezerrt zu werden. Bernard schrie dem Bruder lediglich »Döskopp!« nach und dachte daran, daß er auch mal in dem Alter gewesen war.

Jan verlor sich in einem Gewirr kleiner Gassen, schlüpfte durch einen Durchlaß und erreichte einen weiten Platz, auf dem sich ein Gebäude erhob, dessen Anblick ihn für Augenblicke erstarren ließ. Vor ihm ragte der Paulusdom auf. Jan wagte nicht, weiterzugehen, aus Furcht, mit einem Auftreten seiner Holzpantinen das Bild vor sich zu erschüttern, ins Reich der Fabeln zu verscheuchen, aus dem es sich möglicherweise vor seinen Augen zu fester Masse verdichtet hatte. Erst ein paar Atemzüge später traute er sich, und dann mit zunehmender Kühnheit, seine Blicke über die Glasfenster, Strebepfeiler und Dächer wandern zu lassen. Jetzt wußte Jan, wie er sich eine Burg Gottes vorzustellen hatte. Er ließ nun doch die Klompen über das Kopfsteinpflaster der Wege klappern, nachdem die Überzeugung gereift war, daß nichts ein solches Gebäude erschüttern könne, und wallfahrtete einmal um den Dom, erst dann fühlte er sich genug gerüstet, sich dem Eingang zu nähern. Das Innere empfing ihn kühl, feucht und gewaltig. Nun dröhnte ihm jeder Schritt in den Ohren. Gesichter wandten sich ihm zu, die über das unverhohlene Staunen des Bauernbengels nachsichtig und überlegen lächelten.

Schon als er dort stand, unter dem ersten Joch des Langschiffs, den Kopf in den Nacken gelegt, ausgeliefert dem Sog in die Tiefe der Wölbung über ihm – ein Zelt, wie das Himmelszelt bei Nacht –, schlich eine Ahnung in sein Herz, daß dieser Ort etwas von besonderer Bedeutung für ihn barg. Jan überließ sich willig dem Schauen, das bald in eine Zeitlosigkeit überging, weil es alle Zeit in sich hielt. Die festen Konturen verwischten sich. Eine flache Decke schwebte unter dem kuppelartigen Netzwerk der aufsteigenden und sich kreuzenden Rippen, verwob sich mit ihnen, wurde bald deutlicher, bald durchsichtiger. Hinter den mächtigen Pfeilervierecken, die den Längsraum teilten, schauten jene kleineren hervor, die die Vorgängerbauten getragen hatten. Die Jahrhunderte des Planens, Bauens, Betens zogen an Jan vorbei. Ihn überkam ein Gefühl des Schwebens in die Weite von Raum und Zeit.

Besucher gingen an ihm vorüber, schüttelten die Köpfe, er bemerkte sie nicht. Er hätte dort festwachsen, sich in grauen Stein verwandeln können, in einen der aufsteigenden Dienste, die sich im Gewölbe, dem Abbild des Himmels, verloren, aber ein Tippen auf seine Schulter, einmal, zweimal zaghaft, dann mit Nachdruck, zwang seinen Geist zurück in die Begrenztheiten der Jetztzeit. Jan wandte den Kopf und blickte August ins Gesicht, der ihn breit angrinste.

»Na, hältste Maulaffen feil?« lachte August und fügte im Aufschauen hinzu: »Das ist ein Dom, was? Das ist Münster!« Stolz klang aus seiner Stimme. »Wenne schon mal da bist, führ ich dich rum.«

Im Dämmerlicht, das vom regenverhangenen Himmel durch die bleiverglasten Fenster fiel, behielt August, der sich weiter halb hinter Jan hielt, etwas Diffuses, während aus seinen Worten ein selbstbewußter Mensch klang, den Jan von zu Hause nicht kannte. Matt schimmerte die lange Lederschürze, äußeres Zeichen von Augusts neuer Existenz.

Jan tat August den Gefallen, zuzuhören und zu staunen. Als erstes hieß ihn August zu der Gestalt aufschauen, unter deren auskragendem Sockel sie gerade standen: Christophorus, ein wahrhaftiger Riese mit dem Christkind auf der Schulter und einem kompletten Baumstamm samt Geäst als Wanderstab in der Hand. Jan zeigte sich gebührend beeindruckt. Während sie durch die hallenden Seitenschiffe wandelten, spürte Jan mit einem Teil seines Bewußtseins noch immer jenem befreienden Gefühl nach, das ihn unter der Kuppel befallen hatte, und sein Herz hüpfte in Erwartung. Diese Erwartung, daß es noch etwas Größeres in diesem Haus geben mußte als den Riesen, die Unzahl der Seitenkapellen mit ihren pompösen Grabmälern, die Hoheit des Hochaltars, nur erahnbar hinter der Lettnerschranke, die das Heilige vom Allerheiligsten trennte, hieß Jan, sich von August vorwärtsdirigieren zu lassen und die Stimme an seinem Ohr wohlwollend zu ertragen. August hielt es für richtiger, mehr bei der Herrlichkeit des Domkapitels, der Bedeutung flanierender Domherren, gut gekleideter Bürger und umherschwirrender Chorknaben in einer gönnerhaften Art zu verweilen als die Großartigkeit der Architektur zu preisen, die er nur als monumentale Anhäufung von Steinen begriff.

Irgendwo in den tiefen Schluchten der Seitenschiffe begann eine Uhr zu schlagen. Etwas in Jan horchte auf.

»Komm!« sagte August und schob Jan in eine Richtung, die auch andere schon einschlugen. Im Chorumgang hielten sie an. Inzwischen hatte sich eine Traube von Menschen hier versammelt und starrte in die Höhe.

»Da«, sagte August, nach oben weisend, »da siehst du die astronomische Uhr.«

Jan schaute auf und versuchte das, was er sah, in Einklang mit dem zu bringen, was er über Uhren wußte. Wobei er auf wenig mehr zurückgreifen konnte als die buntbemalte Holzschilduhr mit ihren zwei Eisenzeigern und den klobigen Gewichten, die an der Wand in der Küche unter der Decke hing und die es jeden Abend aufzuziehen galt. Ein simpler Mechanismus, der in jedem Bauernhaus zu finden war.

»Bist du sicher, daß das eine Uhr ist?« fragte Jan zweifelnd, als er mit seiner Überlegung fertig war.

Das Schauspiel, das im gleichen Augenblick begann, enthob August vorerst der Antwort. Über einem Gebilde aus ineinander- und durcheinanderlaufenden flachen metallenen Reifen, konzentrisch und dekonzentrisch um die Mittelachse angeordnet, die den Wirrwarr aus Zeichen und Zeigern, Kugeln, rotierenden Sonnenscheiben, Sternen und Ornamenten in Zaum zu halten schien, öffnete sich ein Türchen, und zum Klingklang eines Glockenspiels traten Figuren auf eine halbrunde Plattform hinaus, ruckten um ihren Rand, um am Ende durch eine zweite Tür zu verschwinden. Obwohl die Vorführung geeignet schien, jeden Jungen und auch eine Menge erwachsener Leute in Bann zu schlagen, fühlte Jan eine leise Enttäuschung. Sein Blick sank wieder tiefer und versuchte, in das Geheimnis der magischen Ringe und astronomischen Zeichen einzudringen.

»Nicht wahr«, flüsterte eine Stimme neben Jan, »die Uhr interessiert dich mehr?« Die Stimme gehörte einem Geistlichen, über dessen gewölbtem Bauch sich die purpurne Schärpe spannte. Seinen kahlen runden Kopf bedeckte ein Käppchen. Jan nickte stumpf und verlegen vor dem hochgeistlichen Kleid. Der Domherr las Einfalt in Jans Blick.

»In dieser Uhr«, begann die amüsierte Stimme von neuem, »kreist das Weltall. Hier kannst du den Lauf der Gestirne sehen, kannst beobachten, wie Jupiter, Mars und die anderen Planeten ihre Bahnen ziehen, heute, morgen und in hundert Jahren. Du siehst die Sonnen- und Mondfinsternis der nächsten Jahre voraus, den Ablauf der Jahreszeiten. Es ist ein Wunderwerk.«

Ein Wunder, dachte Jan benommen, das Wunder der Zeit. In dieser Uhr, wurde Jan mit einem Schwindel bewußt, saß die Zeit.

August, der dem Geistlichen einen mißgünstigen Blick über Jans Schulter zuwarf, zupfte den Freund am Ärmel. »Komm jetzt, für eine Stunde ist das Figurentheater aus.«

Jan rührte sich nicht. Er fühlte sich von einer ungeheuren Kraft durchströmt. Hier verbarg sich das Geheimnis der Zeit, das, wie er ergriffen erfuhr, der Mathematiker Dietrich Tzwyvel, der Minorit Johann von Aachen und der Schmied Nikolaus Windemaker 1540 ergründet und in diese Uhr gebannt hatten. Die Kraft der Erde, die das Eisen spendete, und des Feuers, das es schmiedete, die Kraft des Geistes, des rechnenden, forschenden Menschengeistes, und dazu die Kraft des Himmels, sie alle verbanden sich, um dem Unfaßbaren Gestalt zu geben. In diesem Augenblick fühlte sich Jan den unbekannten drei Männern tiefer verbunden als der eigenen Familie.

Es gab sie also, die Gleichzeitigkeit der Zeiten, der Gegenwart, der Zukunft und der Vergangenheit, denn war nicht vom Standpunkt der Zukunft aus betrachtet die Gegenwart schon das Gestrige? Die Zeit breitete sich vor Jan aus, nicht mehr zwanghaft fortschreitend von Stunde zu Stunde, das Gestern unwiederbringlich im Heute verloren, sondern in Bewegungen auf einer grenzenlosen Ebene, vielschichtig, mehrseitig, sich verkehrend, Wirbel bildend wie der Rauch über dem Feuer. Jan sah das ganz klar. Hier hatte er den Beweis vor Augen, daß sein Zeitbewußtsein ein schon jahrhundertealtes Geheimnis, Wissen der Eingeweihten, der Weisen war. Er war also keine Mißgeburt der Natur, stigmatisiert durch ein eigenartiges Gebrechen, sondern seine Einblicke in das Gefüge der Zeit waren Teil der großen Welteinheit. Es war nicht seine Schuld, daß der Geist der meisten Menschen für diese Sicht zu stumpf war.

»Sie haben also in die Zukunft schauen können?« hakte Jan mit dünner Stimme nach.

»Ja, mein Junge«, schmunzelte der Domherr, »dazu mußt du ein tüchtiger Schmied, ein gelehrter Mathematiker und ein frommer Mönch sein, dann kannst du vorhersagen, was die Uhr in hundert Jahren schlägt.«

Jan bedankte sich artig, bevor er sich von August nach draußen ziehen ließ.

Es gab also auch noch andere Wege aus der Gegenwart in die Zukunft, Wege, die man berechnend einschlagen konnte und die sich nicht unerwartet und zufällig auftaten. Jan nahm sich vor, dies im Auge zu behalten.

Draußen erschrak er, als er August im unbarmherzigen Licht des Tages sah. August war nie kräftig gewesen, aber sein Gesicht doch von gesunder Röte, die der Aufenthalt im Freien verleiht. Davon war ihm wenig geblieben. Grau sah er aus, seltsam welk, er blinzelte im trüben Tageslicht wie ein Maulwurf.

»Geht's dir auch gut?« fragte Jan besorgt.

»Was meinst du, mein Meister schätzt mich, er sagt, wenn überhaupt zu was, dann bin ich zum Schuster geboren. Diese Schürze hat er mir geschenkt, hat sie selbst zwanzig Jahre getragen.«

Jan sah skeptisch das Objekt meisterlichen Wohlwollens an, das fleckig und hart vom Alter um Augusts magere Gestalt herumstand. August trug Schuhe wie ein Städter. Jan sah auf seine Klompen hinunter.

August folgte dem Blick und sagte: »Solche Bauernpantinen trag ich nicht mehr.«

Jan schaute nicht auf. »Und was ist mit der Schustertochter?«

»In der Werkstatt ist's ziemlich duster, da ist es ganz gleich, wie sie ausschaut. Aber jetzt sag mal, wie kommst du hierher?«

Jan fiel der Stand wieder ein, und es war ihm, als wäre er vor unfaßbar langer Zeit von ihm weggelaufen, und warum eigentlich? Er sah seinen Begleiter so verwirrt an, daß dieser seine Frage wiederholen mußte. Der liebe August, dachte Jan, schleppt mich die ganze Zeit in der Kirche herum, und ich hab gar nicht daran gedacht, was für eine Riesenfreude ich ihm machen kann.

»Gleich erlebst du eine Überraschung, August, du mußt nur mit mir kommen. Weißt du, wir stehen mit einem Stand auf dem Markt, um zu verkaufen; Äpfel, Birnen, Kohl, Eier, Bennard und ich, und jetzt rat einmal, wer noch, du wirst dich freuen.«

Aber da hatte der Schusterlehrling auf einmal keine Zeit mehr. Längst hätte er zurück sein müssen, rief er schon im

Gehen, Jan müsse ihn das nächste Mal bestimmt in der Werkstatt besuchen, sie läge nur ein paar Ecken weiter.

»Ja, willst du Lisbeth denn nicht sehen?« schrie Jan.

Er sah August entschwinden, schon ein Schatten seiner selbst, seine Schuhe schienen den Boden kaum zu berühren, es fehlte der solide Klang von Holz auf Stein. Was nun bald kommen würde, stand das auch auf der Uhr geschrieben, in einer der mysteriösen Gravuren auf einem der vielen blanken Reifen, ging es Jan durch den Kopf, als er seinen Weg zurück zum Stand suchte.

Der Empfang dort fiel anders aus, als er erwartet hatte. Bernard zwinkerte gutmütig. »Hat dir der Ausflug Spaß gemacht? Hättest dich längst mal umschauen sollen.«

Auch Lisbeth warf ihm einen Blick von der Seite zu, der nicht unfreundlich war! Ein neues Wunder, eines, das Jan friedlich stimmte und ihn seinen Ausbruch endgültig vergessen ließ. Eine Weile sah er Lisbeth verstohlen zu, die mit ruhigen Bewegungen Mehl abwog, Eier zählte, Äpfel in Körbe füllte und mit selbstbewußter Freundlichkeit Auskunft auf Fragen gab. Jan beschloß, nichts von seinem Treffen mit August zu erzählen.

Es blieb an diesem Tag nicht viel übrig, das sie nach Hause zurückbringen mußten. Jan drehte sich auf dem Kutschbock um und schaute auf die leeren Körbe, die auf dem Leiterwagen schaukelten. Heute saß er in der Mitte, Lisbeth war bereitwillig zur Seite gerückt.

Auch Bernard warf stirnrunzelnd einen Blick hinter sich. »Wenn's so weitergeht mit der Mißernte, reißen sie uns noch vertrocknete Stengel und schrumpelige Äpfel aus der Hand.«

Er ergriff Jans Hand, drehte sie um und legte sie ihm auf den Schenkel. »Weißt was, du sollst auch deinen Anteil haben. Da, das ist für heute, auch wenn du nicht den ganzen Morgen dabei warst.«

Jan sah zu, wie Bernard ihm einige Kupferstücke aufzählte, und blickte unschlüssig auf das Geld. Was sollte er damit anfangen?

»Ich werd es Modder geben oder Vadder«, sagte er.

Bernard legte seine Hand über Jans und drückte ihm die Finger über den Münzen zusammen. »Nein, wirst du nicht. Das Geld ist deins, nicht Modders oder Vadders. Das geht von meinem ab. Verstehst du? Es ist gut, etwas Eigenes zu haben.«

Jan verstand nicht. Er war noch nicht in dem Alter, in dem er Anspruch auf Lohn hatte. Und was war schlecht daran, das Geld dem Vater zu geben? Alle taten das. Es war so üblich. Knechte, Mägde, die eigenen Kinder ließen ihren Lohn beim Bauern stehen, überall auf den Höfen.

»Heb dir dein Geld gut auf und spar dir was zusammen«, fuhr Bernard fort, und als hätte er Jans Gedanken gelesen: »Das Geld beim Bauern stehenzulassen, das ist bald veraltet. Die Preußen richten Banken und Sparkassen ein, wo die Leute ihr Geld einzahlen. Die Kasse verwaltet es ihnen und zahlt es ihnen aus, ohne daß sie darum betteln müssen, wenn sie es brauchen.«

Jan verstand noch immer nicht, welchen Vorteil eine solche Neuerung gegenüber dem Herkömmlichen bieten sollte. Langsam begann das Geld in seiner Handfläche zu brennen.

»Wenn du das nächste Mal Lust auf einen Gang durch die Stadt hast, sag es frühzeitig. Es kann sein, daß ich ein anderes Mal etwas zu besorgen hab, dann wirst du den Stand mit Lisbeth hüten. Es geht nicht an, daß wir Lisbeth allein lassen. Von heute an fällt immer etwas dabei für dich ab.«

Jan legte das Geld zuunterst in den Kasten, in dem sein Sonntagsanzug aufbewahrt wurde, und hoffte, es dort bald zu vergessen. Neues wollte er nicht mehr annehmen.

Am Abend fanden sich die Wierlings, Clemens Hölker, Klara Potthoff und ihr Ältester, Hinnerk, ein, und alle sahen am Glänzen in Klaras Augen, daß es etwas Besonderes zu berichten gab.

»Wir sind jetzt wahrhaftig frei«, verkündete Klara, kaum daß sie sich einen Stuhl ans Feuer gerückt hatte.

»Von wat? Von Kopfläusen? Oder hatter Grind gehabt?

Und wie hast du das gemacht?« fragte Trude und betrachtete Hinnerk, der sich verlegen grinsend den wirren Schopf kratzte.

Klara wischte mit einer generösen Handbewegung Trudes Spott aus der Luft.

»Aber was denn. Wir sind die Leibeigenschaft los. Punkt für Punkt. Gut für uns, daß wir seit jeher jedes beschriebene Stück Papier aufheben. Hab ich doch in meiner Leinentruhe ein altes, vergilbtes Ding gefunden, das nur Hinnerk mit seinen scharfen Augen entziffern konnte. Es stand alles genau da, was zum Leibgedinge gehört. Der alte Schonebeck wollte uns weismachen, daß die Gespanndienste zur Pacht von Grund und Boden gehören würden, der alte Fuchs. Das hat was gekostet, drei Wochen waren wir täglich da, beim Rentmeister und zuletzt beim alten Schonebeck. Er hat sich erst geschlagen gegeben, als wir eine Bestätigung vom Landratsamt vorlegen konnten, ich bin mit Hinnerk nach Wolbeck rüber deswegen. Aber jetzt sind wir mit allem durch.«

Klara zählte auf: Spanndienste, Schollenbindung, Gesindezwang der nachgeborenen Kinder und die außerordentlichen Abgaben bei Tod oder Hochzeit des Bauern, die sogenannten ungewissen Gefälle, die bis zur Hälfte der beweglichen Habe ausmachen konnten, gehörten der Vergangenheit an. Die Potthoffs waren von nun an freie Bauern, und das nicht nur auf einem Stück Papier mit königlich preußischem Amtssiegel.

»Wollt ihr jetzt zusammenpacken und fortziehen?« erkundigte sich Josef Wierling.

»Und unsern Hof aufgeben? Hat dir ein Pferd an den Kopf getreten, Josef Wierling? Wir kaufen jetzt den Grund und Boden frei, dann gehört uns der Hof bis zum letzten Katzenkopf.«

»Weißt du, was das kostet, das bringt ihr nie auf.«

»Freilich tun wir das. Das Fünfundzwanzigste der jährlichen Pacht müssen wir als Ablösesumme aufbringen. Jetzt, wo wir die Leibdienste nicht mehr leisten müssen, haben wir mehr Zeit und Kraft für den eigenen Boden. Und für die eigene Sache arbeitet es sich leichter. Wofür sollten wir uns vorher anstrengen? Fiel die Ernte reicher aus, stiegen die Abgaben. Da kam man doch nie voran.«

»Dann bete mal um eine bessere Ernte im nächsten Jahr, bei dieser bleibt kaum was übrig, um die Spatzen satt zu kriegen«, sagte Hubert bedächtig.

Jan hatte Klara noch nie so gesehen. Sie glühte von innen heraus, sie schien ihm ganz sie selbst zu sein, und er begriff die Beherrschtheit, die sonst an ihr auffiel, als eine Dämpfung, die ihr die bisherigen Lebensumstände aufgezwungen hatten. Jan hatte nicht gewußt, daß die Leibeigenschaft für die Menschen selbst eine solch tiefe Bedeutung haben konnte, die über die äußeren Zwänge der Dienste und Gebundenheiten hinausging. Aber vielleicht empfanden nicht alle so wie Klara. Hinnerk jedenfalls wand sich vor Verlegenheit und wußte nichts Rechtes zu seiner neuen Freiheit und der zukünftigen Würde seiner Person zu sagen.

»Beten und alles andere, da muß man um die sichtbaren und unsichtbaren Dinge Bescheid wissen und darum, wie man sie lenkt«, fuhr Klara fort und warf einen Seitenblick auf Jan. »Ungesponnenen Flachs hab ich der Jungfrau Maria geopfert, einen langen Strang unter ihre Statue gehängt, wenn nichts hilft, das hilft immer, das wißt ihr ja, so kann man was tun, daß sich das Schicksal zum Guten wendet.« Ihre Stimme nahm einen untergründigen Ton an, und Jan spürte, obwohl Klara nicht mehr offen zu ihm hinschaute, daß sie ihn nicht aus den Augen ließ. Merkwürdigerweise schien auch ihr Stuhl näher an den seinen herangerückt zu sein. Eine eigenartige Stimmung breitete sich aus, Stühle schurrten über die Steinpflasterung, und Körper bogen sich mehr dem Feuer zu. Die Flammen schienen höher zu schlagen.

Clemens' klare Stimme machte dem ein Ende. Er halte viel von der Bauernbefreiung, erklärte er. Die neue preußische Regierung erhoffe sich davon einen wirtschaftlichen Aufschwung, der dem Land dringend not täte.

Das war das richtige Stichwort für Bernard, der seine

201

Sprüche von den fortschrittlichen landwirtschaftlichen Methoden aufsagte und auf England verwies, das in seinen Neuerungen den deutschen Bauern voraus war, das sah man an den besseren Erträgen. Nur konkret befragt, wußte Bernard keine genauen Auskünfte zu geben. Die neue Landwirtschaft war wohl eher Wunschvorstellung als Wirklichkeit, eine Fabel, schmunzelten die anderen sachte.

Jan nutzte Clemens' Eintritt in das Gespräch, sich leise zu erheben und aus jenem Netz herauszutreten, das Klara mit Worten und Gesten um ihn zu weben begonnen hatte, und so war es auch nur sie, die sich ihm mit einem Aufflackern von Enttäuschung in den Augen kurz zuwandte, das Jan unbehaglich wahrnahm. Er mochte Klara doch. So setzte er vorsichtig einen Fuß hinter den anderen und hörte, wie sich das Gespräch – Clemens hatte wieder das Wort ergriffen – der Notwendigkeit besserer Ausbildung und Bildung zuwandte und damit einem Gegenstand, über den Klara schon manches Mal nachgedacht hatte. Jan spürte, daß ihre Aufmerksamkeit von ihm abließ, und atmete erleichtert auf.

»Meine Kinder werden keine Knechte und Mägde«, hörte er sie erklären und nahm noch wahr, daß Clemens ihm einen nachdenklichen Blick zuwarf, als er schon die Hand auf dem Riegel der Tennentür hielt. Jan stürzte nach draußen. Über ihm wölbte sich ein fahler Sternenhimmel. Von den Regenwolken des Tages hingen nur noch dünne Schleier am Firmament und dämpften das Licht der Sterne. Aber es genügte, um in Jan ein Gefühl der Befreiung zu erzeugen, das seinen körperlichen Widerhall in tiefen Atemzügen fand. Er breitete die Arme aus und begann sich mit nach oben gewandtem Gesicht, um sich selbst zu drehen. Mit dieser Bewegung lösten sich die Sterne von ihrem Platz, kreisend lockten sie einen angenehmen Schwindel hervor, dem sich Jan überließ, um damit ein wenig von jenem Gefühl unter der Domkuppel heraufzubeschwören.

Nicht denkend, sondern nur empfindend und schauend, versenkte sich Jan wieder in das Geheimnis der Uhr. Er wollte die Zeit als etwas Ganzes und Großes erfassen und sich von niemandem in das lastende und bedrückende Spähen in das Morgen, in konkret Zukünftiges hineinziehen lassen. Im großen betrachtet, ließ sich das Wirbeln der Zeiten aushalten. Es war sogar ein Rausch, den Jan jetzt suchte und fand, wie schon vor seiner letzten Erkrankung. Aber diesmal fehlte die kindliche Neugier und Mutwilligkeit.

Den Rückweg durch die dunkle Tenne brachte er so rasch wie den Herweg hinter sich, getrieben von dem flüchtigen Eindruck, etwas lauere hier in den Schatten, etwas Unheilvolles, dem ein Hauch von Aufmerksamkeit, von bewußter Wahrnehmung die Kraft verliehe, sichtbar Gestalt anzunehmen. Jan hatte die Tenne durchquert, bevor ihn noch die Erkenntnis traf, daß die kleinliche, direkte Zukunft sich wieder bösartig in seinen Kopf einsaugte.

An den letzten Markttagen, an denen sie ihren Stand aufschlugen, ging Bernard häufig eigene Wege und blieb länger fort, sobald er sich vergewissert hatte, daß Lisbeth und Jan, die jetzt besser Hand in Hand arbeiteten, auch ohne ihn zurechtkamen. Viele Marktbesucher schienen Gefallen an den beiden flachshaarigen, frischen Kindern zu finden, die mit ländlicher Artigkeit ihren Stand versahen. Die Leute lächelten noch, betört vom Hauch der bäuerlichen Unschuld, wenn Lisbeth unerbittlich auf dem geforderten Preis bestand.

Jan erfuhr von Lütke-Hubert, daß Bernard heimlich beim Rentmeister ihres Grundherrn wegen der Hofübergabe vorgesprochen hatte, nur vorsorglich.

»Du weißt«, fuhr Lütke-Hubert fort, »daß der Grundherr ein Wort mitzureden hat, das ist keine Sache, die nur Vadder und Sohn auszumachen haben. Bennard wollte wissen, wie die Bedingungen wären, was unbedingt zum Altenteil für die Eltern gehören müßte, damit die auch noch was zum Leben hätten, aber es darf nicht zuviel vom Hof abgehen, das wär nicht gut, das schmälert den Ertrag und am Ende dem Grundherrn die Pacht.«

Sie misteten gerade zusammen den Stall aus. Jan verstand

nicht, warum ihm der Bruder davon erzählte, noch dazu zögerlich und mit gedämpfter Stimme, als spräche er nur zu sich selbst. Nicht einmal schaute er zu Jan hinüber.

Der Junge stützte sich auf die Forke. »Kann denn nicht einfach die alte Regelung zwischen Grootvadder und Vadder auch für Vadder und Bennard gelten? Was machst du dir überhaupt Gedanken um so was, das ist doch noch lang hin.«

Erst danach fiel ihm auf, daß die älteren Brüder wieder öfter zusammenstanden, meistens ruhte Bernards Hand auf Lütke-Huberts Arm oder Schulter, und es war auch meist Bernard, der redete. Lütke-Hubert hatte wohl nicht viel zu sagen. War es Neugier oder Zufall, daß Jan, durch den breiten Rücken einer Kuh gedeckt, von deren schmutzigem Fell er halbherzig die Krusten abkratzte, nah genug an die beiden heranrückte, um ein paar Worte von der Unterhaltung zu verstehen, die in einem Ton geführt wurde, der ihm widerstrebte.

»Glaub mir, die Bauernbefreiung muß auch andersherum laufen. Wir können jetzt alte Bindungen von uns aus lösen, wenn sie nichts mehr taugen. Du schaffst mehr als Josef Wierling, und der hat keinen Erben mehr. Du wärst in der Lage zu heiraten.«

Die Kuh stampfte unruhig. Jan zog sich zurück bis an ihr Hinterteil, und sie schlug ihm den Schwanz ins Gesicht. Jan wischte sich den Dreck aus den Augen. Als er damit fertig war, hatten Lütke-Hubert und Bernard den Stall verlassen. Jan lehnte sich an die Flanke der Kuh. Ihm kamen Lisbeths Blicke in den Sinn, mit denen sie bewundernd an Bernard hing, wenn dieser es nicht bemerkte. Lisbeth tat ihm plötzlich leid. Ein kleiner, weher Kummer entstand, wenn er an sie dachte.

Bernard bedrängte nicht nur Lütke-Hubert. Es verging fast keine Woche, daß er nicht wenigstens einmal die Rede auf den Aufbau der Lieftucht und auf das Versprechen des Vaters brachte. Es hatte schon fast etwas Rituelles an sich: Bernards Mahnung und Huberts Ausflüchte, die bald alle wie eine Litanei aufsagen konnten: das schlechte Wetter, die schlechten

Zeiten, in denen es hieß, das Geld zusammenzuhalten. Bernards Ungeduld und sein Zorn wuchsen mit all den Talern vom Markt, die im Kasten klapperten. Hubert sah schon, daß er sich etwas anderes ausdenken mußte.

»Jetzt kommt bald der Winter, und wir haben noch nicht begonnen«, schrie Bernard.

Hubert lächelte bei der Erwähnung des Winters. »Wenn du's schon sagst, dann können wir auch bis zum Frühjahr warten«, sagte er mit heimlicher Genugtuung.

»Aber ich will heiraten«, schrie Bernard.

Hubert klopfte bedächtig die Pfeife an der Tischkante aus und fing die kalte Asche mit der Hand. Trude hielt das Spinnrad an, und Lütke-Hubert senkte den Kopf tiefer über den Bierkrug.

»Daher weht der Wind«, begann Hubert, stockte, kratzte mit dem Fingernagel in der Pfeife. Es gab ein häßliches Geräusch. Wirklich überraschen konnte die Ankündigung nicht. Dafür war Bernard in den letzten zwei Jahren zu oft zu den Schulze Hundrups hinübergeritten, und nach den Gottesdiensten am Sonntag, bei Festen und beim Tanz hatten ihn alle mit Agnes zusammen gesehen. Es hieß sogar schon, Agnes habe Bernard mit Heinrichs Einverständnis Spiegeleier vorgesetzt statt Pfannkuchen, das galt als ausgemachtes Zeichen für eine erfolgreiche Werbung. Es gab also keinen Zweifel an der Braut, soweit waren die Dinge gediehen.

»Na, dann heiratest du halt, bist ja alt genug«, fuhr Hubert fort und ließ das Wichtigste ungesagt. Falls er sich davon etwas erhoffte, machte Bernard seine Bemühungen gleich zunichte.

»Agnes kommt nur auf den Hof, wenn sie Bäuerin sein kann.«

Hubert erhob sich schwerfällig. »Dann wirst du mit der Hochzeit warten müssen oder dir eine andere Braut suchen, die weniger hoffärtig ist«, antwortete Hubert und schlurfte zur Küche hinaus.

Bernard wartete, bis hinter ihm die Tür zuklappte, und schlug dann mit der Faust auf den Tisch.

»Den Deiwel werd ich!«

Mia fuhr ihn scharf an: »Versündige dich nicht, Bennard. Deine Zeit wird schon noch kommen, das hat noch Weile, und deine Agnes kann unterdessen etwas Bescheidenheit lernen.«

Trude warf trocken ein: »Die lernt das nie, die hat schon als Kind gewußt, wer sie ist und was ihr zusteht.«

Bernard wand sich aus der Bank hinter dem großen Eichentisch und sagte zu Lütke-Hubert: »Kommst du? Ich halt das hier nicht mehr aus.«

Lütke-Hubert zögerte, bevor er Bernard folgte. Erst später bemerkte Jan, daß er nicht mit Bernard fortgeritten war, der wohl seine Braut besuchte, sondern sich in der Scheune im Licht einer schwankenden Laterne an den Ackergeräten zu schaffen machte.

Lütke-Hubert schärfte sorgfältig den Kartoffelpflug, kratzte gründlich am Strohschneider die verklebten Reste ab und sah die Rodehacken auf Schartigkeit durch. Es war im Spätherbst nicht allzu schwer, etwas für die Hände zu finden, um nicht den Kopf beschäftigen zu müssen.

9

Zu Jans dreizehntem Geburtstag hatte sich Clemens etwas ausgedacht. Der letzte Markt, den sie in diesem Jahr beschicken wollten, stand bevor. Die Hühner begannen weniger Eier zu legen, Trude beanspruchte das restliche Obst und Gemüse für den eigenen Wintervorrat in Körben, Schütten und Tontöpfen im Keller, ohne den ihr gerade dieser bevorstehende Winter lebensbedrohlich erschien.

So rüsteten sich die drei Marktgänger an einem neblig kalten Morgen zur letzten Fahrt. Der Wagen hinterließ tiefe Furchen im Schlamm der Wege. Clemens hatte mit Bernard gesprochen, aber nicht mit Jan, so war dieser vollkommen überrascht, als der Lehrer an den Stand herantrat und ihn zu einem Rundgang durch die Stadt einlud. Es blieb ihm, von Bernard mit Nachdruck in Clemens' Richtung geschoben, nicht viel anderes übrig, als seinem Lehrer zu folgen.

»Vergnügt euch nur«, schrie Bernard ihnen gutgelaunt nach.

Jan fühlte sich neben Clemens bäurisch und unbeholfen. Er stolperte voran wie schon seit Jahren nicht mehr, weil es plötzlich wieder mühsam schien, die Füße zielsicher auf das Pflaster zu setzen. So konzentrierte er sich ganz auf das rechte Gehen und Zuhören, und es blieb keine Kraft mehr fürs Reden und Fragen. Clemens war bald enttäuscht. Vor dem Gang hatte er sich ausgemalt, wie er Jan mit seiner städtischen Geläufigkeit überall herumführte, ihm die Geschichte der Stadt an Hand ihrer baulichen Herrlichkeiten erläuterte, wie er erst die Neugier schüren wollte, dann die Bewunderung und schließlich das Vertrauen, auf das er so lange schon wartete. Außerdem trieb ihn der heimliche Gedanke um, die für den Bauernjungen ungewohnte städtische Umgebung als Prüfstein zu benutzen, um zu sehen, ob wirklich das in ihm steckte, was er vermutete,

207

oder ob er nur im Vergleich mit den üblichen stumpfen Bauernhirnen in der Venne als etwas Besonderes gelten konnte.

Clemens führte eine stumme, in sich gekehrte Kreatur herum. Sie passierten die Adelshöfe in der Salzstraße. Zwischen ihnen lag das ehemalige Dominikanerkloster, jetzt Sitz des Hauptzollamts und anderer preußischer Behörden. Weiter ging es durch schmale Gassen. Viele Häuser zeigten zugemauerte Fenster. Clemens bemerkte hoffnungsvoll, wie Jans Blick an diesen hängenblieb.

»Die Fenstersteuer, weißt du, die haben die Franzosen 1812 eingeführt. Hausbesitzer mußten ihre Steuern nach Anzahl der Türen und Fenster entrichten. Du siehst, wie sich manch einer zu helfen wußte.«

Jan blickte an den Häusern hoch, die meist zusammengeschachtelt standen.

»Da schaust du, was? Nur Ziegeldächer, nirgends das dir vertraute Stroh. In Münster hat es vormals viele Brände gegeben, denen ganze Stadtviertel zum Opfer fielen. Das wurde erst anders mit der Brandschutzordnung des Freiherrn von Fürstenberg, des Staatsministers des letzten Fürstbischofs. Jetzt sind Strohdächer ebenso verboten wie das Verbauen von Holz an den Kaminen. Zimmerleute, Dachdecker und Tischler dürfen bei Strafe nicht rauchen bei der Arbeit. Auch ist das Rauchen beim Dreschen, in Ställen, auf Böden, Deelen und in Wirtshäusern verboten«, erläuterte Clemens in der Hoffnung, daß der stete Strom die Verstocktheit lösen möge.

So verrückt ist also das Leben in der Stadt, dachte Jan, dabei sehen die Gassen doch adrett aus. Auf dem Land hat wohl noch niemand von diesen städtischen Merkwürdigkeiten gehört. Jan jedenfalls konnte sich die Brüder, den Vater, Ohm Heinrich, Ohm Josef und die anderen kaum ohne Pfeife auf der Tenne vorstellen.

Sie kamen an weiteren Klosterbauten vorbei. Dem Klarissenkloster, dem Kloster Ringe, dem Kapuzinerkloster, der Georgskommende. Alle aufgehoben in der Säkularisation, schnurrte die gefällige Stimme neben Jan. In der Georgskommende, im Kloster und in der Kirche selbst, sei jetzt Fourage für das Militär gelagert.

Dann standen sie auf dem Domplatz. Jedwede edelmütige Absicht hatte sich mittlerweile an bäuerlicher Sturheit aufgerieben, Clemens war der Verzweiflung nahe und, schlimmer noch, dem Überdruß. Konnte denn nichts das Schweigen neben ihm durchbrechen? Er musterte verstohlen den Jungen an seiner Seite, die abgewetzte Jacke, die ausgebeulten Hosen, die Klompen, an denen hinten Stroh klebte, und der unverkennbare Stallgeruch stieg ihm in die Nase. Es bereitete ihm Mühe, dennoch auf einen Punkt am Rand der weiten Fläche und auf das Haus dahinter zu deuten. Es sollte der letzte Versuch sein.

»Dort steht das Kanzleigebäude, siehst du es? In ihm war zur Franzosenzeit das Arrondissementgericht untergebracht, und direkt davor stand die Guillotine.«

Jan schrak zusammen. »Das Fallbeil?«

»Ja«, rief Clemens mit wiedererwachter Hoffnung, »das Fallbeil! Hier rollten die Köpfe der Verurteilten.«

Jans Arm wies auf den Dom und beschrieb einen weiten Bogen. Es fiel ihm nicht auf, wie leicht sich jetzt die Worte lösten, die ihm bis gerade noch im Hals steckengeblieben waren. »Aber das hier ist heiliger Boden, das ist die Domimmunität.«

Clemens hätte Jan umarmen mögen wegen der klugen Bemerkung. Quer über den Platz zog eine kleine Prozession Ministranten in Chorröcken mit einem Geistlichen vorneweg, Glöckchen klingelten zart in der Novemberluft.

Der Lehrer nickte überschwenglich. »Das haben die Münsteraner den Franzosen sehr übelgenommen. Den Domplatz zu entweihen! Hier beginnt und hier endet jedes Jahr die Große Prozession, eine Pest- und Brandprozession am Montag vor dem Fest der heiligen Margaretha, an der jeder gute Bürger Münsters teilzunehmen hat.«

Clemens bemerkte endlich in Jans Augen das Aufleuchten, auf das er gehofft hatte. Jetzt nur nicht nachlassen, sagte er sich und stürzte sich in die wohl wortreichste Schilderung, mit der der farbenprächtige Umzug je gewürdigt wurde. Jan sah direkt die Fahnen, die Kreuze, die Heiligenbilder, sah die Ratsherren, Zunftmeister, Kleriker in vollem Ornat und die treuen Bürger um den Dom schreiten und von Pfarrkirche zu Pfarrkirche. Der Redeschwung seines Begleiters reichte noch aus, um die Festessen zu schildern, mit denen der Umzug für die Ratsherren, Zunftmeister und Armenfürsorger endete. Mit dem letzten Atem beschrieb der Gelegenheitschronist die Brotspende für die Bedürftigen, von denen es immerhin tausend gab bei fünfzehntausend Einwohnern, die den Umzug abrundete. Clemens schloß mit einem tiefen Seufzer. Eben klappte die Domtür hinter der kleinen Prozession zu.

»Und was willst du jetzt noch sehen?« fragte er erwartungsvoll.

Jan schaute zur Domtür hinüber und dachte an das, was sich dahinter verbarg. »Ist es weit bis zum Minoritenkloster?«

Was immer sich Jan unter einem Kloster vorstellte – er hatte noch keines in Betrieb gesehen –, das Minoritenkloster entsprach dem nicht. Ein Gewimmel von Uniformen, wiehernden Pferden, die an Zügeln herumgezerrt wurden, Fouragewagen, wo Stille sein sollte und allenfalls ein paar Mönche in dunklen Kutten zu erwarten waren: ein ähnlich befremdlicher und verstörender Eindruck wie bei den anderen Klöstern, die sie bereits passiert hatten.

Jan hockte sich auf einen Holzpflock, der dem Anbinden von Pferden diente, und starrte mit Tränen in den Augen zu dem Gebäude hinüber. Was hatte er sich hier erhofft? Eine Spur jenes Mannes zu finden, der am Geheimnis der Domuhr mitgewirkt hatte? Johann von Aachen, der Minorit, hatte er hier gelebt? Statt Clemens diese Frage zu stellen, deutete Jan mit einer hilflosen Geste nach vorn.

»Die Klöster, sind die jetzt alle so?«

Der Lehrer hatte besorgt beobachtet, wie sich Jans Gesicht verschloß, und schon befürchtet, daß er in seine vorige Stummheit verfiele. Behutsam zog er seine Pfeife aus der Tasche, lehnte sich an einen der leeren Fouragewagen und richtete sich aufatmend auf eine längere Unterhaltung ein.

»Von der Säkularisation hast du wohl noch nicht viel gehört?«

»Doch, die Preußen haben dem Herrgott das Seine gestohlen und die armen Priester und Nonnen zu Bettlern gemacht.«

Clemens lächelte. »Das wohl nicht, und es waren nicht nur die Preußen, sondern auch die Franzosen beteiligt. Sag, du bist wohl auch so einer, der den fürstbischöflichen Zeiten nachjammert?«

»Vadder sagt, unter dem Krummstab ging's uns gut.«

»Aber heute geht es nicht mehr ganz so gut, und daran sind die Krummstäbe schuld. Das Fürstbistum Münster hatte, als es aufgelöst wurde, 3,8 Millionen Taler Schulden, 1803, als die Preußen schon hier waren, noch 650000. Kannst du dir diese Summen vorstellen? Die sind in einhundertfünfzig Jahren fürstbischöflicher Wirtschaft entstanden. Überleg mal, Jan, ist es recht, daß ein Mann Gottes, ein Bischof zumal, sich um Politik kümmert? Um Steuergesetze für die Bürger, um Rechtsprechung, um Handel und Wandel? Ist nicht die Seelsorge seine Berufung? Unsere Bischöfe, die auch Landesherren waren, residierten meist anderswo, waren kaum jemals hier. Die wichtigsten Ämter hatten Adlige und hohe Geistliche inne, für die die Ämter keine Aufgaben, sondern Pfründe darstellten. Die Arbeit erledigten subalterne Beamte, und das oft nur im Nebenberuf, da sie sich vom Staatssalär nicht ernähren konnten, das meiste davon ging ja an die Pfründeninhaber. Das ist nur einer der Gründe für eine Änderung. Über Steuerfragen und Gesetze entschieden die Vorstände auf den Landtagen, sechzig Ritter, einundvierzig Domkapitulare, die sechzehn adlige Ahnen mütterlicher- und väterlicherseits vorzuweisen hatten, und nur dreizehn Städtevertreter, unter denen es auch Bürgerliche gab. Ihr Bauern wart überhaupt nicht vertreten. Kein Wunder, daß sich hier in Westfalen die Steuerprivilegien für Adel und Geistlichkeit so lange hielten. Die Franzosen erst haben dem ein Ende gemacht mit ihrer Egalité. Und heute heißt es erst recht, niemand wird von den Steuerzahlungen auf Handel, Gewerbe, Landbesitz ausgenommen, das nennt sich Steuergerechtigkeit.«

»Was hat das nun mit der Auflösung der Klöster zu tun?«

»Als 1802 auch hier in Münster mit der Säkularisation begonnen wurde, betrug das Vermögen der Geistlichen und Ordensleute, es waren im ganzen 470 Personen, 4 Millionen Taler an Grund- und Kapitalbesitz. Zwei Drittel entfielen davon auf das Domkapitel. Meinst du nicht, daß das ein bißchen viel war für so ein paar Gottesleute? Wofür sollten die es brauchen? Das Einkommen aus dem Besitz betrug soviel wie das gesamte Steueraufkommen des Landes. Jetzt denk mal an die Schulden des Landes und daran, daß auf diesen kirchlichen Besitz nie Steuern gezahlt wurden.«

»Das rechtfertigt noch nicht, daß Priester und Nonnen bettelarm auf die Straße gejagt worden sind«, widersprach Jan heftig.

Clemens sah ihn erstaunt an. »Das ist nicht geschehen, wer dir das erzählt hat, hat dir einen Bären aufgebunden – oder haßt die Preußen. Die Preußen, die 1803 mit der praktischen Durchführung der Säkularisation begannen, waren sich von Anfang an im klaren, daß der kirchliche Besitz, der für die Seelsorge notwendig ist, also Kirchen für die Gottesdienste, Wohnungen für die Priester, Unterhalt der Priester, erhalten bleiben mußte. Im ganzen wurden 1806 nach sorgfältiger Prüfung nur ein paar der Nonnenklöster aufgehoben, die kleineren Klöster sollten mangels Novizen aussterben und die großen als Schul- und Erziehungsorden fortbestehen. Verstehst du? Beten kann jeder Mensch auch für sich. Dafür braucht's keine Klöster. Aber wenn er eine Aufgabe hat, dann hat ein Orden auch eine Daseinsberechtigung. Das Minoritenkloster, vor dem wir hier verweilen, wurde schon 1803 beschlagnahmt und zu einer Kaserne umgebaut. Die Mönche fanden anderswo ein Unterkommen.«

Als er die blitzende Empörung in Jans Augen wahrnahm, fuhr Clemens schnell fort: »Wegen der Kriege wurden Unterbringungsmöglichkeiten für die Truppen benötigt, die durch Münster zogen. 1806 waren einmal für kurze Zeit 10 000 Mann hier in Münster einquartiert, bei nicht viel mehr als 11 000 Einwohnern. Kannst du dir das Chaos vorstellen, das hier geherrscht hat?«

Der Junge schüttelte ablehnend den Kopf. »Kann ich nicht. Aber Soldaten in Klöstern?«

Clemens seufzte. »Schlimm wurde es erst 1811, als die Franzosen alle restlichen Klöster und Kapitel aufhoben bis auf die Barmherzigen Brüder, die sich der Krankenpflege verschrieben haben. Solche Leute werden in Kriegszeiten immer gebraucht. Die anderen wurden auf Pensionen gesetzt. Du siehst also, niemand wurde mittellos auf die Straße gejagt.«

Jan sah zu, wie Säcke mit Korn von einem Wagen abgeladen und in das ehemalige Kloster getragen wurden. »Was wurde aus dem Klostergut, den Möbeln, den Gerätschaften, durften die Mönche all das mitnehmen?« fragte er leise.

Der Lehrer zögerte mit der Antwort. »Das ist eines der traurigen Kapitel der Geschichte. Ich habe es selbst erlebt und schäm mich noch heute für das, was hier geschah. Bücher, Möbel, Kunstgegenstände wurden zusammengerafft und wie Plunder verladen, fortgekarrt oder einfach auf die Straße geworfen. Vieles wurde zerstört. Manches Buch habe ich selbst aus dem Dreck aufgelesen.«

Er tippte Jan auf die Schulter. »Komm, laß uns weitergehen. Natürlich waren die Münsteraner über die Säkularisation entsetzt, aber nicht alle. Viele hatten auch schon eine Änderung der Verhältnisse angemahnt. Aus solchen Umwälzungen, die im einzelnen viel Leid verursachen, entsteht am Ende Neues, das allen nützt. Unsere ganze Wirtschaftsordnung hat sich festgefahren, wie die Gesellschaft selbst. Du hast ja Klara gehört. Jetzt, wo sie freie Bauern sind, wollen sie doppelt soviel arbeiten für ihr Fortkommen. Und so muß es sein. Bisher fließt der Wohlstand der betuchteren Bürger in Münster mehr aus Ersparen als aus Erwerben. Hier wird nichts geschaffen.«

Mittlerweile waren sie an einem anderen Platz angekommen, der weiten Fläche vor dem ehemaligen Residenzschloß der Fürstbischöfe, die in diesem teuren Prunkbau aus Ziegeln und Sandstein kaum mehr als ein paar Nächte verbracht hatten, weil sie die Kurkölner Residenz oder Lust- und Jagdschlößchen wie Clemenswerth in der Wildnis um Meppen bevorzugten.

Neben Jan schwatzte Clemens weiter. »Im August 1802 ist Generalleutnant Blücher mit drei Bataillonen Füsiliere in Münster eingezogen und hat sich im Schloß einquartiert. Nach Berlin schrieb er: Die ganze Brut in diesem Pfaffenland taugt nicht.«

»Und von dem sprechen sie bei uns zu Hause heute noch mit Zuneigung.«

Clemens nickte erheitert. »Wir Westfalen haben nicht den besten Ruf in der Welt. Schon zur Zeit des Westfälischen Friedens galten wir als dickschädelig, verschlossen und schwarz wie Pumpernickel. Der alte Fritz, König Friedrich II. von Preußen, nannte uns ein Volk ohne Genie. Das ist bis heute so geblieben und muß sich ändern. Wir müssen modern werden.«

»Wie Bennard, der uns damit bald jeden Tag in den Ohren liegt«, sagte Jan abwehrend und behielt seinen Zweifel am Nutzen des Modernen für sich. Deswegen gab es zuviel Streit und heimlichen Kummer zu Haus.

Nach einer Schüssel Potthast in einer Gastwirtschaft und einem klaren Schnaps zur Verdauung aus einer der elf Fuselbrennereien der Stadt, der Jan in der Kehle brannte, hasteten die beiden auf dem Weg zurück zum Markt über den Domplatz. Wieder zogen die Meßdiener vorüber. Clemens und Jan warteten, um sie passieren zu lassen.

Müde vom Herumlaufen auf dem harten Pflaster, verharrte Jan, und vielleicht lag es an der Starre seines Blicks, der den Platz wie in einem Brennglas einfing, daß sich für den Schauenden unmerklich eine Wandlung des Geschehens vollzog. Der Platz und der Dom blieben unverändert, wie seit Jahrhunderten. Doch die Festlichkeit der Fahnen und bunten Gewänder wich der Düsternis von Buße und Schmerz. Clemens schaute in das entrückte Gesicht neben sich, aus dem jeder Anflug von Farbe schwand. Die blicklosen Augen sahen etwas, was außerhalb seiner eigenen Wahrnehmung lag. Er rückte unwillkürlich näher an Jan heran, an seine Herzseite. In der Nähe sprang etwas über. Clemens' Hand faßte den Arm des Jungen. Und da lösten sich aus der grauen, weiten Fläche vor dem Dom schwarze Schatten, reihten sich in einem endlosen Zug aneinander, drängten sich

214

zwischen die Chorhemden, die noch immer der Domtür in einer langsamen, fließenden Bewegung zustrebten, als rinne der Sand der Zeit nun Korn für Korn durch das Stundenglas. Kälte kroch Clemens den Nacken hoch, Kälte aus einer fremden Zeit und fremden Welt. Die Haare sträubten sich, ein schmerzhafter Druck ergriff das Herz, ließ jeden Atemzug zur Qual geraten. Der Lehrer zog, alle Kraft zusammenballend, die Hand zurück, taumelte ein paar Schritte seitwärts. Die Last verringerte sich, die Schatten zerschmolzen zu Mustern in der Pflasterung. Eine Urangst quoll in Clemens hoch. Es war ihm, als habe er ein Jahrhundert durchlebt, und dabei waren es nur Augenblicke gewesen, wie er am Vorwärtskommen der Meßdiener ablesen konnte.

Wenn das, was er eben gesehen und gefühlt hatte, nur ein Abglanz, ein schwacher Widerhall dessen war, was Jan gerade widerfuhr, wie ertrug der Junge das?

Jan kam wieder zu sich. Der Ausdruck der Starre verschwand aus seinen Augen.

»Ihr habt mir nichts von den Büßern in der großen Prozession erzählt, von den Geißelungen.«

»Das«, sagte Clemens mit heiserer Stimme, »war in einer anderen Zeit.«

Bernard und Lisbeth sahen mit Verblüffung, daß Jan seinen Lehrer wie einen Greis am Arm führte. Um Jans Lippen spielte ein kleines hintersinniges Lächeln.

Clemens verabschiedete sich sofort und wankte zum Haus seiner Eltern. Auf dem Weg dorthin beschloß er voll Grauen und Ehrfurcht, Jan in Zukunft nur noch ein Freund sein zu wollen. Es verlangte ihn nicht mehr danach, tiefer in sein Geheimnis einzudringen. Er würde den Jungen fördern und ihm beistehen. Gott, spürte Clemens, hatte Jan ausersehn.

Jan überdachte auf der Fahrt nach Haus Clemens' Ausführungen über die Preußenherrschaft und das alte fürstbischöfliche Regiment, über Althergebrachtes und Fortschritt und sah Bernard, der neben ihm saß, allmählich in einem neuen Licht.

Geld für den Markttag wollte er trotzdem nicht nehmen.

Die Erläuterungen des Lehrers trugen Früchte, wenn auch kleine. Jan half Bernard jetzt mit mehr Begeisterung, das Vieh sauberer zu halten, und bemerkte erstaunt, daß die Kühe sich ohne Schiete an Bauch und Hinterteil tatsächlich wohler fühlten. Die Milch schoß etwas reichlicher in die Eimer, als im anbrechenden Winter zu erwarten war. Außerdem, auch das begann Jan als Fortschritt zu begreifen, war es angenehm, beim Melken den Kopf an eine saubere Kühflanke zu lehnen, die nach Heu und Milch und wohlig nach warmer Kuhhaut duftete.

Jan grub mit seinen Brüdern einen neuen Brunnen, nachdem Hubert endlich sein Einverständnis gegeben hatte. Das Wasser aus dem neuen Loch schmeckte besser, und Bernard fiel es schwer, seinen Triumph in den Grenzen des Schicklichen zu halten. Heinrich Schulze-Hundrup lobte das Wasser über alle Maßen, bis Hubert vor Verdruß ganz gelb aussah.

Die Fortschritte bereiteten den Boden für eine Neuerung in Jans Leben. Clemens verlangte es, sein sich selbst gegebenes Versprechen, Jan zu fördern, wahr zu machen. Und so schlug er vor, Jan mit einigen anderen Kindern Extraunterricht zu erteilen, in der Art der Trivialschulen, um ihm gegebenenfalls sogar den Weg aufs Gymnasium in Münster zu ebnen. Hubert kam der Gedanke aberwitzig vor wie allen anderen auch, änderte aber, noch bevor er sich geäußert hatte, seine Meinung, denn Bernard kam ihm mit der Antwort zuvor.

»Wat für 'n Unfug. Soll Jan vielleicht noch Latein lernen? Der Bengel ist dreizehn und in einem Jahr fertig mit der Schule, könnt meinetwegen jetzt schon damit aufhören und Kleinknecht auf dem Hof werden. Ich will keinen lateinischen Knecht.«

Huberts Gesicht verfinsterte sich. Clemens erklärte geduldig den Wert von mehr Bildung und lobte Jans Auffassungsgabe, die ihn befähige, sich Fehlendes bei entsprechender Anleitung rasch anzueignen. Es wäre lohnenswert, seinen Geist zu bilden, seinen Horizont zu erweitern, damit der Junge in der Welt vorankäme. Man konnte meinen, Klara zu hören. Clemens blickte mit vor Begeisterung blitzenden Augen in Gesichter, die ihm wie eine Wand vorkamen, gemauert aus Vorurteilen, Sturheit und Eigenbrötelei. Kleinmut wollte ihn beschleichen, aber da fand er von unerwarteter Seite Unterstützung.

»Aus Jan wird nie ein guter Knecht, ein ordentlicher ja, aber kein guter«, sagte Mia mit ruhiger Stimme. »Er hat die Kraft, aber nicht das Geschick. Soll er doch was lernen, wozu er eher taugt.«

Mia sah ihren jüngsten Sohn dabei nicht an, und Jan versuchte vergeblich, in ihrem unbewegten Gesicht zu lesen.

»Und was soll der großartige Unterricht kosten? Brauchen wir nicht jeden Heller in diesen schweren Zeiten? Auch für das, was noch getan werden muß?« fragte Bernard angriffslustig.

Das gab Hubert einen Ruck, und er straffte sich. »Gleich, was es kostet, der Junge soll seine Gelegenheit haben, er soll lernen.«

Bernard wußte, wann er aufzugeben hatte. Die Sache war also abgemacht, bis auf eine Kleinigkeit, die Trude einfiel. Sie legte Jan eine Hand auf die Schulter. »Sag mal, min Jung, willst du überhaupt lernen, Latein und all das Zeug?«

Jan warf Clemens einen langen, abwägenden Blick zu, dann nickte er. »Doch, will ich wohl.« Er fürchtete sich nicht mehr vor Clemens' Zugriff.

Unter den paar Jungen, die sich schon eine Woche später zum Sonderunterricht einfanden, entdeckte Jan Paul Potthoff, einen von Hinnerks jüngeren Brüdern. Klara machte also wahr, was sie angekündigt hatte.

Winter und Frühjahr wurden für Jan eine harte Zeit des Lernens. Jetzt erfuhr er, was es heißt, mit dem Kopf zu arbeiten. Bisher war die Schule, bis auf die mühsamen Anfänge, nur ein Geplänkel gewesen. Ein Jahr, dann werden wir sehen, hatte Hubert mit einem Rest seines alten Bauernverstandes gesagt. Das konnte man so und so verstehen.

Um alle Eventualitäten auszuschließen, entwickelte sich Clemens zu einem Zuchtmeister, der die Kinder, vor allem Jan, unbarmherzig durch das Labyrinth der lateinischen Grammatik trieb. Jan lernte spätabends bei Kerzenlicht seine lateinischen Vokabeln und konjugierte beim Melken unregelmäßige Verben, was die an Münsterländer Platt gewöhnten Kühe so erboste, daß sie nach dem Melkeimer traten. Jan blieb jetzt nach dem Unterricht freiwillig noch ein Weilchen im Schulhaus. Gemeinsam mit Clemens ordnete er die Sammlung von Kristallen, Versteinerungen und anderen Merkwürdigkeiten. Manchmal wog er die römische Lanzenspitze wieder in der Hand.

Clemens wußte, daß Jan nach Antworten suchte, aber halfen die alte Fragen ihm weiter? Was ist Zeit? Lag die Zukunft fest? Das Erlebnis auf dem Domplatz kam nicht zur Sprache, bildete aber eine Basis der Verständigung, da es im Bewußtsein beider gegenwärtig blieb.

Clemens entzückte sich an dem Gedanken, Jan die Erleuchtung höherer Bildung zukommen zu lassen, und mühte sich gleichzeitig, Zweifel zu ignorieren. Denn zum einen begann Jan reichlich spät mit dem Sonderunterricht, und es schien unwahrscheinlich, daß ihn das Gymnasium später als Schüler akzeptieren würde, zum anderen sprach seine Herkunft dagegen. Aber sprach nicht mehr gegen den kleinen Potthoff, der den Schreibstift immer noch wie den Stiel der Mistforke hielt? Jan schien das Wissen zuzufliegen. Die höhere Mathematik, die fremde Sprache, womit die anderen sich plagten, fielen ihm leicht. Merkwürdigerweise überkam Clemens aber gerade bei Jan am ehesten das Gefühl zu versagen. Er hätte nicht zu erklären gewußt, warum, aber dem Wissen, das er Jan vermittelte, fehlte doch die Tiefe oder der Sinn.

Das Rätsel um das Fehlende sollte sich zufällig lösen.

Im Frühjahr zog Jan schiefe Furchen durch die Äcker und bestätigte damit Mias Urteil. Die Wierlings reisten an einem naßkalten Tag im April nach Münster, um Augusts Hochzeit mit der Schustertochter zu feiern. Sie kamen in sich gekehrt nach Hause. Nach einigen Tagen erzählte Lisbeth Jan etwas über den Schusterhaushalt. Die Häßlichkeit der Braut sei das Wenigste gewesen. Erst Stunden später, als Lisbeth längst gegangen war, gestattete sich Jan den Gedanken, daß August von einem Elend ins andere geraten war. Die alteingesessenen Schuhmachermeister beherrschten noch immer ihr Gebiet und wußten es gegen

Eindringlinge zu verteidigen. Da halfen die neuen Gesetze wie die Aufhebung des Zunftzwangs und die leichtere Kreditvergabe, die Handwerk und Handel fördern sollten, wenig. Vielleicht hätte Augusts Meister eine Chance in besseren Zeiten gehabt. Aber das Wirtschaftsleben, ohnehin kaum über das Münsterland hinausreichend, stagnierte. Alle Anzeichen sprachen dafür, daß die Ernte wieder mißraten würde. Geld lief nicht mehr um. Da blieb nur das Elend der Flickschusterei.

Wichtigstes Anzeichen für die sich anbahnende Hungersnot war auf dem Land die steigende Flut von Bettlern. Es kamen nicht nur Elendsgestalten von weiß Gott woher, auch die Insassen der staatlichen Armen- und Spinnhäuser waren auf der Suche nach einem zusätzlichen Stück Brot, einem Teller warmer Suppe, einem Lumpen gegen äußere und innere Kälte.

Trude und Mia ließen sich von den Bitten oft erweichen, Hubert, seine Söhne und Knechte wehrten sich gegen Hühner- und Eierdiebe.

Der Marktgang brachte wieder Geld ein, aber es fiel schwer, die Blicke derer zu ertragen, die sich die teuren Lebensmittel nicht mehr leisten konnten.

In diesem und im nächsten Jahr starben mehr Menschen an der Not als an Krieg und Krankheit in den Jahren davor. Von hundert Neugeborenen starben dreißig in den ersten Tagen ihres Lebens.

Um dem inneren und äußeren Elend zu wehren, beschlossen Mia und die alte Trude, sich der alljährlichen Wallfahrt zum Gnadenbild der Mutter Gottes in Telgte anzuschließen. Jede von ihnen hatte ihre besonderen Gründe dafür.

Agnes, die jetzt offiziell als Bernards Braut galt, ließ sich öfter auf dem Drostehof blicken, als es Mia guttat. Es gab Züge in ihrem runden Gesicht, die Erinnerungen weckten. Wenn sie lachte, konnte es vorkommen, daß Mia zusammenzuckte. Der Klang dieses Lachens, laut und selbstherrlich, war ein Echo aus längst vergangenen Jugendtagen, wenn auch eine Oktav höher im Ton. Agnes hätte ihre Nichte sein können, ging es Mia manchmal durch den Sinn. Als Braut war sie nicht willkommen.

Bei jedem ihrer Auftritte auf dem Hof schien etwas von Mias Herrschaft über das Haus zu bröckeln.

Trude, krumm und schief wie eine alte Krüppelweide, hing am Leben gegen jede Vernunft. Sie machte sich Sorgen um eine Zukunft auf dem Hof, die nicht mehr die ihre sein konnte. Noch vor wenigen Wochen hatte sie auf den Tod an der Grippe erkrankt im Bett gelegen und sich geweigert zu sterben. Im Fieberwahn verwechselte sie Jan, der Krankenwache hielt, mit dem Pfarrer und röchelte dem Jungen ihre Ängste vor. Sie sei nicht immer christlich gewesen, habe altem Heidenglauben angehangen, Hexensalben gekocht nach Klaras Anweisung, Bannsprüche gegen den Feind geschleudert – waren nicht alle Franzosen im Moor verreckt? Aber schlecht gezielt habe sie, Anton, Gott hab ihn selig, habe der Fluch gleich mitgetroffen, das habe sie nicht gewollt. Jan lauschte erstaunt. Mensch und Vieh habe sie besprochen, statt sie allein Gottes Güte anzubefehlen, was sie allerdings auch nicht versäumt hätte. Eins hilft immer.

Jan faßte beruhigend nach ihrer Hand.

»Doch, doch, Hochwürden, in der Nacht von Jans Geburt habe ich die alten heidnischen Geister zur Hilfe beschworen, und sie sind in das Kind gefahren, es hätte sonst nicht gelebt. Nun ist mir die Hölle gewiß.«

Die Alte jammerte dem vermeintlichen Pfarrer nach, der ohne Trost und Absolution die Kammer verließ. Alte Hexe, dachte Jan erbittert.

Mia bestand darauf, daß Jan sie auf der Wallfahrt begleitete, um notfalls die alte Tante zu stützen. Er hatte nichts dagegen einzuwenden, einen Tag in größtmöglichem Abstand zum Hof mit seiner gespannten Atmosphäre zu verbringen.

Die Natur prangte in verhaltenem Frühlingsjubel. Maienluft ohne Maienlust. Ein milchiger grauer Himmel, der das Licht zerstreute. Ein Himmel, der sich nicht hochwölbte und die Richtung zum Allmächtigen und zur Madonna wies, sondern sich hinter einer mißmutigen Decke verbarg, die gleichsam die Fürbitten erstickte, die mit Inbrunst nach oben geschickt wurden. Jan nahm mit der Geduld des Beobachtenden das Gewimmel um sich wahr, das sich allmählich ordnete.

Die Anrufungen verdichteten sich an jeder Wegstation, die sie erreichten. Die Stimmen schwollen an, schienen die Unsichtbaren zu drängen und zu bezwingen durch die Eintönigkeit von Gebet und Gesang.

»Oh, Maria hilf!« aus Hunderten von Kehlen.

Jan fühlte die Kraft der Beschwörung fast wie einen Akt physischer Gewalt. Wie konnte sich die Heilige dem entziehen? Neben Jan keuchte Trude über den Perlen des schmerzensreichen Rosenkranzes.

Von der Monotonie des Gebets verführt, ließ Jan seine Gedanken zurück zur Schulstube und zu Clemens schweifen.

Er war, wie schon oft, Clemens nach dem Unterricht in seine Wohnung gefolgt, um ihm bei seinen Sammlungen zur Hand zu gehen, und es zog ihn nach einer Weile zum Schreibpult, auf dem neben Büchern, die er nicht kannte, ein Stück Papier lag, das Clemens sich für Notizen zurechtgelegt hatte. Nur wenige Worte standen auf dem Blatt.

»Grundzüge einer Philosophia«, las Jan laut. »Philosophia, was ist das?«

Clemens betrachtete ein versteinertes Schneckengehäuse durch ein Vergrößerungsglas. »Philosophie ist die Wissenschaft von der Erkenntnis der Welt und unserer Selbst«, antwortete Clemens beiläufig, mit der urzeitlichen Lebensform beschäftigt. Kam sie aus der Kreidezeit? Gehörte sie zu den Kopffüßlern? Hatte sie die letzte Eiszeit ins Geröll des Münsterlandes gespült?

»Dann muß sie etwas Großes sein, die Philosophia«, antwortete Jan.

Es könnte auch …, dachte Clemens und ließ behutsam Schnecke und Glas sinken.

War das nicht die gesuchte Lösung? Die Wissenschaft aller Wissenschaften, die Grundlage allen Denkens und aller Erkenntnis, die Liebe zur Wahrheit. Ein Gefühl der Ehrfurcht hüllte ihn nahezu körperlich ein und zwang ihn, sich langsam Jan zuzuwenden, um nichts von dem Gefühl in einer zu hastigen Bewegung zu verlieren. Er nahm Jans Äußeres nicht mehr wahr, den Kuhstallgeruch und die Holzpantinen. Er sprach zu dem, der Jan einmal sein mochte oder werden könnte.

»Du wirst Aristoteles lesen, Platon und Plotin, Spinoza.«

»Aber ich weiß nicht, wer die sind, und ich will doch nur wissen ...«

»Descartes, Jan. Descartes schrieb: cogito ergo sum, ich denke, also bin ich!« Clemens sah Jan mit leuchtenden Augen voller Erwartung an.

»Ich denke, also bin ich?« wiederholte Jan verständnislos. »Das begreift sich doch von selbst. Das weiß doch jedes Kind! Mehr steht nicht in der Philosophia?«

Clemens war schon zu weit in seine neue Aufgabe eingedrungen, um sich von Blödheiten beirren zu lassen. Er hatte ein Bild vor Augen, und dies hieß ihn, an das Pult heranzutreten und die Bücher aufzunehmen, die dort lagen.

»Leibniz, Hume, der vortreffliche Kant!«

Das war der Anfang gewesen. Aber begonnen hatten sie mit Descartes, schon des Lateins wegen, das sich zur Übung der alten Sprache empfahl. Wer sagte, daß nur Cicero und Tacitus gelesen werden mußten? Von neuen Unsicherheiten geplagt, machte sich Clemens auf Umwegen an das Werk geistiger Erweckung, fürchtete weniger den Unwillen des Schülers als seine eventuelle höchst peinliche Begriffsstutzigkeit, die Clemens' neugefaßtes Bild eines hochstehenden, aber unerweckten Geistes zerstören konnte. Warum nicht in einem allgemeinen Experiment, das allen Schülern galt, diesem speziellen unauffällig auf den Zahn fühlen? So bliebe ihm erspart, sich mit der Lächerlichkeit eines Vorhabens bloßzustellen, das jeder Sitte widersprach, denn es ließ sich nicht ernsthaft leugnen, daß Bauern gemeinhin mit einer Philosophie, die in Büchern stand, wenig zu tun hatten.

Einige Tage später gegen Ende des Extraunterrichts legte Clemens einen blaugestrichenen Holzkasten und ein paar Gerätschaften auf das Lehrerpult und hieß die Schüler, das Lateinbuch zuklappen. Er schob den Kasten an die vordere Kante des Pultes, um die Aufmerksamkeit der Schüler, die schon zur Tür strebten, auf ihn zu lenken.

»Bleibt, der Unterricht ist noch nicht zu Ende. Komm her, Paul, miß die Länge des Kastens mit deiner Handspanne.«

Paul kam der Aufforderung verwundert nach, spreizte die schwielige Jungenhand. Verlegen über die Trauerränder an den Fingernägeln, ballte er die Hand unversehens zur Faust, bereit, sie hinter dem Rücken zu verstecken.

»Der traut sich nicht, der hat Mist an den Fingern kleben, das könnt Eurem schönen Kasten schaden, darf ich mal, Lehrer Hölker?« fragte Christoph Holtkamp und streckte eine nicht weniger schmutzige Hand aus. Sie maßen schließlich alle den Kasten mit den Händen, sich schubsend, grinsend, jeden Ernst vermissen lassend, Jan ebenso wie die anderen.

Clemens behielt rein äußerlich die Ruhe, schalt sich aber bereits einen Narren.

»Bei Christoph maß der Kasten drei Handspannen und bei Paul nur knapp zweieinhalb. Was schließt ihr aus dem Ergebnis der Untersuchung?«

»Daß Paul die größten Pfoten hat und die dreckigsten dazu, aber das wußten wir schon vorher«, gluchsten die Schüler.

»So kann man nicht messen«, sagte Jan.

Clemens gestattete sich nicht mehr als ein fragendes Augenbrauenzucken. Jan schob Paul und Christoph beiseite, langte weit über das Pult und ergriff den Zollstock, den er erspäht hatte.

»Damit wird gemessen.«

»Wat soll dat alles?« fragte Paul, einen sehnsüchtigen Blick zur Tür werfend.

Clemens nickte Jan zu, ohne auf den Potthoffjungen zu achten oder auf irgendeinen der anderen, die sich unruhig um das Pult drängten.

»Miß den Kasten aus.«

Jan gab einen Augenblick später zögernd die gemessene Länge bekannt.

»Dreiundzwanzig Zoll also«, bestätigte Clemens. »War nun

die vorherige Messung falsch? Die zweieinhalb Handspannen von Paul, die drei von Christoph?«

»Nein«, antwortete Jan. »Alle drei sind richtig. Wenn wir Christophs und Pauls Hand ausmessen und mit drei oder 2,5 malnehmen, muß immer das gleiche Ergebnis herauskommen, die Länge des Kastens in Zoll, was ich grad gemessen hab.«

»Haben wir jetzt noch Rechnen?« erkundigte sich Paul vorsichtig. Clemens winkte ungeduldig dem Störenfried zu schweigen, konnte aber damit das unruhige Füßescharren nicht unterbinden. Die Aufmerksamkeit der Schüler trieb mit der zu rasch verfließenden Zeit davon. Jan beobachtete Clemens verstohlen, ahnte geheime Absichten in dem unverständlichen Tun, aber auch er sehnte das Ende des Unterrichts herbei, er drehte sich um, schaute verlangend zur Tür, den Zollstock noch unschlüssig in der Hand.

»Wir haben also«, sagte Clemens laut und fest, »jetzt ganz klar erkannt und sogar nachgewiesen, daß der Kasten eine bestimmte Länge hat, eine Ausdehnung also, das kann auch jeder von euch sehen. Miß noch die Höhe und die Tiefe, Jan.«

Clemens las laut mit Jan die Messung auf dem Stab ab, um die Sache voranzutreiben, dann sprach er zu den gelangweilten Gesichtern.

»Wir haben es mit einem länglichen Kasten zu tun, das haben uns unsere Augen schon vorher gesagt, er hat also eine bestimmte erkennbare räumliche Form. Jetzt verrücke ich den Kasten, ihr könnt sehen, wie er sich bewegt, jetzt schiebe ich ihn an seinen alten Platz, auch das könnt ihr mit den Augen verfolgen und nachmessen, weil ich, wie ihr seht, die alte und die neue Stellung mit einem Kreidestrich auf dem Pult markiert habe. Ich wiederhole die Bewegung, schaut noch einmal zu.«

Hinter Clemens war ein Prusten zu hören, das sich rasch in der kleinen Schar fortsetzte.

In die Wangen Lehrer Hölkers stieg Röte.

»Ausdehnung, räumliche Form und Bewegung. Gültige Wahrheiten, die ihr mit den Sinnen wahrgenommen, mit dem Zollstock nachträglich gemessen habt.«

224

Clemens schaute, Bestätigung heischend, die Schüler an und las in allen, auch in Jans Augen die Frage: was sollte das?

»Welche Farbe hat der Kasten?«

Es war wohl die Sympathie der Schüler für den Lehrer, die sie bewog, mit erzwungener Langmut das seltsame Spielchen weiter mitzuspielen.

»Blau«, tönte es übertrieben laut im Chor.

Unversehens faßte Clemens Paul in den Wuschelschopf, hielt ihm einen Glasscherben vor die Augen, den er rasch vom Pult geklaubt hatte.

»Grün«, kreischte Paul, »der Kasten ist grün!«

Er bog die Hand mit dem Glas beiseite. »Und jetzt wieder blau.«

Das Wunder mußte sich vor jedem noch einmal neu vollziehen. Jan griff nach dem Scherben, hielt ihn hoch ins Licht.

»Das Glas ist gelb«, stellte er nachdenklich fest.

Die Jungen hatte nun doch Erkenntnisdrang gepackt, sie schauten erwartungsvoll den Lehrer an.

Der lächelte nur geheimnisvoll.

»Denkt doch mal an den Himmel. Bei wolkenlosem Wetter ist er am Tag blau und an manchen Abenden glutrot. Wie ist er nun wirklich?«

Jan nickte leicht, wie zur Bestätigung. Sie hatte also angefangen, die Ergründung der Wirklichkeit. War das die Philosophie, das Herumwerken mit dem Zollstock?

»Nun, Jan?« fragte Clemens.

Er hatte nicht aufgepaßt, schaute stumm, scheinbar um eine Antwort verlegen, zu Boden. So ahnte er nur das ärgerliche Stirnrunzeln, die jetzt rasch aufflammende Bereitschaft, das lächerliche Experiment abzubrechen.

»Was habt Ihr gefragt?« stieß er heraus, blickte mit einer dringenden Bitte Clemens in die Augen.

»Du hast wie alle gesehen, daß wir aufgrund des Augenscheins Angaben über die Ausdehnung, die Gestalt und die Bewegung der Dinge machen können, wir haben unseren Verstand benutzt und alles nachgemessen, aber was ist mit der Farbe?«

Jan schloß die Augen, rief Bilder hinter den Lidern hervor, verglich sie. Er spürte einen kräftigen Rippenstoß.

»Sag schon was. Ich will nach Haus«, raunte Paul ungeduldig.

Jan öffnete die Augen, betrachtete noch einmal den Kasten.

»Den Augen ist nicht immer zu trauen. Sie können auch was Falsches sehen.« Er schaute zweifelnd Clemens an. »Ausdehnung, Länge, Breite, das ist was Reales, aber das Abendrot ...«

Clemens drückte ihm anerkennend den Arm.

»Das hast du richtig erkannt. Den Sinneswahrnehmungen ist nicht unbedingt zu trauen. Sie liefern uns nur ein verschleiertes Bild der Wirklichkeit. Um sie zu erkennen, müssen wir uns auf unseren Verstand besinnen, auf die Ratio, die uns die wahrhaften Erkenntnisse über die Welt eröffnet.«

Christoph meldete sich zu Wort.

»Wenn Vadder einen über den Durst getrunken hat, was ungefähr zweimal im Jahr vorkommt, sieht er Modder mit dem Schürhaken schon mal doppelt, aber er sagt, er weiß doch, sie ist nur einmal da, zweimal wär ja auch zuviel mit dem Dings in der Hand, ist es das, was Sie uns sagen wollen, Herr Lehrer?«

Clemens scheuchte die Buben hinaus, bevor ihnen noch mehr tiefgründige Beispiele über die jüngste Erkenntnis einfielen.

Jan blieb und grinste noch erheitert, als Clemens bereits zu weiteren Belehrungen ausholte.

Sie waren also bei Descartes, bei seiner Maxime, den Sinneswahrnehmungen nicht zu trauen. Die Sinne konnten täuschen. Der Verstand mußte die äußere Wirklichkeit an ihren Eigenschaften messen, an Gewicht, Größe, Ausdehnung.

Was war die Wirklichkeit? Jan lernte, daß die Farben kein Teil der Wirklichkeit, sondern nur der Wahrnehmung sind. Wo also unterschied der Verstand zwischen dem Wirklichen und dem Unwirklichen in der Wahrnehmung? Jetzt schien ihm, er sei bislang blind gewesen. Er begriff, daß Farbe, Duft, Geschmack zum individuellen Empfinden des Menschen gehören, das keine reale Entsprechung in der Wirklichkeit hat. Die Welt ist nicht in allem, was sie scheint. Lina trug, wenn sie sich im Stall oder auf dem Feld zu ihm gesellte, immer denselben Rock, aber mal schimmerte ihre Schürze blau, mal grau. Wie war sie wirklich? Eine klare und deutliche Vorstellung an sich, sagte Descartes, ist eine Garantie für eine Entsprechung in der Wirklichkeit. Die erste klare Erkenntnis gewinnt der Mensch über sich selbst: cogito, ergo sum. Diesmal sagte Jan der Spruch schon mehr.

»Gebrauche deinen Verstand, mißtrau erst einmal den Sinnen, das ist schon der Anfang der Erkenntnis über die Welt.«

Clemens drückte Jan ein Buch in die Hand: »Meditationes de prima philosophia«. Auf latein selbstverständlich.

»Ich habe dir angestrichen, was du lesen sollst. Müh dich, den Sinn selbst herauszufinden, erst dann lies diese Übersetzungen, die ich für dich angefertigt habe, weil du noch nicht lange Latein lernst. Wenn dich deine Eltern fragen, sag, die Aufgabe dient der Übung, um deine Lateinkenntnisse zu fördern.«

Jan las beim Viehhüten und abends in der Kammer bei Kerzenschein. Zwei Wochen später legte er nach dem Unterricht die Meditationes auf das Lehrerpult.

»Hast du alles verstanden?«

Jan nickte zögernd.

»Dann hast du also erfaßt, daß Descartes zwei grundsätzliche Substanzen nennt, den Geist und die Materie? Was sagt er über die beiden?«

»Der Geist hat keine Ausdehnung, keine Form, er ist unteilbar, unsterblich und von Gott losgelöst vom Körper geschaffen. Meint Descartes mit dem Geist die Seele?«

Clemens runzelte die Stirn.

»Sicher meint er die Seele. Was ist mit der Materie?«

»Sie ist unendlich teilbar. Sie kann sich auch beständig wandeln, und nichts kann sie zerstören, und sie hat allerhand verschiedene Eigenschaften. Es gibt die geometrischen wie Ausdehnung, Form, Größe, Bewegung, die können wir klar erfassen, und daher sind diese wirklich, alle anderen sind wohl nur Einbildung. Aber das hatten wir doch schon herausgefunden. Die Materie wäre auch gänzlich unbewegt, wenn Gott ihr nicht von Anbeginn an ein bestimmtes Maß an Bewegung zugeteilt hätte, das niemals verlorengeht. Die Bewegung des

Menschen wird von seiner Seele verursacht. Aber wie, wo doch die Seele selbst gar nichts Materielles hat? Gibt es also auch eine Bewegung, die sich nicht an die klar erfaßbare Materie hält, und wiederholt sich eine Bewegung in alle Ewigkeit?« Beispielsweise die einer Urgroßmutter, seit gut vierzig Jahren schon tot, die im Vollmondlicht über einen Hof geht, fügte Jan für sich hinzu.

Ein Verdacht ließ sich nicht mehr von der Hand weisen, Clemens zog es vor, ihn vorerst zu ignorieren.

»Fangen wir noch einmal von vorn an. Du hast Descartes gelesen, um einen Anfang zu finden. Die Aufgabe ist, dir Klarheit über die Wirklichkeit und dich selbst zu verschaffen, und zwar mit Hilfe deines Verstandes. Denn Descartes zeigt einen Weg auf, das Denken von den Sinnen abzulenken, er beginnt bei der Erkenntnis seiner selbst. Indem er die eigene Existenz in Frage zu stellen vermag, erkennt er, daß er als Fragesteller existieren muß. Eine klare und deutliche Erkenntnis über das denkende Selbst, nicht über seine körperliche Existenz. Auf diese schließt er mit der gleichen Klarheit wie auf seinen Geist oder die Seele, wenn dir das lieber ist. Es kommt auf diese Deutlichkeit und Klarheit an, Erkenntnisse dieser Art über die Wirklichkeit müssen wahr sein. Wie die Größe des Kastens. Erkenntnisse, Jan, keine Sinneseindrücke. Descartes sagt, diese Wahrheiten rühren von Gott her, den der Mensch sich als ein vollkommenes Wesen denkt, eine Vorstellung, die nur von Gott selbst stammen kann, dessen Vollkommenheit es unmöglich macht, daß er den Menschen in seinen Erkenntnissen täuscht. Gott garantiert gewissermaßen, daß man sich bei klarem Erkennen nicht täuschen kann.«

»Descartes sagt, die klarste Gewißheit hat der Mensch von sich selbst, dann eine weniger feste von seinem Körper und eine noch weniger klare von allen Dingen der Welt. Die sind dann wohl doch nicht so fest und klar, wie er meinte, als er über ihre Eigenschaften schrieb. Aber was ist mit den eigentlichen Irrtümern? Was ist mit Traum und Wachen, den Dingen im Traum, die oft völlig klar und deutlich sind und darum wahr sein müssen, obwohl sie doch gewiß nicht von außen, aus der Wirklichkeit kommen. Ist doch alles Trug, das, was wir im Wachen erkennen, und das, was uns der Traum zeigt? Descartes meint, es könnte auch sein, daß der Mensch eine Fähigkeit besitzt, die er noch nicht kennt, die die Dinge hervorruft.«

»Du hast«, Clemens hob anklagend einen Finger, »nicht getan, was du solltest. Du hast meine Übersetzungen der für dich bestimmten Seiten gelesen, ohne dich selbst der Mühe des Übersetzens zu unterziehen, und die übrige Zeit damit vertan, zu lesen, was du nicht solltest, weil es nur deinen Sinn verwirrt, statt ihn zu klären. So einfach ist die Philosophie nicht. Was Traum und Wachen betrifft, so hast du nicht weit genug gelesen. Es steht in der sechsten Meditation, nicht wahr? Später verwirft Descartes den Zweifel an der Wirklichkeit als lächerlich, Traum und Wirklichkeit unterscheiden sich dadurch, daß die Dinge des Traums sich niemals mit allen übrigen Dingen und Erlebnissen durch das Gedächtnis verbinden wie die der Wirklichkeit. Der Traum ist nur eine Vorspiegelung, ein im Gehirn erzeugtes Trugbild, als solches erkennbar, wie etwa, wenn dir im Wachen jemand plötzlich erschiene und wieder verschwände, ohne daß du sehen könntest, woher er käme oder wohin er ginge … schreibt Descartes.«

Sie starrten sich eine Weile über das Pult hinweg an, die Meditationes zwischen sich, die sich soeben als ungeeignet erwiesen hatten, die hintergründigen Erscheinungen der Wirklichkeit hinlänglich zu erklären.

»Du wirst zur Strafe einige der angemerkten Sätze doch noch übersetzen, und zwar die über die Vollkommenheit Gottes und die Wahrhaftigkeit der Erkenntnisse, die er uns gestattet«, bestimmte Clemens und änderte plötzlich, ein anderes Buch in der Hand, das er ohne besondere Absicht vom Pult aufgenommen hatte, seine Meinung über die Notwendigkeit einer Bestrafung, »oder du liest Leibniz.«

»Auf latein?« stöhnte Jan.

»Du liest ihn auf deutsch«, antwortete Clemens. Jan würde seine Geisteskräfte brauchen, um die Philosophie zu erfassen und ihre Verwendbarkeit zur Festigung seiner schwankenden Sinne zu ergründen, dabei waren die Fallstricke der lateinischen Grammatik hinderlich.

Über Leibniz hatten sie bei einem Gang ins Moor gesprochen.

Hatte er wirklich Lust gehabt, sich mit derart verstaubten und schwer zu lesenden Gedankenwerken zu befassen? Wie sollten ihm Leibniz' Lehren bei seinen höchst gegenwärtigen Zweifeln an sich selbst und an der Welt helfen? Einen Funken Hoffnung gab es wohl dennoch, der ihn zum Lesen trieb und ihn bewog, die Lektüre, wie gehabt, keineswegs auf die von Clemens gekennzeichneten Seiten zu beschränken. Etwas anderes hatte der Lehrer wohl auch nicht mehr erwartet, denn er übte sich in Geduld, bis Jan für sich mit Leibniz fertig war.

»Woran lassen dich Leibniz' Monaden denken?« fragte Clemens dann zur Eröffnung des Gesprächs.

»Ans Moor«, antwortete Jan. »Es ist ganz für sich, ein Wesen, es ist ein Weben und Leben in ihm, das sich wohl in die Unendlichkeit fortsetzt, es ist immer anders und doch gleich.«

»Dann ist es am besten, wir erörtern Leibniz' Lehre auf einem Gang ins Moor.«

»In die Davert«, sagte Jan mit einer einladenden Handbewegung und sah interessiert, wie Clemens zusammenzuckte.

»Aber doch sicher nicht gleich, deine Leute werden dich vermissen, wenn du nicht rechtzeitig heimkommst«, versuchte der Lehrer, einen Aufschub zu erreichen.

Jan schüttelte den Kopf.

»Nicht vor dem Abendmelken, bis dahin ist's noch lang.« Clemens' Mut befeuerte sich an einem Bild, das ihm unversehens vor Augen stand: Philosophen, unter schattigen Bäumen wandelnd, Gedanken austauschend, Schüler unterrichtend. Platons Akademie war ein Freiluftunternehmen gewesen. Warum nicht seinen Spuren folgen, an einem wegen seiner Einsamkeit dem Denken förderlichen Ort, warum nicht gleich? Solchermaßen in leichte Euphorie versetzt, entging ihm das hintersinnige Lächeln des Jungen, den er zu belehren gedachte, einen Grundsatz außer acht lassend, den die alten Akademiker sehr wohl einkalkuliert hatten: nicht nur der Schüler lernt vom Lehrer, sondern auch umgekehrt.

»Erklär mir, wie Leibniz zu seiner Monadenlehre kam.«

»Er hat Descartes studiert. Es mißfiel ihm, was dieser über die Materie sagt: daß sie eigentlich dumm und stumm und von sich aus unbewegt sei. Leibniz schreibt, das könne nicht sein. Descartes hat ja auch die Tiere zur Materie gerechnet, und wenn ich nur daran denke, gebe ich Leibniz recht. Meine Schwester Lina hatte einmal ein Kätzchen ...«

Jan verstummte, Clemens schritt einen Moment schweigend und geduldig an seiner Seite, bis er zu sprechen begann:

»Zunächst einmal gilt es, den wichtigsten Begriff festzuhalten, der für alle Philosophie gilt und Leibniz besonders wichtig war: den der Wahrheit. Er ist, sagt Leibniz wie auch schon Descartes, angeboren, er ist ein göttlicher Begriff, schon bei der Schöpfung dem Menschen mitgegeben, und wir können dem Licht der Wahrheit vertrauen, verstehst du das?«

»Es gibt also ein Wissen, das der Mensch nicht erwerben muß, sondern das ihm von Natur aus gegeben ist?«

»Ich meine einen Begriff, eine Wahrheit, eine Fähigkeit der Erkenntnis des Wahren. Verdreh nicht meine Worte. Aber kommen wir zur Monadenlehre. Es ist zutreffend, daß sie sich gegen Descartes' Materie richtet, gegen seine Auffassung von den Substanzen. Auch nach Leibniz ist die Materie teilbar, aber was ist sie? Ihrem Wesen nach ist sie nicht als Substanz zu sehen, denn eine Substanz ist etwas Unvergängliches, Unteilbares. Etwas Teilbares dagegen ist auch vergänglich.«

»Was ist denn dann die Materie?« fragte Jan ungeduldig, Clemens' eigene Frage wiederholend. »Irgend etwas muß sie doch sein.«

»Sie existiert auch in bezug auf Raum und Körperlichkeit nur als Erscheinung, sie ist nur etwas Wahrgenommenes und nicht an sich. Daraus folgt, daß es tatsächlich nur geistige Substanzen gibt, eine unendliche Menge unteilbarer geistiger Substanzen, quasi geistiger Atome, in uns und um uns herum.«

Jan klaubte einen Stein vom Weg auf, Clemens las zur Bekräftigung des Gesagten aus der Schrift Leibniz' vor, die er sich vor dem Verlassen der Schule noch eingesteckt hatte.

Der Pfad, dem sie folgten, änderte sich unmerklich, der Sand wich Streifen dunkler Erde, die unter den Schritten federte. Binsengrasbüschel begleiteten den Weg. Clemens merkte nichts. Er schaute aus dem Buch auf.

»Worin besteht nun eine Monade? Ich will es dir sagen. Alles um uns ist also dem Wesen nach geistig, ist eine Vielheit von Wesen, denn jede Monade ist eins für sich. Jede birgt in sich einen Funken Kraft, den man auf keine Weise messen kann, weil er von übersinnlicher Art und doch stark genug ist zu bewegen und damit etwas von einem gegenwärtigen Zustand in einen kommenden zu verwandeln, denn in jeder Monade wirkt ein Sehnen, ein Streben nach Veränderung. Und was noch?«

Jan hatte zugehört, ohne dem Weg die nötige Aufmerksamkeit zu versagen, während er gleichzeitig den Stein in der Hand betrachtete.

»Bewußtheit. Jedem Ding oder jeder Monade wohnt Bewußtheit inne.«

»Richtig. Wir sind im Moor«, stellte Clemens erstaunt fest.

Das Moor kannte er aus seiner Sicht der Dinge. Ein geophysisches Phänomen der Erdgeschichte, eine Anhäufung von Substanzen, die fortwährenden Umwandlungen unterlagen. Ein interessanter Landschaftstyp, Anlaß für allerlei Untersuchungen, seien es solche geschichtlicher oder, noch rein wissenschaftlicher, chemischer Art. Vielleicht lag es an den letztgenannten Feststellungen, Leibniz' Lehre betreffend, daß sich das Moor in seiner Vorstellung zu verändern begann. Die Monade: ein Wesen, ein Bewußtsein. Clemens scheuchte etwas, das sein Bewußtsein streifte, beiseite und beäugte den Stein in Jans Hand.

»Ja richtig, ein Stein, eine Monade der untersten Kategorie. Du hast verstanden, daß es eine Art Stufensystem der Monaden gibt? Als unterste kann man diesen Stein sehen, in dem das Bewußtsein nur dämmert oder schlummert. Dann kommt die Stufe, auf der etwa die Tiere stehen, die Katze, von der du gesprochen hast. Sie hat schon ein deutlicheres, mit Erinnerung verbundenes Bewußtsein, und dann der Mensch mit Seele und Geist, fähig zum Ichbewußtsein, zum Nachdenken, und über allen steht Gott. Statt Bewußtsein könnte man auch von Vorstellung sprechen, einer Vorstellung vom Weltganzen, die jeder Monade innewohnt, die mit der höheren Stufe, zu der sie gehört, an Klarheit gewinnt. Zurück zu deinem Stein oder dem Moor selbst, sie verfügen also nur über die unterste Stufe des Bewußtseins, ein Dahindämmern.«

»Es brütet.«

»Was?«

»Das Moor, ich spüre es, es ist da, um uns, in der Tiefe unter uns, wir sind mitten in ihm, in seinem Bewußtsein, das sich nach uns ausstreckt, um zu sehen, wie es uns am besten ...«

»Das ist Unfug«, unterbrach Clemens, »und gänzlich unphilosophisch, so ist das alles nicht gemeint. Du läßt dich beeinflussen von dem dunklen Wolkenhimmel über uns, der diesem Ort wohl etwas Schauriges verleihen mag.«

»Aber nein, er ist nicht schaurig, und Leibniz sagt, es gibt keine Beeinflussung. Jede Monade ist für sich wie dieser Stein, abgeschlossen in sich selbst. Mit so einem Stein in der Hand läßt sich das leichter begreifen. Nichts kann von außen in eine Monade eindringen. Die Vorstellung vom Weltganzen kommt nicht von außen, sondern von innen, also sind auch wir schon drinnen, in der Vorstellung des Moores, das auf uns lauert. Das Wissen ist doch etwas Angeborenes. Ich dachte immer, nur ich wüßte davon, und jetzt macht es mich froh, daß all das so genau in Büchern steht. Es muß also wahr sein.«

»Was du bei Leibniz gelesen hast, ist lediglich eine Theorie, ein Gedankengebäude, vergiß das nicht. Du sollst deinen Geist daran schulen, nichts weiter.«

Jan holte aus und warf den Stein. Er fiel klatschend in ein Sumpfloch, störte ein vielstimmiges Echo auf. Clemens erlebte, wie sich die Theorie unversehens in einem schillernden Leben manifestierte: Unken schoben sich aufgestört aus dem Schlamm, schleimig, häßlich, unterweltlich; Vögel flogen

233

kreischend auf. Als hätte sich das Moor als diabolischer Meister mit seinen vielfältigen Existenzen zu einem dämonischen Konzert mit dumpfen Unter- und pfeifenden Obertönen verabredet, fuhr der Wind böenartig durch das Laub der Birken und durch die raschelnden Halme der Binsen, scheuchte kleine Wesen auf, die hüpften, schwirrten, schrillten. Wasser gurgelte neben dem Pfad, Blasen platzten träge an schlammiger Oberfläche, aus dem modrigen Grund stieg ein Laut nach oben, in dem sich alle Töne vereinten, ein Laut, der wie ein Stöhnen klang und sehr wohl als aus der Tiefe eines Bewußtseins heraufdringend gedeutet werden konnte. Ungefragt meldeten sich in Clemens' Gedanken all die dunklen Geschichten über das Moor, vieles Legende, manches Tatsache wie Antons Tod, ein Grund, die Füße sehr vorsichtig voreinander zu setzen und das Licht der Ratio, der Vernunft, in dieser trügerischen, sinistren Zauberwelt schön hochzuhalten.

»Leibniz war Mathematiker, und es ging ihm darum, eine allgemeine wissenschaftliche Methode zu entwickeln, abgeleitet von der Mathematik, eine mathesis universalis als Grundlage aller Wissenschaften.«

Jan bewegte anderes.

»Vor allem gefällt mir die Lehre, daß alle Monaden sich fortwährend entwickeln, ohne je damit aufzuhören. Sie wandeln sich nur beständig, deshalb gibt es auch weder Tod noch Geburt, und im Vergangenen ist schon das Kommende lesbar, und das, was fern ist, spiegelt sich im Nahen.«

Wer sollte das besser wissen als er? Wie sonst könnte er Lina sehen und all die andern, auch die nur gedachten wie den Grienkenschmied, alles nur geistige Existenzen, sagte doch Leibniz. Jan klaubte einen Stein aus dem Schlamm und warf ihn voller Übermut, grub schon nach einem weiteren. Clemens beobachtete, wie der braune Moder Jans Hand und Arm überzog. Den Jungen kümmerte die Berührung nicht, auch nicht, daß sich aus der Masse Würmer wanden, eklige Dinger. Der Junge rührte selbstversunken in der Mudde, diesem undurchsichtigen Konglomerat von Teilchen und Existenzen, für das Auge kaum trennbar miteinander verwoben, schon wieder eine neue Seinsweise bildend, der mehr innewohnte als die Summe ihrer Teile. Verworren und gefährlich wie die seltsamen Vorstellungen im Gehirn des Jungen. Sich merkwürdig entsprechende Existenzen. Clemens schüttelte sich. Alles Natur, was dort unten matschte, rief er sich zur Ordnung, analysierbar, kategorisierbar, sezierbar, und keine Zusammenhänge, wo keine sind. Dem Wind gleich, der wie Atem über ihn hinstrich, faulig aus einem klaffend aufgerissenen Maul.

Clemens wehrte dem Schaudern, das ihn immer weniger kontrollierbar befiel. Es war nun klar ersichtlich, daß das Moor kein geeigneter Ort für philosophische Gespräche war. Zu sehr von ungesunden Stimmungen heimgesucht, zu sehr vereinnehmend, zu lastend, eben anders als die lichten Olivenhaine antiker Philosophen. Mitten in diesem brodelnden, gärenden Wesen, dieser Monade aus Tausenden von anderen, stand Jan, eine unpassende Heiterkeit, eigentlich Belustigung in den Augen – erst jetzt ging Clemens auf, daß der Junge ihm bereits über den Kopf gewachsen war –, Herr der Zeit und des Ortes, der auf jeden seiner Winke zu reagieren schien. Was sollte dieser ausgestreckte Arm, der zum Himmel wies, auf die dunkle Wolkenwand, die sich über den Horizont näher schob, und die kreisenden Vogelschwärme. Lockte er sie herbei?

Mutwillig berührte Jan Clemens am Arm, und für einen flüchtigen Moment füllten sich die Schatten zwischen Gebüsch und Bäumen mit Gestalten, die sich freudig aus der statuenhaften Starre lösten und in Bewegung setzten. Lauter geistige Existenzen entnahm Clemens dem Grinsen des Jungen auch ohne Worte. Mit so viel Würde, wie er noch aufbrachte, schlug er vor, den Rückweg anzutreten.

Das bißchen Übermut verflog, Jan bat um weitere Unterweisung.

»Was ist mit der Freiheit des Menschen? Leibniz sagt, in einer Monade ist alles schon enthalten, ihre ganze Vergangenheit und die Zukunft, alle Entwicklungen, wie kann sich der Mensch da noch frei entscheiden?«

»Daß bereits alles vorhanden ist, liegt in der Allwissenheit Gottes begründet. Erinnerst du dich? Pfarrer Niesing sagte etwas Ähnliches. Der reinen Logik nach kann sich ein Mensch auch immer anders entscheiden, als er es letztlich tut, sagt Leibniz. Aber er hat ja immer einen Grund, der seine Entscheidung veranlaßt, Entscheidungsfreiheit ist nicht mit Willkür gleichzusetzen, die Entscheidung selbst nicht mit Entscheidungszwang, es gibt immer einen anderen Weg, in der Theorie.«

»Ah, ja«, sagte Jan, »die Theorie.«

»Ich sehe schon, es ist an der Zeit, daß wir die reinen Theoretiker, die Rationalisten, von denen du jetzt Descartes und Leibniz etwas kennengelernt hast, aufgeben und uns den Empirikern zuwenden.«

Sie waren an der Schule angekommen, aber Clemens blieb nicht stehen, sondern begleitete Jan nach Hause, der vorgerückten Stunde wegen, in Wirklichkeit, weil er selbst noch Gesellschaft brauchte nach dem aufwühlenden Gang ins Moor, von dem er sich noch nicht erholt hatte. Auf dem Drostehof rannte Jan gleich in den Stall zum Melken, rief über die Schulter einen Abschiedsgruß und sah noch, wie Clemens in den Misthaufen starrte, in dem die Monaden wimmelten, voller verborgener Bewußtheit und sichtbarer strebender Emsigkeit.

Auf dem Rückweg überraschte den Lehrer der Regen.

Die Wallfahrer erreichten die nächste Wegstation.

Mia seufzte tief auf. Jan musterte seine Mutter verstohlen von der Seite. Ihr Gesicht zeigte sich unverhüllt, wie selten, von Kummer gezeichnet, und Jan ahnte, was sie bedrückte. Bernard gewann allmählich Macht über den Hof. Vater konnte mit seinem Ältesten nicht mehr Schritt halten, mußte ihm immer mehr überlassen, und nichts wurde Bernard zuviel. Wie konnte der Vater da noch die Oberhand behalten? Anordnen, einteilen, lenken?

Hume war daran schuld, daß sich Jans Blick für die Wirklichkeit schärfte. Er verstand, wenn Bernard ihm erklärte, daß die alte Dreifelderwirtschaft ausgedient hatte, weil die Äcker insgesamt auf diese Weise zu wenig Ertrag brachten, schließlich lag ein Drittel der Felder ständig brach. Aus dem Acker konnte nur hervorgehen, was man vorher hineingetan hatte, es bedurfte besseren Saatguts, anderer Fruchtfolgen, genügender Düngung des Bodens. Intensive Landwirtschaft statt extensive. Erschließung neuer Märkte für einen erhöhten Warenaustausch. Jan sah, daß Bernard schuftete, bis ihm abends der Atem aus den Lungen pfiff. Arbeit für die Zukunft, für ein besseres Leben, gegen die Hungersnöte, die Geißel Gottes, die regelmäßig das Land heimsuchten, schlimmer als ein Krieg. Weniger abhängig sein von der Witterung und der Gnade Gottes.

Aber anderes beschäftigte Jan mehr. Vorgänge in seinem Körper, die ihn in Verwirrung stürzten, in Verlegenheit, in ganz neue Gefühle. Vor allem, wenn er Lisbeth begegnete. Es ärgerte ihn, daß sich die frühere Ungezwungenheit nicht mehr einstellen wollte. Er konnte, er wußte nicht warum, Lisbeth nicht mehr gerade ins Gesicht sehen. Lisbeth amüsierte sich über ihn.

Sein Körper, dies widerspenstige Instrument, ging schon wieder eigene Wege, entzog sich auf sonderbare Weise dem Bewußtsein und überfiel ihn, wenn er am wehrlosesten war, mitten in der Nacht. Die peinliche Überraschung, wenn er morgens aufstand und feuchte Flecken in seinem Nachthemd entdeckte und überlegen mußte, wie er das Hemd vor Trude, Mutter und der Magd verbergen konnte, drückte ihn nieder.

Eines Morgens ertappte ihn Bernard, als er gerade das Hemd mit beiden Händen von sich abhielt und düster die Flecken musterte. Jan übergoß eine heftige Röte. Bernard zwinkerte, ein Lächeln erschien in seinen Mundwinkeln, und dann sagte er: »Ist es jetzt soweit? Ich muß dir wohl was sagen, was nicht in deinen Büchern steht, kleiner Stier.«

Die Bezeichnung »Stier« verdroß Jan zwar, aber er folgte Bernard nach einem schweigsamen Frühstück schon aus Neugier in den Stall. Sie gingen auf das Ende der Kuhseite zu, an dem schnaubend der Bulle stand, ein kompaktes Gebilde aus Fleisch und Kraft, das mit seiner dunklen Lebensenergie Jan

237

schon immer einen widerwilligen Respekt abgenötigt hatte. Jan lernte einiges über die Wunder der Natur, aber noch mehr über den Bruder, den er von einer ganz neuen Seite kennenlernte. Woher hatte Bernard nur die Worte? Selbst jetzt, in der Erinnerung überflutete Jan ein zärtliches Gefühl, wenn er an Bernard dachte. So nah waren sie sich noch nie gekommen. Am Ende ihres Gesprächs durchströmte Jan nicht nur Stolz auf die ausbrechende Männlichkeit, sondern er fand sich plötzlich auf Bernards Seite. Es konnte vorkommen, daß er ihm mit einem kuhäugigen Blick der Bewunderung nachstarrte, seinem großen, herrlichen Bruder. Ähnlich wie Lisbeth, die damit nicht aufhörte, obwohl sie die Bekanntgabe der Verlobung doch hätte entmutigen müssen.

Bernard ermunterte Jan, Fragen zu stellen, schlug ihm anerkennend auf die Schulter, bezog ihn in das Gespräch mit Lütke-Hubert ein und runzelte die Stirn, wenn Jan noch immer keine geraden Furchen zustande brachte oder beim Flachsjäten, über die Hacke gebeugt, seine Gedanken laufen ließ.

»Die Bücher verdrehen ihm den Kopf, Schluß mit dem Lernen«, hatte Bernard vom Vater gefordert.

Mit der Hochzeit ging es nicht voran, die Mutter weigerte sich, ihren Ältesten gegen den Vater zu unterstützen. Beim Maitanz ließ sich Agnes mit einem Holtkampjungen auf einen Tanz ein. Bernard riß sie danach wutschnaubend an sich, und Jan las noch etwas anderes als Zorn in seinen Augen: Angst. Bernard tat ihm leid. Wenn man so voller Kraft ist, kann man nicht mehr warten, um sie auszuleben, sonst schäumt sie über, wird sauer wie Milch, die zu lange steht, und schließlich böse. Es war wider die Natur, von der Bernard im Stall so einleuchtend gesprochen hatte.

Die Natur befolgte ihre Gesetze.

»Hume lehrt die Erkenntnis der Welt durch die Sinne, durch Ohren und Augen«, erklärte Clemens einige Zeit später zur Einführung in die nächste philosophische Betrachtung.

Der Empiriker Hume, einer aus dem praktisch veranlagten Volk der Engländer, lehrte Jan den Begriff von der Unwandel-

238

barkeit der Naturgesetze. Ein Apfel fällt immer zur Erde. Eine Vorstellung, die sich aufgrund des oft Erlebten bildet. Aber kein Beweis. Warum sollte es nicht ein einziges Mal umgekehrt sein? Nur weil die Erfahrung bisher dagegen spricht? Was tot ist, ist tot und kann nicht mehr zum Leben erweckt werden, wäre demnach Humes Erkenntnis. Und Christi Auferstehung?

Leibniz blieb Jans Herz näher. Von Hume bekam er ohnehin kein vollständiges Werk in die Hand, zumindest war das Clemens' Absicht, der kein Risiko mehr eingehen mochte und mit vorbereiteten Blättern, auf die er die ihm wichtigen Erkenntnisse Humes übertragen hatte, Jans Geist in die richtigen Bahnen zu lenken gedachte. Ein Unterfangen, das mittlerweile mehr als nur gelinde Zweifel hervorbrachte. Es gab da den Verdacht, daß mit einer Klärung von Jans Geist in Hinblick auf Ratio und Vernunft, diesmal mit empirisch erarbeiteten Lehrsätzen einer anderen Weltsicht, auch aus Clemens' Seele jener fatale Schimmer einer ganz und gar unerklärlichen, monströsen, nur in Augenblicken aufscheinenden anderen Wirklichkeit, als der mit normalen Sinnen erfaßbaren, gebannt werden könnte. Sozusagen für beide Beteiligten eine Art geistiger Reinigungs- und Gesundungsprozeß.

Das Beispiel mit dem Apfel, dem weitere folgten, das Aufleuchten der Kausalität zwischen Ursache und Wirkung berührten Jan nicht sonderlich, das auszugsweise Lesen wie eine vorgekaute Mahlzeit für Säuglinge verdroß ihn, und er sann auf Abhilfe.

Es gelang ihm an einem der Markttage, als der Bruder seinen eigenen Angelegenheiten nachging, Lisbeth kurz mit dem Stand allein zu lassen. Er suchte die Buchhandlung Theissing auf, das heißt, er drückte sich einen Augenblick vor der Tür herum, spähte durchs Fenster in die schummrige Bücherstube dahinter und ließ sich von einem Besucher, der forsch die Tür aufriß, wie in einem Sog einfach nach innen treiben.

Vom Buchhändler irgendwann wahrgenommen und nach seinen Wünschen befragt, gab er den einzigen, der ihn bewegte, stockend preis. Der Händler schüttelte den Kopf,

239

fragte ihn noch dies und jenes und schickte ihn dann hinaus. Er hatte wohl einiges mißverstanden. Jedenfalls kam nach etwa zwei Wochen, als der philosophische Kurs ohnehin stockte, ein Päckchen auf dem Drostehof an, an Hubert Droste Tomberge adressiert. Es enthielt Humes Werk »Eine Untersuchung über den menschlichen Verstand« und eine Bitte um Begleichung der noch offenen Rechnung.

Die Drostes beäugten den Schatz und wußten damit nichts anzufangen, Jan hielt vorsichtshalber den Mund mit der Absicht, sich das Buch später heimlich anzueignen. Verdachtsmomente kreisten vorerst um Bernard, den einzigen, der regelmäßig in Münster zu tun hatte. Bernard schien sich dumm zu stellen.

Pfarrer Niesing klärte die Angelegenheit ein paar Abende später, als er zu Besuch kam. Jan war es bis dahin nicht gelungen, an das Buch heranzukommen, das Hubert samt Schreiben und Verpackung in die Truhe in der Upkammer versenkt hatte. Der Pfarrer wendete das Buch in den Händen, als ließe schon der Einband interessante Rückschlüsse zu, las ein wenig in den Seiten, legte immer wieder den Finger unter den Namen des Autors und deutete schließlich auf Jan.

Er mußte sich schuldig bekennen. Niesing erging sich in Vorhaltungen, von Hubert gab es Handfesteres.

»Hab ich nicht gleich gesagt, das bringt nichts und kostet nur, der Extraunterricht? Wozu hat er geführt? Daß aus einem anständigen Jungen fast so etwas wie ein Dieb geworden ist«, ereiferte sich Bernard, den wohl noch die Verdächtigungen wurmten, »jetzt hört der Unterricht auf.« Er schielte zu Hubert.

»Warum hast du das getan, das Buch bestellt?« fragte Mia.

»Weil Lehrer Hölker es mich nicht hat ganz lesen lassen, nur ein paar Sätze.« Zu spät fiel Jan ein, daß er Clemens nun in die Sache hineinzog.

»Hab ich es mir doch gedacht«, fuhr Niesing prompt auf. »Es war der Lehrer, der Jan die Flausen in den Kopf gesetzt hat.«

»Warum hast du das Buch lesen wollen?« fragte Mia ihren Sohn.

»Weil«, Jan suchte nach Worten, sah flehend die Mutter an, »weil ich so viel wissen will über die Welt, wie sie beschaffen ist, wie ich erkennen kann, was ist und was nicht. Wie soll ich mich sonst in der Welt zurechtfinden?«

Mia betrachtete nachdenklich ihren jüngsten Sohn, dann nickte sie.

»Ist gut, Jan.«

»Was soll das nun heißen?« fuhr Bernard auf. »Du nimmst ihn doch jetzt aus dem Unterricht, Vadder?«

»Ein Jahr hast du gesagt, Vadder«, warf Mia ruhig ein.

»Ein Jahr«, bestimmte Hubert, »gesagt ist gesagt. Aber wenn so was noch mal vorkommt ...«

Niesing räusperte sich.

»Ich werde mit dem jungen Hölker reden. Sicher ist das wieder so ein Experiment von ihm gewesen. Auch die anderen Jungen reden von sonderbarem Unterricht. Bildung tut der Jugend weiß Gott not, und Lehrer Hölker hat bewiesen, daß er den Kindern was beibringen kann. Wir wollen jetzt nicht den Sinn dieses Extraunterrichts besprechen, von dem sich einige in der Venne, denkt nur an die Potthoffs, Wunderdinge für die Zukunft ihrer Kinder erhoffen. Aber es ist wohl Zeit, Lehrer Hölker ins Gedächtnis zu rufen, daß seine Stellung von mir abhängt. Er kann nicht machen, was er will. Was dieses Buch angeht, muß er mir erklären, was die Lehren eines englischen Ketzers mit Bildung für Münsterländer Bauernbuben zu tun haben, noch ist dies ein gottesfürchtiges katholisches Land.«

Clemens erwähnte mit keinem Wort die Unterredung mit Niesing, erklärte aber, weitere Lektionen in der Philosophie verschieben zu wollen, bis Jans geistige Kräfte mehr gereift wären. Er hätte ihm ja noch Kant versprochen. Es war nicht mehr die Rede von Aristoteles, Platon und Plotin, die sich hinlänglich mit Lateinübungen hätten bemänteln lassen.

Jan nahm die Erklärung ruhig auf. Bei einer sich bietenden Gelegenheit nahm er ein Buch aus der Lehrerwohnung mit, von dem Bord, auf dem die Philosophen standen. Es war nicht Humes Schrift, die Clemens irgendwo verborgen halten mochte. Jan griff notgedrungen zu Berkeley, auch einer von den englischen Denkern, wie Jan inzwischen wußte, einer, den Clemens als zu absonderlich nicht schätzte, wie er einmal erklärte, als sie über Hume sprachen und Jan nach anderen Philosophen fragte.

Längst hatte er das Buch zurückgestellt. Clemens war nichts über den zeitweiligen Verlust anzumerken gewesen.

Das Rosenkranzgebet kam zu Ende, das Vaterunser folgte, Ton und Rhythmus des Gemurmels änderten sich, der Wechsel weckte Jan aus seinen Gedanken.

»Vater unser, der du bist im Himmel«, klang es um ihn. Sie knieten wieder an einer Kreuzwegstation. Links und rechts breitete sich die Telgter Heide aus: Wacholder, gelbbrennende Ginsterbüsche, Heidekraut und Sand, den der Wind aufstieben ließ. Durch den Sandschleier zeigte sich in der Ferne das verwischte Bild einer Schafherde mit Hirten und rührte an eine Erinnerung. Schatten der Vergangenheit oder der Zukunft? Mit welchen Sinnen nahm er das Bild wahr? Hatte es wahrgenommen. Als er wieder aufstand, war die Schafherde verschwunden.

Berkeley, irischer Bischof, Philosoph und glühender Verfechter des falschen Glaubens und mit allen drei Zügen Clemens suspekt, leugnete eine unabhängige Wirklichkeit außerhalb des menschlichen Bewußtseins, nur der Geist war real, vor allem anderen der Geist Gottes, der im menschlichen Bewußtsein wirkte und die Eindrücke der Welt hervorrief. Auch Zeit und Raum führten keine selbständige Existenz außerhalb des menschlichen, von Gott inspirierten Geistes. Was Clemens geneigt war, als Kuriosität abzutun, gab Jan Hoffnung.

Es mußte doch etwas an diesen Lehren sein, sagte nicht der gute Leibniz etwas ganz Ähnliches, nämlich daß Ausdehnung, Materie, Bewegung nur bloße Erscheinungen seien, so wenig dinglich wie das Bild im Spiegel oder der Regenbogen am Himmel? So stand es auch um die Dinge, von denen man glaubte, sie entstünden und vergingen. In Wirklichkeit, wiederholte Jan Leibniz und fühlte eigene Erfahrungen von einem Kenner bestätigt, erscheinen sie nur und verschwinden wieder.

Trude hängte sich schwer an Jan, hörte aber nicht auf mit dem »Gebenedeit seist du, Maria, unter den Weibern«. Trude legte sich mit jedem schleppenden Schritt und rasselnden Atemzug nur rechte Leiden auf, um das schwarze Gestein der Sünde auf ihrer Seele loszubrechen.

Jan schaute sich um, betrachtete die vielen, sich bewegenden Münder. Hunderte von Bitten verschmolzen zu einer, zwangen den Segen des Himmels herab. Welche Zukunft würde sich daraus ergeben?

Plötzlich kamen ihm abenteuerliche Gedanken. Wie es unterschiedliche Menschen mit verschiedenem Bewußtsein gab, konnte es doch unterschiedliche Wirklichkeiten geben. Und damit – Jan zögerte, den Einfall zu Ende zu denken – lag es doch auch nahe, daß es verschiedene Zukünfte gab, als parallele Welten ganz wie Leibniz' Monaden, die sich in der Unendlichkeit Gottes und der Zeit trafen und vielleicht zu einer Zukunft verschmolzen.

Trude zeterte. Jan hatte sie unbemerkt auf dem Höhenflug seines Geistes zu hastig vorwärtsgezerrt.

»Wirst du wohl langsam sein, du Bengel, und mit Andacht gehen! Ich hör auch deine Stimme gar nicht beim Singen. Jan, versündige dich nicht, indem du in der Prozession keine Andacht hältst«, quengelte die Alte.

Jan paßte seine Schritte an, aber hörte schon nicht mehr hin. Er strengte sein Gedächtnis an. Wenn er im Frühjahr bereits die reifen Früchte am Baum hatte sehen können, waren es immer dieselben gewesen? Oder verschiedene? Nicht nur aus verschiedenen Jahren, sondern in derselben Reifezeit gewachsene, die mehrere Möglichkeiten der Zukunft zeigten, kleine Abweichungen. Ließe sich nicht daraus auf den freien Willen des Menschen schließen, quasi rückwirkend aus den Variationen der Zukunft?

Das war etwas, was ihm an Berkeley nicht gefiel. Wo blieb die Selbstbestimmung der Menschen, wenn sie nur sehen und empfinden konnten, was Gott ihnen eingab. Hatte der Mensch denn gar keine Wahl?

In der Marienkapelle in Telgte staunte Jan über die silbergetriebenen Arme und Beine in den Votivkästchen an den Wänden. Möhne Trude könnte ein Herz spenden, sann Jan, weil sie das Dunkle ihrer Seele auf dem Pilgergang abgebetet hatte. Und Modder? Jan sah verblüfft, daß Mia ein Silberherz spendete, heimlich, Trude bemerkte es nicht, ein kleines, das zwischen all den anderen verschwand.

Am Abendbrottisch breitete sich durch die drei erschöpften Wallfahrer eine nachgiebige Stimmung aus, friedlich, wie seit langem nicht mehr. Bernard stellte seine Frage wie aus einem Hinterhalt.

»Wann bauen wir denn nun endlich wieder auf, Vadder?«

Jan betrachtete den Bruder, das von der Luft gerötete Gesicht, die schweißverklebten Haare, die schwieligen Hände, die schwer auf der Tischplatte lagen. Jeder hat seine eigene Wirklichkeit, dachte Jan, und die von Bernard heißt Agnes und der Hof.

»Du hast es versprochen, Vadder«, hörte er sich sagen.

Hubert sah erstaunt seinen Jüngsten an, dann Lütke-Hubert, der bekräftigend nickte.

»Ja, Vadder«, stimmte Mia zu, und auch Trude sagte: »Hubert, laß es gut sein. Einmal müssen auch die Jungen an der Reihe sein.«

Eine erwartungsvolle Stille herrschte um den Tisch.

»Nach der Heuernte«, sagte Hubert mit erloschener Stimme und wollte nichts von der Erleichterung spüren, die umging.

Ein paar Tage später hielt Lina Jan abends im Stall auf, als er auf dem Weg ins Bett war. »Du, Jan, Grootvadder läßt sagen, ihr könnt das mal mit der Lieftucht sein lassen. Die braucht ihr nicht mehr.«

244

Welche Wirklichkeit sah Jan? Wenn er seinen Blick konzentrierte, sah er nichts weiter als die wiederkäuenden Kühe hinter den leeren Heuraufen, wenn er sein Bewußtsein schweifen ließ, stand Lina vor ihm in der Sonntagsschürze. War das Berkeleys Welt der Erscheinungen oder Humes Welt der Sinne? Jan verstrickte sich in philosophischen Fragen und verpaßte die Zeit zum Handeln. Er mied den Stall, wenn es anging. Nicht Linas wegen, sondern weil er in Ruhe über seine Fragen nachdenken wollte, ungestört von dem, was deutlich und täglich stärker im Hintergrund lauerte und am heftigsten zu spüren war, wenn er den Blick zu einem Punkt an den Hillen hob. Jan befaßte sich mit den allgemeinen Rätseln der Welt und vermied es, die naheliegenden wahrzunehmen.

In diesen Tagen fand Jan zu der Gewißheit, daß die Zukunft schillerte. Es gab Abweichungen, Ähnliches zu beobachten, aber nicht immer Gleiches. Daraus schloß er, daß die Zukunft keineswegs etwas Festgelegtes sei, ebensowenig wie die Vergangenheit, von der die Leute mal so mal so erzählten.

Im Juni mähten sie das Heu, konnten es aber nicht einbringen. Es regnete, und das Gras trocknete nicht. Der Regen hielt so lange an, bis Gefahr bestand, daß das Mähgut auf den Wiesen faulte. Bernard weigerte sich, das hinzunehmen.

»Wir können das Heu in dünnen Lagen auf den Dachböden, auf der Tenne und jeder verfügbaren Fläche verteilen und trocknen lassen, um so wenigstens einen Teil der Ernte zu retten.«

Hubert schüttelte ablehnend den Kopf. »Wenn das Heu fault, dann fault es. Was du vorhast, dauert doch viel zu lange, außerdem kriecht die Feuchtigkeit überall hinein. Es lohnt der Mühe nicht für das bißchen Heu, das du eventuell rettest. Außerdem kann der Regen jeden Tag aufhören.«

»Warten, warten, gottergeben, auf bessere Zeiten. Wenn wir nichts tun, ist die Aussicht groß, daß wir alles verlieren. Warum bist du immer so starrköpfig?«

Hubert war nicht so sehr starrköpfig, als vielmehr eines

245

schier endlosen Kampfes müde, an dessen Ende eine Niederlage wartete. Zu Verhandlungen fehlte ihm die Kraft, Sturheit war einfacher.

»Laß es uns wenigstens versuchen, Vadder. Die Arbeit machen ja doch Bennard und ich«, mischte sich Lütke-Hubert ein.

Hubert fuhr zu seinem zweiten Sohn herum. »Es ist schon genug, daß Bennard hier der Herr sein will. Du bist nur der Knecht und wirst nie was anderes sein.«

Die Familie fuhr vor dem Ton in Huberts Stimme zurück: Zermürbung war in Verachtung umgeschlagen und hatte sich über ein schuldloses Opfer ergossen.

Zornröte stieg Lütke-Hubert ins Gesicht. Schwerfällig stand er auf und warf die Küchentür mit einem Schlag hinter sich zu, der sie fast aus den Angeln riß. Es war die heftigste Reaktion, die sie je an ihm wahrgenommen hatten.

Hubert bereute augenblicklich den Ausbruch gegen seinen jüngeren Sohn, den fügsamsten, den er hatte. Die Reue verunsicherte ihn.

»Wenn wir im Heu nichts tun sollen, können wir dann endlich mit dem Bauen beginnen, wenigstens schon mal die Balken zusammentragen, die wir seinerzeit überall auf dem Hof verteilt haben, oder wird das auch wieder aufgeschoben? Ist jetzt Nichtstun und Abwarten Regel auf dem Hof?«

»Ihr könnt morgen anfangen«, sagte Hubert mit tiefer Müdigkeit in der Stimme.

Am Abend des nächsten Tages saß Jan in seiner Ecke in der Scheune und dachte zwischen stoßweisem tiefen Schluchzen an die Ereignisse des Tages, die dazu geführt hatten, daß eine leblose, erkaltende Gestalt auf der Tenne aufgebahrt lag.

Der Schwung, mit dem Bernard den Morgen anging, war für alle ansteckend gewesen bis auf Hubert, der brütend in seiner Morgengrütze rührte.

Warum hatte keiner versucht, den Vater aufzuheitern? Er saß da wie ein geschlagener Feldherr. Jan hätte Mitleid spüren müssen, aber die Erleichterung, daß jetzt etwas geschah, der Eifer, mit dem der lähmenden Stimmung ein Ende gesetzt wurde, riß ihn mit sich. Nicht einen Augenblick fiel ihm Linas Warnung ein.

Jan bohrte im Scheunenwinkel die Fäuste in die Augen, bis er rote Funken sah. Wofür taugten seine besonderen Gaben? Mit geschlossenen Augen sah er den schweren Körper zu Boden fallen.

Je ausgelassener die Brüder Stiegen und Leitern hinaufhetzten und Hammerschläge dröhnten, die die haltenden Pflöcke aus dem Holz trieben, desto mißmutiger schlich Hubert durch den Hof. Er hätte ja in Geschäften nach Senden reiten können oder auf einem entfernten Acker nach dem Rechten sehen. Statt dessen schluffte er über den Hof und behielt im Auge, wie ein Balken nach dem anderen auf die Tenne kam.

»Vadder, du stehst mir im Weg«, schrie Jan mehr als einmal. Niemand brauchte seine Hilfe, niemand sprach ihn um Rat an, Hubert stand wie verloren auf seiner Tenne.

Allmählich füllte sich der Hof mit immer mehr Leuten. Josef Lütke Wierling half, Hinnerk Potthoff kam vorbei, die Sense zum Heumähen lässig über der Schulter, und Heinrich Schulze Hundrup, der es nicht lassen konnte, seine Nase in Drostes Angelegenheiten zu stecken.

Trude zog es alle Augenblicke auf die Tenne, um den Holzstapel wachsen zu sehen, und erst nach einer Weile folgte ihr Mia und sah mit einem starren Lächeln ihre Söhne durch die Hillen klettern.

Heinrich schrie seine ätzenden Scherze über den »Altersruhesitz«, um das Klopfen zu übertönen. In Huberts Schläfen pochte eine dumpfe Wut.

Die Pflöcke, die einen der größten Balken hielten, ließen sich nicht lösen. Sie saßen fest im Holz. Hubert stemmte die Arme in die Seiten und schrie hinauf: »So wird das nichts. Ihr müßt gleichmäßig schlagen, beide zugleich.«

»Laß nur, Vadder, wir machen das schon«, lachte Bernard von oben herunter.

»Und was ich dir noch sagen wollte, wenn die Lieftucht steht, heißt das nicht, daß ich den Hof übergeb. Da kannst du erst mal mit deiner Agnes einziehn«, schrie Hubert.

Bernard schwang den Hammer und ließ ihn mit mehr als gewöhnlicher Kraft auf den Pflock prallen. Das uralte Holz des Balkens erzitterte bis ins Mark. Wie ein Echo fiel ein zweiter Hammerschlag, und die Pflöcke flogen heraus, die vorerst nur gelockert werden sollten. Die Brüder ließen die Hämmer fallen, griffen nach dem Balken, der nur noch durch ein dünnes Seil gesichert wurde.

Jan sah genau, wie Bernards Finger sich um das Holz krallten, daß die Adern auf dem Handrücken hervortraten und die Finger weiß schimmerten. Hatte er das wirklich gesehen? Von seinem Platz aus, genau gegenüber auf den Hillen über der Kuhseite? Oder war das schon ein Erinnerungsbild, zurechtgemacht durch das Bewußtsein, daß es so hatte sein müssen? Der Balken war nicht nur einer der längsten, sondern auch einer der schwersten. Eisenhartes Holz, in dreihundert Jahren gewachsen.

In welchem Augenblick begannen sich die Hände zu lösen? Wer machte den Anfang? Jan sah, wie die Finger langsam abglitten. Er sah den Blick, der zwischen Bernard und Lütke-Hubert hin- und herflog in einer halben Kopfdrehung. Jetzt wäre der Moment gewesen, um nachzufassen, das Holz neu zu packen mit den großen, starken Händen.

Jemand schrie. Gellend, unheilverkündend. War es Mia, die plötzlich den Kopf in den Nacken warf und deren Seele sich in diesem Moment aus der Umklammerung löste, die sie den ganzen Morgen schon umfangen hielt? Oder Jan selbst, der alles zugleich wahrnahm: Die Brüder gegenüber, deren Münder sich vor Entsetzen öffneten, Totenstarre in den Augen, all die Leute unten, die just in diesem Moment auf der Tenne standen, keiner in unmittelbarer Nähe von Hubert, aber nah genug, um alles zu sehen. Keiner rührte sich.

Der Balken fiel von oben herab, drehte sich um die Querachse, wirbelte in die Tiefe. Was hatte ihn ins Fallen gebracht? Menschlicher Wille oder ein Gefühl jenseits jeglicher Gedanken? Das Seil riß mit einem schwirrenden Laut.

Bleibt zu fragen, wie hoch die Kraft von zwei jungen, starken Burschen gegenüber der Erdanziehungskraft eines steinharten Balkens zu veranschlagen ist. Jan konnte die Schwerkraft studieren, die Unwandelbarkeit eines Humeschen Naturgesetzes, das besagt, daß der Balken immer zu Boden fällt. Eine durch viele Beobachtungen ähnlicher Ereignisse genährte Erwartung, die sich auch diesmal erfüllte.

In diesem Fall streifte der Balken Hubert, der unbeweglich, unfähig, sich zu rühren, nach oben starrte. Als der Balken auf ihn zukam, erkannte er das Bild, das ihm die Berührung mit der Hand vor mehr als dreizehn Jahren übermittelt hatte, und wußte, daß dieser Augenblick dreizehn Jahre auf ihn gewartet hatte, unabänderlich. Hubert blickte seinem Schicksal entgegen. Es gab nur eine Zukunft, die sich genau hier erfüllte und hier endete.

Er starb nicht mal sofort. Das Schicksal war so gnädig, ihm einen winzigen Aufschub zu gewähren, damit er es auch ganz begreifen konnte. Der Balken strich über seinen Schädel, krachte hinter ihm auf das Tennenpflaster und Huberts Körper folgte nach. Der Hinterkopf prallte auf das Holz, brach sich an ihm. Der Balken bildete Huberts letztes Ruhekissen im Leben.

Mia stürzte zu ihm, ihrem Mann, kniete neben ihm nieder, streckte die Hand nach ihm aus, wagte aber nicht, ihn zu berühren, weil sie sah, daß schon der Tod mit ihm Zwiesprache hielt.

»Mia«, flüsterte Hubert, und sein Atem stand still.

Mia hoffte wider jede Vernunft auf ein Wort mehr, hoffte, daß jetzt gesagt wurde, was vor dreizehn Jahren hätte gesagt werden müssen.

Heinrich und Josef, die einzigen, die noch zu einer sinnvollen Handlung fähig waren, befanden, es sei ein tragischer

249

Unfall. Josef holte die zitternden Jungen aus den Hillen, Heinrich ordnete die Räumung der Tenne an, hieß den Knecht anspannen und die niedere Gerichtsbarkeit in Senden benachrichtigen, damit der Tod seine amtliche Bestätigung fand. Jeder gab sich Mühe, nur an den Unfall zu denken und zu vergessen, daß womöglich mehr im Spiel hätte gewesen sein können.

Am Abend lag Hubert im Licht der Totenkerzen auf der Tenne, zum letzten Mal Herr im Haus. Er war als solcher gestorben.

Jan schlug die Arme über dem Kopf zusammen, drückte die Stirn fest auf die angezogenen Knie. Er sah wieder den Körper fallen. Und noch einen anderen im bunten Waffenrock, von einem Ast getroffen. Das damalige Ereignis zeigte sich in beunruhigender Klarheit. Die Vergangenheit drängte in die noch anhaltende Gegenwart, verschmolz mit ihr, der Ast wandelte sich zum Balken, eins zum anderen, und am Ende fiel immer ein Mensch in den Tod. Mit jeder Wiederholung wuchs die Schuld, die Kraft aus dem ersten Ereignis sog und auf das zweite übertrug. Jan saß bis in die Morgenstunden in der Scheune.

Keiner vermißte ihn.

Die Ordnung des Hofes schien äußerlich aufgehoben und blieb doch bestehen. Das Räderwerk lief weiter, nur ein Rad war ausgetauscht.

Mia saß versteinert in der Küche. Einer nach dem anderen trafen die Nachbarn ein, um in die Totenklage einzustimmen und den Lebenden das Unglück tragen zu helfen. Es galt, das Maß zu wahren, das für Glück wie für Trauer seine Richtwerte hatte, um der menschlichen Gemeinschaft willen.

Vom Unfall wurde wenig geredet, lieber lobten die Nachbarn mit bedächtig ausgesuchten Worten an dem Verstorbenen seine Beharrlichkeit und die Wahrung des Hergebrachten.

Unterdessen nahm Bernard seine ersten neuen Pflichten wahr. Mit schweren Schritten ging er den Pferden, Kühen, Schweinen, dem Vieh bis hinunter zu den Hühnern und den Bienen, den Tod des Bauern ansagen. Sonst würden ihn die

Tiere nicht als neuen Herrn anerkennen. Das bewahrte die Ordnung.

Bernard rückte in einer Nacht auf den verwaisten Platz, auch wenn es Sache der Nachbarn war, an seiner Statt bis zur Beerdigung den Hof zu führen. Der Familie blieb die Würde der Trauer.

Von Jan nahm kaum jemand Notiz, nur Mia zog ihn gelegentlich, Halt suchend, an sich. Jan verbrachte die Tage bis zur Beerdigung in einer Betäubung, unter der die innere Not wuchs. Um so mehr, da er nicht wagte, seinen schwärenden Gefühlen mit dem Verstand zu begegnen. Am Abend nach der Beerdigung, als das Haus in die Nachtruhe sank, trat Lütke-Hubert in Jans Kammer, mit einem Sack auf dem Rücken, den er mit einer knappen Bewegung der Schulter herabgleiten ließ.

»Ich geh vom Hof«, sagte er ruhig. »Du gibst Mutter diesen Brief, darin steht, was sie wissen muß.«

Jan schauderte unter dem dicken Federbett.

»Warum?« flüsterte er, richtete sich auf und krallte sich in Lütke-Huberts Ärmel. »Geh nicht!«

Der Ältere ließ sich auf die Bettkante fallen. In Jan stieg die Verzweiflung hoch.

»Ich kann hier nicht mehr bleiben. Mein Leben lang hab ich nichts anderes gedacht, als hier auf dem Hof Zweiter zu sein. Das war es, was ich wollte. Aber jetzt ist alles anders.«

Lütke-Hubert starrte auf den Sack am Boden. In Jans Kopf wirbelten die Gedanken, und dazwischen schob sich das Bild von zwei kräftigen Händen, denen der Balken entglitt. War's das? Was noch? Jan spürte der Vergangenheit nach und kam auf die Gesprächsfetzen, die er im Stall aufgeschnappt hatte, und hatte wieder das Gesicht des Bruders dabei vor Augen.

»Du mußt ja nicht den Kotten übernehmen, nicht jetzt, und die Wierlings vertreiben«, sagte er mit vor Angst gepreßter Stimme.

Lütke-Hubert erhob sich mit einem Ruck. »Ich muß weg von hier, jetzt gleich. Es ist alles anders seit Vadders Tod. So hab ich das nicht gewollt, verstehst du?«

»Aber wo willst du denn hin?« schrie Jan mit überschnappender Stimme.

»Zum Militär«, sagte Lütke-Hubert leise, »ich hab schon vor Tagen meinen Gestellungsbefehl erhalten.«

Jan horchte, bis die Schritte des Bruders auf der Tenne verklangen, und weinte sich in den Schlaf.

Am nächsten Morgen weinte Mia über dem Brief, der nur eine Mitteilung und keine Erklärung enthielt. Jan wunderte sich, daß die wenigen Worte eine Tränenflut hervorriefen, die nicht einzudämmen war. Trude zog Jan sachte beiseite.

»Es ist gut so. Laß Modder nur, sie muß sich den Jammer von der Seele spülen. Ist ja bald mehr, als ein Mensch ertragen kann.«

Jan versteckte seinen Kummer und verbrachte so viel Zeit wie möglich außerhalb des Hofes. Er ging Bernard aus dem Weg, der den Hof auf eine umsichtige Weise übernahm und ohne großen Aufhebens Änderungen in Gang setzte. Geschickt machte er das, aber in Jan regten sich Zweifel, sobald er ihn sah. In Bernard schien auch etwas vorzugehen, wenn er Jan begegnete. So war es auch sein Bestreben, Jan möglichst oft weit weg zu schicken. Jan hütete wieder die Kühe im Moor. Dort in der Einsamkeit begann er über die Frage zu grübeln, was die Finger vom Balken hatte lösen können. Es gab sonst keine Beschäftigung für ihn. Nieselregen tropfte ihm am Nacken in den kragenlosen Kittel, hüllte das Moor in Dunst. Im Verschwimmen der Umgebung blähte sich die Frage auf als einzig Greifbares. Sie mischte sich in ewiger Wiederholung in das mahlende Geräusch der wiederkäuenden Kühe, plärrte im Quarren der Frösche und klagte im Schrei der Brachvögel. Bei der Heimkehr trug er sie mit sich: innerlich und, wie es schien, auch äußerlich in den dämpfigen Kleidern, denn um den Küchentisch beim schweigsamen Abendessen verbreitete sich eine Stimmung, die es Bernard unmöglich machte, Jan in die Augen zu sehen.

Lina ging ihm aus dem Weg. Die heitere Gelassenheit ihrer jetzigen Existenz vertrug sich wohl nicht mit dem quälerischen Burschen, in den sich Jan verwandelte. Irgendwann kam er darauf, daß er der Frage nur nachging, um einer viel näherliegenden auszuweichen: wie stand es mit seiner Schuld? Hätte er den Tod des Vaters nicht schon vor Jahren voraussahnen können? Jan verfolgte die Spur der Ahnungen und Ängste in das Dunkel der Vergangenheit. Klagte sich nun an, jene vielen Hinweise, die ihm das Schicksal hatte zukommen lassen, nicht beachtet zu haben. Hatte er dadurch das Unglück heraufbeschworen? Daran knüpfte sich ein ebenso schmerzlicher Gedanke: hätte er es verhindern können? Wo verbarg sich im Ablauf des Geschehens der freie menschliche Wille, wenn es ihn denn gab?

Ein plötzlicher Ausweg aus dem Kreislauf der quälenden Fragen tat sich auf, als Jan eines Abends bei der Rückkehr aus dem Moor Klara begegnete, die nach einem Besuch bei Mia den Hof verließ. Jan schoß vage durch den Kopf, was Klara zu ihm gesagt hatte, als sie bei seiner letzten Krankheit an seinem Bett gesessen hatte. Er überließ das Vieh einem der neu eingestellten Knechte und bot sich Klara als Begleitung für den Heimweg an. Eine Weile gingen sie schweigend nebeneinanderher. Klara schritt kräftig aus und schien mit sich zufrieden zu sein. Ein bitteres Gefühl stieg in Jan auf.

»Möhne Klara, du hast mal gesagt, irgendwann versteh ich schon, was mit mir ist. Ich versteh's bis heute nicht. Ich bin ein Spökenkieker, nicht wahr?«

Klara sah Jan geduldig an, dann nickte sie. »Das bist du, Jan, und laß es mich gleich sagen: du kannst nichts dagegen tun.«

»Gegen die Spökenkiekerei vielleicht nicht, aber wenn ich schon ein zukünftiges Unglück voraussehe, wie kann ich es verhindern?«

Klara verhielt erschrocken im Gehen. Jetzt hatte er sie doch aus ihrer Ruhe gebracht. »Aber Jan, gar nichts kannst du, was für ein Gedanke! Du versündigst dich, wenn du das glaubst. Niemand bestimmt die Zukunft, nur Gott.«

»Aber warum dann die ganze Spökenkiekerei, wofür ist sie gut, sag mir das, Möhne Klara«, stieß Jan hervor.

253

Klara seufzte. »Weißt du, ich sag dir, was alle sagen, die darüber Bescheid wissen. Tatsächlich hab ich noch nie gehört, daß ein Spökenkieker hat abwenden können, was er sah. Im Gegenteil, wenn du es versuchst, trifft die Vorschau um so eher ein. Der Versuch beschleunigt nur das Unglück, verursacht oft, was er ja verhindern wollte. Es gibt viele Geschichten darüber. Denk immer dran, Gott zeigt uns, daß er sich nicht ins Handwerk pfuschen läßt.«

Jan hatte unwillig zugehört. »Möhne Klara, ich will wissen, warum ich ein Spökenkieker bin und wozu das gut sein soll, das hast du mir noch nicht gesagt. Es muß doch etwas zu bedeuten haben.«

Klara warf ihm einen listigen Blick zu. »Spökenkieker hat es hier bei uns immer gegeben, auch in deiner Familie. Die Geschichten über das Vorgesicht sind älter als alles, was in Büchern steht. Es ist was Uraltes, daß sich durch die Jahrhunderte bewahrt hat.«

Sie waren am Potthoffhof angekommen. Jan blickte sich um. Der Stall, den er nur als dunkel und muffig kannte, wurde von neuen Fenstern erhellt, die Licht und Luft hereinließen. Die Kühe, mit prallen sauberen Eutern, standen auf frischem Stroh. Zwei Mägde und die älteste Potthofftochter klapperten mit Eimern und Melkschemeln die Kuhseite entlang. Auf der Tenne häufte sich ein Berg trockenes Heu, das Anton und Hinnerk auf den Boden gabelten. Klara winkte Jan an den Arbeitenden vorbei.

»Wie habt ihr das Heu retten können?« fragte Jan.

»Alles haben wir nicht reinholen können. Aber wir haben eine Heudarre in der Scheune gebaut und das Heu zum Trocknen überall verteilt. Teilweise lag es sogar in der Küche und hing im Bosen neben dem Schinken. Du siehst, Jan, nicht nur dein gescheiter Bruder Bennard versteht sich auf die neue Landwirtschaft. Anton wird auch sofort Mitglied im Landwirtschaftsverein, wenn der erst mal gegründet ist. Hinnerk tritt ein, sobald er alt genug ist. Bis dahin studieren sie alles Gedruckte zu Ackerbau, Viehzucht und die neuen Verordnungen der Preußen, was sie eben in die Finger bekommen können.«

Jan sah auf dem Küchentisch ein paar Exemplare des »Münsterschen Intelligenzblatts« liegen, die vom häufigen Durchblättern zerfledderten. In Klaras Augen trat ein mitleidiger Schimmer. »Du gehörst zu denen, die das Alte bewahren, das nicht aussterben darf, damit die nachfolgenden Generationen noch wissen, wo ihre Wurzeln liegen. Du kannst kein Unglück durch deine Gabe verhindern, Jan, aber du wirst den Menschen helfen, nicht zu vergessen, daß sie bei allem Fortschritt immer dem alten Gesetz unterliegen: alles liegt in Gottes Hand, so sehr wir uns auch bemühen, unser Schicksal selbst zu gestalten. Das wird uns Demut lehren und uns auf dem Boden halten.«

Jan lehnte es ab, mit den Potthoffs zu Abend zu essen, die sich hungrig und laut um den Tisch drängten. Er ging langsam nach Haus. War das wirklich so, wie Möhne Klara gesagt hatte? Das hieße, daß er nur Zuschauer sein würde im Leben anderer, wie in einem dieser Theater, von denen Clemens ihm erzählt hatte, aber so, als wenn man das Stück, das aufgeführt wurde, schon kannte. Konnte das Gottes Wille sein? Einen Menschen aus der Gemeinschaft herausgreifen und an den Rand stellen wie ein schwarzes Schaf aus der Herde? Jan beschloß in diesem Augenblick, die Schuld, die er sich störrisch am Tod des Vaters zumaß, abzutragen, indem er zukünftig vorausgesehenes Unglück Klara zum Trotz zu verhindern suchte. Die anderen Spökenkieker vor ihm waren vielleicht zu furchtsam gewesen. Er würde sich ganz einlassen auf seine Gabe, bis sein Geist zu einem klaren Spiegel wurde, in dem sich die Zukunft eindeutig und unmißverständlich fing. Er würde das Grübeln sein lassen. Er würde die Schule aufgeben und ganz Knecht sein unter Bernard. Auch das wäre ein Abtragen der Schuld.

Clemens kam wie alle, um der Familie beizustehen, und mußte erleben, daß ihm die Drostes mit einer klaren Abweisung begegneten, die durch Höflichkeit weniger verbrämt, als vielmehr undurchdringlich wurde. Er wurde aus dem Ritual der Trauer ausgeschlossen, in dem sich die Drostes und die Nachbarn nach festen Regeln bewegten. Sie wollten ihn, den eigentlich doch Fremden, den Städter, der vielleicht schon zu tief in ihr Leben hineingeschaut hatte, nicht dabeihaben. Er sah aber auch, daß das Leid auf diese Weise, mit den Beileidsbekundungen und den Masken der Trauer, die unmerklich mit dem gewöhnlichen Gesichtausdruck verschmolzen, eine begreifbare und erträgliche Form annahm. Nur Jan, erkannte Clemens, verstrickte sich zu sehr in sein Elend. Der Lehrer ahnte, daß dabei Jans Sehergabe eine Rolle spielte, und spürte die Gefahr, sich selbst in Jans Erschütterung zu verlieren, wenn er zuließe, daß die Erlebnisse auf dem Domplatz und im Moor wieder Macht gewännen. Er rettete sich in das Licht der reinen Vernunft und mühte sich ein letztes Mal, auch Jan diesen Ausweg nahezubringen. Außerdem hatte ihn eine beiläufige Bemerkung Bernards nach der Beerdigung aufgeschreckt, daß es jetzt wohl mit der Schule für Jan ein Ende haben könne. Es beschlich ihn die Furcht, daß ihm nicht mehr viel Zeit blieb, Jan beizustehen.

»Klarheit, Folgerichtigkeit, Kausalität liegen im Verstand wohl begründet, Jan, du kannst ihm vertrauen«, dozierte Clemens.

Jan hob den Kopf von dem Buch, das Clemens ihm wenige Tage zuvor aufgedrängt hatte: Kant. Er ließ den Blick über die sommerliche Pracht des Lehrergartens schweifen und ließ zu, daß sie sich für ihn in Herbst und Winter verwandelte. Clemens sah das unwirkliche Glühen in Jans Augen.

»Wozu? Mit welcher Wirklichkeit befaßt sich der Verstand? Kant hat nur in einem recht: Raum und Zeit liegen in uns selbst, und ich werde lernen, sie zu beherrschen.« Jan gab Clemens mit einer entschiedenen Geste das Buch zurück. »Ich hab keine Zeit mehr zu lernen. Ich hör auf mit der Schule. Bennard braucht mich auf dem Hof.«

»Laß dich nicht von Bernard beeinflussen, Jan, du bist kein Bauer, wenn du jetzt das Lernen aufgibst und dich in Mist und Äckern vergräbst, läufst du nur vor dir selbst davon.«

»Nein, das hab ich bis jetzt getan. Jetzt laufe ich auf mich zu.«

Clemens sah Jan verwundert und enttäuscht nach, als dieser ohne weiteren Abschiedsgruß die Schule verließ.

Nun war es Agnes, die wegen des Aufbaus der Lieftucht quengelte, und Bernard, der zögerte. Er brauche Geld für den Zukauf von Heu, erklärte er einmal und ein anderes Mal, es sei besser, Geld für neue Ackergeräte und ein zusätzliches Paar Zugpferde auszugeben als für einen unnützen Bau. Wer sollte schon darin leben?

Eines Abends überraschte Jan Bernard dabei, wie er mit einem der neuen Knechte, einem Mann, der nicht viel fragte, einen Eichenbalken zersägte. Jan folgte den beiden heimlich hinter die Scheune und sah, wie das Holz verbrannt wurde. Es war festes Eichenholz, wohl an die dreihundert Jahre alt.

Trotz aller Anstrengungen gediehen auch in diesem Jahr die Feldfrüchte nicht. Eine Katastrophe folgte der anderen, landesweit, und jetzt wurden tatsächlich auch bei den Drostes alle Reserven gebraucht, um über den Winter zu kommen.

Seit Trude auf der Wallfahrt nach Telgte ihre Seele geläutert hatte, überließ sie ihren Körper bereitwillig der Auflösung und erlosch im nächsten Frühjahr wie eine ausgebrannte Kerze. Klara allerdings sprach von einem Nervenfieber.

10

Als auch die Gutgläubigsten meinten, daß das Elend der Hungersnot kein Ende mehr nähme, sagte man allgemein, Trude sei viel Schlimmes erspart geblieben.

Ihre Beerdigung war nur durch den Umstand bemerkenswert, daß ihr ein Fremder beiwohnte, der sich erst dazugesellt hatte, als der Sarg schon in der Erde verschwand. Ein hochgewachsener alter Mann mit einem in die Ferne gerichteten Blick, einem breitrandigen Hut und einem knotigen Hirtenstock. Er redete eine Weile leise mit Mia und tauschte über die Köpfe der anderen hinweg einen Blick mit Jan, der diesen verwirrte, aber zugleich sein Herz hüpfen ließ. Nach dem letzten Segen kniete der Fremde noch lange am Grab. Als die Trauergesellschaft sich vor Neugier zögernd auf den Heimweg machte, war er verschwunden.

Wer war der Mann? Eine Frage, die den Trauergästen, die nicht zur Familie gehörten, auf eine gemächliche Art die Zeit bis zum Abendessen verkürzte, bis es ihnen einfiel. War das nicht Hannes Bredenbeck, der Bruder der alten Trude? Der Schäfer aus der Gimbter Einöde? War bald zehn Jahre her, daß man ihn hier in der Gegend gesehen hatte. Wirkte aber keinen Tag älter als damals.

Jan erinnerte sich wieder an eine große, warme Hand auf seinem Kopf. Entgegen der Trauer, die er nach der Beerdigung der Tante hätte empfinden müssen, erfüllte ihn für ein paar Stunden eine helle Zuversicht, die bald in den Nöten der sich dahinschleppenden Tage verblaßte.

Jan trieb es mit aller Beharrlichkeit, der Unabwendbarkeit des Schicksals zu trotzen. Wenn der Vollmond über dem Hof stand, suchte er herbeizuzwingen, was sich nicht zwingen ließ:

die Gesichte. Nicht das allgemeine Hin- und Herdriften der Zeit, sondern die Schicksalsschläge, das Unglück, den Fehltritt und das Grauen, das die Zukunft schon bereithielt für die noch Ahnungslosen.

Im Vollmond stellten sich die Gesichte am ehesten ein. Der Hofhund, sonst bereit, seiner Natur gemäß in diesen Nächten das silberne Gestirn anzuheulen, kniff den Schwanz ein und verkroch sich wohlweislich, wenn er Jans Klompen über die Steine der Tenne tappen hörte. Die streunende Katze machte sich auf sachten Pfoten davon.

Wie Jan nun im Hof stand mit erhobenem Kopf, hätte man meinen können, er habe den Platz des Hundes eingenommen, wenn er jetzt auch noch heulen würde. Er ließ das geisterhafte Licht auf sich einwirken, sog sich gleichsam damit voll wie ein Schwamm.

Er stöhnte nicht mal, als ihn tatsächlich die Gesichte heimsuchten, und hielt ihnen mit der Unerschrockenheit der Jugend stand.

Waren es schlimme Gesichte? Jan sah wieder die Urgroßmutter, die er schon kannte, und winkte ihr ungeduldig zu verschwinden. Ein anderes Mal sah er, wie an einem beladenen Heuwagen die Deichsel brach, und hörte Knechte über das umherfliegende Heu fluchen. Jan sah ein kopfloses Huhn im Hof herumlaufen, gefolgt von einer Magd mit dem Schlachtmesser. Er sah eine Scheune brennen.

Die Frage, wessen Scheune? mußte er mit Gewalt in seinen Kopf zwingen. Die Bilder mochten keine Einmischung. Wabernde Flammen hüllten Balken ein, ein quiekendes Schwein rannte nach draußen durch das schief in den Angeln hängende Tor. Was machte ein Schwein in der Scheune? Über die neue Frage weigerte sich der Kopf, das Gesicht zu behalten.

Jan lief an den nächsten Tagen in der noch früh hereinbrechenden Abenddämmerung von Hof zu Hof, um Scheunen anzustarren, bis ein Kiepenkerl, der Rast bei den Drostes machte, erzählte, hinter Senden habe eine alte Scheune gebrannt, und den Knechten sei beim Löschen dauernd ein junger Eber ins Gehege gekommen, den niemand habe einfangen können, bis die Scheune vollständig abgebrannt sei. Vor Wut hätten die Knechte beinahe das Schwein in der letzten schwelenden Glut geröstet.

Wie wird die Entfernung zwischen dem Seher und dem Ort des zukünftigen Geschehens spürbar? Gab es dafür Anhaltspunkte, etwa im Grad der Klarheit des Schauens?

In den ersten Vollmondnächten im Mai, in denen der Frost seine alte Herrschaft noch einmal erzwang, sah Jan das Wichtigste und Naheliegende nicht voraus. Aber am Morgen hingen die Blüten braun verfärbt an Bäumen und Sträuchern. Der späte Frost hatte allen Bauern die Obstblüte verdorben.

Da kam die Nachricht von der bevorstehenden Hochzeit auf dem Drostehof den Nachbarn als Aufheiterung gelegen. Bernard schickte den Hochzeitsbitter mit Stab und Bändern herum. Im Juni sollte Hochzeit gehalten werden.

Jan verdroß der Mißerfolg mit dem nicht rechtzeitig lokalisierten Brand, aber er verwandte noch mehr Mühe aufs Vorschauen.

Beim Hacken im Feld – nicht mal das Unkraut lief richtig auf – fiel ihm ein, daß er die Sache womöglich nicht richtig anging. Vielleicht war eine Zeremonie erforderlich, ein Ritual zur Einstimmung auf die Vorschau oder zur Konzentration der Kräfte. Schließlich gab es bei allen wichtigen Ereignissen von der Geburt bis zum Tod Rituale. Zum Beispiel sah die Mutter gerade das Familienleinen durch. Lisbeth half ihr dabei mit ernstem Gesicht. Jan bemerkte, wie sie sich, wenn sie sich unbeobachtet glaubte, mit der Hand über die Augen wischte.

Aber wer konnte ihm Auskunft geben über etwas derart Geheimes, wie er es im Sinn hatte: das Anrufen und Bannen der dunklen Mächte der Zeit. Jan verwarf den Gedanken, Klara zu fragen, und besuchte statt dessen nach langer Zeit Clemens wieder. Beim Austausch von Neuigkeiten, der mit der Verlegenheit entfremdeter Freunde vor sich ging, schob sich Jan Schritt für Schritt an das Bücherbord heran und begann die Inschriften auf den Buchrücken auszuspähen. Clemens zeigte

260

sich gutmütig, hilfsbereit und heilfroh, noch etwas Wissensdrang in Jan zu spüren, ohne zu erkennen, in welche Richtung die Gedanken seines ehemaligen Schülers schweiften. Eine Ahnung mochte ihn doch bewegen. Als Jan sich verabschiedete, ein Buch unter den Arm geklemmt, ergriff Clemens seine Hand und hielt sie einen Augenblick fest.

»Falls dich deine alten unseligen Vorstellungen wieder umtreiben sollten, rate ich dir: finde heraus aus diesem Wahn, aus diesem Labyrinth, in dem sich dein Geist verfängt, bevor es ihn zerstört.«

»Ihr versteht nicht, Lehrer Hölker, denkt doch nur an Leibniz: das Labyrinth ist in mir und ich in ihm.«

»Aber was ist es denn, Jan?«

»Das Labyrinth der Zeit.«

Viel später, in der Nacht bei Kerzenlicht, im Kampf mit dem Latein, stieß Jan auf die Stelle, die er suchte. Im alten Rom, las er, weissagten die Priester aus den Eingeweiden frisch geschlachteter Opfertiere. Jan fühlte Übelkeit, als er sich das Geschehen ausmalte, hielt aber daran fest, auf einer Spur zu sein, die ihn ans Ziel bringen mochte. In der Verbindung von blutiger Opferung und Weissagung konnte der Zauber liegen, nach dem er suchte. War es nicht Brauch gewesen, Opfer für die Zukunft zu bringen, sie durch das Opfer zu lenken, lange vor dem Tag, an dem Christus am Kreuz hing für das Heil zukünftiger Menschengeschlechter? Immerhin ließ die blasphemische Verbindung der christlichen Heilsbotschaft mit heidnischen Riten Jan in seiner Kammer schaudern. Dann aber fegte die Erinnerung an Klaras Flachsopfer für die Madonna jede weiteren Bedenken beiseite. Jan las sich noch zur Vorsicht vom Buch Mosis an durch das Alte Testament und las mit Befriedigung, wie durch das ganze heilige Buch die Opferaltäre rauchten. Jans Wangen glühten im inneren Fieber.

Um einer praktischen Durchführung näher zu kommen, schlich er der alten Magd nach, die eine betagte Henne für die Suppe schlachten ging. Jan hatte mit einer unwillkürlichen Bewegung wohl die Magd erschreckt, als das Messer auf den Hals der Kreatur niederfuhr. Das Huhn fiel vom Hackklotz vor dem Scheunentor, rannte kopflos über den Hof und die Magd hinterher. Jan hielt sich an der Scheune fest, er würgte vor Übelkeit.

Er lieh sich eine Schlinge von Josef Lütke Wierling und ging ins Moor, Karnickel fangen. Zweimal schnitt er nachts ein Karnickel auf, ertrug den Gestank, wühlte in den Schlingen der Eingeweide nach etwas Unbekanntem, über das die alten Römer sich ausgeschwiegen hatten. Schließlich verbrannte er die Tiere auf einem behelfsmäßigen Feldsteinaltar mit Haar und Haut. Es roch bestialisch.

Er war sich nicht ganz sicher, ob er bei der Opferung Gebete sprechen mußte, und schauderte bei dem Gedanken, der mit dem kranken Rauch aus dem Feuer aufstieg, daß er sich auf einen Weg einließ, der zurück ins blanke Heidentum führte.

Aber hatte ihm Gott jemals ein Zeichen gegeben, dachte er trotzig. Vielleicht lag Gottes Mißfallen in der Tatsache, daß sich keine neuen Gesichte einstellten, an denen er seine Theorie erproben konnte. Auch war die Vollmondzeit längst vorüber.

Der Platz nahe der Einfahrt, halb verborgen in der Wallhecke, lag dunkel unter einem schmalen Mond. In der dritten Nacht, als die widerlichen Schwaden schmorender Eingeweide, vom Wind getragen, weit durch die Luft zogen, machte Bernard dem Treiben ein Ende. Er schlug Jan zunächst windelweich, weil er ihn für einen Eierdieb hielt, und fragte ihn erst danach, als er das Tier im glosenden Feuer erkannt hatte: »Was willst du mit dem Kroppzeug? Bekommst du am Tisch nicht mehr genug zu essen?«

Bernard stocherte das Karnickel aus der Glut, hielt Jan mit vor Verachtung schwankender Stimme einen Vortrag über Ausnehmen und Abziehen und warf den Kadaver so weit weg wie möglich in die Hofeinfahrt. Sollte sich einer der vielen Hungernden, die herumstrichen, den Braten holen.

In der Morgendämmerung klaubte Jan die Steine des Behelfsaltars auseinander, zertrat die Asche, stampfte in der Feuerstelle herum und gab dabei Tritt für Tritt seine letzte Verrücktheit auf. Der Kadaver war verschwunden, und Jan fragte sich, wessen Bauch das Tier vergiftete mit all den Beschwörungen, die er daran gehängt hatte.

Von der Einfahrt aus, in der er nach dem Herumsuchen stand, sah er Josef mit einem Wägelchen in den Weg nach Münster einbiegen und wußte, auf welch traurige Fahrt sich der Nachbar machte.

Der Hunger wütete wie ein Wolf im Land, im zweiten Jahr der Not, und verschlang täglich mehr Menschen. Seine Gier schien an sich selbst zu wachsen. Als wäre das nicht genug, kamen Seuchen auf: Pocken, Wechselfieber, Scharlach, das Nervenfieber, die Schwindsucht. Sargmacher und Totengräber prosperierten auf eine unheilige Art, weil gegen jedes Gesetz des Lebens. Westfalen wandelte sich in ein Land der Toten. Wieder zeigte sich, daß das Land der Bauch war, der den Kopf, die Stadt, nährte. Nur, es kam nicht mehr genug Nahrung herein. Selbst die, die Geld hatten, litten unter Einschränkungen. Wieviel mehr die, die am unteren Rand der städtischen Gesellschaft nisteten – wie Augusts Schusterfamilie.

Schon seit Wochen hing ihr Überleben von den Gaben der Wierlings ab. Kam Josef nicht, holte August zu Fuß in einer Kiepe Nahrungsmittel von den Eltern. Er brauchte für den Hin- und Rückweg bald den ganzen Tag und fürchtete sich unterwegs vor Bettlern und Strauchdieben. Bei seinem letzten Besuch brachte er aus der Stadt einen hartnäckigen Husten mit und die Nachricht, daß die preußische Regierung endlich etwas gegen die Hungersnot unternähme. Für zwei Millionen Taler hatte sie baltisches Getreide gekauft, viel zu spät.

Beim Abschied schwärmte August zwischen dem Husten von der Schusterei, an der ihm die Lust noch nicht vergangen war. Jan horchte nach innen und sah nur Augusts große, vom Hunger leere Augen. Aber trotzdem streifte ihn keine Ahnung, daß es ein Abschied für immer war. Es gab bloß den ganz gewöhnlichen Gedanken, daß August nichts Gutes bevorstand.

Jan wußte nicht, daß seine neuerliche Hinwendung zum Okkulten sein Gehabe verändert hatte. Sosehr, daß die Braut, die bald Herrin im Haus sein sollte, sich vor ihm zu fürchten begann. Die, die ihn täglich sahen, bemerkten nichts.

Die Hochzeit bot die Möglichkeit, eine Woche als glückliche Insel aus dem Jammermeer der Zeit herauszuheben. Schon deshalb war jeder der Geladenen darauf bedacht, mit allem Ernst und aller Sorgfalt nichts außer acht zu lassen, was an Bräuchen aufzubieten war, um dies Ereignis zu dem zu gestalten, was es sein sollte: der Beginn eines neuen Lebenszyklus, über dessen Gedeihen das Glück des Anfangs entscheiden konnte. Also fühlten alle tief die Verpflichtung zur Heiterkeit, zum Wohlwollen, zum Ausgelassensein. Auf dem Drostehof drängten sich Verwandte, von deren Existenz die Drostes kaum noch eine Ahnung gehabt hatten. Zu essen gab es trotz allgemeiner Knappheit, dem Anlaß angemessen, im Überfluß: Weggen, das kissengroße Kuchenbrot, Schwarzbrot, Schinken, Wurstebrot, Pankas, gebraten mit Apfelscheiben, hergerichtet von der Hochzeitsköchin, einer Cousine dritten Grades von Mia, einer Witwe, die sich von der Arbeit nicht schrecken ließ.

Am Jungfernabend holte Bernard Agnes samt der Aussteuer auf dem Leiterwagen heim. Martha und Klara begleiteten ihn und hielten Agnes in der Mitte, die laut schluchzend, wie es sich gehörte, von zu Hause Abschied nahm: Tränen der Erleichterung, Tränen der Vorfreude, Hauptsache, sie flossen reichlich. Mia empfing die Braut im neuen Heim. Agnes bestand darauf, von ihr von Kammer zu Kammer geführt zu werden, als wollte sie sicher sein, daß Mia bereit war, die Herrschaft abzugeben. Außerdem mußte sie selbst sehen, daß Mia ihren persönlichen Kram in Trudes alte Stube geschafft hatte. Abends tischte die Köchin den Weggen auf und Sauerbraten mit Kartoffeln.

Bernard verbrachte die Nacht bei Lütke Wierlings, damit kein Schatten auf Agnes' Tugend fiele.

Zur Trauung am nächsten Tag konnte die kleine Kirche in

der Venne die Festgesellschaft nicht fassen. Um die Mittagszeit rumpelten die Hochzeiter gerade pünktlich zum Hochzeitsessen wieder auf den Hof. Es war ein erhebender Augenblick, als der Braten angeschnitten wurde. Während der Rede des Pfarrers hatten alle schon genug Wacholder getrunken, um an den richtigen Stellen in Rührung auszubrechen. Keiner entzog sich der Verpflichtung, sich durch den Kuchenberg der Kaffeetafel zu arbeiten. Nach einer kurzen Unterbrechung, die der Erleichterung diente, war das Abendessen zu bewältigen. Mit Schnaps und Bier glitt alles hinunter. Dann begann der Hochzeitstanz.

Ruhig drehten sich die Paare, als müßten sie erst erkunden, ob das zusätzliche Gewicht im Bauch das Drehen und Kreisen aushalten konnte. Als die Trägheit der Masse überwunden war, frischte der Tanz auf. Alle drehten sich um Braut und Bräutigam; die Braut trug schon das dritte Kleid an diesem Abend. Jan fühlte sich plötzlich an der Jacke gezupft: Lisbeth zog ihn in den Kreis der Tanzenden. Er sah den Kummer in ihrem Gesicht und fügte sich. Seine Hände griffen um ihre Taille, und seine Füße fanden sich schwerfällig in den Takt der Geigen. Der Schnaps schuf eine süße Wehmut. Bevor sich ein merkwürdiges Gefühl von den Händen, die das Mädchen hielten, über die Arme weiter ausbreiten konnte, wurde ihm Lisbeth von Bernard entrissen. »Komm, Lisbeth, einen Tanz hat meine tüchtige Marktfrau doch bei mir gut«, neckte er sie.

Jan war erleichtert über die Unterbrechung. Das Gefiedel schrillte ihm in den Ohren, das Essen rumorte im Bauch, der Wacholder im Kopf. Der Geruch alter Seidenkleider und frischen Schweißes reizte ihm die Nase. Die Festfreude brandete um ihn auf wie eine schwere Flut, hochgepeitscht von stampfenden Füßen und lautem Gelächter. Er wand sich durch die Tanzenden und weiter an der Tafel in der Tenne entlang, an der die Älteren saßen. Vor ihm wischte Ludger Holtkamp mit einem Finger Lachtränen aus den Augenwinkeln. Jan schob sich weiter, erreichte das Kopfende der Tafel, an dem der Pfarrer neben Heinrich Schulze Hundrup saß. Heinrich wandte sich mit einem vollen Humpen zu ihm um und sprach: »He, Jan, nimm einen kräftigen Zug, bist alt genug dafür.«

Kalkweiß im Gesicht, klammerte sich Jan an die Küchentür. Wie aus weiter Ferne hörte er Heinrich glucksen: »Ich glaub fast, der Junge hat schon genug. Der verträgt noch nicht viel.«

Jan taumelte durch die Küche und durch eine der Seitentüren ins Freie. Draußen brauste der Nachtwind in den Bäumen. Jan hörte ihn nicht. In seinen Ohren klangen die Geigen seltsam verzerrt, und vor seinen Augen drehten sich hochzeitlich gekleidete Skelette im Totentanz. Das Schreckbild, das ihn vor Jahren in eine fiebrige Krankheit getrieben hatte, lebte auf. Er hatte also diese Hochzeit damals vorhergesehen. Jan lief, ohne zu wissen, wohin.

Er verglich Bild mit Bild, erkannte die Einzelheiten, jede Person, die Übereinstimmungen, aber auch die Abweichungen, die in einer leichten, unwesentlich scheinenden Verschiebung bestanden. Der Boden unter Jans Füßen, er hatte die ungewohnten Schuhe irgendwo stehenlassen, fühlte sich weich an, nachgiebig. Moorgeruch stieg ihm in die Nase. Er ließ sich fallen.

Der Tod als Zerrbild des Lebens. Die vertrauten Menschen, so lebenslustig er sie gerade noch gesehen hatte, sollten doch schon Tote sein, ohne es zu wissen, Knochen in Spitze, Seide und schwerem Tuch. Was war nun Wirklichkeit? Das Vor-Bild oder das Bild? Leben oder Tod? Die Gegensätze verwischten sich, nichts war mehr zu fassen, Jan glitt davon, trieb in die Dämmerung einer Welt der Erscheinungen ohne Grenzen und Qualitäten.

»Die Wirklichkeit«, sagte Lina mit freundlicher Stimme, »ist das, was du fühlst.«

Jan überließ sich ihrem Trost.

Langsam glitten die anderen heran, jene Zwielichtgestalten, die es eigentlich nicht gab, die aber treuherzig ihre Existenz beteuerten. Mit Behagen erzählte der Weidemann, den Schlapphut auf den Knien, wie er unlängst ein Mädchen in den Tod verführt hatte. Die Tote gab es, Jan konnte ihr Grab auf dem Friedhof besuchen.

266

Verstohlenes Lachen klang im Moor auf, und Jan streifte noch einmal jenes sehnsüchtig-süße Gefühl beim Tanz mit Lisbeth.

Das Licht der Freudeninsel, die sich die Nachbarn mit Bernards Hochzeit geschaffen hatten, leuchtete bis in den Herbst hinein. Dann brach ein Winter der Toten an.

Bis dahin hatte sich Jan ganz unverdientermaßen einen Ruf als Seher eingehandelt. Er jagte noch immer den Phantomen der Vorschau nach, jedoch ohne Karnickelopfer, sah mehrere Brände und warnte die Pentrops vor einem, den er dort gesehen zu haben glaubte. Unruhig geworden, ging Franz in der Nacht noch einmal in den Stall und fand dort eine umgeworfene Laterne im schwelenden Stroh. Der Stall und das Haus und der Hof wären abgebrannt ohne Jans Warnung. Seitdem galt er als Spökenkieker, dem das lächerliche Schicksal erspart blieb, sich unnütz mit Vorgesichten zu quälen. Nur Jan wußte, daß der Brand, den er gesehen hatte, woanders ausbrach und tatsächlich einen ganzen Hof ruinierte.

Wenige Tage später fragte ihn Franz bei einem Besuch auf dem Drostehof nach den Ernteaussichten im nächsten Jahr und sah ihn dabei stetig an. »Wie soll ich das wissen?« fragte Jan.

»Wer denn sonst, wenn nicht du?« gab Franz zur Antwort und sah Jan wieder mit diesem Blick an, den Jan nicht deuten wollte.

Die zufälligen Besuche häuften sich auf dem Hof. Leute, die er kaum kannte, verwickelten Jan in Gespräche, und manche suchten ihn zu einem kleinen Schwatz unter vier Augen in den Stall zu drängen. Dem konnte Jan noch begegnen. Schlimmer war es, wenn ihn jemand bei der Feldarbeit aufspürte.

Bernard wurde ruppig, als ihm die Gerüchte zu Ohren kamen, Agnes wies Jan einen neuen Platz am Ende des Tisches zu, um ihn nicht in ihrer Nähe dulden zu müssen. Jan weigerte sich, auf die merkwürdigen Fragen, die ihm gestellt wurden, einzugehen. Was sollte er über den Ausgang einer Krankheit wissen, über eine Schwangerschaft, das Eintreffen einer Erbschaft und was die Leute sonst von ihm an persönlichen

Auskünften erhofften. Und immer wieder die Frage nach der Ernte im nächsten Jahr, als wäre Jan plötzlich zu Gottes persönlichem Ratgeber aufgerückt. Geld wurde ihm sogar geboten. Jan nahm es nicht. Wofür auch? Er konnte niemandem helfen.

In einer Mondnacht im frühen Winter erschien ihm ein bleiches Kindergesicht. Ein Feenkind mit langen, hellen Haaren, die um den Kopf fluteten in einer steten, langsamen Bewegung, bekränzt mit Wassergrün. Schreckhaft weite, offene Augen, in denen noch die Sehnsucht nach Leben stand. Jan wußte sich keinen Reim auf das Vorgesicht. Er vergaß es.

Zwei Wochen später verwandelte der Frost die müden, mattgoldenen und braunen Farben des Herbstes in eine sprühende, silbrige Winterhelle. An Buschwerk und Bäumen glitzerten Feentränen, Bachränder umwölkten sich mit filigranen Zuckerbäckerträumen. Seen, Teiche, jeden sumpfigen Kolk überzog spiegelndes Kristall. Kinder jauchzten über das Winterwunder.

Die Potthoffs luden zum Schweineschlachten. Die Sau war schon zerlegt, da kam Paul in die Küche gerannt und schrie. »Modder, Modder, Katharina ist ins Eis gebrochen, in der Schweinesuhle hinterm Stall.«

Die Suhle war kaum tief genug zum Ertrinken. Aber das Kind, Klaras Jüngste, war unters Eis geraten. Jeder, der eine Stange erwischen konnte, einen Heurechen, eine scharfzinkige Gabel, rannte hinaus. Die Frauen, Mia, Klara, die älteren Töchter, folgten mit Laternen. Die Männer brachen das Eis auf, sprangen in das schwarze aufquirlende Wasser. Zu viele Helfer auf zu kleinem Raum.

Einen Augenblick nur sah Jan, bis zur Hüfte im Trüben watend, einen hellen Fleck unterm Eis, dann erreichte ihn Anton und schrie: »Katharina!«

Der Schrei hing wie ein Vogelruf in der klirrendkalten Luft und beendete die Suche. Anton hackte wie ein Besessener auf die Eisfläche ein und wühlte mit den Armen in der Tiefe. Er trug seine Tochter ins Haus. Aus ihren langen blonden Haaren rann das Moderwasser, wanden sich grünschillernde Fäden wie Wasserschlangen, die es zurückriefen in ihr Reich. Das Kind lebte noch. Die einen sprachen von einem Wunder, da begann für die anderen schon der Kampf um Katharinas Überleben. Mia blieb, um Klara beizustehen.

Jan mochte nicht nach Hause zurückkehren, etwas hielt ihn fest. Er half, Wasser zum Erhitzen über dem Herdfeuer herbeizuschaffen. Mia breitete Tücher und Wolldecken aus, Klara ließ in kleinen eisernen Töpfen Wiesensalbei und Quendel zu einem bitteren Sud verkochen, den Honig versüßte.

Am Morgen brannte das Fieber in der Kleinen. Jan beobachtete, wie Klara ihre Hände auf die heiße Stirn legte, auf die keuchende Brust. Katharina wehrte sich, warf sich herum, konnte die Berührung nicht ertragen. Mia schickte Jan nach Hause und blieb und nahm wahr, wie Klaras Bewegungen die Zuversicht und Ruhe verloren, spürte den Kampf gegen die Verzweiflung, gegen den sich nähernden Tod.

Als Jan am übernächsten Tag wieder in die Krankenstube trat, lag das Kind still mit blütenzartem, wachsbleichem Gesicht, umrahmt von hellem Haar wie ein Nixenkind. Da erst erkannte er das Vorgesicht.

Mia zog ihn neben sich auf die Knie zum Beten. Ihm gegenüber saß Klara auf einem Hocker und starrte auf ihre Hände, als gäbe es an ihnen etwas zu entdecken. Jan sah wieder das Kind vor sich, das sich gegen diese Hände wehrte. Sie haben ihre Heilkraft verloren, durchzuckte es ihn wie ein Schmerz. Jan schaute von den Händen zu Klaras Gesicht und fand auch dort eine Veränderung. Müdigkeit las er darin, Trauer und eine neue Leere.

11

Mia schwankte vor Müdigkeit, als sie sich hinter Jan nach Hause schleppte. Sie drückte von Zeit zu Zeit die Hände auf den Leib. In Gedanken verharrte sie bei dem Kindestod, fühlte Mitleid mit Klara. Die sanfte Trauer über einen frühen Tod. Ein Engel sei Katharina geworden, ein so unschuldiges Kind, auch wenn es zum Weiher gelaufen war trotz Warnung und Verbot. Aber wer achtet schon beim Wurstmachen und Einkochen auf das, was die Kleinen treiben. Man muß sich doch auf ihr bißchen Verstand verlassen können.

Der Schmerz in Mias Leib mahnte. Er war stärker geworden in den letzten Wochen. Etwas Ungutes wuchs in ihr und verschlang das Gesunde. Über das Krankenlager hinweg hatte manch aufmerksamer Blick Klaras Mia gegolten, die sich plötzlich krümmte. Längst war sie abhängig von Klaras Tinkturen, die kaum noch etwas bewirkten. Lang würde es nicht mehr dauern. Mit diesem Gedanken wandte sie sich dem zu, was sie wirklich quälte. Was würde aus Jan werden?

Sie sah unwillig, daß er wieder in den unsicheren, schwankenden Gang seiner Kindheit zurückgefallen war. Alles ihre Schuld. Sein seltsames Gebaren in der letzten Zeit, der unstete, wilde Blick, die Abwesenheit in den Augen, wenn man mit ihm reden wollte. Agnes konnte ihn immer weniger leiden. Brauchte sie nicht. Jan konnte sein, wie er war. Aber warum sprach sie nie mit ihm, war das nicht ihre Pflicht als Mutter? Es hatte sie schon etwas gekostet, für ihn zu sprechen. Kürzlich erst, aber genützt hatte es ihm nichts. Agnes bekam, was sie wollte.

»Den bösen Blick hat er!« schrie sie und erzählte, was man anderswo vom jüngsten Drostesproß hielt.

Da war Bernard aufgefahren. »Ein Holzkopf ist er. Er meint, weil er ab und zu nicht ganz bei sich ist, für dumme Leute ein bißchen den Herrgott zu spielen.«

»Ich will so einen nicht neben mir am Tisch haben. Er macht mir angst.«

»Mein Sohn hat seinen Platz am Tisch, wo es ihm zukommt. Gleich, wie er sich aufführt«, fuhr Mia sie an mit der alten Autorität in der Stimme. Das verdroß Agnes noch mehr.

»Was recht ist, soll recht bleiben, Agnes. Sein Platz ist oben am Tisch bei uns«, bestimmte Bernard.

Agnes spielte ihren letzten Trumpf aus. »Und wenn ich mich verseh?« schrie sie.

Mia fuhr mit einem giftigen Blick über den vorgeschobenen Bauch ihrer Schwiegertochter. »Versehen?« gellte sie. »Da gibt es nichts zu versehen, das laß dir von einer gesagt sein, die neun Kinder geboren hat. Um das zu sehen, braucht's nichts Übernatürliches.«

Bernards Blick flackerte. Agnes bekam ihren Willen.

Jan war der Streit egal. Er blieb dem Tisch und der Schwägerin ohnehin fern, wo er konnte.

Mia starrte den Rücken ihres Sohnes an, der vor ihr auf dem Weg schwankte. Jan hielt die Fäuste geballt und den Kopf gesenkt. Sie seufzte. Sie konnte ihm nicht helfen, nicht raten, nicht zusprechen, keinen Weg weisen aus der Qual. Sie litt selbst. Manchmal fragte sie sich, ob sie ihn liebte wie die anderen Kinder.

Im Frühjahr stand sie aus dem Bett nicht mehr auf.

Etwa zur gleichen Zeit begruben Martha und Josef ihren Sohn August. Er war seinem Husten erlegen, und auch die Schwiegermutter starb. In der Schusterwohnung blieben der alte Schuster, die Tochter und ein Kind zurück, ein Junge, vier Wochen alt. Josef brachte weiter, was er an Nahrungsmitteln entbehren konnte, nach Münster.

Mit dem Frühjahr war eine Hoffnung auf Besserung gekommen. Der Weizen lief prächtig auf, das Gras wuchs, gesunde

Kälber wurden geboren und sprangen über das frische Grün. Die Schwalben nisteten wieder im Stall. Kleine Vögel rissen die gelben Schnäbel auf. Die fette Sau säugte elf Ferkel.

Nur Agnes' Bauch blieb flach. Dabei war es für sie keine Frage gewesen, daß im Frühling das erste Kind in der Wiege plärren würde. Je mehr in Stall und Hof, Hecken und Wiesen der Nachwuchs muhte, blökte, miaute und pfiff, als wollte die Natur Versäumtes nachholen – ein Überfluß, wie er Hiob für seine Standhaftigkeit zuteil wurde –, desto verdrossener besorgte Agnes das Haus. Vielleicht lag es an einem Fluch der Alten, deren Leben zu Ende ging. Agnes betrat nur selten die Kammer der Kranken, überließ ihre Pflege der Magd und Klara. Mia starrte mit einem seltsamen Lächeln zur Decke und zum Fenster hinaus, wenn Agnes hereinschaute und jede Berührung zu vermeiden suchte.

Das Wissen um den Kummer von Schulze Hundrups Tochter erfüllte Mia mit der Genugtuung einer Art später Gerechtigkeit, die die Sorge um die Zukunft des Hofes verdrängte. In der Nacht saß Jan bei ihr. Sie lauschten auf das zarte Klingeln des silbernen Glöckchens, das von der Tenne hereinwehte. Mia sah, wie ihr Sohn erschrak. Ihre ausgemergelte Hand schlich über das Federbett auf seine zu.

»Laß es nur gut sein, Jan. Es ist recht, daß die Schmerzen bald ein Ende haben.«

Langsames Begreifen stahl sich in Jans Augen.

Mia betrachtete ihn. »Da guckst du. Ja, ich hör es auch. Und nicht zum ersten Mal. Aber noch nie so deutlich wie in dieser Nacht.«

»Modder«, stöhnte Jan, »wenn du das hörst, dann bist du doch auch ein, ein …«

»Ein Spökenkieker?« fragte Mia mit leisem Spott. »Ja, das bin ich wohl, obwohl ich vor vielen Jahren geschworen habe, keiner mehr zu sein.«

Einen Augenblick herrschte lastende Stille in der Stube, bis wie zu ihrer Erlösung wieder der silberne Ton erklang. Jan schlug die Hände vor die Augen, schluchzte rauh.

»Warum hast du mir nie etwas gesagt, warum nicht, Modder? Es wäre weniger schwer gewesen.«

Mia schaute unverwandt in das Licht der herabgebrannten Kerze, sah ruhig zu, wie ein Tropfen Wachs am Stumpf herabglitt. Sie seufzte. Es war wohl Zeit zu reden.

»Ich war die Älteste«, begann sie stockend. »Ich wollte alles recht machen. An mir hing der Drostehof. Hübsch wie meine Schwestern war ich nie. Aber ich dachte, wenigstens tüchtig. Alle achteten mich deshalb, und weil ich die Erbin war. Ich hatte mir alles gut überlegt. Und Johann Schulze Hundrup schien der Richtige zu sein. Nur, er zögerte. Wer weiß, was ihm zu Ohren gekommen war. Sagte, er wolle unbedingt vorher einmal in die Fremde. Da bekam ich es mit der Angst und vergaß alle Vorsicht. Ich sagte ihm, es könne nicht mit uns gutgehen, wenn er fortzöge. Aber er lachte nur, was ich mir einbilde! Ich sagte ihm, ich wüßte es eben, ich wüßte es so sicher, wie daß ihr Bulle in den nächsten Tagen umfallen würde, einfach so, ich hätte es gesehen. Ich hab damals noch gedacht, ich könnte das Schicksal aufhalten, wenn ich dagegen anginge. Johann lachte nicht mehr, und der Bulle war zwei Tage später tot. Ein ganz gesundes Tier. Dabei hatte ich nur geraten, daß es ihren treffen würde. Du weißt ja, wie das ist. So deutlich sind die Gesichte nicht. Danach wurde alles anders. Er hat mich nicht mehr angesehen, wenn wir uns trafen. Verstehst du das? Er hat mir nie mehr gerade in die Augen geblickt. Es stand wie eine Wand zwischen uns. Ich weiß bis heute nicht, was er mit seinen Leuten geredet hat, aber irgend etwas ist geredet worden, denn als ich deinen Vater heiratete, hab ich ihm vorher schwören müssen, nie mehr ein Wort über diese Dinge zu sagen und mit dem Unfug, wie er es nannte, aufzuhören. In dem Punkt war dein Vater ein ganz Aufgeklärter.« Mia lachte gespenstisch. »Ich fand das recht so. Ich dachte, das Leben wird wieder rechtschaffener und klarer, wenn ich die Tür fest zuhalte und das Seltsame davor draußen bleibt. Ich dachte, nur so könnte ich die Familie davor bewahren. Dann kamst du. Einmal hab ich dir gesagt, geh dem Mond aus dem

Weg. Es hat auch nichts genützt, und das Versprechen galt ja noch immer. Ich weiß heute nicht mehr, ob das alles klug war.«

Jan behielt den Kopf gesenkt und konnte so nicht sehen, daß seine Mutter ihn ohne Worte um Verzeihung bat, zumindest um Verständnis. Erst ein Seufzen aus den Kissen ließ ihn auffahren. Mias Kopf war zur Seite geglitten, ein leichter Schlummer hatte sie übermannt.

Es gab keine weiteren Aussprachen. Mia blieb bis zu ihrem Tod, ein paar Tage später, nicht mehr allein. Klara zog für diese Zeit zu den Drostes, um die Pflege nun ganz zu übernehmen. Die Nachbarn kamen, um Abschied zu nehmen, der Pfarrer mit der Letzten Ölung.

Agnes besann sich auf ihre Pflichten und saß mit ernster Würde auf einem Stuhl in der Ecke, wenn Klara und Martha Mias Hände in die ihren nahmen und mit ihr zuweilen leise lachten. Die Fröhlichkeit am Sterbebett, leicht und flüchtig wie ein Windhauch, war Agnes zuwider.

Zuletzt wich auch der Schmerz. Mia trieb über seinen Rand davon, lauschte dem Vogelgezwitscher, das durchs Fenster mit der Frühlingsluft hereindrang, und endlich den Stimmen, die jetzt wieder für sie verständlich wurden. Gehört hatte sie sie immer. Kurz vor ihrem Tod gab sie Bernard einen Brief zur Weiterbeförderung. Bernard las die Anschrift, wog den Brief in der Hand, legte ihn in den Kasten mit den Familienpapieren und vergaß ihn dort.

Jan bemerkte mit bitterem Erstaunen, wer dem Sarg außer den Nachbarn und den Verwandten folgte. Er nickte Großvater zu und Lina und betrachtete neugierig und wehmütig die Kleinen, die Hand in Hand hinter dem Sarg trippelten, um einer endlich Heimgekehrten das Geleit zu geben. Ein Mann, der Heinrich ähnlich sah, in fremder holländischer Tracht, folgte ebenfalls. Er schaute sich mehrmals nach den anderen Schattengestalten um, als wüßte er, daß er eigentlich nicht hierher gehörte. Nur einer, der für alle sichtbar hätte folgen müssen, fehlte: Lütke-Hubert. Zwei Wochen später traf ein

Brief von ihm ein. Er sei zu weit weg mit seinem Regiment und habe nicht kommen können.

Die Besuche von Clemens waren bereits seit der Beerdigung Huberts seltener geworden, Jan gehörte ja mittlerweile nicht mehr zu seinen Schülern. Trotzdem hatte er den Drostehof gelegentlich aufgesucht, mit Mia geplaudert, die den Lehrer mochte, und, meist vergeblich, auf ein Gespräch mit Jan gewartet, in der vagen Hoffnung, dem Jungen doch noch mit einem Rat irgendwie von Nutzen sein zu können.

Nicht lange nach Mias Tod gestand sich Clemens ein, daß die Schulhalterei ihren Reiz verloren hatte. Sie bot keinen Zauber mehr. Clemens zog es zum Studium nach Bonn. Die münstersche Universität, das Lebenswerk des Freiherrn von Fürstenberg, war, nach dem unbegreiflichen Willen der preußischen Regierung, zugunsten Bonns, der Stadt am Rhein, die zur neuen Metropole des Wissens und der Lehre in Westfalen aufrückte, aufgelöst worden. Lediglich die medizinische Fakultät blieb erhalten.

Clemens überließ Jan einige seiner Philosophiebücher, auch die Schrift Berkeleys, der von allen Philosophen Jan wegen seiner Wunderlichkeit noch immer der liebste war. Der Lehrer gab Agnes die Bücher in einem gutverschnürten Paket, das diese in einer Truhe verschwinden ließ, ehe Jan nach Hause kam. Clemens verließ die Venne, ohne Abschied nehmen zu können, da sich Jan auf unbestimmte Zeit mit dem Vieh im Moor zur Sommerweide eingerichtet hatte.

Er ging mit Sorgen – um Jan –, aber ohne Bedauern. Auf dem Weg bis Münster galten seine Gedanken dem Jungen.

Zwei Jahre später trug Agnes noch immer an ihrem Kummer. Er trieb sie so weit, einen Arzt in der Stadt zu konsultieren, der nicht mehr tun konnte, als ihr nach einer Erkundigung über die ehelichen Gepflogenheiten Geduld und Gottvertrauen anzuraten. Ihre Schwägerin auf dem Schulzenhof legte das vierte Kind in die Wiege.

Die Potthoffs hatten als erste ein Stück Moorland aus der Allgemeinheit erworben, die zur Aufteilung anstand, es urbar gemacht und mit der Ablösung der Pacht für ihr Land begonnen. Sie priesen die preußischen Reformen.

Paul ging seit einem Jahr bei einem Apotheker in Münster in die Lehre, der seine Lateinkenntnisse für ausreichend befand.

In den zwei Jahren seit Mias Tod war Jan zu seiner endgültigen Größe ausgewachsen. Sah man die beiden Drostebrüder von hinten, den knapp achtzehnjährigen und den fünfzehn Jahre älteren, konnte man sie der Statur und den Haaren nach verwechseln.

Sei es aus Trotz oder einem Gefühl der Befreiung durch das offenbarende Gespräch mit der Mutter – Jan ergab sich nun ohne Heimlichkeit seiner seherischen Gabe.

Er begann, den Vollmond im Moor zu schätzen. Das Licht schien ihm hier intensiver, wenn auch manchmal zerstreut, dafür hing der Mond als riesenhafte Scheibe am Himmel, von einem weißglühenden Hof umgeben, zum Greifen nah.

Es gab Zeugen seiner neuerlichen Gesichte. Sie drängten sich an ihn, beklatschten das aufscheinende Unglück, amüsierten sich über lodernde Flammen, eine verkohlte Leiche, über die steifen, zurechtgemachten Toten in ihren offenen Särgen, über Segenssprüche und Totenklagen, johlten über Unwetter und Hagelschauer, die die Frucht auf den Feldern verdarben. Eine kleine Hölle entfesselter Geister tobte um Jan und zeigte ihm, daß fremdes Unheil auch Anlaß zur Erheiterung bieten kann.

Einzig das besänftigende Mahlen der wiederkäuenden Kühe, das leise Pusten ihres warmen Atems, ihre im Mondlicht weichen, runden Flanken und der Glanz der Unschuld in ihren dunklen Augen mahnten ihn, auch an die Existenz einer friedlichen Welt da draußen zu glauben.

Es fing damit an, daß aus der rotglühenden Mondscheibe, die sich aus dem Abgrund der Moorwelt über den Horizont schob, Flammen züngelten. Das vollkommene Rund löste sich auf, verwischte und verwandelte sich zum Bild eines nur nach-

lässig gelöschten Herdfeuers, das gerade von neuem auf-
flackerte. Jan erkannte den Feuerbock, Holzscheite und Torfbrocken im Kasten, all das heimelige Zubehör einer kleinen
Bauernküche. Ein brennender Span flog hoch und in den
Raum hinein, setzte das Fett im Napf, der zu dicht beim Feuer
stand, in Brand. Bald loderte die ganze Küche. Die Flammen
leckten, fraßen, brausten wie ein Sturm. Jan hörte Gelächter
um sich herum wie ein Echo des Feuers, die schattenhaften
Gestalten verdichteten sich in einer obszönen Erheiterung. Es
war ein eigenartiges, tröstendes und belebendes Gefühl, in der
Vision nicht mehr allein zu sein, der Fluch des Ausgesondert-
seins schien sich zu lösen. Das Prusten und Schenkelklopfen
störte die Erscheinung nicht wie sonst jeder fremde Laut oder
zu feste Gedanke, sondern fachte sie noch weiter an, wie Jan
staunend feststellte. Das Bild gewann noch an Klarheit und
Eindringlichkeit.

Er mühte sich, die Einzelheiten dem Gedächtnis einzuprä-
gen, um den Ort des Geschehens wiederzuerkennen, es schien
ihm leicht. Ein armseliges Haus, mehr eine Kate, die Bewohner
konnten nicht wohlhabend sein. Er sah sie, vom Rauch geweckt, aus den Betten fahren, in kopfloser Hast das Unwich-
tigste zusammenraffen und damit nach draußen stürzen. Fast
vergaßen sie über dem Retten der Habseligkeiten die Großmutter, die in der Kammer schrie. Vieh brüllte kläglich im
Stall. Als sich dieser Teil der Erscheinung verdichtete, kannte
das Johlen der Moorgeister bald keine Grenzen mehr.

Jan barg den Kopf in den Händen, hielt sie über die Ohren,
bis der infernalische Lärm verebbte. Als er aufschaute, funkelten die Augen der Moorbewohner im Spott. Einer nach dem
anderen verzog sich in seine nebelhafte, wie Rauch verschwin-
dende, geheime Existenz.

Noch in der gleichen Nacht verließ Jan das Moor, befahl das
Vieh der Güte Gottes und der Heiligen und machte sich auf,
die bedrohte Kate zu lokalisieren.

Selbst mehr Geist als Mensch dem äußeren Schein nach,
schlich er um die Kotten in der näheren Umgebung, schreckte

Hunde auf, die den Mond anheulten, und schlaftrunkene Bewohner. Ein Mann kam ihm mit einem Knüppel nachgerannt. Es waren unsichere Zeiten. Bis nach Senden dehnte er seine Streifzüge aus, auch am Tag, und löste mit seinem spähenden Umheräugen aus tiefliegenden Augen unter einem unordentlichen Schopf bei jedem, dem er begegnete, Abwehr aus. Was wollte der Bursche, schienen die mißtrauischen Blicke auch derer zu fragen, die in ihm einen Bauernburschen aus der Umgebung erkannten.

In der zweiten Nacht kam ihm die Erleuchtung. An der Straße nach Münster, ein Stück weiter auf die Stadt zu, siedelten ein paar Kolonen, Kleinpächter, es gab eine Reihe von Katen mit kleinen Ackerstücken, der Wildnis abgerungen, auf denen die Häusler das Notwendige an Korn und Gemüse zum Leben zogen. Er erkannte die Firstlinie eines der Häuser schon von weitem auch ohne die Rauchschwaden über dem Dach. Die Bewohner torkelten ihm just entgegen, in ihren Armen schweres Bettzeug und Plunder aller Art.

Jans Rettungswerk bestand darin, die einzige Kuh aus dem Stall zu ziehen, als die ersten Nachbarn aus den anderen Katen zu Hilfe eilten. Die Kuh wurde noch in der Nacht notgeschlachtet, knapp bevor sie am Rauch verröchelt wäre. Es war klar, daß sie nicht zu retten war, ebensowenig wie das Haus. Mit Mühe gelang es, das Feuer von der kleinen Scheune abzuhalten.

Die Morgensonne beleuchtete verkohlte Hauswände und eine erschöpfte Menschengruppe, in der schon leise die Gerüchte umgingen. Warum war Jan am Ort des Geschehens aufgetaucht, noch bevor die Nachbarn aufmerksam wurden? Selbst müde, von den Fragen bedrängt, antwortete er unbedacht.

»Ich hab es gewußt.«

Seine Rettungstat galt nicht viel. Hätte er nicht einen Augenblick früher die Kuh aus dem Stall zerren können, wenn er schon etwas gewußt hatte, und was genau? Schon wurde von Brandstiftung gemunkelt. Vor laut geäußerten Verdächtigungen rettete ihn die Tatsache, daß er ein Droste und ein Bauernsohn war, und zwar einer mit merkwürdigem Ruf.

Leergepumpt von den Anstrengungen, dem Rennen in der Nacht, dem stundenlangen Wasserschleppen, um das Strohdach der Scheune feucht zu halten, der Hast, dem Schreien, der fühlbaren Verzweiflung der Kätnersleute und zuletzt dem Mißtrauen, der unterschwelligen Feindseligkeit, in der sich die Unfaßbarkeit des Brandes ein Ventil schuf, kehrte er ins Moor zurück. Was hätte es genützt, wenn er ihnen erklärt hätte, daß der Fettopf zu nah am Feuer stand?

Mit der Abenddämmerung tauchte das Moorgelichter auf, geradezu erschreckend vergnügt. Der Heidemann rieb sich die Hände. Das Nachspiel, erklärte er, wär ja nett gewesen, er hätte es sich auch angeschaut, aber längst nicht so prächtig wie die Hauptsache.

»Der zweite Aufguß ist immer schwächer«, fügte er hinzu.

Jan begriff erst allmählich, was gemeint war, stimmte dann aber verblüfft zu.

Was galt denn jetzt als Wirklichkeit, das Vor- oder das Nachbild, denn das erstere, die Vorschau, das erkannte er jetzt auch, in der Erinnerung, in die beide jetzt gehörten, war tatsächlich das Beeindruckendere gewesen. Was sagte Descartes? Eine klare und deutliche Vorstellung an sich hat eine Entsprechung in der Wirklichkeit. Aber hatte Descartes je Gesichte gehabt?

»Ich hätte es verhindern können«, schrie Jan, »wär ich nur nicht so langsam und begriffsstutzig gewesen.«

»Aber dann wär uns ja der Brand entgangen, wir hätten gar nichts sehen können, und so gut wie du hat uns noch nie einer unterhalten, Moorleichen werden langweilig mit der Zeit«, sagte die Jungfer Eli.

Die übrigen nickten zur Bekräftigung. Einige Nächte später, bei abnehmendem Mond, sah Jan eine neue Erscheinung. Ein Unwetter, das den Mond verdunkelte, schwere Wolken trieben heran, fahlgrau schoben sie sich vor das Licht der Sterne, ließ dieses in zuckenden Blitzen verblassen. Vom Lichtgeflimmer geblendet, entging Jan, wie die Szenerie sich

279

änderte. Er sah eine einsame Gestalt, die sich dem Wind entgegenstemmte, dem einzigen erkennbaren Schutz vor dem nun prasselnden Regen zustrebte. Die Moorgeister glucksten erheitert. Der Wanderer erreichte den Baum, eine kräftige alte Eiche, kauerte sich aufatmend dicht an den Stamm unter ihr ausladendes Blätterdach.

Jan sträubte sich in einer alten Erinnerung das Nackenhaar, als er deutlich sah, wie der Sturm mit den Ästen spielte, die Zweige durchwühlte, die sich unter der Gewalt in alle Richtungen bogen. Ein Blitz füllte den Himmel mit gleißendem Licht, seine Zackenlinie, genau über dem Baum, brannte sich in Jans Augen ein, erst allmählich konnte er das Weitere erkennen.

Der Baum war gespalten, verkohlt in einem langen oder kurzen Augenblick – Jan wußte es nicht –, und unter ihm, verkrümmt in einem grauenhaften Aufbäumen, lag die schwarze Leiche des Mannes.

Der Grienkenschmied verzog abschätzig das Gesicht.

»Auch nicht viel anders als eine Moorleiche, nur dürrer. Wenn du mich fragst, hab ich mir mehr von dem an sich recht hübschen Spektakel erwartet.«

Die anderen lachten.

Das Gesicht wiederholte sich in den folgenden Nächten, fast wie von Jans fragendem Geist herbeigezwungen. Mit jeder Wiederholung schien sich die Gestalt des einsamen Wanderers deutlicher zu materialisieren. Jan erkannte den blauen Bauernkittel, die kräftigen Arme und großen Hände, die gegen den Wind ruderten, den hellbraunen Schopf, der ihm immer vertrauter schien. Ein Anlaß, um sich umzusehen.

Wieder kreuzte er auf den Höfen auf, starrte Menschen an, warnte, wen er traf, vor Gewitter, vor Blitzschlag. Mancher fuhr verfrüht das Heu ein. Das Gerede um den letzten Brand und Jans zweifelhafte Rolle dabei war noch nicht vollständig verebbt, es war ja erst ein paar Tage her, und so kam es, daß Jan auch mancher grob kam, aus purer Abwehr der Verunsicherung, in die sein Gestammel die Leute versetzte. Es fehlte nicht viel, und Paul Schulze Hundrup hätte ihn vom Hof verjagt, den Schwager, über den die Schwester sich schon häufig beklagt hatte.

»Hüte deinen Stall und das Vieh man nur gut«, schrie das Schicksal mit einer Portion Bosheit aus Jan heraus, als er vom Hof ging.

Der Heidemann und Konsorten amüsierten sich königlich über diese Bemühungen, von denen ihnen Jan erzählte, weil sie die einzigen waren, die ihm begierig zuhörten, die ihn ernst nahmen, auf ihre Weise. Wer war der Mann, den der Blitz erschlug? Jan drängte es, eine Seele vor diesem Schicksal zu erretten, er fühlte sich zu immer verzweifelteren Anstrengungen getrieben, bis Bernard von seinem Herumstreunen Wind bekam und ihn schwer vermahnte.

Jan baute sich vor dem Bruder auf.

»Du hast mir gar nichts zu sagen, solange kein Stück Vieh fehlt, das ich hüte, sonst …« Eine passende Drohung, die sich an dieser Stelle empfohlen hätte, kam ihm nicht in den Sinn, er stockte also, aber Bernard wich vor seinem wilden Blick schon zurück, wandte sich ab und drohte nur noch mit der Faust, als Jan die Tenne verließ, auf der sie sich begegnet waren.

Jan verlegte sich auf ein anderes Vorgehen. Er führte sich die Bilder aller Männer, die er kannte, vor Augen, verglich sie mit der Gestalt im Unwetter. Er entdeckte überall vage Ähnlichkeiten, je mehr er nachgrübelte, sie entzogen sich aber jeder Greifbarkeit.

Dann stand die Sache in der Zeitung. Heinrich Schulze Hundrup kam mit dem Blatt auf den Hof. Jan hatte mit seinen düsteren Andeutungen für genug Aufmerksamkeit gesorgt. Es betraf niemanden aus der Venne. Ein notorischer Hühnerdieb, ein verschlagener Geselle, ein stadt- und landbekannter Tunichtgut, war aus der Haft entwichen und geradewegs in seinen Untergang gerannt, aus den Armen der irdischen in die der himmlischen Gerechtigkeit. Eine äußerst zufriedenstellende Angelegenheit mit einer schönen Moral, die der Pfarrer am Sonntag predigend von der Kanzel verbreitete.

Warum hatte er sein ganzes Augenmerk auch auf den Mann

gerichtet, fragte sich Jan. Er hätte bemerken müssen, daß das Geschehen weit weg stattfand, in der Heide um Münster, das hätte ihm schon das Fehlen von Bäumen außer dem einen sagen müssen.

In Schulze Hundrups Stall bahnte sich ein Unglück an. Jan sah es mehrmals, diesmal gab es am Ort nicht viel zu deuten, weil ihm bei seinem letzten Besuch dort schon eine Ahnung überkommen hatte. Es war die Wiederholung einer alten Geschichte, und er schwankte, wie er sich verhalten sollte. Eine schöne Gelegenheit, mit kleiner Münze eine alte Rechnung zu begleichen, von der er durch Mias Beichte auf dem Totenbett wußte. Aber wen kümmerten die alten Geschichten noch außer ihn? Auch die Mutter hatte nichts mehr davon, er war ihr nichts schuldig, gerade ihr nicht, dachte er voller Trotz und schmerzlicher Erinnerungen.

Es trieb Jan zur rechten Zeit in Schulze Hundrups Stall: Der kräftige Bulle lag röchelnd, mit vorquellenden Augen, auf der Streu. Paul und das Gesinde mühten sich um das kostbare Tier, Jan wurde von den Helfern zurückgedrängt. Sie musterten ihn mit scheuen Blicken von der Seite, keiner sprach ihn an, berührte ihn, jeder versuchte, Abstand zu halten, auf unmerkliche Weise entstand um ihn ein kleiner Kreis freien Raumes, in den keiner zu treten wagte. Ähnliches war ihm vorher schon begegnet, diesmal erspürte er neben der Beklommenheit eine vage Furcht in den Leuten, als deren Verursacher er sich selbst erkannte. Unwillkürlich straffte er sich, starrte die anderen mit betont düsteren Blicken an, die sie noch mehr verschreckten, und richtete danach die Aufmerksamkeit wieder auf den leidenden Stier. Die Kreatur in Ihrer Qual dauerte ihn. Bevor er sich noch auf das notwendige Eingreifen besinnen konnte, betrat Agnes die Tenne. Die schlechte Nachricht hatte sich bereits bis zum Drostehof herumgesprochen. Agnes streifte die Umstehenden mit einem Blick, der an Jan hängenblieb.

»Was macht der hier? Sieht denn keiner, daß er das Unglück anzieht wie der Dreck die Fliegen? Schmeiß ihn vom Hof, Paul, wenn du noch was retten willst.«

In der eintretenden Stille unter den Menschen war deutlicher das heisere Stöhnen des verendenden Tieres zu hören, dem die Zunge immer weiter aus dem vorgereckten Hals hing. Die Helfer versuchten vergeblich, den Koloß auf die Hufe zu stellen, drückten und klopften an seinem Leib herum. Paul schob sich vor Jan, verstellte ihm den Blick, als argwöhnte auch er in diesem Moment eine Beziehung zwischen dem Jungen und dem Leiden der Kreatur. Er stieß ihn vor die Brust, schubste ihn rückwärts. Jan ließ sich bis zur Tennentür ohne Gegenwehr drängen, schaute, bevor er sich umdrehte, um den Hof zu verlassen, Paul spöttisch in die Augen.

»Du hätt'st dem Bullen in den Hals schauen sollen, statt auf den Stiärt, deshalb bin ich gekommen, um dir das zu sagen, aber um Ratschläge zu brauchen, bist du wohl zu klug, genau wie weiland dein Onkel.«

Jan lachte gellend auf, zügellos, wie schon irr, ein Ton, der den Leuten unter die Haut fuhr, sie frösteln ließ auch ohne das Wissen, daß sie ein Echo aus dem Moor hörten.

Paul fuhr herum, das Röcheln erstarb gerade, und ein Helfer, der schneller begriffen hatte als die anderen und dem Tier beherzt ins Maul gefahren war, zog in einem Schwall grünlichen Schleims einen rostigen Nagel heraus. Zu spät.

Jan, der Spökenkieker, hieß er nun ganz öffentlich zu Bernards Verdruß. Die besonneneren Leute nannten ihn lieber Jan, den Immenhüter, weil er die Pflege von Großvaters Bienen übernommen hatte, eine Tätigkeit, die ihn für jeweils kurze Zeit in eine Welt der Normalität zurückrief.

Die Leute wurden aufmerksam, wenn er irgendwo herumstrich, sahen verstärkt nach dem Vieh, hüteten besonders das Feuer, es nützte alles nichts, das Unglück traf den, den das Schicksal dafür ausersehn hatte, und immer von unerwarteter Seite. Wer das Feuer ängstlich im Auge behielt, dem ersoff Vieh, wer sich vor Blitzschlag vorsah, dem starb ein Kind am Fieber. Die Leute begannen, Jans Auftreten zu fürchten, Beherztere suchten ihn mit Geschenken zu erweichen, damit er seine Geheimnisse preisgäbe. Daß keiner sich offen gegen ihn stellte, lag an Bernard, der kein schlechtes Wort über den Bruder duldete, es sei denn, er selbst schimpfte über ihn, den verlotterten Kerl. Daß Jan hin und wieder, mehr zufällig, Böses verhütete, spielte wohl auch eine Rolle. Denn nicht nur in den Gesichten zeigte sich die Zukunft, sondern zuweilen überfielen ihn auch Ahnungen, zogen wie Nebelfetzen durch seinen Kopf mit manchmal spontanen Folgen.

So herrschte er Pauls junge Frau an, ein Kind aus einer großen Pfütze zu nehmen, in der es herummatschte. Sah sie denn nicht, daß das Kind drauf und dran war, sich ein tückisches Fieber einzufangen? Mehr der Ton als der Inhalt des Gesagten erschreckten die Frau so, daß sie das Kind aus dem Wasser hob, es war patschnaß, zitterte vor Kälte, beharrte aber eigensinnig auf dem schönen Spiel. Die Erleichterung, gerade noch eine vielleicht tödliche Gefahr erkannt zu haben, drückte sich in den Schlägen auf das Hinterteil des Kleinen aus, den sich die Mutter zur besseren Handhabung unter den Arm geklemmt hatte, als sie ihn ins Haus trug. In dem Blick, den sie Jan zuwarf, lagen Mißtrauen, Furcht und eine Spur Dankbarkeit.

Die Venner Bauern brachten Jan recht zwiespältige Gefühle entgegen. Er spürte vor allem die Macht, die ihm sein geheimes Wissen gab.

Warum griff er so selten ein, tauchte als unheimlicher Beobachter am Rand des Geschehens auf, scheinbar kühl das Erwartete begutachtend, viel weiter als durch den räumlichen Abstand von allen anderen getrennt.

Unbemerkt war eine geheime Lust in seine Seele gezogen, den Kapriolen der Zeit zuzuschauen, die nur er und die im Moor verstanden, während alle anderen hilflos wie in dem weitgespannten Netz einer tödlichen Spinne zappelten. Dann gab es noch den Aspekt des Handelnkönnens, aber nicht Handelnmüssens, eine Freiheit, die er genoß. Fühlte Gott sich so, wenn er aus der Ferne dem Gewimmel auf der Erde zusah?

Was geschah, wenn er, Jan, die vorgesehene Gegenwart, die sich gerade manifestieren wollte, verhinderte? Änderte sich damit rückwirkend die schon geschaute Zukunft? Auch in seinem Geist? Was war die Folge davon? Sprang jetzt die Zeit, löschte sich quasi selbst aus, formte sich neu, veränderte dabei Erinnerungen, Bewußtsein, um keine Spuren zu hinterlassen? Kehrte sich das Leben in Wirklichkeit ständig um, ohne daß es jemand gewahr wurde? In philosophische Fragen verstrickt, entging Jan, daß er für seine Zeitgenossen zum Monstrum mutierte, das es fertigbrachte, unbewegt dem Unheil anderer zuzuschauen.

Der Heidemann, dieser unstete Wanderer, ohnehin ein Fremder im Moor, erschien als erster im hellen Tageslicht mitten unter den Leuten, gesellte sich ganz offen dazu, um das Schauspiel eines brennenden Backhauses zu genießen, eine eher langweilige Angelegenheit, wenn nicht ein Regen brennender, zischender Funken einem Mädchen ins Haar gefahren wäre. Die Kleine schrie erbärmlich, bis sie ein rettender Wasserschwall zum Schweigen brachte.

Der Heidemann zwinkerte Jan belustigt zu.

Dann kreuzten auch die anderen auf, schemenhaft schoben sie sich unter die Lebenden, ihrem eigenartigen Vergnügen hingegeben. Es war komisch anzusehen, wie sich das Hohomännchen zwischen die Menschen schlängelte, ein Kobold, der hier und da an einer Joppe zog, frech in die Gesichter von Menschen starrte, die ihn nicht wahrnahmen, und ungeniert nach zukünftigen Opfern ausspähte, die unter der Berührung einer fremden, unsichtbaren Macht erschauerten. Ein heimlich unheimliches Treiben, das Jan zu einem gespenstischen irren Gelächter verlockte. Die Schemen stimmten in das Lachen ein, Jungfer Eli und die Spinnlenore ermunterte es zu einem wilden Reigen mit den Suatmännnekes, zu dem das Knacken des brennenden Holzes und das Gewimmer der verletzten Kleinen den Takt angaben.

Sie kamen jetzt öfter, nutzten jedes Unglück, jede schreckliche Gelegenheit zu einem Auftritt, sie brachten den Geruch der Fäulnis mit, der stinkenden Moorgase, die dumpfen Unkenrufe, den verstörenden Ruf des Liekenhörnchens und weideten sich am Erschrecken der Leute, die nichts Ungewöhnliches sahen, aber es spürten und als gedämpftes Echo hörten.

285

Sie gewannen zusehends an Schärfe, während die Lebenden verblaßten, die immer mehr von Jan abrückten, seinen irren Augen auswichen.

Später im Moor ließ er sich auf die gemütlichen Kommentare der Moorbewohner ein, auf ihre Art, mit Behagen noch einmal das Geschehen durchzugehen, und das belustigende, sinnlose Getue der Leute, um ein Unheil abzuwehren, nach seinem Unterhaltungswert kritisch zu beleuchten.

In manchen Nächten regte sich eine leise Abscheu gegen das Treiben im Moor, die Spottlust seiner unheimlichen Bewohner wurde er leid. Er bemühte wieder die Philosophen, Hume vor allem, sortierte seine Sinneseindrücke, ging sie mit cartesianischer Logik durch, und die Gestalten um ihn verflüchtigten sich zu Nebelfetzen im Geäst der Kiefern und Moorbirken. Mit ihrem Verschwinden verflachten auch die nächtlichen Laute, verloren ihren vollen Klang. Das Geflimmer von Leuchtkäfern und das blaue Feuer der Moorgase verblaßten, der sprühende Zauber von Dämmerung und Dunkel verging.

Dann aber strömten, einer Flutwelle gleich, alle Eindrücke erneut zusammen, machtvoll, rauschhaft, und alle waren wieder da und grinsten hämisch über seine schwer unterdrückbare Erleichterung. Was war das Moor schon ohne sie? Ein toter Ort.

Nach solchen Exzessen der Ratio gingen sie fast liebevoll mit ihm um, wie mit einem Rekonvaleszenten. Sie suchten ihn aufzuheitern mit ihren schrecklichsten Geschichten, malten sie ihm, um Herzlichkeit bemüht, besonders farbenprächtig aus, und ohne es zu wollen, mußte er, zwischen Grauen und Sensationslust schwankend, über ihre kindlichen, teuflischen Bosheiten lachen, die sich dem Tonfall nach wie freundliche Ungezogenheiten anhörten. Sie rückten näher im traulichen Kreis, von weitem eine behagliche Runde um das Hirtenfeuer. Es waren nur Elmsfeuer, die in dieser Gemeinschaft brannten, ohne wirkliche menschliche Wärme.

Tatsächlich lebte Jan in innerer Einsamkeit und äußerer Verwahrlosung ein dumpfes Leben.

Es hätte so enden oder in den völligen Wahnsinn führen können, wenn nicht an einem Spätsommertag eine Wende eingetreten wäre. An diesem Tag kochte in einem großen Topf das Familienleinen, um anschließend auf der Obstwiese zum Bleichen ausgelegt zu werden. Es war ein klarer Tag, wie geschaffen dafür.

Agnes, Lisbeth Lütke Wierling und eine neue junge Magd arbeiteten seit dem frühen Morgen. Die Küche dampfte vor Feuchtigkeit. Jan, für einen kurzen Besuch auf dem Hof, trug von draußen einen Weidenkorb mit Torfbrocken für das Feuer herein.

Lisbeth strich sich mit einer müden Geste eine Strähne aus dem Gesicht, die sich aus ihrer Haarkrone gelöst hatte. Vergebliche Mühe. Die Strähne, gewellt durch die Feuchtigkeit, fiel federnd zurück und schmiegte sich an ihre Wange. Ein goldenes, lebendiges Band. Jan sah nichts anderes und betrachtete es mit ehrfürchtigem Erstaunen. Sicher nahm er aus den Augenwinkeln oder mit irgendeinem Teil seiner selbst auch andere Züge an Lisbeth wahr, der Gespielin seiner Kindheit. Bis zu diesem Moment war ihm nicht aufgefallen, daß sie zu einer hübschen Frau herangewachsen war. In sein Gedächtnis aber grub sich als Erinnerung an diesen Augenblick die glänzende Locke, die sich aufreizend vor der runden Wange schlängelte. Sie war es, die sein Herz vor Sehnsucht fast zerspringen ließ, und die Anmut der Hand, die sie erneut zurückstrich.

Was war schon Zeit? Jan erlebte, mit dem Korb in den Händen, einen Augenblick der Ewigkeit. Ein Gefühl von hinreißender Schärfe durchströmte ihn wie kaum eins zuvor, da bisher in jedes ein Vor und Danach hineingespielt hatte und es verunklärte.

Das war der Beginn seiner Liebe.

Lisbeth sah ihn angewidert stehen, mitten im Weg, mit einem idiotischen Lächeln auf den Lippen. Sie stieß ihn in die Seite. »Steh nicht so tölpelhaft herum mit dem Torf. Leg nach, bevor das Feuer herunterbrennt. Wir brauchen mehr Hitze«, schalt sie.

Jan wandte seine Aufmerksamkeit von der Locke der Stimme zu, merzte mühelos die Gereiztheit aus und hörte nur den betörenden Klang der Grundmelodie.

An diesem Tag begann Jan endlich, ein eigenes Leben zu führen. An diesem Tag lernte er, was es heißt, jetzt und hier zu leben, von innen heraus das Außen wahrzunehmen. Ohne es zu wissen, schlug er für eine begrenzte Zeit die Tür vor dem Übermächtigen zu, das ihn bisher umgeben, bedrängt, ergriffen hatte.

Verlor sich zugleich im ersten Augenblick dieses neuen Lebens an ein anderes. An Lisbeth.

Jan strolchte im Obstgarten zwischen den bleichenden Tüchern, die Lisbeth einige Male wenden kommen mußte. Er spähte nach ihr aus, nur notdürftig vom Stamm eines Apfelbaumes und dem Laub niedrig hängender Zweige verdeckt. Es gab keinen Grund für diese Heimlichtuerei, er wünschte sich nur, Lisbeth zu betrachten, wenn sie sich unbeobachtet glaubte, ganz frei von einer anderen Gegenwart, als wäre sie das einzige menschliche Geschöpf auf dieser Erde. Er wollte sich an ihr satt sehen, an ihrem raschen Gang erfreuen, der sie zielstrebig auf ihn zutrug, im Gehen raffte sie die Schürze und die schweren Röcke, die das Gras streiften.

Natürlich hatte sie ihn gleich entdeckt. »Was lungerst du da hinter dem Baum?«

Der scharfe Ton der Stimme entmutigte ihn nicht, er trat gemächlich hinter dem Baum hervor, den Blick auf sie geheftet. Ein Schrei von ihr ließ ihn mitten in der Bewegung innehalten, um ein Haar hätte er einen dreckigen Klompen auf ein Leinentuch gesetzt.

»Dacht, ich könnt dir helfen mit dem Zeug.«

»Das seh ich«, spottete sie und deutete auf den Holzschuh.

Er schaute zu, wie sie aus den Klompen glitt und mit bloßen Füßen über die Wiese lief, die ausgebreiteten Tücher mit beiden Händen ergriff, anhob, mit einem scharfen Knall ausschlug und mit einer geschickten Drehung wendete. Sie bückte sich und zog die Kanten gerade.

Zunächst hielt sich sein Blick an ihren Füßen fest, die so flink und unbekümmert durch das Gras streiften. So zierlich waren sie und doch kräftig, wie geschaffen für einen Tanz über die Wiese. Von den Füßen glitt sein Blick zur Taille hoch, zu den Händen, zum Gesicht, der wippenden Locke entgegen, dem Ziel der Betrachtung, an deren Ende sich Lisbeths Gestalt wohl wie eingraviert in seinem Kopf wiederfinden mußte.

»Was starrst du so? Wenn du nichts Besseres weißt, dann hilf mir mit den großen Stücken.«

Er stellte sich dumm genug an, daß sie ihm das Laken aus der Hand riß. Als sie mit energischen Schritten nach dem letzten Handgriff davoneilte, sah er ihr nach.

Die Zeit, das Wandeln in der Zeit, in der Jetztzeit, in dieser Stunde, diesem Augenblick, verlieh Lisbeths Gestalt ihre überwältigende frische Süße im Gegensatz zur bleichen Schönheit Linas, die an Wirklichkeit verlor, je mehr Lisbeths Erscheinung an Unmittelbarkeit gewann. Die Zeit als Medium der Wahrnehmung. Jan schickte übermütige Grüße der Dankbarkeit durch die Sommerluft an den alten Kant. Hatte er je gefühlt, wovon er philosophierte?

Innerhalb weniger Tage straffte sich Jans Gestalt, sein Gang gewann an Festigkeit, weil er sah, wohin er trat. Sein Benehmen blieb dagegen tölpelhaft. Jan nahm die Kätzchen auf, die es gerade gab, rieb seine Wange an ihrem Fell, um ihre Weichheit im Rausch der Wahrnehmung nur recht zu spüren. Sie kratzten ihn quer übers Gesicht. Jan entdeckte auch im körperlichen Schmerz eine Welt, die nichts Verschwommenes oder Zweideutiges mehr hatte. Er schrie seinen Schmerz unbekümmert wie ein Kind heraus.

Er paßte Lisbeth wieder auf der Wiese ab. Diesmal wich sie vor ihm zurück. »Was hast du mit deinem Gesicht gemacht?«

Er strich sich über die Striemen. »Die Kätzchen, weißt du.«

Ihre Augen trafen sich, eine gemeinsame Erinnerung glomm in ihnen auf, Lisbeth wandte als erste den Blick ab.

»Dir stehen die Kratzer noch weniger als mir damals, laß sie dir gleich von der Magd salben, bevor Schlimmes daraus wird.«

Sie wartete mit gekreuzten Armen, eine unmißverständliche Geste, der er gehorchte, er schlurfte davon. Erst als er verschwunden war, bückte sie sich nach der Wasserkanne, die sie im Gras abgestellt hatte, und begann die Wäsche zu sprengen.

Wenige Tage später besaß er die Kühnheit, sie auf der jährlichen Kirchweih zum Tanz zu bitten.

Lisbeth funkelte ihn an. »Geh, du stinkst. Wäschst du dich nie?« Ringsum lachten die Leute.

Demütigung und Schmerz. Auf eine gewisse Weise war auch das herrlich. Das hieß keineswegs, daß Jan nicht wie ein normaler, zurückgewiesener, verliebter junger Mann reagierte. Blutrot im Gesicht, sprang er auf sein Pferd und ritt nach Hause. Am nächsten Tag ging ihm so recht auf, daß nicht nur Agnes, sondern auch die Mägde gern einen Bogen um ihn schlugen. Danach badete er nach Sonnenuntergang lange im Teich, als ihn niemand mehr dort überraschen konnte. Im kühlen Wasser streckte er sich aus, plätscherte mit den Händen im Seichten, legte den Kopf zurück ans grasige Ufer. Über ihm verdämmerte der Sommerhimmel, die Vogelrufe hallten mit leiser Wehmut, Abschied vom Tag. Nicht denken, nicht grübeln, nur fühlen, empfinden, den sanften Rausch der lauen Luft, nur träumen. Den Kopf schon halb unter Wasser, kam er mit einem Ruck hoch, beinahe wäre er eingeschlafen.

Er warf die Sachen fort, die er bisher auf dem Leib getragen hatte, bis sie zerfetzten. Am Ende konnte er für einen schmucken jungen Mann gelten. Nur für Lisbeth nicht. Ihre Mutter Martha dagegen lächelte Jan zu und lud ihn zum Pfannkuchenessen ein.

Da sah Agnes, daß Gefahr im Verzug war, und sann auf Abhilfe. Noch ehe Lisbeth sich von Jans altem Bild gelöst und das neue erkannt hatte, gab es einen weiteren Knecht auf dem Hof. Willem Niekötter, ein Vetter von Agnes, von der gleichen zielstrebigen Art wie sie. Ansehnlich war er auch.

So hatte Lisbeth jetzt zwei Verehrer. Willem brachte sie zum Lachen mit einem Wort, einer Geste; ein Sonntagskind, der Junge. Er hatte den übermütigen und eleganten Einfall, ihr eine blutrote Rose zu verehren, mit einem schimmernden blauen Seidenband umwunden. Jan kam niemals auf solche Ideen.

Zog Lisbeth in Erwägung, ihr zukünftiges Leben mit Jan zu teilen? Willem war zwei Jahre älter als sie und Jan, das machte was aus, aber Jan war hübscher, wie Maria Pentrop, eine Freundin, ihr zuflüsterte. Aber wie konnte sie das Aussehen von jemandem wahrnehmen, den sie schon immer gekannt hatte und der mit fünf Jahren die Füße noch nicht richtig voreinander gesetzt hatte.

»Du«, sagte Maria, »ich würd ihn mögen.«

»Weißt du nicht, was die Leute über ihn reden?«

»Was macht das schon, denk doch mal an euren Kotten, der hängt jetzt allein an dir und den Drostes, kannst dich freuen, wenn sie euch noch weiter dulden. Da wär mir ein Droste schon lieber als einer aus Agnes' Sippschaft. Und Agnes selbst! Zwei Jahre verheiratet und kein Kind. Du weißt, was die alten Weiber sagen.«

»Dann kommt auch keins mehr.«

»Wer kriegt dann mal den Hof?«

»Lütke-Hubert.«

»Der ist auf und davon und ward nie wieder gesehen. – Ich find ihn ganz stattlich, den Jan.«

»Jetzt vielleicht«, stieß Lisbeth heftig hervor. »In den letzten Jahren hätt's einen grausen können, wenn man ihn nur sah.«

»Das lag am Tod der Eltern, er grämte sich halt mehr als andere. Könnt ja sein, er liebt auch mehr als andere, mir würde das gefallen.«

»Was ist, wenn er sich so grämt, wenn ihm ein Kind stirbt? Dann fällt er wieder in diese erbärmliche Trübsal.«

Als Martha ihrer Tochter vorhielt, sie könne ruhig freundlicher zu Jan sein, entgegnete diese heftig: »Ich will keinen Spökenkieker, Modder, das laß dir gesagt sein.«

Trotzdem begann sie, Jan aufmerksamer anzuschauen. Das heißt, sie sah zunächst Bernard genauer an, sah, was zwei Jahre nicht übermäßig glücklicher Ehe aus ihm gemacht hatten, nahm – möglicherweise mit etwas Genugtuung – die Falten im Gesicht wahr, den stumpferen Blick und den schwereren Gang und sagte sich, daß Jan nie so glanzlos werden würde, nicht einmal in der größten Verrücktheit.

Jan entwickelte sich zu einem ganz brauchbaren Knecht, er wäre ein besserer geworden, wenn er nicht allzuoft, auf die Heugabel oder die Mistforke gestützt, ins Träumen geraten wäre. Bernard zeigte sich nachsichtig, streifte seine griesgrämige Ehefrau, der jeglicher Anflug von Liebreiz abhanden gekommen war, zuweilen mit einem langen Blick und dachte daran, ein wie kurzer Wahn das Glück sei. Er wies dem Bruder Arbeit zu, die ihn näher am Hof und fern vom Moor beschäftigte, schickte einen Knecht auf die Moorweiden zum Viehhüten.

Die erste Heuernte fiel an. Die Sense fuhr durch die langen Halme, ein silbriges Aufblitzen in sattem Grün, bevor sich im weichen Fall Schnitt für Schnitt das Gras legte. Die Sonne brannte im Nacken und verstärkte den Heuduft, der als betäubende Brise über die Wiese strich. Hitze und Duft, das Sirren der Sense im Rhythmus der Arme, das Gefühl der Kraft, die sich in Bewegung wandelte, ließen die Zeit vergessen, ließen sie sich dehnen in der Lust des Augenblicks, wenn die Bewegung nur nicht innehielt; Jan ergriff ein Taumel, ein ganz anderer als bei den Gesichten unterm bleichen Mond – dies war Wirklichkeit.

Ein Pfiff hieß ihn stocken. Der Knecht, der mit ihm mähte, war weit hinter ihm zurückgeblieben. Jan strich sich die Haare aus der schweißnassen Stirn.

»Der mäht die Wiese, so schnell kannst du nicht gucken«, erzählte der Knecht beim Abendbrot.

»Und glotzt danach drei Stunden in die Luft«, stichelte Agnes.

Jan hörte sie nicht. Er schaute unverwandt Lisbeth an, sah, wie sie ihre weißen Zähne in dunkles Brot grub, sah sich zugleich als das Brot, ganz nah ihren Lippen, in ihrem Mund. Lisbeth drehte sich zu Willem, rückte näher an ihn heran, er rutschte ihr entgegen, ein trauliches Paar. Aus den Augenwinkeln bemerkte sie das Feixen, das gegenüber durch die Reihen der Knechte bis zu Jan lief, der am breitesten grinste. Unter dem Tisch trat sie mit dem Klompen nach ihm.

Jan war sich ihrer ganz gewiß. Gott konnte sie ihm nicht streitig machen, den Rivalen fürchtete er nicht. Lisbeth würde schon rechtzeitig dahinterkommen, daß der Wierlingkotten bei Willems Herumscharwenzeln eine Rolle spielte. Er wußte, daß Willem ein nachgeborener Sohn war, zu einem Leben als Knecht bestimmt, er hatte ihn und Agnes belauscht und erfahren, welche Absichten die beiden verfolgten.

So regte es ihn nicht weiter auf, als Agnes frühmorgens aus der Küche schrie: »Willem, lauf zu den Wierlings und sieh, wo Lisbeth bleibt, ich will backen.«

Willem stellte die Heugabel an die Wand und verließ die Tenne. Jan hätte ihn leicht einholen, überrunden, vor ihm an Lisbeths Tür klopfen können, wenn er gewollt hätte. Er lehnte neben der Tennentür an der Wand, als die beiden herankamen. Willem hatte etwas Belustigendes gesagt, Lisbeth lachte ihn an. Jan wartete. Gleich mußte sie ihn bemerken, ihm einen Morgengruß zurufen, sich ihm zuwenden. Sie schritt an ihm vorüber, drehte sich halb um. »Hältst du schon am Morgen Maulaffen feil?«

Am Abend bot sich Willem Lisbeth als Begleitung zum Heimweg an.

»Tu das nur«, sagte Agnes. »Es ist nicht gut, wenn ein lediges Mädchen wie Lisbeth in der Dämmerung allein unterwegs ist.«

»Der Heidemann könnte sie holen«, sagte Jan ernst und fand sich ungefragt an ihrer anderen Seite ein. Sie hakte beide unter, lächelte einem wie dem anderen zu. »Zwei Beschützer, wer hat das schon.«

Den Rückweg traten Willem und Jan gemeinsam an, außer Sichtweite des Kottens schlug sich Jan seitwärts in die Büsche.

Nach einem kleinen Umweg erreichte er wieder den Wierlingskotten, schlich um das Haus bis zu Lisbeths Kammerfenster. Die Vorhänge standen einen Spalt breit offen. Jan spähte

293

in die Kammer, Lisbeth schnürte gerade ihr Mieder auf. Als es zu Boden fiel, wandte Jan schuldbewußt den Blick ab, um im nächsten Moment desto heftiger das Gesicht an die Scheibe zu pressen. Der Anblick von nackter Haut im klaffenden Hemdausschnitt ließ ihm das Blut im Kopf summen, er mußte die Augen wieder senken. Er wollte auch nicht sehen, wie sie das Hemd auszog. Heftig atmend, lehnte er an der noch sonnenwarmen Hauswand, die Hände an der Mauer, und beschwor dabei ein anderes Gefühl in ihnen herauf als das Gleiten über rauhen Stein.

Der nächste Blick durchs Fenster zeigte ihm Lisbeth, ihr Haar lösend. Die Flechten fielen herab, sie zerteilte sie, griff nach der Bürste. In seiner Vorstellung konnte er das Knistern hören, als die Bürste durch die Haare fuhr, ihre Glätte spüren, und ließ sich wieder von der Locke bannen, die sich unter der Bürste verselbständigte und federnd zurücksprang.

Lisbeth kniete zum Beten nieder. Er tat es ihr nach, kniete unter dem Fenster, Steine bohrten sich schmerzhaft durch das feste Tuch der Hose. Gemurmel drang durch das Fenster, er stimmte darin ein: »Ave Maria, gratia plena ...« So war Lisbeth mit ihm im Gebet vereint, ohne es zu wissen.

Bei den Pentrops fand ein Tanz auf der Tenne statt, den jungen Leuten schien die reichliche Heuernte ein ausreichender Grund dazu. Willem griff Lisbeth ganz selbstverständlich um die Taille, Jan schaute ruhig zu, er konnte warten. Sie weigerte sich, ihm in den nächsten Tanz zu folgen, hängte sich an Willems Arm. Jan ließ sich von Maria auf die Tanzfläche ziehen, sie legte seine Arme sorgfältig erst um ihre Taille und, als ihr das nicht genügte, um ihren Hals. Jan kam schnell dahinter, daß es sich so besser tanzen ließ. Im Wirbeln und Drehen, ein hübsches Mädchen im Arm, klang das kratzige Gefiedel gleich viel angenehmer, fast schon lieblich, es rauschte ihm in den Ohren, er bog den Kopf zurück, seine Blicke schweiften, ohne Halt zu suchen, er drückte Maria an sich, das erhöhte den süßen Taumel.

Nach diesem Tanz zeigte sich Lisbeth großmütig. »Wenn du mir nicht auf den Füßen herumtrampelst!«

Er durfte sie also in die Arme nehmen. Es kam ihm nicht in den Sinn, sie so fest wie Willem zu halten oder wie Maria zuvor, das Herumwirbeln gestaltete sich mühsamer, und Lisbeth mußte sich an ihn drängen, um nicht aus dem Takt zu geraten. Als er ihre Wange an seiner spürte, ging der Tanz ganz leicht, wie fliegen.

Am nächsten Abend kam sie bereitwillig mit, als Jan sie zu einem abendlichen Spaziergang durch die reifenden Felder einlud. Die Hitze eines schwülen Sommertages milderte sich durch einen Hauch abendlicher Kühle. Lisbeth strich sich die Haare aus der heißen Stirn. Da war sie wieder, die glänzende, wippende Locke, die an ihren angestammten Platz fiel. Jan konnte nicht anders, als Lisbeths schwitzige Hand zu ergreifen. Lisbeth sah ihn erstaunt und neugierig von der Seite an. Sie ließ ihn gewähren. Er pflückte ihr keinen roten Mohn aus dem Feld, wie Willem es wohl getan hätte, sondern hieß sie in der stillen Luft auf das Gezwitscher der Vögel hören. Plötzlich bedeuteten ihr die Vögel etwas. Eine Eidechse überquerte den sandigen Weg, um in der Uferzone des Drosteschen Hausweihers zu verschwinden. Jan sprach über die grün und blau schillernde Echsenhaut. Lisbeth begann, der Stimme neben sich mit Zärtlichkeit zu lauschen. Jan zog sie in das Gras der Uferböschung. Dort saßen sie und ließen wie in Kindertagen die nackten Füße in den Weiher hängen. Jan legte ein Blatt vom Breitwegerich mit einem einzigen Tropfen vom letzten Regen in ihre hohle Hand.

»Siehst du, Lisbeth, eine kleine schimmernde Kristallkugel.«

Lisbeth lachte unsicher. »Aber das ist doch nur ein Wassertropfen, schau.« Das Blatt begann sich in ihrer Hand zu neigen, der Tropfen rollte abwärts. Jan hielt ihr Handgelenk fest, über dem klopfenden Puls.

»Kein nur, Lisbeth. Er ist einmalig und kostbar, weil er so vergänglich ist. Das ist mehr als jeder echte Stein, der die Jahrtausende überdauert. Kostbar, wie dieser Augenblick.«

Jan neigte sich über ihre Hand und schlürfte den Tropfen vom Blatt. Lisbeth verstand seine Worte nicht und kaum das

295

Gefühl in ihnen, spürte nur die Intensität, die den Augenblick tatsächlich heraushob aus dem Fluß der Zeit. Sie begann, Jan auf eine andere Art anzuschauen, ließ es zu, daß sich ihre nackten Füße im Wasser berührten.

Über ihnen zog ein Sommergewitter auf. Es donnerte unheilverkündend. Jan hielt Lisbeth fest, die mit intuitiver Furcht aufspringen wollte, um den Blitzen und dem Regen zu entgehen. Es gab ein atemloses Gerangel im Gras, bis sie sich losreißen konnte.

»Nein, lauf nicht weg. Schau, wie die Regentropfen auf das Wasser treffen und kleine Kronen hochwerfen, wie die Krönchen der Waterwiefkes.«

Da war sie schon seiner Stimme verfallen, ihrem dunklen, vibrierenden Ton und seiner wunderbaren Sicht der vertrauten Dinge. Sie blieb, an ihn geschmiegt. Im Regen kehrten sie langsam heim, und Martha schimpfte sie aus. Jan rannte bis zum Drostehof, sprang über die Pfützen auf dem Weg und kam prustend, lachend und klitschnaß zur Tennentür herein.

Bernard knuffte ihn in die Seite, halb ärgerlich, weil Jan zum Füttern zu spät kam, halb nachsichtig, weil er sich dachte, wo der Bruder gewesen war. »Du bist mir einer, laß dich so nicht vor Agnes sehen.«

Das war nur so dahingesagt, denn im Grunde grollte Bernard ihr noch immer für ihre Einmischung.

»Was willst du eigentlich?« hatte er sie angebrüllt. »Ist es dir lieber, wenn Jan als Knecht hier ewig auf dem Hof bleibt?«

»Schick ihn weg«, hatte Agnes geantwortet und die Hände auf ihren flachen Leib gepreßt.

Es gab noch keine Gewißheit, nur eine unbestimmte Ahnung, daß sich wider alles Unken dort neues Leben regte. Noch hatte Agnes ihrem Mann nichts mitgeteilt.

Ein paar Tage nach dem Gewitter begann es mit einem Sommerhusten. Agnes schickte Lisbeth nach Hause, weil sie die Ansteckung fürchtete. Nun gab es an der Schwangerschaft keinen Zweifel mehr. Agnes weidete sich, noch immer stumm, an ihrem heimlichen Triumph, trug aber jetzt schon Sorge, daß nur ja alles gutgehen möge.

Am Abend nach der Tagesarbeit machten sich Willem und Jan auf, um sich nach Lisbeths Befinden zu erkundigen. Die gemeinsame Sorge einte sie.

Martha übersah Willem an der Tür und fuhr auf Jan los: »Wie konntest du stundenlang mit ihr im kalten Regen herumlaufen? Sie ist mein letztes Kind. Sie kann sich den Tod geholt haben, du gottloser Kerl. Das Fieber verzehrt sie, und sie hustet sich die Seele aus dem Leib. Jan Droste, du erbärmlicher, selbstsüchtiger Wicht. Denkst du denn nur an dein Vergnügen? Du bist schuld, wenn sie stirbt.« Aus Marthas Stimme klang vor allem anderen die Angst.

Marthas Geschrei hatte Josef zur Tür gelockt, er stellte sich hinter seine Frau. Jan blickte voller Verzweiflung von einem zum anderen.

»Kann man denn gar nichts tun? Soll ich nicht Klara holen?«

Josef sah wohl das Flehen in Jans Augen, aber ihn rührte jetzt nur die Sorge um sein Kind.

»Schert euch nach Hause, ihr beiden. Klara ist schon auf dem Weg.« Er schloß nachdrücklich die Tür.

Auf dem Rückweg prügelten sich die beiden Konkurrenten. Willem traktierte Jan ganz unvermittelt mit den Fäusten, puffte ihn in die Seite, die ersten Schläge wehrte Jan nur halbherzig ab, er gewahrte schnell neben der Wut die Enttäuschung im Blick des anderen, Willem glaubte sich wohl von Lisbeth verraten. Willem schlug härter zu, Jan meinte, daß seine mäßige Gegenwehr den anderen vielleicht noch demütigte, nachdem er doch schon im Wettstreit um Lisbeth den kürzeren gezogen hatte. Ein Tritt traf Jan ans Schienbein, der Schmerz ließ ihn aufschreien und entfachte eine plötzliche Wut. Was hatte sich Willem überhaupt in seine Liebe zu Lisbeth zu mischen? Er sprach ihm jedes Recht dazu ab, Willem konnte ohnehin keine reine Liebe empfinden, solange er nach Wierlings Kotten schielte. Jan zahlte dem anderen die weiteren Schläge und Tritte mit gleicher Münze heim.

Agnes schrie auf beim Anblick aufgerissener, blutender Lippen und Augenbrauen und griff haltsuchend nach hinten, um die Lehne eines Stuhls zu fassen.

»Herrgottmariajosef«, kreischte sie. »Wie könnt ihr hier so hereinfallen, wie könnt ihr mir das antun in meinem gesegneten Zustand.«

Damit hatte sie ihren Triumph preisgegeben, den sie sich für eine besondere Stunde hatte aufsparen wollen.

Nur Jan erfaßte im Augenblick die Bedeutung des Gesagten. Wie ein Blitz leuchtete in seinem Geist ein Bild auf, und damit begann die alte Macht wieder zu herrschen. Bernard schien nicht übel Lust zu haben, die beiden eigenhändig durchzuwalken, als wären noch nicht genug Blessuren vorhanden.

»Ich werd euch heimleuchten!« grollte er, und seine Stimme verscheuchte das Bild.

Mit einem Ruck wandte sich Bernard Agnes zu. »Was hast du gesagt, Agnes? Heißt das, du bist ...?«

Willem und Jan schlichen zum Wassertrog, um ihre Verletzungen zu kühlen und von der Magd mit Fett bestreichen zu lassen.

Jan rannte zurück zum Wierlingskotten. Durch den Spalt zwischen den Vorhängen konnte er wieder das Bett sehen, in dem er zwischen all den hochaufgetürmten Federkissen und Decken Lisbeth kaum fand. Sie wandte den Kopf, als ahnte sie den Beobachter, richtete sich ein wenig auf. Für einen Wimpernschlag trafen sich ihre Blicke, dann wurde sie wieder in die Kissen gedrückt. Klara beugte sich über sie. Es schien, als flüstere Lisbeth ihr etwas zu, denn gleich darauf verließ Klara die Kammer.

Jan hörte das Klappen der Tür, da wühlte sich Lisbeth schon aus den Decken, setzte sich auf, schaute zum Fenster. Jan preßte beide Hände an das Glas, dem Gefühl hingegeben, das Mädchen mit der Kraft der Gedanken und der Sehnsucht heranzulocken. Lisbeth kam schwankend auf die Füße, klammerte sich an den Bettpfosten, streckte einen Arm zum Fenster aus, hatte nur Augen für das Gesicht jenseits der Scheibe. Daß Jan sie im Nachthemd sah, kümmerte sie wohl nicht, so weit schon waren sie sich seit dem Spaziergang vertraut geworden. Sie lächelte ihm entgegen, ohne Vorbehalt, liebevoll, heiter. Ein Kobold tanzte in ihren Augen, der ihm sagte, daß alles nicht so schlimm sei. Nahe am Fenster, im Mondlicht, schimmerte ihr Gesicht bleich, das Haar silberhell, und die Hände, die sich gegen Jans drückten, waren weiß. Das Glas trennte sie, es sprang keine Wärme über. Jan hörte einen gedämpften Ruf, nahm eine Bewegung hinter Lisbeth wahr, er duckte sich. Als er aufschaute, schlossen die Vorhänge dicht.

Auf dem Rückweg stolperte er über die Wege, ganz ins Träumen, an die vielen Erinnerungen verloren, die ihre Liebe jetzt schon kannte. Er sah Lisbeth wieder auf der Bleichwiese, am Tümpel, und diese Bilder erhellte ein warmes, lebendiges Licht, anders als die der Gesichte. Träume, die ganz zum jetzigen Leben gehörten. Eines Tages, vielleicht schon bald, würde er Lisbeth mit ins Moor nehmen. Der Gedanke ans Moor traf ihn plötzlich. Es fiel ihm auf, daß er lange nicht mehr dort gewesen war, eine heftige Sehnsucht überkam ihn. August hatte das Moor gemocht, seiner Schwester würde es ebenso ergehen. Es mußte so sein, sie liebte ihn, also konnte sie der Liebe zum Moor nicht widerstehen. Die Schönheit des Moores, seine verborgenen Schätze, würde er sie sehen lehren, es gab davon so viel: die kleinen Quellen, das Singen des Windes im Röhricht, der seltsame feenhafte Dunst zwischen den silbernen Birken, im Wasser die Spiegelbilder der Vögel, die im Gleitflug, die Schwingen weit gespreizt, in die Moorkolke einfielen, die Stille. Das Wissen um diese Dinge würde eine Verbindung zwischen ihnen beiden schaffen, wie es keine andere gab. Immer tiefer sollte Lisbeth in die Geheimnisse des Moores eindringen, spüren, was sich in seinen Abgründen regte, das Wesen in der schwarzen Tiefe, das nährte, was an der Oberfläche das Auge entzückte. Er würde ihr enthüllen, was sich hinter dem Sichtbaren verbarg. Sie sollte die Mysterien von Zeit und

Schicksal mit ihm teilen. Erst dann würden sie eins sein im Fühlen und Denken.

Noch in der gleichen Nacht hörte er wieder Glöckchenklingen, und als er auf die Tenne stürzte, stand dort ein offener Sarg. Die Tote in ihm trug ein jungfräuliches Myrtenkränzchen im hellen Haar. Er brauchte sich nicht einmal umzuschauen, um zu erkennen, daß sich der Ort verändert hatte. Das war nicht die Drostesche Tenne. Das Gesicht auf dem Kissen war ein fremdes, in dem sich die Züge von Mia, Katharina, Trude, Lisbeth und Lina geheimnisvoll mischten. Jan hatte sie alle verloren. Von dieser Stunde an waren die Dämonen seines Geistes wieder losgelassen.

Er trauerte schon auf eine abgründige Art, als der Trauerfall noch gar nicht eingetreten war, als die anderen noch Hoffnung hatten.

Wie von ihm vorhergeschaut, stand der Sarg ein paar Tage später auf der kleinen Tenne im Wierlingkotten.

Bei der Beerdigung entsetzten sich auch die anderen Venner Bauern vor Jan. Die Wunden der Schlägerei waren noch nicht verheilt, da hatte er sich im unmäßigen Schmerz weitere zugefügt. Seine Stirn schien fast gespalten von einem klaffenden Riß, den er sich geholt hatte, als er den Kopf mit aller Kraft gegen einen Pfosten der Hofwand schlug. Er zerkratzte sich das Gesicht wie alttestamentliche Klageweiber. Der körperliche Schmerz vermochte den seelischen nicht zu überlagern, bewahrte Jan aber wohl vor dem Wahnsinn.

Agnes' Forderung, den Jungen fortzuschicken, wurde täglich lauter. Sie nahm keine Rücksicht mehr darauf, ob Jan gerade anwesend war und sie hören konnte.

»Was zögerst du noch, Bennard?« kreischte sie. »Willst du, daß ich mich verseh an dieser Teufelsfratze?«

Da hob Jan müde den Kopf und sagte, nur damit das Kreischen verstummte und wieder Stille einkehrte, in der er die Stimmen in seinem Kopf hören konnte: »Was schreist denn, Agnes? Es ist eh bloß ein Mädchen, und es wird ...«

Bernard schlug ihn mit der Faust nieder.

In der Tat hatte Bernard gezögert. Eine alte Sache hielt ihn davon ab, Jan wegzuschicken. Mit dumpfer Resignation hatte er gesehen, wie Jan seinen Hirngespinsten verfiel und verkam. Mit Hoffnung, daß Jan sich Lisbeth zuwandte und damit, wie es schien, einem normalen, tatkräftigen Leben. Darin sah er Vergebung für sich selbst und ein Zurückschwingen des Schicksalspendels auf die gute Seite. Bernard saß die halbe Nacht brütend am Küchentisch, bis seine Augen immer wieder zum Kasten wanderten, in dem er die Familienpapiere verwahrte. Am nächsten Tag war ein Brief mit zwei Jahren Verspätung unterwegs. Die Antwort darauf brauchte sechs Tage. Und einen Tag noch dauerte es, da hatte Jan Abschied genommen von allem und allen, die er kannte. Er war schon auf dem Weg, als Agnes ihm nachgelaufen kam und ihm ein verschnürtes Bücherpaket vor die Füße warf, Teufelszeug, das sie aus dem Haus haben wollte.

Jan lud sich auch diese Last noch auf. Josef nahm ihn bis Münster mit, wo er sein Enkelkind besuchte, das bald als Waise und als neue Hoffnung zu den Wierlings kommen sollte.

Jan wanderte zu Fuß weiter. Die Landschaft änderte sich. Eine Nacht verbrachte er in einem Heuschuppen am Rand einer Wiese, von ein paar abenteuernden Hennen beäugt. Hier roch die Luft anders als in der Venne. Mit dem Fortschreiten stieg eine alte Erinnerung in Jan auf. Ein weiter Horizont, Wacholderbüsche wie dunkle, flammende Säulen, knöcheltiefes Heidekraut, helle weiße Flecken, die sich über die Ebene bewegten.

Am Abend stieg Rauch aus Ginsterfeuern in die stille Luft. Jans Gedanken kreisten wie ein ausgeleiertes Rad um die ewigen Fragen des Warum? Warum ich?, sinnlos, zermürbend, während sich sein Blick bereits in der anspruchslosen Landschaft einzurichten suchte, deren Grenzen im Nirgendwo zu verfließen schienen. Eine unerklärliche Heiterkeit lag über dieser sandigen Weite, die die letzten Eiszeiten hier angespült hatten.

301

Grootohm Bredebeck erwartete den Großneffen vor seiner Kate sitzend. Er sagte nicht viel zur Begrüßung, half, das Gepäck vom Rücken zu schnallen, warf einen interessierten Blick auf den Bücherpacken, als die Verschnürung fiel, und führte Jan schließlich wieder vor die Tür. Weit hinten am Horizont glühte die Sonne im Abendrot. Der Hirtenhund trieb die Schafe zur Hütte, eine weiße, friedliche Schar.

»Weißt du«, ließ sich Hannes mit einem Augenzwinkern vernehmen, »ich denke nicht, daß du weiter aus deinen Philosophen lernen sollst, was du lernen kannst, ist noch immer das Leben, trotz allem, was dir begegnet ist.«

Der Hund, der mit einem leichten Schwanzwedeln herangetrottet war, schob Jan die Schnauze in die Hand. Jan war willkommen.

Schlußbemerkung

Die Geschichte von Jan Droste Tomberge ist erfunden, ebenso wie er selbst gehören die vorgestellten Familien der Venner Bauernschaft, der Lehrer Clemens Hölker und der Pfarrer zur Fiktion. Die historischen und geographischen Hintergründe des Romans dagegen entsprechen den tatsächlichen Gegebenheiten der Zeit nach 1800, bis auf wenige Abweichungen an den Schnittstellen zwischen Fiktion und nachweisbarer Historie. So existierte eine landadelige Familie von Schonebeck bis ins 18. Jahrhundert in Senden, die männliche Linie war aber zum Zeitpunkt der Geschichte bereits erloschen. Erst ab 1820 war die Schule in der Venne in einem eigenen kleinen Gebäude untergebracht. Das Schulehalten haben bis 1829/30 Küster und Pfarrer besorgt.

Die Davert umfaßte um 1800 ein großes Gebiet zwischen Senden, Ottmarsbocholt, Rinkerode und Amelsbüren und bestand aus Sümpfen, Mooren, Moorheide und Bruchwäldern. Ihre Gefährlichkeit, der Schrecken, den sie auslöste, spiegelt sich in vielen Sagen und Geschichten. Der Teil der Davert, der an das Venner Moor grenzt, sah um 1800 allerdings anders aus, als in meiner Geschichte beschrieben: es gab dort eine sumpfige Niederung, ein bißchen Felderwirtschaft entlang der Straße zwischen den beiden Gebieten und den Wald.

Begriffserklärungen

Dienste – Pfeiler oder Wandvorlage, als Viertel-, Halb- oder Dreiviertelsäule gebildet, die bis in das Gewölbe hinaufreicht.

Gräfte – Wassergraben um den Hof, Kennzeichen großer Höfe.

Kotten – Nachgeschaltete kleine Hofstelle, der Kötter oder Heuerling war dem Bauern des großen Hofes dienstverpflichtet.

Mudde – Torfschlamm.

Niendüer – Zweiflügelige Bogentür, die von der Tenne auf den Hof führt, die Türflügel sind meist noch quer unterteilt.

Tenne – Gehört zum Stallbereich des Bauernhauses, der Stall schließt sich an den Wohnteil an. »Tenne« bezeichnet die Fläche zwischen Kuh- und Pferdeseite, auf der im Winter auch gedroschen wird.

Literarische Spaziergänge mit Büchern und Autoren

Das Kundenmagazin der Aufbau-Verlage.
Kostenlos in Ihrer Buchhandlung

      AtV

Aufbau-Verlag   Rütten & Loening   Aufbau Taschenbuch Verlag   Gustav Kiepenheuer   Der >Audio< Verlag

Oder direkt: Aufbau-Verlag, Postfach 193, 10105 Berlin
e-Mail: marketing@aufbau-verlag.de
www.aufbau-taschenbuch.de

Für *glückliche* Ohren

ÜBER 6 MONATE PLATZ 1 DER HÖRBUCH-BESTSELLER-LISTE

Ob groß oder klein: Der Audio Verlag macht alle Ohren froh. Mit Stimmen, Themen und Autoren, die begeistern; mit Lesungen und Hörspielen, Features und Tondokumenten zum Genießen und Entdecken.

DER>AUDIO<VERLAG D>A<V
Mehr hören. Mehr erleben.

Infos, Hörproben und Katalog: www.der-audio-verlag.de
Kostenloser Kundenprospekt: PF 193, 10105 Berlin

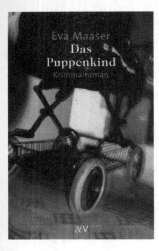

Eva Maaser

Das Puppenkind
Kriminalroman

Originalausgabe
304 Seiten
Band 1636
ISBN 3-7466-1636-0

In der Fußgängerzone von Steinfurt wird in einem abgestellten Kinderwagen eine Babyleiche gefunden, die einer Puppe täuschend ähnelt. Wie sich herausstellt, ist das Kind fachgerecht präpariert worden. Zeugen haben eine Frau am Wagen gesehen. Zusätzliche Brisanz erhält der Fall, als ein Baby entführt wird und die Ermittler davon ausgehen müssen, daß sich die Täterin eine neue Puppe schaffen will. Kommissar Rohleff und sein Team ermitteln fieberhaft, um das Leben dieses Kindes zu retten.

»Das Puppenkind« ist der erste Fall einer neuen Krimiserie.

A*t*V
Aufbau Taschenbuch Verlag

Lana McGraw-Boldt

Hexensommer
Roman

*Aus dem Amerikanischen
von Alexandra Witjes*

*296 Seiten
Band 1473
ISBN 3-7466-1473-2*

Die beiden Freundinnen Polly und Jo genießen ihre Ferien; am liebsten halten sie sich auf verbotenem Terrain auf: am Haus, wo der Rhabarber wächst. Denn die Bewohnerin Miss Congreve gilt als Hexe und ihr Neffe Albert, der bei ihr lebt, als gefährlicher Sonderling. Als ausgerechnet in der Nähe des Hexenhauses ein Mädchen ermordet aufgefunden wird, ist natürlich Albert der erste Verdächtige. Die Mädchen aber haben eine ganz andere Vermutung.

Ein Roman über wehmütig-glückliche Kindheitserinnerungen und die erste Begegnung mit der dunklen Welt der Erwachsenen.

Pascal Bruckner
Diebe der Schönheit
Roman

*Aus dem Französischen
von Michael Kleeberg*

*320 Seiten
Band 1598
ISBN 3-7466-1598-4*

Benjamin und seine schöne junge Geliebte Hélène, auf der Rückfahrt von einem Skiurlaub in der Schweiz, suchen während eines Schneesturms Schutz in einem einsamen Chalet an der französischen Grenze. Sein Besitzer Jérôme Steiner empfängt sie mit großer Zuvorkommenheit, aber bald begreifen die beiden, daß die Gastfreundschaft des alten Beau trügerisch ist und sie in Wirklichkeit seine Gefangenen in dieser verschneiten Einöde sind. Und als Benjamin während einer vermeintlichen Abwesenheit der Besitzer die verschlossenen Kellergewölbe besichtigt, macht er eine grausige Entdeckung.

A*t*V
Aufbau Taschenbuch Verlag

Eva Thies

Das Rätsel der Borgia
Roman

Originalausgabe

427 Seiten
Band 1398
ISBN 3-7466-1398-1

Verzaubert von der schönen Laura, einer Hofdame aus dem Gefolge der französischen Prinzessin, muß der gutaussehende Alessandro sich der Frage nach seiner wahren Herkunft stellen. Entstammt er der gleichermaßen gefürchteten wie geachteten Familie der Borgia? Der ergreifende Roman einer großen Liebe in einer der aufregendsten Epochen der Geschichte Europas.

A^{t}V
Aufbau Taschenbuch Verlag

Fred Vargas

Die schöne Diva
von Saint-Jacques
Kriminalroman

*Aus dem Französischen
von Tobias Scheffel*

288 Seiten
Band 1510
ISBN 3-7466-1510-0

Im Garten der Sängerin Sophia im Pariser Faubourg St. Jacques steht eines Morgens ein Baum, der am Tage zuvor noch nicht da stand. Niemand hat ihn gepflanzt. Sophia empfindet ihn wie eine Bedrohung. Zwei Tage später ist sie spurlos verschwunden. Ihr Nachbar Marc, ein junger Historiker, derzeit ohne Job und ohne Frau, beginnt auf eigene Faust zu recherchieren, da weder der Ehemann noch die Polizei sich zunächst für den Fall interessieren. Und je tiefer er gräbt – unter der rätselhaften Buche wie in der Vergangenheit der verschwundenen Diva –, um so mehr Steine bringt er ins Rollen, die zwei Morde auslösen, bis er am Ende auf einen uralten Haß stößt, der beinahe auch ihn das Leben kosten wird.

»Es gibt eine Magie Vargas: ein origineller Blick, mehr noch poetisch denn realistisch, eine leichte, sprühende Intelligenz, ein scharfer Verstand, vom Humor temperiert, die Lust am Spiel und am Augenzwinkern, und eine ganz eigene Art, mit den Worten zu jonglieren.«

Le Monde

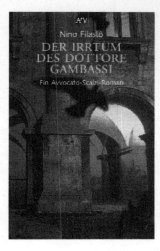

Nino Filastò

Der Irrtum
des Dottore Gambassi
Ein Avvocato Scalzi Roman

*Aus dem Italienischen
von Julia Schade*

414 Seiten
Band 1601
ISBN 3-7466-1601-8

»Kapuzenmänner« nennen die Bauern in abergläubischer Furcht die unförmigen etruskischen Skulpturen, die in der stillen toskanischen Landschaft bei Grosseto ans Licht kommen, wenn das Erdreich aufgerissen wird. Sie tragen merkwürdige Zeichen, die keiner zu entschlüsseln weiß. Aber der ägyptische Altertumsforscher und Etruskologe Fami hat über sie den Standort eines unterirdischen sakralen Gewölbes entdeckt, das Unbekannte für gar nicht heilige Zwecke nutzen. Doch bevor er den vermuteten Schatz heben kann, wird seine Entdeckung ihm zum Verhängnis. Er wird eines Mordes verdächtigt – bei dem es keine Leiche gibt. Und als Corrado Scalzi, ein namhafter Florentiner Anwalt mit Berufsethos und Akribie, in dem Fall zu recherchieren beginnt, nimmt das anfängliche Allegro ma non troppo dieses italienischen Gesellschaftsromans eine unerhörte Wendung ins Dramatische.

»Auf den ersten Blick ein Krimi ..., entpuppt sich der Roman auf den zweiten Blick als ein kluges und boshaftes Porträt der modernen italienischen Gesellschaft.«
Norddeutscher Rundfunk

A^tV
Aufbau Taschenbuch Verlag

Peter Tremayne

Die Tote
im Klosterbrunnen
Historischer Roman

*Aus dem Englischen
von Bela Wohl*

440 Seiten
*Band 1525
ISBN 3-7466-1525-9*

Anno Domini 666. In einer irischen Schwesternabtei findet man im Klosterbrunnen eine junge Frau, nackt und enthauptet. Man ruft Schwester Fidelma, eine Nonne königlichen Geblüts, um das Verbrechen aufzuklären. Fidelma, die unabhängige und selbstbewußte Heldin dieser Krimiserie, agiert in einer Welt des frühen Christentums, in der keltische Mythen und Bräuche noch starken Einfluß haben. Toleranz und Aufgeklärtheit der gebildeten Frau sichern ihr Macht und Einfluß.

A*t*V
Aufbau Taschenbuch Verlag

Philippa Gregory

Die Schwiegertochter

Roman

*Aus dem Englischen
von Ulrike Seeberger*

400 Seiten
Band 1649
ISBN 3-7466-1649-2

Elizabeth ist die perfekte Schwiegermutter. Nur leider hat ihr Sohn Patrick mit Ruth nicht die perfekte Schwiegertochter geheiratet. Was bleibt Elizabeth da weiter, als sich selbst um Patricks Wohlergehen zu kümmern, vor allem aber um das ihres kleinen Enkels Thomas. Für Ruth wird ihre tatkräftige, mehr als gut gemeinte Fürsorge bald zum Alptraum und schließlich zur offenen Bedrohung. Sie muß alle Kräfte aufbieten, um wieder zu sich selbst und zu ihrem Mann und Sohn zu finden.

»Ein Gänsehaut machendes Psychodrama.«

Journal für die Frau

»Ein brillant geschriebener Roman über den ganz alltäglichen Familien-Horror.«

Stuttgarter Nachrichten

»Eine psychologische Studie, nahe bei Patricia Highsmith und Fay Weldon angesiedelt.«

Ostthüringer Zeitung

A^tV
Aufbau Taschenbuch Verlag

Donna W. Cross
Die Päpstin
Roman

*Aus dem Amerikanischen
von Wolfgang Neuhaus*

566 Seiten
Band 1400
ISBN 3-7466-1400-7

Johanna, ein junges Mädchen mit überragenden Geistesgaben, wächst im Frankenreich des 9. Jahrhunderts, heran. Als Tochter eines strenggläubigen Vaters und einer heidnischen Mutter gelingt ihr, was allen Mädchen im Mittelalter verwehrt blieb: Sie erhält eine fundierte heilkundliche und philosophische Ausbildung. Doch Johanna weiß, daß ihr als Frau die letzten Tore der Weisheit verschlossen bleiben, ja daß sie kaum überleben wird. Als Mönch verkleidet, tritt sie zunächst ins Kloster Fulda ein und macht sich Jahre später auf den Weg nach Rom. Dort gelangt sie als Leibarzt des Papstes innerhalb kurzer Zeit zu großer Berühmtheit. Und schließlich ist sie es selbst, die die Geschicke der katholischen Kirche leitet: Als Papst Johannes Anglicus besteigt sie den päpstlichen Thron.

Donna Woolfolk Cross entwirft mit großer erzählerischer Kraft die faszinierende Geschichte einer der außergewöhnlichsten Frauengestalten der abendländischen Geschichte: das Leben der Johanna von Ingelheim, deren Existenz bis ins 17. Jahrhundert allgemein bekannt war und erst dann aus den Manuskripten des Vatikans entfernt wurde.

Aufbau Taschenbuch Verlag

Frederik Berger
Die Provençalin
Roman

Originalausgabe

702 Seiten
Band 1599
ISBN 3-7466-1599-2

Die Provence im 16. Jahrhundert: Die schöne Madeleine wird von vielen Edelmännern umworben – auch von Jean Maynier, stolzen Baron von Oppède. Als sie ihn zurückweist, begin sie mit seinem Haß zu verfolgen. Die tragische Verstr zweier Adelsfamilien nimmt ihren Lauf. Jean Mayni Heerführer gegen die Waldenser zum Schrec Sein Sohn Pierre verliebt sich ausgerech doch Jean Maynier versucht mit aller nes zu zerstören – und macht sich gefährlichsten Gegnerin.

et in Madeleines Tochter, acht, die Liebe seines Soh- adeleine endgültig zu seiner

Guido Dieckmann

Die Poetin
Roman

Originalausgabe

297 Seiten
Band 1661
ISBN 3-7466-1661-1

Deutschland im Spätsommer 1819: Mit Frau und Tochter reist der
~~Buch~~händler Joseph Schildesheim nach Heidelberg. Tochter Nanetta,
~~re~~if und wissensdurstig, fällt es schwer, den Verlockungen der
~~Heidel~~berger Altstadt zu widerstehen. Sie träumt davon, es ihrem
~~Freun~~d Harry Heine gleichzutun und ihre Gefühle und Wün-
~~sche au~~szudrücken, statt als Jüdin ein zurückgezogenes,
~~Leben zu f~~ühren. Heidelberg jedoch ist in Aufruhr.
~~Der Anschlag au~~f den Dichter Kotzebue im benachbarten
~~Mannheim hat die verd~~ächten Studenten nahezu in jedem
~~Wirtshaus. Als Nane~~tta ein Treffen von Verschwörern be-
~~obachtet, schöpft sie de~~n Verdacht, eine wichtige Depesche
~~sei verschwunden. Nur einem~~ besonnenen Studenten kann sie ver-
~~trauen, in dessen Gefan~~genschaft gerät. Noch in derselben
~~Nacht bricht Heidelberg in~~ ersten, blutigen Unruhen aus.

~~Ein Roman, der auf wahrer~~ Begebenheit beruht: die aufregende
~~Geschichte der jungen~~ Dichterin Nanetta Schildesheim.

AV

~~Aufbau Tasche~~nbuch Verlag

Colette Davenat

Die Favoritin
Roman

*Aus dem Französischen
von Christel Gersch*

379 Seiten
Band 1650
ISBN 3-7466-1650-6

junge Geliebte der letzten Inkakönige, wird Zeugin des
:hen Untergangs ihres Volkes im Kampf gegen die spa-
one. Als sie, lange danach, aus tiefem Haß wie aus un-
lener Leidenschaft die Gemahlin eines der Konquista-
l, naht der Augenblick ihrer Vergeltung. Basierend auf
ischen Quellen, erzählt Davenat die Geschichte einer
bellischen Frau, die sich, nachdem sie Furchtbares er-
lie Begierden der Männer für ihre tödliche Rache zu-
t.

A^{t}V
Aufbau Taschenbuch Verlag